HEYNE <

Das Buch

Die Milchstraße im 49. Jahrhundert. Die Erde ist das Zentrum der Liga Freier Terraner, der mehrere tausend besiedelte Welten angehören. Der wichtigste Repräsentant der Liga ist Perry Rhodan, jener Mann, der die Menschheit zu den Sternen führte.

Durch einen Zufall stößt Rhodan auf ein riesiges Raumschiff, das mit nahezu Lichtgeschwindigkeit durch das All rast. Es ist eine Sternenarche, bewohnt von Menschen, die vor über 55 000 Jahren ihre Reise angetreten haben. Bald erweist es sich als Teil einer ganzen Flotte von Schiffen. Eine mentale Reise Perry Rhodans in die Vergangenheit enthüllt den Zweck der Archen: Sie sind der verzweifelte Versuch, wenigstens ein Saatkorn der Ersten Menschheit vor dem Bestiensturm zu retten, der sie eines Tages auslöschen wird.

Doch die Bestien der Vergangenheit haben den Plan erkannt und setzen in der Gegenwart an, ihn zu durchkreuzen. Der Galaxis droht ein neuer Bestiensturm ...

Der Autor

Hubert Haensel, Jahrgang 1952, zählt spätestens seit seiner umfangreichen Romane um Reginald Bull und Alaska Saedelaere zu den beliebtesten Autoren von PERRY RHODAN. Neben PERRY RHODAN verfasste er auch Krimis sowie zahlreiche Fantasy- und Abenteuer-Romane.

Der Umschlagillustrator

Der 1964 in Stuttgart geborene Oliver Scholl gestaltete bereits als Jugendlicher Risszeichnungen für die PERRY RHODAN-Serie. Seit Anfang der 90er Jahre arbeitet er als Production Designer in Hollywood, unter anderem für Science-Fiction-Filme wie *Independence Day*, *Godzilla* und *Time Machine*.

PERRY RHODAN

LEMURIA

HUBERT HAENSEL

DIE LÄNGSTE NACHT

Roman

PERRY RHODAN
LEMURIA
BAND 6

Mit einem Anhang
von Hartmut Kasper

Originalausgabe

WILHELM HEYNE VERLAG
MÜNCHEN

Das Umschlagbild ist von Oliver Scholl
Die Zeichnungen auf den Seiten 5 und 6
sind von Christoph Anczykowski

Umwelthinweis:
Dieses Buch wurde auf chlor- und
säurefreiem Papier gedruckt.

Redaktion: Klaus N. Frick/Frank Borsch/Sascha Mamczak

www.heyne.de
Printed in Germany 2005
Umschlaggestaltung: Nele Schütz Design, München
Satz: C. Schaber Datentechnik, Wels
Druck und Bindung: GGP Media GmbH, Pößneck

ISBN 3-453-53020-9

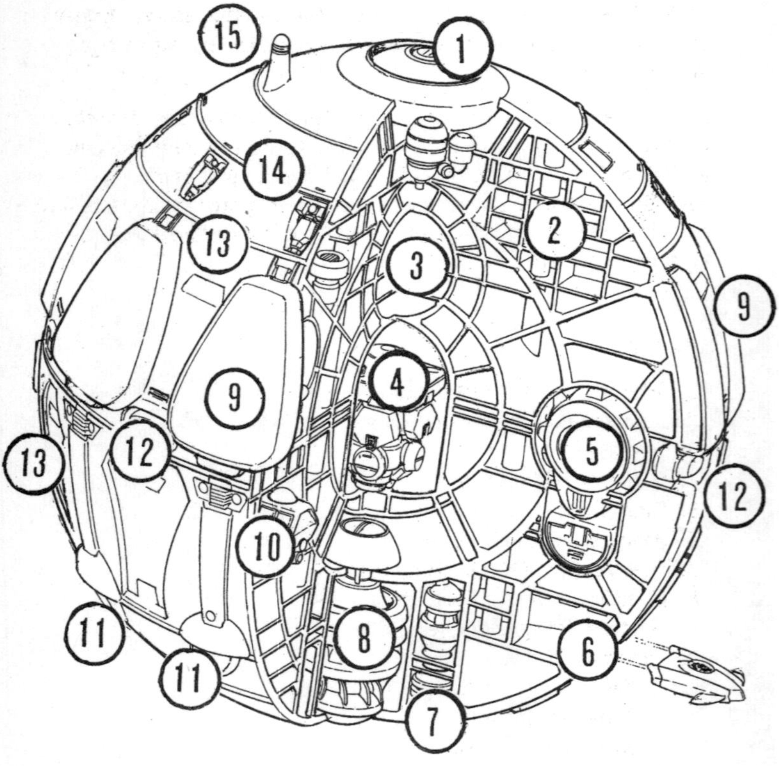

15
1
14
2
13
3
9
9
4
5
13
12
12
10
8
6
11
11
7

Raumschiff der »Bestien«

In den Arsenalen der Bestien, die sich selbst »Zeitgerechte« nennen, entsteht eine Flotte neuer, schneller und vor allem schlagkräftiger Kugelraumschiffe.

Ihr geringer Durchmesser von nur 93,62 Metern erlaubt eine rasche Produktion. Die Bewaffnung ist mit einer schweren Intervallkanone als Polgeschütz, zehn weiteren Intervallkanonen und Impulsgeschützen sowie Thermostrahlern und Desintegratoren ausschließlich darauf angelegt, einen Vernichtungskrieg gegen die Nachfahren der Lemurer zu führen.

Legende

1. Schwere Intervall-Polkanone
2. Aufenthaltsräume der Besatzung
3. Zentrale
4. Schwarzschildreaktor
5. Paratrongenerator
6. Hangarschleuse für Raumboot
7. Triebwerksprojektoren (Unterlicht)
8. Linearkonverter für Überlichtflug
9. Paratron-Schirmfeldprojektoren
10. Antigravtriebwerk
11. Landestützen (eingeklappt)
12. Kontrafeldstrahler
13. Intervall- und Impulskanonen
14. Ortungssysteme
15. Hyperfunkantenne

1

Delbert Brouk verließ den Antigravschacht in der Zentrale und machte genau zwei Schritte vorwärts. Ungläubig verharrte sein Blick auf dem verwaisten Sessel der Ortungsstation, schweifte quer durch die Zentrale und kehrte dann sprunghaft zu den Ortungen zurück. Ein Schatten verdüsterte die Miene des Kapitäns.

»Und?« Mehr sagte Brouk nicht, schon dieses eine Wort klang schneidend und frostig zugleich.

Im Panoramaholo der GOLDEN GOOSE standen die Sterne des galaktischen Zentrums in gleißender Fülle. Sie erschienen wie ein undurchdringlicher Wall aus Materie, Licht und brodelnder Energie, faszinierend, geheimnisvoll und gefährlich, ein Ort, an dem noch heute Sonnen geboren wurden, während andere in einem letzten zornigen Aufflackern ihre Existenz beendeten.

»Keine besonderen Vorkommnisse!« Die Meldung kam von der Funkstation.

»Keine ...?« Brouk biss sich auf die Unterlippe und wandte sich Janna Pagnell zu. »*Alle Stationen gefechtsbereit!* wurde angeordnet. Rund um die Uhr. Wir absolvieren keinen Spazierflug mal eben zur Wega und zurück, das sollte jedem klar sein ...«

»Genau das hat Rudolph Cavins auch gesagt«, stellte der Zweite Pilot fest. »Nicht wörtlich, aber so ungefähr ... jedenfalls.«

»Weiter!« Der Blick des Kapitäns pendelte zwischen der verlassenen Ortung und der Panoramawiedergabe. Er versuchte sich einzureden, dass in dieser Region keine Bedrohung lauerte. Was existierte hier schon außer unberührtem Sternendschungel? Wenn es hoch kam, eine Hand voll automatischer Relaisstationen. Oder das eine oder andere altersschwache Prospektorenschiff, geflogen von Männern und Frauen, die hofften, eines Tags das ganz große Glück zu finden, aber doch nur ihr Leben verschwendeten, gezeichnet von intensiven Strahlungsstürmen und der Arbeit auf Welten, auf denen kein Raumfahrer, der seine Sinne halbwegs beisammen hatte, jemals freiwillig landen würde.

Wir stecken mittendrin. Bitter stieg der Gedanke in Brouk empor, obwohl ihn bis vor wenigen Wochen gerade diese Abwechslung gereizt hatte. *Forschung im galaktischen Zentrum.* Die Verlockung spürte er immer noch – aber nun auch die Gefahr. *Eine Operation aus dem Verborgenen heraus, die Suche nach neuen Rohstoffquellen unter strikter Vermeidung jeglicher Kontakte ...* Letzteres war kein Problem. Und unumgänglich. Denn alle raumfahrenden Völker würden sich wie die Schmeißfliegen auf jedes neue Vorkommen von Hyperkristallen stürzen, sobald der Fundort publik wurde. Der Sektor war Niemandsland, wer sollte hier Besitzansprüche und Schürfrechte regeln?

»Da gibt es kein *Weiter.*« Die Stimme des Zweiten Piloten klang beleidigt. »Cavins hat seine Station an den Syntron übergeben und sich vorübergehend abgemeldet. Er fühlt sich krank, sagte er.«

Der Kapitän vollführte eine heftig ablehnende Handbewegung. »Seine ganze eingebildete Krankheit ist seine verdammte Ehrlichkeit. Sie schlägt ihm auf den Magen. Cavins muss sich eine Haut aus Stahl zulegen, wenn er weiterkommen will.« Ächzend ließ Brouk sich in den Sessel des Orters sinken und rief die Aufzeichnungen ab.

Rudolph Cavins hatte seinen Platz erst vor wenigen Minuten verlassen, die Übergabe war ordnungsgemäß erfolgt. *Keine Vertretung möglich*, las der Kapitän die Lognotiz. *Bucio hat es noch schlimmer erwischt als mich.*

Ihm war klar, dass Cavins seit fünfzehn Stunden ohne Unterbrechung Dienst tat. Die Verhältnisse waren eben anders als während der gewohnten Frachtflüge. Vor einer Stunde hatte die GOLDEN GOOSE mit Mühe und Not ihre letzte kurze Überlichtetappe beendet, und der 28. April 1327 Neuer Galaktischer Zeitrechnung war um 15:28 Uhr Bordzeit auch nicht mehr ganz taufrisch.

Seit Wochen hing das Schiff im Niemandsland. Der letzte verdammte Strahlungssturm hatte die GOLDEN GOOSE wie eine Nussschale durch den Raum gewirbelt. Seither arbeiteten die Konverter nur noch mit halber Leistung, die Triebwerksaggregate überhitzten sich unglaublich schnell, und die Stimmung der Mannschaft war dem Nullpunkt bedrohlich nah.

»Kurs?«

»Unverändert. Laut Kartentank existiert in Flugrichtung kein für uns geeignetes Sonnensystem.«

Brouk winkte ab. »Die Sternkarten sind alles andere als vollständig. Wir finden eine Welt, auf der wir landen und die Schäden beheben können. Mein Wort darauf.«

»Wie lange hält der Überlichtantrieb noch durch? Jede Etappe bringt mehr Probleme.«

Die plötzliche Stille hatte etwas Lähmendes. Minuten vergingen, in denen der Kapitän nur Sensorabfragen vornahm. Als seine Faust auf die Konsole krachte, klang das überlaut.

»Ich zieh ihm das Fell über die Ohren! Rudolph hat es nicht mal für nötig befunden, die Basisabfragen durchlaufen zu lassen!«

»Kann es sein, dass er wirklich krank ist?«, warf Janna Pagnell ein.

Brouk schwang mitsamt dem Kontursessel herum. Sein Blick wurde stechend, als er erst die Funkerin musterte und dann der Reihe nach die anderen.

»Okay.« Er massierte seine Nasenwurzel und blinzelte. »Es geht weiter. Je eher wir fündig werden ...«

Er brachte den Satz nicht zu Ende. Jeder wusste, was er meinte. *... desto eher geht es zurück.*

Die Fülle der Störstrahlungen war Legion. Ausgangspunkt war hauptsächlich eine bizarre Dunkelwolke, die der Strahlungsdruck der Sonnen im Umfeld schichtenförmig auseinander riss. Die hereinkommenden neuen Daten vermischten sich mit der optischen Erfassung zum Komposit. Ausläufer der Wolke trieben wie Rauchschwaden durch den Raum. In ihrem Kern zeichnete sich ein Gebiet der Sternentstehung ab, geprägt von wirbelnden Materieschwaden und Energieströmen. Dort gab es mehrere massive Ballungen, die aber noch nicht in den Fusionsprozess eingetreten waren.

Delbert Brouk veränderte die Suchparameter für den weiteren Bereich. Flüchtig schaute er auf die Zeitanzeige. Keine drei Tage mehr bis zu seinem 57. Geburtstag, für den er nur einen einzigen Wunsch hatte: mit dieser verdammten Kiste endlich auf Heimatkurs gehen zu können, bevor die Maschinen endgültig schlapp machten.

»Da ist etwas!« Völlig unvorschriftsmäßig kam Janna Pagnells Meldung. Hastig fügte sie hinzu: »Ein Impuls ...«

»Geht das etwas genauer ...?«

»Ja, natürlich.« Sekundenlang ließ sich die Funkerin von Rudolph Cavins ablenken, der soeben wieder in der Zentrale erschien, blass und mit wirr in die Stirn hängendem Haar. Dann widmete sie sich erneut ihrer Konsole und der aktiven Blickschaltung.

»Hyperfunkimpuls!« Sie bewegte ruckartig den Kopf. Im Halbdunkel der Zentrale spiegelte sich das Flackern der Holos auf ihrem Gesicht; ihre Miene war hart geworden. »Gerafft und auf einer kaum gebräuchlichen Frequenz. Eigentlich nichts, was von der Flotte oder der zivilen Raumfahrt ...«

»Ausgangspunkt?«

»Keine Einpeilung möglich. Der Sender steht trotzdem nur einige Dutzend Lichtjahre entfernt. Die Eingangsleistung ist denkbar gering.«

»Also kein großes Schiff?«, fragte Cavins vom Schott her. »Schon gar keine planetare Station?«

Da die Funkerin nicht sofort antwortete, ließ sich der Kapitän zu einer spitzen Bemerkung hinreißen. »Vom Krankenbett auferstanden, Cavins?«

»Der Medoroboter hat mir ein kreislaufstützendes Mittel injiziert.«

»Das ist zu wenig. Ich will wissen, was wirklich mit dir los ist, bevor du endgültig schlappmachst.«

»Alles in Ordnung.« Cavins zeigte ein gequältes Lächeln. »Ich halte die letzten Tage schon durch.«

Brouk zögerte. Noch zwei oder drei Ausfälle in der Crew, dann war nicht mehr jede Station zu besetzen. Ein 100-Meter-Kugelraumer dieses Typs war zu groß für nur 25 Besatzungsmitglieder, sogar dann, wenn das halbe Schiff nur aus Laderaum bestand.

»Es gibt keine Signatur, die Rückschlüsse auf den Sender erlaubt«, sagte die Funkerin. »Eine Kodierung ist ebenfalls nicht vorhanden.«

»Demnach Klartext ... Lass den Wortlaut hören!«

»Auch kein Klartext, sondern banale Symbolgruppen. So etwas wird längst nicht mehr verwendet. Wenn das von einem Raumschiff kommt, gehört der Kahn keinem bekannten Volk.«

Alle Blicke wandten sich dem Kapitän zu.

»Wir werden den Teufel tun und uns darum kümmern«, sagte er schroff. »Wir sind hier, weil handfeste wirtschaftliche Gründe das verlangen. Selbst wenn wir unser Schiff zu Klump fliegen, dürfen wir uns nicht von anderen aufspüren lassen.«

»Im Umkreis von einem Dreiviertel Lichtjahr ist die GOLDEN GOOSE das einzige Raumschiff«, behauptete Cavins.

Augenblicke später meldete Janna Pagnell zwei neue Hyperfunkimpulse. »... sie wirken wie Echos der ersten Symbolgruppe, scheinen aber eigenständige Sendungen zu sein. Weder gerafft noch verschlüsselt, trotzdem unverständlich.«

»Die Auswertung ...?«

»Vorerst kein Ergebnis. Daran beißt sich der Syntron noch die Zähne aus.«

Der Kapitän zeigte ein spärliches Grinsen, an dem die bildliche Vorstellung des zubeißenden Bordrechners Schuld hatte.

»Die erste Impulsgruppe hat wohl eine Antwort ausgelöst«, fuhr Janna fort. »Da ist etwas Fremdes ...«

»... weder akonischen noch arkonidischen Ursprungs und auch nicht einzuordnen?« Als die Funkerin zögerte, drängte Brouk weiter: »Haben wir eine ungefähre Einpeilung des Senders?«

»Sehr nah diesmal«, antwortete die Frau. »Die Positionsdaten sind noch nicht exakt, aber ich blende sie ein.«

Im Panoramaholo flammte eine Farbmarkierung auf. Der Kurs der GOLDEN GOOSE tangierte diesen Bereich sogar.

Brouk kaute auf seiner Unterlippe, bis die Neugierde alle Bedenken überwand. *Vielleicht ist das die Chance, auf die wir alle gewartet haben.*

Eine kleine Kurskorrektur und etwas Vorsicht – mehr bedurfte es gar nicht für ihre Rettung. Vielleicht sogar für ihren Erfolg.

2

Die erste Wahrnehmung war ein greller, stechender Schmerz. Ebenso schnell, wie er die Lider geöffnet hatte, schloss er sie wieder, zog die Augen zurück und wartete darauf, dass das Toben unter seiner Schädeldecke abklang. Alles in ihm drängte danach, die von der gleißenden Lichtflut ausgelöste Qual lauthals hinauszubrüllen, doch er atmete nicht einmal.

Er wartete.

Zeit verging, die er nicht messen konnte. Sie interessierte ihn auch nicht. Weil der Begriff nichts anderes war als die abstrakte Umschreibung eines schwer zu greifenden Phänomens.

Zeit ist subjektiv.

Der Satz entstand in ihm. Ohne sein Zutun. Geprägt von einem seiner beiden Gehirne, deren Existenz er sich erstmals deutlich bewusst wurde.

Zeit ist der Beweis dafür, dass ich lebe. Ich kann sie nicht anhalten, indem ich mein Leben anhalte oder mich abschotte.

Atme endlich!

Etwas in seiner Nähe verursachte Geräusche. Er registrierte ein dumpfes Blubbern wie von einer abfließenden Flüssigkeit. Namen und Begriffe nahmen für ihn Gestalt an, obwohl er genau wusste, nie zuvor Ähnliches gehört zu haben.

Zuvor?

Es gab kein Zuvor.

Seine Erinnerung begann mit dem Schmerz und reichte nicht weiter zurück. Dennoch wusste er sehr viel, ohne je damit in Berührung gekommen zu sein. Er musste sich nur darauf konzentrieren und nach den richtigen Antworten suchen.

Die Helligkeit schien matter zu werden. Aber vielleicht gewöhnten sich seine Augen nur daran. Ein zweiter Erweckungsimpuls jagte eine neue Schmerzwoge durch seinen Körper.

Nach wie vor atmete er nicht. Das brauchte er auch nicht in der eng begrenzten Welt um sich herum. Alles andere war fremd, kalt und nicht erstrebenswert.

Nach einer Weile bewegte er mehrere Finger, ohne es bewusst zu wollen. Danach konnte er nicht mehr verhindern, dass er die Hände zu Fäusten ballte. Zugleich durchflutete ihn ein Gefühl ungeahnter Stärke.

Als er die Fäuste wieder öffnete, spürte er zum ersten Mal jeden einzelnen Finger – sechs waren es jeweils, und vier Hände – und streckte die Arme.

Ein neues Geräusch drang heran, ein dumpfes Dröhnen, das sich sogar durch den Boden fortpflanzte. Es kam näher, auf ihn zu, verstummte.

»Wach auf, Ion Lissos!«, dröhnte eine Stimme. »Ich sehe, dass Leben in dir ist! Du hast eine Aufgabe zu erfüllen!«

Er schwieg, nur noch getrieben von einem einzigen herausfordernden Gedanken: *Wie lange kann ich existieren, ohne zu atmen?* Wenn er sich selbst kennen lernen wollte, musste er das herausfinden. Zuallererst. Und danach so vieles andere über seinen Körper.

»Fehlzüchtungen enden im Konverter!«

Ein fürchterlicher Schlag traf ihn in die Seite und riss ihn vom Boden. Rücklings prallte er auf, erst mit den Schultern, dann mit dem Leib und zuletzt mit dem Schädel. Er registrierte, dass der Boden unter ihm nachgab, sich verformte und möglicherweise sogar aufbrach.

Der Schmerz war unglaublich. Ion Lissos' Aufschrei wurde zum urwüchsigen Brüllen – und dann erst merkte er, dass er ungewollt atmete.

Gedankenschnell wälzte er sich herum. Die beiden Brustarme waren kürzer als die anderen Gliedmaßen, doch konnte er sich mit ihnen kraftvoll vom Boden abstoßen. Ebenso mit den Beinen. Er spannte die Muskeln bis zum Zerreißen – ein Vorgang, den er bewusst gar nicht wahrnahm – und sprang.

Fünf oder sechs Schritte vor ihm ragte eine massige Gestalt auf. Nur schattenhaft sah er sie mit allen drei Augen, erneut geblendet von der Lichtfülle, die sich wieder ungehindert über ihn ergoss. Im Sprung riss er die Handlungsarme hoch, aber der andere, der ihm den heftigen Tritt verpasst hatte, wich ebenso blitzschnell zur Seite.

Ion Lissos stürzte ins Leere, schlug abermals auf ...

... und registrierte, dass sein Körper sich veränderte. Er spürte den Schmerz nicht mehr, und ebenso wenig die neuerlichen Tritte des anderen, die ihn heftig trafen.

Sein Leib war unempfindlich und hart wie Stahl geworden.

Molekulare Umwandlung der Zellstruktur, erkannte das Planhirn. *Der Vorgang kann willentlich gesteuert werden und bietet Schutz und Angriffsmöglichkeit.*

Wieder trat der andere zu. Diesmal schnellten Ion Lissos' Handlungsarme nach vorn, beide Hände schlossen sich um das Sprunggelenk des Angreifers und hebelten ihn aus. Dumpf dröhnend, schlug der Koloss auf. Zugleich warf Lissos sich blindwütig nach vorn, schlug die Finger einer Hand ins Gesicht des Gegners und versuchte, ihn niederzudrücken.

Er schaffte es nicht. Ineinander verkrallt, wälzten sie sich über den Boden und zermalmten undefinierbare Gerätschaften, während sie aufeinander eindroschen.

»Hör auf damit!«, keuchte der andere endlich.

Ion Lissos rammte dem Gegner die Schädeldecke unter den Rachen. Blut spritzte, und begleitet von wütendem Röhren prasselten die Schläge nun auf ihn herab.

»Du bist wahnsinnig, Lissos, eine verdammte Fehlzüchtung.«

Ion Lissos hatte schon genug damit zu tun, sich des ungestümen Angriffs zu erwehren, aber dann waren noch zwei andere seines Aussehens da, umklammerten seine Arme und Beine und drückten ihn mit ihrem Gewicht zu Boden.

Heftig blutend, kam sein erster Gegner in die Höhe. Ion

starrte ihn aus allen drei Augen an. Sein Kopfstoß hatte dem Kerl die scharfzackigen Zähne in die Oberlippe getrieben und das Fleisch zerfetzt. Ganz nah kam der Schwarzhäutige an ihn heran und setzte den Fuß auf den Übergang zwischen Körper und halbkugelförmigem Schädel. Trat er kraftvoll zu, würde er Lissos töten.

Trotz dieser Bedrohung verzichtete Ion darauf, seine Zellstruktur zu verhärten. Instinktiv spürte er, dass er den anderen damit nur noch mehr herausfordern würde.

»Du hast den Kampf gewollt«, stieß er wütend hervor. »Ich lasse mich nicht so behandeln. Von niemandem.«

Herausfordernd starrten sie einander an. Lissos erkannte das verzehrende Feuer in den Augen des Gegners. Zugleich war er sicher, dass er selbst keinen anderen Anblick bot.

»Du reagierst zu impulsiv.«

Der Vorwurf prallte an ihm ab, ohne dass er sich darüber Gedanken machte. Er schob die drei Augen ein Stück aus dem Schädel und wandte jedes einem der Widersacher zu. In seiner Vorstellung überlagerten sich die unterschiedlichen Bilder.

Erst, als Ion das Stirnauge schloss, wurde seine Wahrnehmung deutlicher. Endlich sah er die beiden Gestalten neben sich ebenso gut wie den Koloss, der hoch aufgerichtet vor ihm stand, einen Handlungsarm auf den Rachen gedrückt. Noch immer quoll Blut aus der Wunde.

Ion Lissos spürte grimmige Zufriedenheit. Obwohl ihm klar wurde, dass die drei »Alte« waren.

Und er selbst?

Neu geboren ...

Gezüchtet ...

Geschaffen, um eine Aufgabe zu Ende zu führen, die in grauer Vergangenheit begonnen hatte.

Erst auf einen knurrenden Laut des Verletzten hin ließen die beiden anderen Alten von ihm ab.

»Ich bin keine Fehlzüchtung!«, keuchte Lissos. Gedemütigt lag er noch auf dem Rücken, beide Armpaare abgespreizt, doch niemand antwortete ihm. Verächtlich prustend, wälzte er sich zur Seite und stemmte sich in die Höhe.

Dabei lauerte er auf jede verräterische Bewegung der anderen.

Sie waren wie er, und sie beobachteten ihn ebenso eindringlich. Leicht vorübergebeugt, standen sie auf den kurzen Säulenbeinen. Obwohl ihre Handlungsarme seitlich am Körper herabhingen, waren die Brustarme nach vorn gestreckt, als wollten sie ihn schon im nächsten Moment erneut angreifen. Lamellenförmig hatten sich ihre Lider halb über die kreisrunden, rot glühenden Augen geschoben, kein Zeichen von Erschöpfung, sondern eher von unverminderter Wachsamkeit.

Ihre kräftig strukturierte schwarze Haut glänzte ölig. Aber das war vor allem ein Nebeneffekt der Lichtfülle, die es unmöglich machte, den Raum in seiner vollen Ausdehnung zu überblicken. Lissos gewann den Eindruck, inmitten einer riesigen Halle zu stehen. Halb transparente, hoch aufragende Gebilde erstreckten sich in alle Richtungen.

Zuchttanks, stieg die Erkenntnis in ihm auf. *Ich bin nur einer von vielen, erschaffen dafür, meine Pflicht zu tun.*

Er bog die ausgefahrenen Augen in die ursprüngliche Blickrichtung zurück und widmete sich den Alten. Er nannte sie so, weil sie vor ihm da gewesen waren. Ihre Aufgabe war es, sein Erwachen zu kontrollieren. Ebenso das aller anderen.

»Bin ich ... der Erste?«, brachte er ungewollt hervor.

»Nummer siebenunddreißig in diesem Arsenal. Der Aktivierungsimpuls wurde mehrfach empfangen und weitergegeben.«

Er sah keine Abweichungen im Körperbau. Der einzige Unterschied war, dass er nackt war, während die Alten eng anliegende, stahlverstärkte Kampfanzüge trugen. Arm- und Beinansätze wurden von Metallwülsten geschützt, ebenso der Übergang vom Leib zum Schädel.

»Wo sind alle anderen?«

Sein Gegenüber hatte inzwischen den Arm vom Rachen zurückgezogen. Fleischfetzen hingen über den schmalen Lippen herab, doch das schien ihn nicht mehr zu interessieren.

»Sie haben uns keine Probleme bereitet. Deshalb wurden

sie zur Übernahme ihrer Ausrüstung und zur Instruktion geschickt.«

»Du bist Necc Magot?« Den Namen und das zugehörige Konterfei kannte Lissos plötzlich, beides gehörte zu einem Wissensblock, der ohne sein Zutun Informationen freigab.

Magot war der Leiter des Paggosh-Arsenals, knapp 3000 lemurische Jahre alt und in vielen Kämpfen gegen die Lemurer gestählt. Er hatte maßgeblichen Anteil an der Zerstörung des fünften Planeten im Lemursystem gehabt und später mit einem von ihm kommandierten Flottenverband über Jahrzehnte hinweg die Blockade des galaktozentrischen Sonnentransmitters unterstützt. Bis er für den Ausbau der ersten Depotwelten abgezogen worden war.

Das war grobes Wissen, ähnlich einem Skelett ohne Sehnen, Muskeln und Fleisch, für Lissos vor allem zu wenig, um daraus eigene Rückschlüsse ziehen zu können.

Zeut. Der Name stieg mit anderem Wissen in ihm auf. So hatte der fünfte Planet des Lemursystems geheißen. Und *Kahalo* war die Schaltstation auf dem Fluchtweg der Lemurer in die Nachbargalaxis gewesen. Wie lange lag das inzwischen zurück? Mehr als 50 000 Jahre lemurischer Zeitrechnung. Die Berechnungen lagen schon vor; es war einfach, aus den Sternkonstellationen auf die Zeitspanne zu schließen.

Damals hatten die Lemurer eine ernst zu nehmende Bedrohung bedeutet, Schädlinge, die mit ihrer ungeheuren Vermehrungswut den Kosmos heimsuchten. Es war nicht gelungen, sie auszulöschen. Die Tatsache, dass Ion Lissos existierte, bewies es.

Heute nahm die Geschichte einen neuen Anlauf.

Diesmal werden wir sie besiegen!, dachte Lissos zuversichtlich. Dafür war er zum Leben erweckt worden. Millionen andere wie er würden im Laufe weniger Wochen und Monate folgen.

»Ich bin bereit!« Er ballte die Fäuste und rammte sie sich donnernd gegen den Leib. »Mein Leben im Kampf gegen die Zeitverbrecher.«

»Wir sind die Ersten, uns fällt die Aufgabe zu, das Arsenal zu sichern. Noch wissen wir nicht, was uns erwartet, aber wir werden es herausfinden.«

Ion Lissos hatte nur mit halbem Ohr zugehört und sich schon den Kampfanzug übergezogen. Es bereitete ihm mehr Mühe als angenommen, das Gewebe zu schließen. Ohnehin hatte es schon verdächtig geknirscht, als er mit den Armen hineingeschlüpft war. Die Jahrtausende schienen keineswegs spurlos an dem Material vorübergegangen sein, obwohl es sich immer noch als reißfest erwies.

»Nicht alle haben den Prozess des Aufweckens überstanden. Ihre Herzen waren nicht lebensfähig ausgebildet, oder ihr Verstand hat gelitten. Sie waren nichts als leere Hüllen.«

»Wie viele sind wir?«, fragte jemand.

»Siebenunddreißig«, antwortete Necc Magot. »Von sechzig angelegten Erstkämpfern.«

Ion hielt inne. Der Magnetsaum seines dunkelgrünen Kampfanzugs hatte sich erst halb geschlossen, als er aufschaute. *Siebenunddreißig,* durchfuhr es ihn, und er erschrak. *Ich bin demnach der Letzte der ersten Gruppe.* Aber besagte das auch, dass seine Existenz gefährdet gewesen war? Das Risiko, nicht richtig heranzureifen, war für jeden wohl gleich groß gewesen.

»Die hohe Verlustrate ist einmalig und wird bei den nächsten Züchtungen nicht mehr in diesem Ausmaß vorkommen«, sagte Magot. »Während wir Alten im Kälteschlaf die Zeit überdauerten, reiften eure Zellkulturen unter extrem reduzierten biologischen Funktionen heran. Das Eintreffen des Signals war nur die Initialzündung für den Aufweckprozess. Das Signal besagt, dass eindeutig lemurische Aktivitäten festgestellt wurden.«

Lissos machte ein bestätigendes Zeichen. Die Produktion kleiner, schneller und vor allem schlagkräftiger Kampfraumschiffe lief auf Höchsttouren, und die regelmäßig weitergeleiteten Signale waren überall empfangen worden, in allen Arsenalen.

Ion Lissos griff nach einer der bereitliegenden Waffen. Es wählte einen Handstrahler, so lang wie seine Brustarme und in der Funktion variierbar. Die Vorstellung, dass Lemurer schon diese kleine Waffe nur mit Mühe und mit beiden Händen heben konnten, amüsierte ihn. Diese Wesen waren Schwächlinge. Wie sie es dennoch geschafft hatten, ihre Tamanien nahezu über die gesamte Galaxis auszudehnen, würde ihm wohl immer ein Rätsel bleiben. Vielleicht war ihre extreme Vermehrungsrate dafür verantwortlich. In der Hinsicht glichen sie am ehesten den Heerscharen von Insekten, die auf ungezählten Welten in Schwärmen auftraten und stets kahl gefressenes Land hinter sich zurückließen.

Abschätzend wog Lissos die Waffe in der Hand.

»Sie sind Zeitverbrecher!«, stieß Magot in dem Moment hervor. »Sie spielen mit Kräften, die unser aller Existenz bedrohen, und sie kennen keine Skrupel.«

Der Alte hatte den Satz noch nicht zu Ende gebracht, als der Alarm durch die Station heulte.

Augenblicke später stabilisierte sich die Bildübertragung. Jeder konnte sehen, was sich Paggosh näherte.

Ein Kugelraumschiff. Kaum größer als die eigenen kleinen Kampfeinheiten. Auch wenn der typische äquatoriale Triebwerkswulst fehlte, war diese Konstruktion unverkennbar lemurischer Herkunft.

»Das Schiff ist vor wenigen Augenblicken aus dem Hyperraum gefallen.«

Zufall?, fragte sich Lissos, und seine Finger umklammerten das Griffstück des Strahlers.

»Die Lemurer wissen demnach, wo wir uns befinden«, stellte der Alte fest. »Aber sie wissen es noch nicht lange, sonst hätten sie das Arsenal längst angegriffen. Es ist anzunehmen, dass diesem kleinen Schiff ein größeres Flottenkontingent folgen wird. Wir starten zunächst mit zwei Einheiten.«

Necc Magot bestimmte jene, die das gegnerische Schiff aufbringen sollten. Ion Lissos spurtete los, als er seinen Namen hörte.

3

»Gib mir die Waffe!«

Fordernd streckte Perry Rhodan die Hand aus. Drei Schritte stand er vor Levian Paronn, dessen Gesicht im Zorn versteinert war.

»Gib sie mir!«, wiederholte Rhodan eindringlich. Es fiel ihm nicht leicht, Paronn einzuschätzen. Der Lemurer hatte bewiesen, dass er zu allem entschlossen war; sein Schuss auf Boryk war mehr als nur eine Warnung gewesen, nämlich Ausdruck seiner beginnenden Verzweiflung.

Doch jetzt gab es keinen Zeittransmitter mehr, keinen Weg zurück nach Lemuria. Er war gefangen in dieser Zeit, auf Gorbas IV, dieser Bestienwelt.

In Paronns Augen loderte ein verzehrendes Feuer. Eine kleine Ewigkeit hatte er nur darauf gewartet, seinen Weg zurück antreten zu können. Zurück durch den Raum und die Zeit! Mit einer wirkungsvollen Waffe gegen die Bestien und der Hoffnung, den Vernichtungskrieg der Bestien gegen die Lemurer beenden zu können, bevor er überhaupt begonnen hatte.

Nun war der Zeittransmitter zerstört und der Weg versperrt.

Levian Paronn fühlte sich um sein Lebenswerk betrogen.

Perry Rhodan streckte den rechten Arm aus, drehte die leere Handfläche nach oben. »Wenn jetzt noch ein Unheil geschieht, würden wir beide uns das nicht verzeihen. Wir werden über alles reden, Levian Paronn.«

»Nein!«

Mehr als 50 Jahrtausende trennten den Lemurer von seiner Heimat. Obwohl Perry Rhodan sich in dem Moment fragte, ob das wirklich noch Paronns Welt sein konnte. Seit geraumer Zeit lebte der Mann unerkannt unter Akonen – seit er seine Sternenarche verlassen und gemeinsam mit Icho Tolot das Ichest-System angeflogen hatte.

Levian Paronns Hand zitterte leicht. Doch sein Finger ruhte noch immer bedrohlich nah am Auslöser. Es war weiß Gott kein angenehmes Gefühl, aus allernächster Nähe in die flirrende Abstrahlmündung des Thermostrahlers zu blicken. Rhodan hoffte, dass keiner seiner Begleiter sich zum Helden berufen fühlte.

Hartich van Küspert? Der Physiker stand irgendwo hinter ihm. Aber Perry glaubte nicht, dass er zur Waffe greifen würde.

Isaias Shimon? Er kümmerte sich gemeinsam mit der Akonin um den schwer verletzten Boryk.

Blieb nur Hayden Norwell. Dem immer wieder cholerisch reagierenden Prospektor traute Perry durchaus zu, dass er die Nerven verlor.

Icho Tolot stand regungslos in mehr als 30 Metern Entfernung, halb über die paralysierte Bestie gebeugt, deren schweren Strahler er unbrauchbar gemacht hatte. Er wusste wohl als Einziger, was eine unbedachte Bewegung auslösen konnte. Rhodan bemerkte, dass Paronns Blick für Sekundenbruchteile unruhig zu dem Haluter abschweifte.

Kantig traten jetzt Levian Paronns Wangenknochen hervor. Um seine Mundwinkel zuckte es. Das war ein erster Ausdruck von Zorn und Wut, der seiner Erstarrung folgte, vielleicht sogar Hass, der jederzeit in Aggression umschlagen konnte.

»Bitte!«, wiederholte der Terraner. »Du bist in einer Verfassung, die nicht gerade ...«

»Meine Verfassung geht dich einen Dreck an, Rhodan!«, stieß Paronn schwer atmend und wenig akonisch hervor. »Was würdest du tun, hätte man eben dein Volk getötet?«

»Niemand hat das getan – weder mit meinem Volk noch mit dem deinen. Also stellt sich diese Frage für keinen von uns beiden.« Perry Rhodan machte einen Schritt nach vorn.

Paronns Blick wurde stechend. »Bleib, wo du bist, Terraner!« Zornig stieß er die Worte hervor, und jedes davon lauter. »Du hast intrigiert und bist schuld an allem, was jetzt geschieht.« Überdeutlich, zeitlupenhaft beinahe, legte er den Finger auf den Auslöser. Der normale Raumanzug, den Perry Rhodan trug, konnte die tödliche Energie nicht abwehren. Wenn Levian Paronn jetzt schoss, war alles vorbei.

»Levian ...«, stieß Icho Tolot dumpf dröhnend hervor. »Levian Paronn, reicht es dir nicht mehr, deine Freunde nur zu betrügen? Willst du sie auch umbringen?« Die Distanz von rund 30 Metern konnte er mit zwei kraftvollen Sätzen überbrücken.

Tolots Ruf prallte an dem Lemurer ab, als hätte er ihn überhaupt nicht gehört. Sein Gesicht verzerrte sich endgültig zur Grimasse.

»Bleib stehen, Rhodan!«, keuchte er. »Ich habe nichts mehr zu verlieren. Glaubst du wirklich, dass mir dein Leben oder mein eigenes noch etwas bedeutet? Die Bestien sind wieder da, und nur ich hätte sie stoppen können.«

»Du kannst es immer noch«, sagte Perry Rhodan leise und betont. »Du wirst deine Chance bekommen, Levian.«

Falls Paronn Gelegenheit erhielt, in seine Zeit zurückzukehren und die Bestien schon zu einem Zeitpunkt vernichtend zu schlagen, bevor sie sich in der Milchstraße festsetzen konnten, gäbe es keine Menschheit mehr. Auch keine Arkoniden, Antis, Aras und Springer, vielleicht gerade noch die Akonen, aber auch sie nur als Teil eines großen Volks. Dann war 50 000 Jahren bekannter Geschichte in der Galaxis mit einem Mal jede Grundlage entzogen.

Alles das wusste Perry Rhodan so gut wie jeder andere. Seine Gedanken gipfelten in der Vorstellung, dass er selbst aufhören würde zu existieren. Dann war er nicht mehr, war nie gewesen und würde nie sein. Keine Seele – oder wie immer der Bewusstseinsinhalt eines Intelligenzwesens genannt wurde – würde seinen körperlichen Tod überdauern, weil sie nie entstanden war.

Einfach ausgelöscht ... nie existiert ... Allein schon die Vorstellung war Wahnsinn.

Levian Paronn zuckte zusammen. Erst jetzt schien er selbst seine ungeheure Anspannung zu bemerken. Er machte einen Schritt rückwärts, dann noch einen, hielt den Strahler aber auf Rhodan gerichtet, als müsse er den Terraner wirklich für sein ganzes Missgeschick verantwortlich machen. Dann glitt sein Blick über die kleine Gruppe und suchte den Himmel ab.

Die Sonne brannte grell herab. In größerer Entfernung zogen Wolken auf, sofern es sich wirklich um Wolken handelte und nicht um eine neue Überraschung, die der Planet wie mit dem Füllhorn bereithielt. Die beiden akonischen Schlachtkreuzer hingen unverändert in wenigen Kilometern Höhe. Sie standen weit genug auseinander, um den überraschend aufgetauchten Bestien kein einfaches Ziel zu bieten. Allerdings war seit geraumer Zeit kein Schuss mehr gefallen, sämtliche Geschützstellungen schienen vernichtet zu sein.

Jäh rannte Levian Paronn los. Hinüber zu dem großen Standard-Container und dem nach wie vor aktiven Transmitter.

Am besten wäre es, wir sehen dich nie wieder! Perry Rhodan erschrak über den eigenen Gedanken. Er konnte Levian Paronn nicht so einfach verurteilen, nicht nach allem, was er bislang über den Lemurer erfahren hatte. Paronn glaubte, das Beste tun zu müssen, bedachte nur nicht, was das für alle Völker der Milchstraße des Jahres 1327 NGZ bedeutete. Weil es noch immer nicht seine Zeit war. Paronn lebte weiterhin in der Vergangenheit, Lemuria war ihm wichtig. Alles andere war Zukunft, eine von unendlich vielen möglichen Entwicklungen. Er tat nichts Böses, wenn er die Entwicklung in eine andere Richtung lenkte.

Er bedachte nicht, dass die Völker seiner Zukunft ihre Zeit als die richtige ansahen und von Lemuria, wenn überhaupt, nur noch von ferner und finsterer Vergangenheit redeten.

Aus der Höhe erklang ein dumpfes Donnern wie von einem rasend schnell näher kommenden Gewitter. Da war tatsächlich ein grelles Aufflammen ...

... die Triebwerksemissionen der beiden akonischen Schlachtkreuzer, die sich rasend schnell entfernten. Innerhalb von zwei, drei Sekunden verschwanden die lodernden Lichtpunkte wie erlöschende Sternschnuppen. Beide Raumschiffe hatten die Atmosphäre des Planeten verlassen und beschleunigten vermutlich mit Höchstwerten.

»Er verschwindet einfach durch den Transmitter!«, brüllte Hayden Norwell unbeherrscht. »Dieser elende Halunke!«

Der Container stand unverändert dort, wo der Traktorstrahl ihn abgesetzt hatte; der Transmitterbogen war deutlich zu erkennen. Allerdings war das Entstofflichungsfeld erloschen, entweder von einer Automatik, die Levian Paronns Durchgang registriert hatte, oder von der Empfangsstation aus abgeschaltet, nachdem der Maphan sein Flaggschiff erreicht hatte.

»Er ist geflohen«, sagte Solina Tormas ungläubig, »und lässt uns auf dieser Höllenwelt zurück? Das kann unmöglich sein Ernst sein.«

»Doch«, erklang es dröhnend von Icho Tolot. »Es ist keineswegs das erste Mal, dass Levian Paronn das tut. Ich hätte es wissen müssen.«

»Er ist hinterhältig«, stellte Norwell fest. »Und wir waren verrückt genug, uns täuschen zu lassen. Für dumm verkauft hat er uns! Aber nicht mit mir, sage ich euch. Da kann ich noch ganz anders.«

Tolot winkte mit zwei Armen ab. »Levian Paronn ist manisch. Für alles, was er sich in den Kopf gesetzt hat, geht er auch mit dem Kopf durch die Wand. Er wollte zurück nach Lemuria und hat nie etwas anderes beabsichtigt. Das war schon frühzeitig sein Plan, und dafür hat er eine lange Zeit sogar in Realzeit hinter sich gebracht. Die Jahrhunderte an Bord der Sternenarchen und im Dilatationsflug fallen dabei kaum ins Gewicht. Ich glaube nicht, dass er sich irgendwann noch in einen Kälteschlaf geflüchtet hat. Ihm ging es immer nur darum, sich die Waffe gegen die Bestien zu verschaffen, egal wie. Das war vor hunderten von Jahren. Zweifellos trägt er die Pläne in irgendeiner Form bei sich.«

»Dann hat er womöglich in die Entwicklung der Akonen eingegriffen.« Rhodan hatte so etwas schon erwartet, aber noch keine halbwegs genaue Zeitangabe erfahren. Mehrere hundert Jahre in Realzeit lag es also zurück, dass Levian Paronn und Icho Tolot die im Dilatationsflug befindliche Sternenarche ACHATI UMA gemeinsam verlassen hatten.

»Nein«, sagte Tolot entschieden. »Paronn hat bestimmt nicht in die Entwicklung eingegriffen; dann hätte er vieles verändern können. Die Gefahr, dass er mit einem solchen Handeln den Zeitlauf verändert und sein eigenes Vorhaben gefährdet, dürfte ihm entschieden zu groß gewesen sein.«

Rhodan nickte nachdenklich. »Unter der Voraussetzung muss eine entsetzliche Zeit hinter ihm liegen. Er war nur auf diesen heutigen Tag fixiert – von dem er wohl nie wusste, wann er wirklich kommen würde.«

»Auch wenn Hayden anderer Ansicht zu sein scheint, wir haben ihm einen dicken Strich durch die Rechnung gemacht ...«, meinte Solina.

»Wir haben Paronn daran gehindert, die Geschichte umzuschreiben, sie sogar so grundlegend zu verändern, dass keiner von uns mehr existieren würde.« Der Haluter sah mit zwei Augen die junge Frau an, die ihr kupferfarbenes Haar im Nacken zu einem wuchtigen Knoten geschlungen trug, und lachte dröhnend, als er ihren verwirrten Blick bemerkte. Dann wandte er sich an Norwell. »Paronn hatte ein grauenvolles Spiel mit der Zeit vor.«

»Pervers«, sagte Hayden Norwell.

»Wäre das wirklich so schlimm?« Hartich van Küspert grinste schräg, aber dieses Grinsen missglückte ihm. »Ich meine ...« Er musste nur selten nach den richtigen Worten suchen, doch diesmal hatte er Probleme. »Ich meine, wir wüssten es überhaupt nicht«, fuhr er hastig fort. »Es gäbe uns nicht, hätte uns nie gegeben ...«

»Doch«, widersprach Rhodan. »Auf einer Zeitschiene wären wir immer präsent. Bis heute.«

»Ja und nein«, sagte Tolot.

»Oh, unser Haluter äußert sich wissenschaftlich überaus exakt.« Hartich riskierte ein zynisches Grinsen. »Die Theorie von einer Unschärferelation der Zeit hätte sich möglicherweise beweisen lassen.«

»Das ist doch Humbug!« Norwell schüttelte den Kopf. »Wie will einer von euch etwas beweisen, wenn er nicht mehr existiert? Vielleicht verstehe ich nicht viel davon – aber für mich ist das Ding, das vor nicht einmal zehn Minuten noch da gestanden hat, inzwischen wie eine Zeitbombe.«

»Dieses *Ding* existiert nicht mehr«, dröhnte der Haluter. »Jedenfalls nicht in unserer Zeit.«

Isaias Shimon schrie warnend auf. Der Himmel hatte sich schneller als erwartet mit schweren, düsteren Wolken verhangen. Gegen den spürbar auffrischenden Wind waren sie aufgezogen, aber vielleicht gab es hoch oben eine gegenläufige Höhenströmung.

»Das sind keine Wolken«, kommentierte Perry Rhodan. »Ich vermute irgendeine Lebensform dieses Planeten.«

»Wir halten uns schon zu lange hier auf«, sagte die Historikerin.

Norwell bedachte sie mit einem forschenden Blick aus zusammengekniffenen Augen. Dann wandte er sich wieder den Wolkengebilden zu und zog seinen Strahler. »Damit werden wir fertig. Jemand muss nur den Transmitter neu aktivieren. Je eher wir von hier verschwinden, desto besser.«

Mit weit ausgreifenden Schritten eilte van Küspert zu dem Container. »Das sind nur akonische Zeichen! Nichts mit Interkosmo. Unsere Freunde glauben wohl noch immer, sich absondern zu müssen.«

»Ich dachte stets, einem Physiker sei nichts zu schwer.« Über den Lauf seines Strahlers visierte Norwell die Wolken an. Bis auf weniger als 200 Meter war das nebelartige Brodeln mittlerweile herangekommen.

»Zum Container hinüber!«, rief Rhodan.

Van Küspert nahm die ersten Justierungsschaltungen vor. Tolot hatte seinen schweren Strahler, der aus der Sicht eines Menschen schon beinahe ein kleines Geschütz war, ebenfalls wieder in der Hand.

»Was immer das sein mag, es verbreitet sehr hohe Temperaturen.« Tolots infrarotempfindliche Augen erkannten solche Unterschiede sofort. »Wir sollten der Erscheinung nicht allzu nahe kommen.«

»Wir?« Norwell bedachte den Haluter mit einem forschenden Blick schräg von unten. »Es kommt auf uns zu, nicht umgekehrt.«

»Auf jeden Fall ziehen wir uns zurück.« Tolot stapfte auf Shimon und Solina Tormas zu, die Boryk mit mehreren Injektionen die Schmerzen genommen und ihn ruhig gestellt hatten, und hob den zwergenhaften Lemurerklon mit einer überaus vorsichtigen Bewegung vom Boden hoch. Kaum jemand, der den Haluter nicht näher kannte, hätte dem Koloss ein derart feinfühliges Vorgehen zugetraut. Boryk wimmerte leise.

Das war der Moment, in dem van Küspert feststellte, dass der Transmitter nicht mehr zu aktivieren war. »Die Justierung blockiert. Sie wurde so geschaltet, dass sie nur eine einzige Verbindung zulässt – zu Paronns Flaggschiff. Aber von dort kommt kein Bestätigungsimpuls.«

»Abgeschaltet?« Norwell erbleichte. »Sie haben einfach abgeschaltet und lassen uns hier zurück? Das sind ...«

»Verbrecher«, sagte die Akonin. »Alle Akonen sind Verbrecher, nicht wahr?«

Der Prospektor schaute sie wortlos an. Er drückte die Lippen zusammen, wandte sich wieder um und beobachtete die vermeintlichen, inzwischen sehr tief hängenden Wolken.

Augenblicke später senkte sich ein leichter Nebel auf die Überreste des zerstörten Zeittransmitters. Von der aufbrodelnden Masse glitten Ausläufer nach allen Seiten, und wo sie den Boden berührten, schien er sich in zähflüssige Schmelze zu verwandeln. Stahlfragmente glühten auf und sanken in sich zusammen.

»Das bekommen wir nicht in den Griff. Jedenfalls nicht schnell genug.« Sorgenfalten zeigten sich auf Hartichs Stirn, als er den ringsum dichter werdenden Nebel registrierte. Noch stand die Sonne groß und gleißend nur wenig unter dem Zenit. Die Atmosphäre erschien unglaublich klar, als zeigten sich auf diese Weise schon die ersten Ausläufer der Strahlungsfront der nahen Supernova. Gorbas-IV würde bald von der Schockwelle der Sternexplosion in nächster kosmischer Nachbarschaft verbrannt werden.

»Es wird Zeit, dass unsere Schiffe kommen. Jemand muss uns abholen.«

Isaias Shimon erschrak. »Du glaubst doch nicht etwa ...«

Der Physiker sah Solina forschend an. »Paronns Schlachtkreuzer gegen die PALENQUE und die LAS-TOÓR? Wenn er Rache nehmen will, wäre nichts einfacher, als uns auf diese Weise auszuschalten.«

»Jere von Baloy lässt uns nicht im Stich«, erwiderte die Historikerin. »Er holt uns hier ab, dafür lege ich meine Hand ins Feuer.«

»Da haben sich schon ganz andere die Finger verbrannt, meine Liebe.« Van Küspert schüttelte den Kopf. »Kein Akone weiß, dass Achab ta Mentec in Wahrheit Levian Paronn ist. Und selbst wenn ... Er hat Befehlsgewalt, die wird ihm niemand streitig machen.«

»Ich bekomme keinen Funkkontakt zur PALENQUE oder der LAS-TOÓR«, sagte Rhodan. »Mit meinem Armbandgerät registriere ich eine stärker werdende Störfront. Wahrscheinlich reicht der Helmfunk nicht weit genug in den Raum.«

Norwell riss plötzlich seine Waffe hoch und feuerte in die Luft. Dazu stieß er eine schrille Warnung aus. Tolot schoss ebenfalls. Fauchend entlud sich sein schwerer Strahler, doch die Glutbahn schien von den herabsinkenden Nebelschleiern gierig aufgesogen zu werden. Deutlich war zu erkennen, dass sich die Erscheinung rings um die Energiestrahlen verdichtete. Zuckende Pseudopodien formten sich und tasteten in die Richtung, aus der die Strahlschüsse kamen.

»Feuer einstellen!«, warnte Rhodan.

Norwell reagierte zu spät; fast gleichzeitig zuckte ein hauchdünner Nebelstreif auf ihn zu. Ein irrlichterndes Glühen umfloss seinen Strahler. Der Prospektor wurde von einer unsichtbaren Faust zurückgeschleudert und überschlug sich. Die Waffe hatte er verloren. Noch ehe sie den Boden berührte, reagierte das Energiemagazin in einer grellen Explosion. Sekundenlang schien sich ringsum eine schwer zu beschreibende Gestalt zu verdichten.

Shimon, der das Geschehen aus gut 20 Metern Distanz verfolgte, behauptete, er hätte gerade noch ein unglaublich vielgliedriges Etwas erkannt, eine Art Knäuel aus zahlreichen meterlangen, fingerdicken Tentakeln. Sie hätten sich in unaufhörlich zuckender Bewegung befunden – aber das war nicht mehr als eine flüchtige Momentaufnahme, für Sekundenbruchteile in die Netzhaut eingebrannt, weil die Helmfilter auf die jähe Lichtflut mit geringer Verzögerung reagiert hatten.

»Wir müssen hier weg!« Tolot riss Shimon und Solina einfach ein Stück weit mit sich. Rhodan und Norwell folgten dem Haluter, nur van Küspert war etwas langsamer. Der Physiker konnte sich schwer von dem Anblick des Containers und des akonischen Transmitters lösen, die unter dem Nebel in sich zusammensanken wie Wachsskulpturen in der Hitze eines Tiefstrahlers.

Solina Tormas streckte einen Arm aus und deutete auf die paralysierte Bestie. Ein Dunststreif kroch auf den Koloss zu. »Wir müssen hel...«

»Der Bestie helfen?«, sagte Norwell ungläubig. »Das ist eine Kampfmaschine, nichts weiter. Die reißt dich zum Dank in Stücke.«

»Tolot tut das auch nicht.«

»Mein Gott.« Der Prospektor schüttelte den Kopf. »Bist du Akonin oder gehörst du zur Sternenmission? Als Historikerin solltest du etwas mehr Wissen aufbringen.«

»Ich weiß, dass die Haluter Nachkommen der Bestien sind ...«

»Und das da ist eine verdammte Bestie. Aus der Vergangenheit, Solina, begreif das endlich. Das ist kein Kuschelhaluter.«

Tolot lachte dröhnend. Ohne die Lautstärkeregulierung im Helmfunk wären allen die Trommelfelle geplatzt. Aber auch so verzogen sie noch schmerzerfüllt die Gesichter.

Die ersten Nebeltentakel hatten die Bestie erreicht, die Metalleinschlüsse an ihrem Kampfanzug glühten auf.

»Diese Erscheinung blockiert den Funk extrem«, stellte Rhodan fest.

Zunehmend dichter quoll der Nebel heran. Der Eindruck, es mit einem lebenden Wesen zu tun zu haben, ließ sich nicht mehr leugnen.

»Wo bleiben unsere Schiffe?«

»Die kommen nicht mehr«, behauptete Norwell. »Und Boryk kann uns diesmal auch nicht helfen.« Suchend blickte er um sich. »Ich habe verdammt nochmal keine Lust, hier zu sterben. Perry, bring uns hier raus! Unsere Space-Jet steht irgendwo dort drüben.« Er starrte in die Richtung, in der das Beiboot der PALENQUE stand. Tolot war mit der Space-Jet gelandet, aber zu sehen war von dem Diskus nichts mehr. Der Nebel wogte zwischen den Überresten des Zeittransmitters und des Containers so dicht, dass es kein Durchkommen geben konnte.

»Der Nebel ist für uns undurchdringlich«, widersprach Rhodan.

Norwell starrte ihn zornig an.

»Wir verschwinden«, fuhr Rhodan fort. »Aber nach unten.«

»Zu den ...« Norwell schaute zu dem schwarzhäutigen Koloss zurück, der mittlerweile völlig unter dem Dunst verborgen war. »... Bestien?«

»Vom Regen in die Traufe«, dröhnte Tolot. »So sagt man doch bei euch, oder?«

Ein letzter suchender Blick.

Keine Raumschiffe.

Sogar die Sonne verwischte allmählich im Dunst. Dieses Sonnensystem würde in der Strahlung der nahen Supernova untergehen. Und mit ihm alles, was nicht vorher fliehen konnte.

4

Das Ende der kurzen Überlichtetappe war unspektakulär. Lediglich das gleißende Sternenlicht war aus einem weiten Bereich des Panoramaholos verschwunden, als hätte jemand ein schwarzes Tuch darübergedeckt. Geblieben waren düstere Schleier, ineinander verwoben, aufquellend wie Gewitterwolken und gelegentlich von Farbschlieren durchzogen. Die Ausläufer der Dunkelwolke erstreckten sich bis nahe an die GOLDEN GOOSE.

Hin und wieder schimmerte das Aufblitzen eines fernen Sterns durch die Materieschwaden.

Die Materiedichte war sprunghaft angestiegen, bedeutete aber trotz der hohen Restgeschwindigkeit des Schiffes noch kein Sicherheitsrisiko. Der in Flugrichtung aktivierte Prallschirm absorbierte die Partikelflut, bevor die Atome den verdichteten Stahl der Schiffshülle abschmirgeln konnten.

»Was sagt der Hyperfunk?«

»Keine neue Erfassung. Das Frequenzspektrum wird von den Emissionen der Wolke und vereinzelten Ausbrüchen von Gammastrahlen beherrscht.«

»Wahrscheinlich haben wir es doch mit einem Raumschiff zu tun«, sagte Janna Pagnell zögernd.

»Cavins?«

Der Orter zuckte mit den Schultern. »Dann steckt das fragliche Schiff aber so tief in der Wolkenmaterie, dass seine energetischen Charakteristika überlagert werden.«

»Für eine Dreieckspeilung brauche ich einen neuen Funkimpuls«, wandte Janna ein. »Wenn wir von uns aus auf der fraglichen Frequenz ...«

»Geschenkt!« Der Kapitän winkte ab. »Solange wir nicht wissen, was dort ist, geht kein Funkspruch raus! Ich habe nicht die Absicht, schlafende Hunde zu wecken. Wir brauchen nur eine Welt, auf der wir ungehindert landen und die Reparaturen vornehmen können.«

»Da ist etwas!«, meldete Cavins. »Die Massetaster haben ein ziemlich großes Objekt erfasst.«

»Energetische Emissionen?«

Der Mann hinter den Ortungen schüttelte den Kopf. »Nichts.«

»Also doch ein Wrack? Wie groß?«

»Ungefähr *zweieinhalb Kilometer*.« Cavins Schaltungen wurden hastiger. Mehrmals fuhr er sich mit einer Hand über den Nacken; er wirkte äußerst angespannt. »Das ist ein kleiner Planet, eine Welt ohne Sonne.«

Endlich zeigte die Bildwiedergabe eine von Kratern, Schründen und tiefen Grabenbrüchen durchsetzte Oberfläche, ein Antlitz, das so nur in Jahrmillionen entstanden sein konnte.

»Tatsächlich eine Dunkelwelt«, stellte der Kapitän überrascht fest.

»Und ein Irrläufer«, ergänzte Cavins. »Dieser Brocken bewegt sich gegen die Rotationsrichtung der Milchstraße. Nicht nennenswert zwar, aber doch mit einigen Metern in der Sekunde.«

Brouk fixierte die zahlreicher werdenden Ortungsdetails. Er verschränkte die Hände und stützte das Kinn auf den abgespreizten Daumen.

Vielleicht hatte er wirklich den richtigen Riecher bewiesen. Vagabunden wie dieser Himmelskörper waren gar nicht so selten, wenngleich äußerst schwer aufzuspüren. Bei einer nicht geringen Zahl handelte es sich um halb verbrannte Planetenleichen, die dem Feuertod im Gluthauch ihres zur Nova gewordenen Muttergestirns entronnen waren. Hitze, Druck und Strahlung hatten die oftmals schon schweren Elemente im Kern weiter modifiziert und zu kostbaren Rohstoffen werden lassen.

»Distanz?«

»Siebenundachtzig Millionen Kilometer.«

Also knapp fünf Lichtminuten. Die GOLDEN GOOSE näherte sich der Dunkelwelt mit 45 000 Kilometern in der Sekunde. Das bedeutete eine halbe Stunde Frist, während der er sich entscheiden musste. Delbert Brouk nickte zufrieden. Er hatte die Position des Kapitäns angenommen, obwohl sie ihm anfangs fast eine Nummer zu groß erschienen war, um endlich der Tretmühle zu entfliehen. Terra – Olymp, Olymp – Plophos, Plophos – Ertrus und Epsal und wieder Terra – das waren die monotonen Stationen seines Lebens, die für ihn längst jeden Reiz verloren hatten. Frachtflüge zwischen den Welten der Liga Freier Terraner; er fragte sich seit Jahren, ob es nichts anderes gab als solche Dienste, die ebenso gut Roboter erledigen konnten.

Wer bin ich, dass ich Robotern die Arbeit wegnehme?

Brouk schreckte aus seinen Gedanken auf. Er spürte, dass sich etwas verändert hatte. Die Blicke der anderen ruhten auf ihm; sie warteten auf seine Befehle, er zögerte schon zu lange.

Aus Unsicherheit? Was sich nicht in ein Schema einfügen ließ, bedeutete auf gewisse Weise eine Bedrohung. Das hatte er gelernt, während er vom Kontrolleur, der die zur Auslieferung bereiten Triebwerksblöcke auf Betriebssicherheit überprüfte, erst zum Zweiten Offizier und schon ein Jahr später zum Frachterkapitän aufgestiegen war. Bereits mit fünfzig Jahren hatte er das Ende seiner Karriereleiter erreicht, und ohne sein Leben völlig umzukrempeln, kam er nicht mehr weiter.

»Wir halten die Geschwindigkeit!«, hörte er sich sagen, ohne darüber nachgedacht zu haben. Das war Routine. »Spezielles Augenmerk auf Energieortung und Funk! Ich will wissen, wo der Sender steht.«

Träge flossen die Minuten dahin, während die Dunkelwelt größer wurde. Nach einer Viertelstunde stand sie formatfüllend im Panoramaholo, aber nur eine schmale Sichel war im Widerstreit von Licht und Schatten als zerklüftete Felswüste zu erkennen. Die schmutzig grauen Ablagerungen in den tieferen Regionen waren entweder Schnee oder

Eis, oder sie zeugten von einer Atmosphäre, die sich längst niedergeschlagen hatte.

Die Schwerkraft lag bei knapp einem Gravo und war damit überraschend hoch.

»Wenn das kein Anzeichen für Vorkommen schwerer Elemente ist ...« Brouk wandte sich an den Orter. »Lässt sich schon erkennen, ob wir den Hauptgewinn gezogen haben?«

Ein flüchtiges Grinsen huschte über Cavins Gesicht. »Das frage ich mich ebenfalls. Die Massetaster zeigen Hinweise auf flözartige Verdichtungen. Sie scheinen sich in mehreren hundert Metern Tiefe um den halben Planeten zu ziehen.«

Nicht einmal mehr 40 Millionen Kilometer ...

Kein Funkspruch forderte die GOLDEN GOOSE zum Stoppen auf und erklärte das Territorium für Terraner tabu.

28 Millionen Kilometer ...

Brouk ruckte jäh vor. Da war eine Einblendung, ein roter, pulsierender Kreis über der Äquatorzone der Dunkelwelt ...

»Ortung!«, rief Cavins. »Wir erfassen Streuimpulse eines Raumschiffstriebwerks!«

Ein zweiter blinkender Kreis erschien. Beide lagen im Bereich einer ausgedehnten Kraterkette.

»Streuimpulse entfernen sich von der Oberfläche! Zweihundert Sekundenkilometer, anwachsend!«

Startende Raumschiffe! Nichts anderes bedeutete die Ortung. Der Kapitän zerbiss eine Verwünschung. Er hatte sich verleiten lassen, der vermeintlichen Einsamkeit zu trauen. Nun wurde ihm die Quittung dafür präsentiert.

»Beschleunigung bei vierhundert!«

Die Leuchtmarkierungen entfernten sich voneinander. Das bedeutete, dass die Raumer unterschiedliche Kursvektoren eingeschlagen hatten.

Die aberwitzige Hoffnung, dass die GOLDEN GOOSE unentdeckt geblieben sein könnte, wurde von Cavins' nächster Meldung zunichte gemacht: »Eindeutig ein Abfangmanöver. Ein Schiff liegt auf Abfangkurs, Zusammentreffen in knapp fünf Minuten, gleich bleibende Beschleunigung vorausgesetzt. Das zweite Schiff fliegt entgegengesetzt an.«

»Haben wir schon die Identifikation?«

»Kein Funkverkehr«, antwortete Janna Pagnell.

Brouk nickte zögernd. »Dann schicken wir unsere Kennung, normal lichtschnell und Hyperfunk.«

»Werden die beiden angreifen?«

»Ich weiß es nicht«, erwiderte der Kapitän. »Aber wer schießt schon auf einen nahezu unbewaffneten Frachter?«

Die GOLDEN GOOSE verfügte in der Tat nur über zwei Thermogeschütze sowie einen schwachen Desintegrator, alle drei für die Asteroidenabwehr gedacht, der Desintegrator zudem für großflächigen Bodenabtrag. Das war nichts, mit dem sich ein Gegner hätte beeindrucken lassen. »Zum Sterben zu viel, aber zum Überleben zu wenig«, hatte ein Besatzungsmitglied kurz vor dem Start behauptet und war dafür von Brouk unter vier Augen zurechtgewiesen worden. Seltsam, dass ausgerechnet jetzt dieser Satz in ihm nachklang.

Auf Fluchtkurs gehen!, hämmerte es unter seiner Schädeldecke. *Mit einem Notmanöver können wir noch in den Hyperraum entkommen. Falls die Triebwerke das durchstehen.* Doch er zögerte, weil ihm jedes Abweichen vom Kurs wie ein Schuldeingeständnis erschienen wäre.

»Weiterhin ohne Kontakt?«

»Keine Reaktion auf unsere Kennung.«

»Das sind ebenfalls Kugelraumer!«, stellte Cavins fest. »Beide nicht größer als unser Schiff. Möglicherweise ein abgeflachter Pol.«

»Akonen?«

Wir hätten es schlechter treffen können, dachte Brouk. Die Akonen waren eine der ältesten Kulturen in der Milchstraße, allerdings schon immer etwas halsstarrig und wohl aus demselben Grund auch überheblich. Ihre weitgehend auf Isolation bedachte Politik hatten sie trotz mehrerer Anläufe nie wirklich aufgegeben, zumal die Macht in ihrer Gesellschaft auf einer festgefahrenen Aristokratie basierte und Akon sich in einem Standesdünkel allen anderen Kulturen überlegen fühlte.

Brouk hatte nie einem Akonen gegenübergestanden, sein Wissen bezog er aus unterschiedlich tendenziösen Trivid-Berichten. Dass die Akonen zu den Mitbegründern des Forums Raglund zählten, das angeblich eine Antwort auf wachsende Machtbestrebungen Arkons und Terras darstellte, machte sie ihm nicht eben sympathisch. Dass Arkon expandierte, war längst offensichtlich, doch auf Terra traf das nicht zu.

Brouk hätte beide Hände dafür ins Feuer gelegt, dass Perry Rhodan als terranischer Resident lieber Boden preisgeben würde, als erneut eine bewaffnete Auseinandersetzung zu riskieren. Letzten Endes liefe so etwas auf einen zerfleischenden Bruderkrieg hinaus.

»Beide Schiffe aktivieren Paratronschutzschirme! Beschleunigen ausschließlich mit Impulstriebwerken, keine Metagravemissionen.« Cavins musste die Meldung wiederholen, bevor der Kapitän darauf reagierte.

»Nicht der technische Standard ...?« Brouk starrte auf die rasend schnell sinkenden Distanzangaben. Noch knapp 14 Millionen Kilometer. Die Chance, beiden Raumern mit einem Überlichtmanöver zu entkommen, hatte er ungenutzt verstreichen lassen.

»Das sind Haluter!«

Vom Maschinenleitstand kam der Ausruf, der erst Verblüffung, aber dann ein erleichtertes Aufatmen hervorrief. Haluter bauten Schiffe dieser Größenordnung, mit einer Abflachung der unteren Polkuppel.

»Janna, gib mir eine Normalfunkverbindung auf Richtstrahl!« Auf einmal glaubte der Kapitän zu wissen, dass die vierarmigen Kolosse von Halut ähnliche Beweggründe haben mochten, sich bedeckt zu halten. Ihnen war nicht an diplomatischen Verwicklungen gelegen. Die uralte Redensart vom Elefanten im Porzellanladen traf auf die 100 000 Haluter in der Milchstraße gewiss nicht zu.

Vor Brouk entstand ein flirrendes Akustikfeld. Mit leichtem Fingertippen dirigierte er es näher an sich heran.

»Ich bin Kapitän Delbert Brouk an Bord des *Metastream Corp.*-Frachters GOLDEN GOOSE. Ich grüße unsere halutischen

Freunde. Vermutlich haben wir dieselben Interessen – wir sind bereit, eine Abordnung an Bord zu nehmen.«

Er nickte zufrieden, als beide Kugelraumer endlich verzögerten. Das Manöver zur Kursangleichung war unmissverständlich.

»Keine Antwort«, sagte Janna Pagnell.

»Größter Schiffsdurchmesser knapp vierundneunzig Meter«, stellte Cavins fest. »Die Bauweise ist typisch.«

Endlich ließ die optische Vergrößerung auch die schwarze Rumpffärbung erkennen. Die Schiffe verschmolzen nahezu mit dem Hintergrund der Dunkelwolke.

»Bremsmanöver einleiten! Es sieht so aus, als wollen uns die Haluter auf die Dunkelwelt eskortieren.«

Die Distanz betrug noch zwei Millionen Kilometer, beide Raumer verzögerten mit Höchstwerten.

Sekunden später ein ohrenbetäubendes Dröhnen und das schrille Kreischen von berstendem Stahl, das von den Schallisolierungen nur unvollkommen gedämpft wurde. Der gellende Aufschrei von der Ortung ging in dem losbrechenden Lärm nahezu völlig unter.

»Fünfdimensionale Stoßfronten!«

Das Wimmern der Absorber verklang in einem zweiten dumpfen Dröhnen nur einen erschreckten Herzschlag später. Das Schiff schien sich aufzubäumen, in den Holos verwirbelten die Sterne und erloschen.

Da war ein unheimliches, nie zuvor gehörtes Bersten und Krachen, wie das Splittern von Knochen eines Lebewesens. Und genau das schien urplötzlich Wahrheit zu werden: Das Schiff lebte. Es schrie. Es brüllte seinen Schmerz und die Qual der geschundenen Kreatur hinaus und versuchte vergeblich, sich den unsichtbaren Gewalten zu entziehen, die molekular verdichteten Stahl wie Papier aufplatzen ließen und zusammenknüllten. In einem wahren Stakkato zerplatzten Deckversteifungen und Spanten in der Außenhülle.

Danach – Stille.

Von irgendwoher erklangen wieder Stimmen. Brouk verstand nicht, was sie sagten, in seinem Schädel hallte der

Lärm nach wie das Dröhnen einer angeschlagenen Glocke. Finsternis beherrschte die Zentrale, nur hie und da von einem flackernden Element der Notbeleuchtung durchbrochen.

Die Zahl der Warnanzeigen war Legion. Lediglich ihr Rot schien inmitten des Chaos von Bestand. Höhnisch grinste es ihn an.

»Schadensmeldung!« Die Aufforderung kam dem Kapitän nur als heiseres Krächzen über die Lippen.

Die plötzliche Stille erschreckte ihn mehr als der vorangegangene Angriff. Wie lange hielt sie bereits an? Sekunden erst oder schon Minuten? Jedenfalls hatten die Haluter das Feuer wieder eingestellt. Schon ihre erste Salve musste den schwachen Schutzschirm durchschlagen und den Schiffsrumpf mit unglaublicher Gewalt eingedrückt und aufgerissen haben. Alles war so aberwitzig schnell geschehen ...

Taumelnd kam Brouk auf die Beine, die ihn nicht so recht tragen wollten. Er registrierte, dass schwerer Qualm aus den Schächten der Luftumwälzung quoll.

Jemand drückte ihm einen Raumanzug in die Hände. Es war Lacross. Der Zweite Pilot hatte vor ihm den Spind erreicht; sein Gesicht glänzte schweißüberströmt, doch in seinen Augen loderte ein verzehrendes Feuer.

Mit fliegenden Fingern streifte Brouk sich den dünnen Folienanzug über. Als er den zusammengefalteten Helm aus dem Nackenwulst zog, zögerte er und rief: »Janna, hatten wir noch Funkkontakt?«

Stumm schüttelte die Funkerin den Kopf.

»Aber unser automatischer Notruf ...?«

Ein neuerliches dumpfes Grollen erinnerte den Kapitän daran, dass es Wichtigeres gab. Er fühlte sich der Situation nicht mehr gewachsen. Was er gelernt hatte, war ausgerechnet jetzt wie weggewischt. Zweifellos gab es nur noch wenige Sektionen, in denen die zugleitenden Sicherheitsschotten die Atemluft zurückgehalten hatten. Ansonsten herrschte Vakuum.

»Wir müssen in die Rettungskapseln!« Brouk war selbst

überrascht, dass er seine Stimme wieder einigermaßen unter Kontrolle hatte. »Haben wir Schadensanzeigen?«

»Totalausfall der Schachtsensoren«, sagte Cavins tonlos. »Wir müssen von Hand öffnen ...«

»Worauf warten wir dann noch?« Brouk fragte sich, was aus den anderen Besatzungsmitgliedern geworden war. Der Angriff war zu überraschend erfolgt, und die meisten hatten sich in ihren Quartieren aufgehalten.

Von irgendwoher rollte ein dumpfes Grollen heran, begleitet von deutlich spürbaren Erschütterungen. Explosionsdonner folgte. Es waren mehrere Detonationen, die sich zu einem einzigen Dröhnen vermischten.

Die Funkerin schwang sich in den Rettungsschacht. Cavins folgte ihr.

Brouk warf sich herum und hastete zum Hauptschott. Egal, was geschah, er konnte das Wrack nicht verlassen, ohne sich Gewissheit verschafft zu haben.

»Haut ab!«, brüllte er über Helmfunk. »Ich kümmere mich um die anderen.«

Innerhalb eines Sekundenbruchteils brach die künstliche Schwerkraft zusammen. Der eigene Schwung riss den Kapitän vorwärts, er krachte gegen eine Konsole, versuchte vergeblich, sich abzufangen, und verlor dabei endgültig die Richtung. Dann erst aktivierte er das Tornisteraggregat, dessen Gravopak ihm die gewohnte Schwere zurückgab.

Die nächste Explosion ... Brouk hatte das Hauptschott fast erreicht, als die Seitenwand aufplatzte. Eine Stahlplatte wirbelte heran, doch ihm blieb nicht einmal mehr die Zeit für einen Aufschrei.

Das schwere Geschoss verfehlte ihn um Haaresbreite.

5

»Alles in Ordnung?«, fragte Levian Paronn hart, kaum, dass er an Bord des Kreuzers UMBERIA das Transportfeld verließ. Eine Nuance schroffer fügte er hinzu: »Den Transmitter abschalten! Sofort!«

Der Erste Offizier blickte seinen Vorgesetzten verwirrt an, reagierte aber dennoch mit der gewohnten Schnelligkeit. Das flimmernde Energiefeld des kleinen Bogentransmitters in der Zentrale erlosch.

»Die Bestien verhalten sich abwartend«, meldete Jehan Hattusk. »Bislang kein neuer Feindkontakt.«

Der Maphan nickte zufrieden. »Was ist mit dem Prospektorenraumer der Liga Freier Terraner und der LAS-TOÓR?«

»Beide Schiffe stehen unverändert auf Warteposition am Rand des Systems.«

»Funkkontakt?«

»Keiner, Maphan. Auch nicht mit der LAS-TOÓR. Ich denke ...« Eine Handbewegung des Kommandanten brachte den Ma-Techten zum Schweigen.

»Gib mir eine Verbindung zu Maphan Jere von Baloy!«

Levian Paronn nutzte die kurze Zeitspanne, bis sich das Holo aufbaute, für einen suchenden Blick über die Panoramagalerie. Ein grimmiges Lächeln umspielte seine Mundwinkel. Der Glutball der Supernova, die ihre eigenen Planeten längst verschluckt hatte, stand wie ein loderndes Fanal beinahe im Zentrum des Ortungsbilds.

Die Übertragung von der LAS-TOÓR stabilisierte sich. Schweigend musterte Paronn sein Gegenüber vom Kopf bis zu den Füßen. Jere von Baloy war sogar für einen Akonen hoch gewachsen und maß gut eine Handspanne mehr als Levian selbst. Er wirkte durchtrainiert und hatte kaum ein Gramm Fett am Körper. Unbewegt ließ er die Musterung über sich ergehen.

»Wir fliegen gemeinsam zurück nach Drorah!«, sagte Paronn endlich.

»Wir?« Noch immer zuckte kein Muskel in Jere von Baloys Gesicht.

»Die LAS-TOÓR wird sich der UMBERIA anschließen.«

»Und die PALENQUE ...?«

»Das Schiff der LFT interessiert mich nicht. Ich fordere den Kommandanten auf, innerhalb der nächsten Normstunde das akonische Hoheitsgebiet zu verlassen. Andernfalls ...«

»*Der* Kommandant der PALENQUE ist eine Frau.«

Paronn ignorierte den Einwand. »Nach Ablauf der Frist werde ich auf den Prospektorenraumer schießen lassen. Es wird sich herausstellen, ob die Terraner tatsächlich so hartnäckig sind wie ihr Ruf.«

Um Jere von Baloys Mundwinkel zeichnete sich ein süffisantes Lächeln ab. »Ich bedauere, doch die LAS-TOÓR wird ihre Position vorerst nicht verlassen.«

»Zwinge mich nicht dazu, Jere, gegen ein akonisches Schiff vorzugehen.«

»Mit Verlaub, Maphan, die LAS-TOÓR untersteht keinem militärischen Befehl. Es mag dir schwer fallen, das zu akzeptieren ...«

»So ist es. Eins unserer Sonnensysteme wurde von Aggressoren besetzt. Lassen wir dahingestellt, ob von Halutern oder Bestien. Unter diesen Umständen bin ich als Kommandant eines Verbands von Schlachtschiffen der glorreichen Siebenten Flotte befugt, unverzüglich und ohne Rücksprache mit dem Regierenden Rat die Notstandsgesetzgebung anzuwenden. Das geschieht hiermit. Die LAS-TOÓR untersteht ab sofort meinem Befehl, jeden Widerspruch werte ich als Meuterei und Gefährdung der inneren Sicherheit. Der LAS-TOÓR werden umgehend die Kursdaten für den gemeinsamen Flug nach Drorah übermittelt.«

»Nein«, sagte Jere von Baloy unbewegt.

»Du widersetzt dich? Ich werde ...«

Paronn verstummte, als Jere von Baloy in einer um Aufmerksamkeit heischenden Geste die Arme ausbreitete. Ausgerechnet der Mann, der es nicht einmal für nötig befand, die Kommandantenuniform zu tragen, sondern in seiner viel zu legeren Kleidung eher dem undisziplinierten Haufen an Bord des terranischen Schiffes ähnelte.

»Natürlich kennst du die Vorschriften so gut wie ich, Maphan Achab ta Mentec.« Von Baloys Stimme wurde mit jedem Wort leiser und eindringlicher, ganz so, als bereite ihm das größtes Vergnügen. »Ein Besatzungsmitglied der LAS-TOÓR befindet sich auf dem zweifellos von Bestien okkupierten Planeten. Woher die Angreifer gekommen sind, ist in dem Zusammenhang zweitrangig. Ausschlaggebend ist allein, dass zu meinem Besatzungsmitglied kein Funkkontakt besteht.«

»Alle, die vorschriftswidrig auf Gorbas-Vier gelandet sind, dürften mittlerweile nicht mehr am Leben sein.«

»Gibt es Beweise dafür?«

Paronn lachte dumpf. »Der Ausfall unserer Einrichtungen auf Gorbas-Vier ... drei von Bestienraumern vernichtete Schlachtschiffe, dazu die von uns zerstörten Abwehrstellungen und Bestienraumer ... weiterer Beweise bedarf es wohl nicht.«

Jere von Baloy nickte sinnend. Letztlich lag in seinen Augen ein Ausdruck, den Paronn sich nicht erklären konnte.

»Zwei Schlachtkreuzer«, sagte der Kommandant der LAS-TOÓR, »sollten in der Lage sein, die Gestrandeten auf dem Planeten abzuholen.«

»Unkalkulierbare Risiken wegen einer Hand voll Terraner einzugehen, die ohnehin nicht mehr am Leben sind, erscheint unverantwortlich.«

»Ein Besatzungsmitglied der LAS-TOÓR befindet sich ebenfalls auf Gorbas-Vier.«

»Ich gehe davon aus, dass Solina Tormas sich den Terranern freiwillig angeschlossen hat.« Paronn lachte triumphierend, als sein Gegenüber schwieg. »Wenn du schon so versessen darauf bist, den terranischen Emporkömmlingen beizustehen, kennst du wohl auch einige ihrer besonderen Redensarten. *Mitgefangen – mitgehangen,* Jere. Die Historikerin ist für ihr Schicksal selbst verantwortlich.«

»Du weißt demnach nichts über den Verbleib der Gruppe?«

Paronn zögerte kaum merklich. »Nein. Aber ich befehle dir ...«

»Das finde ich seltsam. Sogar befremdlich.« Jere von Baloy lächelte, doch es wirkte frostig. »Ich stelle mir gerade vor, dass es die Mitglieder des Regierenden Rates auf Drorah brennend interessieren dürfte, weshalb zwischen einem von Gegnern besetzten Planeten und der UMBERIA eine Transmitterverbindung bestand. Weshalb dir außerdem bekannt ist, wer von meiner Besatzung auf Gorbas-Vier gelandet ist, obwohl deine Schiffe erst zu einem späteren Zeitpunkt eintrafen. Die Auswertung der Messdaten lässt leider nicht erkennen, ob eine oder mehrere Personen über den Transmitter geholt wurden.«

Levian Paronn versteinerte. Unbewegt starrte er das dreidimensionale Abbild an, als könne er auf diese Weise Einfluss auf den Kommandanten der LAS-TOÓR nehmen. »Offenbar willst du es nicht anders«, sagte er schließlich. »Die Bestien sind ernst zu nehmende Gegner, denen ein Schiff wie die LAS-TOÓR wenig entgegenzusetzen hat. Ich fürchte, Maphan, wir werden uns nicht wiedersehen.« Mit einer unwilligen Handbewegung unterbrach er die Funkverbindung. Tief atmete er ein und hielt den Atem lange an, bevor er ihn rasselnd wieder ausstieß. Die Lippen hatte er fest zusammengepresst, sie bildeten nur noch zwei schmale, blutleere Striche. Dann schlug er sich die Hände vors Gesicht.

Minutenlang stand er so da. Er registrierte, dass es in der Zentrale der UMBERIA leiser wurde, bis schließlich kein Laut mehr zu hören war. Die meisten Offiziere reagierten verwirrt; sie hatten keine Ahnung, was ihn bewegte.

Paronn schüttelte sich. Als er endlich wieder aufschaute, waren seine Augen gerötet. In dem Moment wirkte er wie ein Mann, der völlig die Orientierung verloren hatte. Mit beiden Händen massierte er seine Kiefergelenke. Schließlich gab er sich einen merklichen Ruck. »Wir ziehen uns zurück! Es gibt keine Veranlassung, länger im Gorbas-System zu bleiben.«

»Kurs Drorah?«, fragte der Erste Offizier. »Wir müssen den Regierenden Rat über die Bestien informieren.« Tief atmete er ein. »Es ist ... Ich kann das einfach nicht glauben. Aber das kann wohl noch keiner an Bord. *Bestien!*« Wie einen Fluch stieß er das Wort aus. »Woher kommen sie? Was wollen sie? Wir haben drei Schiffe verloren, weil sie so überraschend zugeschlagen haben. Wären wir gewarnt gewesen ...«

Paronn zögerte nur einen Moment. »Wir sind jetzt gewarnt! Deshalb gehen wir auf Patrouillenflug Richtung Westside.«

»Kurs auf den Sektor, in dem die ersten Sternenarchen aufgebracht wurden?«, fragte der Ma-Techten überrascht.

Der Kommandant überging die Frage. »Ich erwarte äußerste Präzision der Funküberwachung und der Ortung! Über alles Außergewöhnliche will ich umgehend informiert werden.«

»Wir sollen weitere Archen aufspüren?«

»Nein, das haben wir nicht nötig. Ich erwarte Hinweise auf ein umfassenderes Wirken der Bestien. Sie sind nicht nur im Gorbas-System.«

Das schlug ein wie eine Bombe.

»Woher kommen die Bestien?«

»Vermutlich aus der Vergangenheit«, sagte der Kommandant schwer. »Aus der Zeit, als unsere Ahnen mit letzter Kraft um ihr Überleben kämpften. Diese schwarzhäutigen Kampfmaschinen kennen keine Gnade, machen keinen Unterschied zwischen Zivilisten und Soldaten. Wer ihnen in den Weg kommt, wird umgebracht; es ist, als hätte die Hölle sich aufgetan und diese vierarmigen Mordmaschinen ausgespien. Sie sind die fürchterlichste Heimsuchung, die unsere Galaxis je über sich ergehen lassen musste.«

Auf der UMBERIA hatte ta Mentec stets als ruhiger und überlegt handelnder Kommandant gegolten. Doch nun hatte er sich in einen Zorn hineingesteigert, der allen fremd war.

»Das klingt beinahe, als hättest du diese Bestien bereits selbst im Kampf erlebt«, sagte der Erste Offizier.

»Ich interessiere mich schon immer für die Geschichte des Großen Tamaniums. Das sollten alle, die mehr oder weniger direkt von den Lemurern abstammen. Aber wen kümmern heute noch die eigenen Wurzeln? Terraner und Arkoniden gehen belanglos darüber hinweg, nur wir Akonen haben noch den alten Stolz bewahrt ...«

»Der Große Krieg liegt eine Ewigkeit zurück«, protestierte einer der Offiziere. »Ich kann mir nicht vorstellen, dass das Geschehen von einst heute noch eine Bedeutung hat.«

»Eine Ewigkeit?«, entgegnete Levian Paronn. »Der Krieg hat uns eingeholt! Er ist wieder Gegenwart!«

»Es tut sich was«, sagte Omer Driscol so behäbig, als ginge ihn das alles herzlich wenig an. Er lümmelte in dem Kontursessel, als hätte er weiß Gott keinen Platz darin; dabei fiel der knapp zwei Meter große Mann keineswegs aus der Norm. Mit einer Hand bediente er die holografische Tastatur über seiner Konsole.

»Omer Driscol – Sir!«, rief eine gereizte Stimme. Ob Mann oder Frau war nur schwer herauszuhören. »Ich erwarte eine halbwegs anständige Meldung. Irgendwann solltest das sogar du kapiert haben.«

»Natürlich, Ma'am.«

Der Ortungsspezialist der PALENQUE dachte dennoch nicht daran, seine verdrehte Haltung aufzugeben. Er hob nur den Kopf und neigte den Oberkörper etwas nach vorn, als könne er sich auf die Weise ein besseres Blickfeld verschaffen.

»Erst ballert irgendwer auf Nummer vier rum – ich meine unsere Leute und die Bestienraumer, die wir auf dem Schirm hatten –, dann liefern sich die Akonen ein heftiges Gefecht, aber ganz sicher nicht mit unseren ...«

»Bekannt!«, wehrte die Kommandantin ab. »Die Meldung, Omer!«

Driscol kratzte sich ausgiebig den Nacken. Seine stoische Ruhe war an Bord des Prospektorenraumers nicht nur längst sprichwörtlich geworden, sie hatte oft genug für Zündstoff gesorgt.

»Ich finde es nicht richtig, dass wir hier draußen rumhängen, während der Rest unserer Crew ... na ja, wenigstens sind Rhodan und der Haluter bei ihnen ...«

»Geschenkt.« Sharita Coho, die Kommandantin der PALENQUE, stand urplötzlich neben dem Platz des Orters. Gut einen Kopf kleiner als Driscol, befand sie sich jetzt zumindest auf gleicher Höhe mit ihm. Breitbeinig, die Arme verschränkt, fixierte sie ihr Gegenüber. An der Hüfte ihres Kampfanzugs baumelte ein schwerer Kombilader.

»Ohne das unvermutete Auftauchen der Akonen hätte ich eingegriffen. Falls du der Ansicht bist, dass Rhodan mir einen Stillhaltebefehl erteilt hat ...«

Omer Driscol stützte sich auf den Armlehnen ab und richtete sich kerzengerade auf.

Sharita Coho musste den Kopf ein klein wenig in den Nacken legen. »... so irrst du dich. Selbst der große Perry Rhodan ist für mich nur ein vorübergehendes Besatzungsmitglied, das ...«

»... inzwischen für etlichen Wirbel gesorgt hat«, unterbrach Driscol. »Dennoch können wir den Trupp nicht ohne Unterstützung lassen.«

»Darüber denke ich nach. Du wirst zugeben müssen, dass die Schlachtschiffe der Akonen deutlich stärker bewaffnet sind als wir. Dennoch haben sie drei Einheiten über Gorbas-Vier verloren. Was immer auf dem Planeten lauert, verfügt über eine beachtliche Schlagkraft.«

»Offenbar. Unsere hochadligen Freunde beschleunigen jedenfalls seit drei Minuten. Sieht nach dem Anlauf für ein Metagravmanöver aus. Kurs: Weg von hier! Wenn du mich fragst, die geben Fersengeld.«

Sharita Coho kniff die Augen zusammen, was ihre ohnehin schon hervortretenden Wangenknochen noch kantiger zeichnete. Ihr Gesicht wirkte in dem Moment wie aus einem Steinblock gemeißelt. »Bist du sicher?«

»Bezweifelst du, dass ich Ortungsdaten lesen kann? Sharita, ich muss nicht auf diesem Kahn Dienst tun, mit meinen Fähigkeiten nimmt mich die LFT mit Handkuss.«

»Warum gehst du nicht?«

Driscol grinste breit. »Mir sind die PALENQUE und ihre Kommandantin ans Herz gewachsen.«

»Das ist deine Version. Meine ist, dass du selbst bei der kleinsten Flotteneinheit endlich richtiges Benehmen lernen müsstest. Respekt vor Vorgesetzten ...«

Der Ortungsspezialist zog einen Mundwinkel in die Höhe.

»... richtiges Sitzen vor den Kontrollen ...«

Er nickte schicksalsergeben.

»... und überhaupt ...«

»Die beiden Kreuzer sind soeben in den Überlichtflug gegangen!«, meldete Driscol ungewöhnlich schnell, froh darüber, die Zurechtweisung der Kommandantin auf diese Weise unterbrechen zu können. »Kursvektor unverändert. Die hauen tatsächlich ab.«

»Und?«

Driscol hob die Schultern und ließ sie langsam wieder sinken. »Was und? Ich verstehe nicht.«

»Gorbas-Vier?«

Vorübergehend war der Ortungsspezialist die Aufmerksamkeit in Person. Zwar ließ er sich nie wirklich antreiben, doch seine Schaltungen waren präzise, und nicht ein Handgriff war überflüssig.

»Auf Vier ist alles ruhig«, fasste er zusammen. »Auch auf den anderen Planeten gibt es keine Anzeichen für Unregelmäßigkeiten. Wir können die verlorenen Kinder abholen.«

Entgegen ihren sonstigen Gewohnheit schlug die Kommandantin Driscol anerkennend auf den Arm. »Wenn wir dich nicht hätten, Omer.« Sprach's, wandte sich ab und ließ einen Ortungsspezialisten zurück, dem vor ungläubiger Überraschung der Mund offen blieb.

»Was ist, Alemaheyu, haben wir Funkkontakt zu unserer Gruppe?«

Der dunkelhäutige Terraner, der eben noch die Lippen im Takt einer unhörbaren Melodie bewegt hatte, schüttelte den Kopf. »Keine Verbindung. Da kein Notsignal hereingekommen ist, liegt wohl alles im grünen Bereich. Andererseits ...«

Sharita Coho sah ihn auffordernd an.

Alemaheyu Kossa bewegte den Oberkörper rhythmisch. Seinem sinnend in weite Ferne schweifenden Blick war anzusehen, dass er in Gedanken bei Eniva ta Drorar weilte. Der aristokratischen Akonin hatte er in den ersten Tagen ihres gemeinsamen Fluges als Betreuer zur Seite gestanden. Eigentlich war der Konflikt programmiert gewesen, repräsentierten sie beide doch grundverschiedene Welten. Aber dann hatte er Eniva das Spiel auf der Luftgitarre gezeigt, mit syntronischer Unterstützung, und sie hatte Gefallen daran gefunden. Vielleicht sogar ein wenig an ihm selbst. Kossa lächelte genießerisch.

»Andererseits sind jetzt unsere Aufpasser weg. Die Schiffe waren doch nichts anderes; Einheiten der Siebenten Flotte von Admiral Mechtan von Taklir. Die scheinen uns ständig zu beschatten. Aber wie Omer schon angedeutet hat: wenn wir näher an Gorbas-Vier gehen ...«

»Fühlt sich mittlerweile jeder dazu berufen, mir vorzuschlagen, wie ich das Schiff führen soll?« Sharita Coho hob die Stimme. »Ich sehne mich nach den Tagen zurück, in denen wir die akonische Austausch-Geisel an Bord hatten. Da gab es noch eine Spur von gutem Benehmen. Inzwischen verstehen es alle, nahtlos an die Zeit vorher anzuknüpfen. Gut, ich spiele mit, aber auf meine Weise.« Sharita hatte beide Fäuste geballt und schlug sie demonstrativ gegeneinander.

Kossa grinste breit. Er, schlaksig, geradezu dürr, kleiner noch als die Kommandantin, aber dafür mit einer krausen Haarpracht, die jene paar Zentimeter wieder wettmachte, schnippte rhythmisch mit den Fingern. »Unsere Freunde melden sich soeben!«

»Hayden, Hartich und die anderen?«

»Maphan Jere von Baloy, Kommandant der LAS-TOÓR.«

»Worauf wartest du?«

»Ich stelle durch.« Kossa entblößte seine strahlend weißen Zähne.

»Sie sind weg und außer Reichweite«, eröffnete der Akone.

»Das haben wir ebenfalls festgestellt.« Sharita Coho nickte knapp. »Ist euch bekannt, was es mit den beiden Transmitterimpulsen auf sich hatte? Unser Cheforter hat eindeutig die UMBERIA als einen von beiden Messpunkten identifiziert.«

Kaum einer registrierte, dass Driscol überrascht eine Augenbraue hochzog und sich zufrieden zurücklehnte. Im Umgang mit den Akonen schadete es bestimmt nicht, den einen oder anderen leicht überzogenen Titel bereitzuhalten. Auch wenn auf der LAS-TOÓR, wie sich herausgestellt hatte, ebenfalls nur mit Wasser gekocht wurde.

»Die Gegenstation steht auf Gorbas-Vier«, murmelte er gerade laut genug, dass die Kommandantin ihn hören konnte. »Ich habe die exakten Oberflächenkoordinaten vorliegen.«

Ruckartig wandte Sharita sich der Ortungsstation zu. »Warum erfahre ich das erst jetzt?«

»Bislang wollte niemand den Planeten anfliegen.«

»Ich habe mitgehört.« Jere von Baloy räusperte sich. »Wie lange sollen wir noch warten?«

Sharita Coho hätte etliche Gründe anführen können, angefangen damit, dass die PALENQUE alles andere als ein Kriegsschiff war, bis hin zu der Feststellung, dass Icho Tolots kleines Kugelraumschiff auf Gorbas-IV gelandet sein musste. Im Ortungsschatten des Planeten konnte der Haluter sich jedenfalls nicht entfernt haben. Er wäre den Ortungen der PALENQUE und der LAS-TOÓR nicht entkommen; beide Raumer waren sehr schnell auf größere Distanz zueinander gegangen, um den toten Messbereich möglichst weit zu reduzieren.

»Falls das Risiko für die PALENQUE zu groß erscheint ...«

»Unsinn! Meine Prospektoren haben nie ein Risiko gescheut. Ich schlage vor, die LAS-TOÓR gibt uns Feuerschutz, während wir in einen geostationären Orbit über den angemessenen Koordinaten gehen. Leider verfügt die PALENQUE nicht über einen Virtuellbildner, mit dem wir eventuelle Angriffe ablenken könnten. Aber irgendwie kriegen wir das schon hin.«

Die PALENQUE nahm Fahrt auf.

6

»Sie halten uns für Haluter!« Lev Utan lachte dröhnend, brach jedoch abrupt wieder ab. Seine Handlungsarme krachten auf die Sessellehne, während die Brustarme auf seinen Kampfanzug trommelten. »Wir sind Haluter!«, brüllte er. »Gut zu wissen, dass diese Welt noch existiert.«

»Fragst du dich nicht, welche Kreaturen auf Halut wohnen?«, wandte Onk Pellew ein, der Dritte an Bord des kleinen Raumschiffs, das die Lemurer abfangen sollte.

»Wieso?«

»Weil es den Anschein hat, als wären Lemurer und Haluter Freunde geworden«, sagte Lissos.

Utan entblößte sein Raubtiergebiss und ließ ein tief aus dem Konvertermagen kommendes Grollen hören. Jeden anderen hätte er damit eingeschüchtert. »Dann sind diese Haluter Verräter und müssen ebenfalls ihre gerechte Strafe erhalten! Niemand arbeitet mit Zeitverbrechern wie den Lemurern zusammen.«

»Wir unterschreiten soeben die maximale Geschützreichweite«, meldete Pellew.

»Noch nicht feuern! Die Zielgenauigkeit lässt auf diese Distanz zu wünschen übrig.«

»Und wenn schon ... das sind nur Lemurer.«

»Wir sollen Gefangene ins Arsenal bringen! Die Alten wollen herausfinden, wie die Lemurer sich verändert haben.«

»Sie werden uns kaum ebenbürtig geworden sein.« Utans Feststellung klang wie ein Fluch.

»Dann frage ich mich, warum ihr Funkspruch klingt, als erwarteten sie, auf Vertraute zu treffen.«

»Die Übersetzung ist fehlerhaft«, behauptete Pellew. »Ohnehin lässt ihre Sprache nur noch wenige Gemeinsamkeiten mit dem Lemurischen in unseren Datenspeichern erkennen.«

»Ich schließe einen Übersetzungsfehler aus«, widersprach Utan. »Das wäre unlogisch, denn sie hätten fliehen können. Wenn ihr Schiff über gute Beschleunigungswerte verfügt, wäre ihnen ein Entkommen möglich gewesen. Ich glaube auch, dass sich viel mehr mehr verändert hat, als wir ahnen.«

»Fünfzig Jahrtausende sind eine lange Zeit«, pflichtete Lissos bei.

»Für Lemurer – nicht für uns. Sie altern so wahnsinnig schnell. Aber zweifellos ist das auch der Grund für ihre extreme Vermehrungsrate.«

»Dann ist die Galaxis heute voll von ihnen«, folgerte Utan. »Und sie haben sich auch über Karahol, die Zweite Insel, ausgebreitet.«

»Die Tamanien der Lemurer nahmen eine schnelle Aufwärtsentwicklung.« In Lissos erwachte immer mehr Wissen über die Vergangenheit. Jeder von ihnen verfügte über diese Informationen. »Zudem konnten sie uns jahrzehntelang widerstehen, bis der Einsatz von Paratronschirmen und Intervallkanonen ihren Untergang herbeiführte.«

»Das ist falsch!«, sagte Utan. »Sie können niemals völlig verschwunden sein. Dann hätte es keine Notwendigkeit gegeben, uns zu erschaffen.« Er rammte Lissos die Faust gegen die Brust. »Warum starrst du mich so an?«

Lissos schwieg. Er konzentrierte sich auf die Überlegungen seines Planhirns, das ihm die Unstimmigkeit zeigte: Die besiegten Lemurer hatten es geschafft, sich zu neuer Bedeutung aufzuschwingen, und offensichtlich hatten sie die Haluter zu ihren Verbündeten gemacht. Was war geschehen? »Wir greifen an!«, befahl er. »Das lemurische Schiff darf aber nicht völlig zerstört werden.«

Zwei Intervallkanonen feuerten.

Deutlich war die Trefferwirkung zu erkennen. Die fokussierten fünfdimensionalen Stoßfelder durchschlugen den gegnerischen Schutzschirm und zertrümmerten in mehreren Salven die untere Schiffshalbkugel.

Die Lemurer schienen von dem Angriff völlig überrascht zu werden. Sie setzten sich nicht zur Wehr.

»Kein Notruf«, stellte Pellew ungläubig fest. »Das macht es uns leichter, wenigstens einige von ihnen zu schonen.«

Lissos fragte sich, wie lange dieser Zustand anhalten würde. Hoffentlich lange genug, bis die uneingeschränkte Schlagkraft aller Arsenale zur Verfügung stand. Denn falls sich seine Befürchtungen bewahrheiteten, galt es nicht nur, gegen Lemurernachfahren zu kämpfen, sondern auch gegen Haluter.

Der Gedanke, das Wrack nach Paggosh zu bringen, verglühte mit den Trümmern, die eine heftige Explosion in den Raum schleuderte. Deutlich war das atomare Feuer zu erkennen, das sich im Konglomerat der unteren Schiffshälfte ausbreitete. Die grelle weiße Glut fraß sich rasend schnell vorwärts.

Zwei kleine Flugkörper verließen das Wrack in Äquatorhöhe. Der geringen Größe nach zu schließen, handelte es sich um Rettungskapseln, in denen ein oder zwei Lemurer Platz fanden.

»Wir haben die Fahrzeuge in der Ortung und fangen sie mit Traktorstrahlen ein«, erklang es in Lissos' Helmfunk.

Die knappe Mitteilung war von dem zweiten Raumer gekommen. Flüchtig schaute Lissos sich um, doch konnte er ohne Hilfsmittel nicht einmal die Rettungskapseln ausmachen.

Augenblicke später schlug er nahezu ungebremst auf dem Wrack auf. Wenige Schritte neben ihm krachte Lev Utan auf den Rumpf. Der Atombrand war hinter dem stählernen Rund ihrer Beobachtung entzogen; allerdings stand ihnen ohnehin nicht mehr viel Zeit zur Verfügung. Möglicherweise sprang die Glut im Schiffsinnern noch schneller als befürchtet von Deck zu Deck über.

Mit mehreren Schüssen aus den tragbaren Intervallstrahlern brachen sie den Rumpf auf. Die ausströmende

Atmosphäre bewies, dass es noch drucksichere Deckabschnitte gab. Ein weißer Hauch schlug sich auf der Außenhülle nieder.

Lissos stürmte voran. Mit ungestümer Wucht durchschlug er Schotten und Wände, und mehrmals registrierte er explosive Dekompressionen. Doch er achtete kaum darauf. Falls sich Lemurer ohne den Schutz eines Raumanzugs in abgeschlossene Räume gerettet hatten, konnte er sie ohnehin nicht von Bord bringen.

Utan hatte eine andere Richtung eingeschlagen. Er meldete, dass er einen von vermutlich mehreren Hangars mit Rettungskapseln erreicht hatte. Lediglich zwei Kapseln fehlten.

Augenblicke später stieß Lissos auf den ersten Toten. Der Mann schwebte inmitten einer Blutwolke unter der Decke eines Ringkorridors, sein Helm war halb nach vorn geklappt, doch er hatte es nicht mehr geschafft, ihn zu schließen.

Lissos rannte in Richtung Zentrale. Die Schwerelosigkeit an Bord des Wracks behinderte ihn nicht, der Mikrogravitator seines Kampfanzugs erzeugte die gewohnten Werte. Bei den lemurischen Schiffen hatte die Zentrale stets im Schiffsmittelpunkt gelegen. Ion ging davon aus, dass sich daran nichts geändert hatte.

Im schnellen Lauf durchbrach er zwei Wände – und sah den Fremden. Nicht mehr als 20 Schritte war der Lemurer von ihm entfernt. Deutlich konnte Lissos erkennen, dass der Mann die Augen aufriss und ihn anstarrte. Er schien etwas zu rufen, aber falls seine Worte nach außen übertragen wurden, blieben sie im Vakuum unhörbar.

Der Mann machte einen verwirrten Eindruck auf Lissos; ohnehin wirkte er überaus zerbrechlich und reichte ihm nicht einmal bis unter die Brustarme. Einen Moment lang versuchte Lissos, alles gleichzeitig in sich aufzunehmen. Immerhin war sein Gegenüber der erste lebende Lemurer, den er sah. Er fragte sich, ob seine Vorstellung der Wirklichkeit entsprach. Auf gewisse Weise erschien ihm dieses Wesen noch weitaus verletzlicher, als er es den Kriegsberichten aus der fernen Vergangenheit entnommen hatte. Er wunderte sich, dass diese zweiarmigen Kreaturen so lange hatten widerstehen können. Und vor allem, dass sie bis heute überlebt hatten.

Unschlüssig machte der Lemurer einen Schritt auf ihn zu. Der Mann sagte wieder etwas, dann deutete er mit einer Hand in die Höhe.

Länger durfte er nicht warten. Lissos riss die Arme zur Seite, eine Faust krachte gegen die Seitenwand, beulte den Stahl ein und fetzte ihn auf. Fast gleichzeitig zuckte der Lemurer zusammen. Seine Hand glitt zur Hüfte und zerrte einen Thermostrahler hoch.

Lissos warf sich vorwärts, als der Glutstrahl ihn traf und seinen Schädel umloderte. Brüllend stürmte er weiter, dem Lemurer hinterher, der sich gleichzeitig zur Flucht wandte. Zwei, drei weit ausgreifende Sätze auf allen vieren, und er hatte den Mann erreicht und riss ihn mit einer ausholenden Armbewegung an sich. Die Waffe des Lemurers wirbelte davon.

Lissos hetzte weiter. Im Helmfunk hörte er eine Warnung; Pellew meldete schnell steigende Energiewerte. Augenblicke später eine Explosion, vermutlich die letzte Speicherbank. Das Wrack erzitterte. Dann schoss eine brodelnde Glutwolke heran.

Lissos stieß sich ab. Allein von der Kraft seiner Sprunggelenke getragen, stieg er in die Höhe und durchbrach die Zwischendecke. Alle vier Arme hatte er schützend um den Lemurer gelegt, und so holte ihn die Feuerwalze ein und jagte über ihn hinweg.

»Raus aus dem Schiff!«, brüllte Utan. »Das geht nicht mehr lange gut!«

Lissos konnte nicht erkennen, ob sein Gefangener Schaden genommen hatte. Noch immer hielt er den schmächtigen Körper an sich gedrückt, und er löste seine Umklammerung erst, als er mit einem letzten Sprung das Wrack verließ.

Viel zu langsam entfernte er sich von dem irrlichternden Glutball. Mittlerweile hatte der Atombrand die Außenhülle erfasst und fraß sich in alle Richtungen weiter. Mehrere sich verdichtende Glutfelder ließen erkennen, dass die deformierte Kugel bald auseinander brechen würde.

Endlich registrierte Lissos, dass ein starker Traktorstrahl nach ihm griff. Gleich darauf wurde er in der Schleuse seines Schiffes abgesetzt.

Mit einer Hand schob er den Lemurer von sich. Der Mann lebte noch, sein Anzug hatte standgehalten. Aus weit aufgerissenen Augen starrte er Lissos an. Unbewegt. Nur dazu imstande, ihn anzusehen.

7

Mit einem unbehaglichen Gefühl registrierte Perry Rhodan den verbissenen Blick, mit dem Hayden Norwell erneut in die Richtung schaute, in der er die Space-Jet vermutete.

»Natürlich ist das eine verdammt dicke Suppe ...«, schimpfte der Prospektor. »Aber wir dürfen die Jet nicht verlieren. Sie ist ein kleines Vermögen wert.«

»Wie viel ist dir dein Leben wert?«, fragte Solina Tormas.

Norwell winkte ab. »Frag die, die uns das eingebrockt haben. Bei mir bist du damit an der falschen Adresse.«

Rhodan hantierte an seinem Kombiarmband. Die holografische Anzeige über seinem linken Handgelenk baute sich zwar auf, doch die Projektion war alles andere als stabil. »Die Störungen sind unverändert intensiv. Die Ortung zeigt allerdings noch einen Zugang in die Station. Drüben bei den Felsen. Bis dahin schaffen wir es vielleicht.«

Solina schrie auf. Sie hatte eben den schwachen Individualschutzschirm ihres Raumanzugs aufgebaut – aber nahezu gleichzeitig hatten die in ihrer Nähe wogenden Nebelschwaden blitzschnell zwei Auswüchse gebildet, die sich ihr entgegenschnellten. Die Berührung mit dem Schutzschirm ließ die Erscheinung keineswegs verdampfen. Vielmehr zeigte der Schirm sofort Anzeichen einer beginnenden Instabilität; Schlieren entstanden, als würde punktuell Energie abgesaugt – zu viel Energie. Innerhalb von Sekunden zerstob das Abwehrfeld in einem wahren Funkenregen.

Die Nebelschwaden komprimierten ebenso schnell. Sie verdichteten sich zu Gebilden, die kaum länger als eine

Handspanne und nur wenige Zentimeter dick erschienen, jedoch von zuckenden Entladungen umflossen wurden, die ihre Substanz weiter aufzehrten.

»Überfressen«, sagte van Küspert. »Was immer das ist, es hat die Energie zu schnell abgesaugt.«

»Ich sage doch, wir müssen zur Jet!«, beharrte Norwell. »Und wenn wir nicht bald hier verschwinden ...«

»Lauft hinüber zu den Felsen!«, drängte Rhodan.

»Du weißt, was uns unten erwartet?«

Rhodan schaute zu Tolot auf. »Ich sehe, was uns hier oben bevorsteht. Das genügt mir.«

»Ihr werdet in der Gefahr umkommen, meine Kinder«, grollte der Haluter. »Ausgerechnet in einer Station der Bestien Zuflucht suchen ... So verrückt kann nur einer sein! Shimon, nimm mir Boryk bitte wieder ab!«

»Meine Zieheltern gehörten einem weisen Volk an«, behauptete Shimon. »Sie haben immer einen Weg gefunden, selbst da, wo es schlicht unmöglich schien.«

»Spinnen!«, schimpfte Norwell. »Das färbt ab.«

Einen Augenblick lang schien Tolot in sein gefürchtetes Gelächter ausbrechen zu wollen, doch stattdessen aktivierte er seinen Paratronschutzschirm. »Ich räume den Weg frei!«

Nebelschwaden schossen auf ihn zu, hüllten ihn innerhalb von Sekunden nahezu völlig ein und schienen die Energie seines Paratrons noch gieriger in sich aufzusaugen, als es bei Solinas einfacherem Schirmfeld der Fall gewesen war. Erste zuckende Aufrisserscheinungen entstanden.

»Sie überladen sein Schirmfeld«, warnte van Küspert, der fast gleichauf mit Rhodan zu den Felsen lief.

»Du hältst den Nebel für intelligent?«

»Das nicht. Instinktgeleitet bestenfalls, oder von einer gewissen Affinität.«

Der Haluter war stehen geblieben. Schwarze Aufrisse umflossen ihn, und immer dichter hüllte ihn der Nebel ein. »Lauft endlich!«

Norwell erreichte die Felsen als Erster. Shimon folgte

ihm mit Boryk dichtauf, dann Solina Tormas. Rhodan und van Küspert bildeten den Schluss.

Unzweifelhaft war die Bestie, die Tolot paralysiert hatte, hier an die Oberfläche gekommen. In dem Felsblock klaffte eine düstere Öffnung, dahinter führte eine Rampe in undefinierbare Tiefe hinab. Rhodans Kombiarmband zeigte den schwachen Energiefluss in der Wand und ließ ihn innerhalb weniger Sekunden die Kontaktplatte finden, die das Öffnen und Schließen des Zugangsschotts bewirkte.

Tolot stürmte heran. Wie ein Schatten brach er aus den Nebelschleiern hervor, die sich schnell verdichteten. Gleichzeitig flammten über ihm zwei Glutbälle auf. Sie weiteten sich bis zu mehreren Metern Durchmesser, bevor sie ebenso schnell erloschen.

»Zur Seite!« Mit der Wucht eines Flugpanzers raste der Haluter heran, jagte eine halbe Windung die Rampe hinab und donnerte in die gegenüberliegende Wand. Rhodan hatte bereits die Kontaktplatte ausgelöst. Dumpf dröhnend, schloss sich das der Felswand nachgebildete Schott, bevor die ersten Nebelschwaden eindringen konnten. Tolots Thermogranaten hatten sie lange genug abgelenkt, um ihm den nötigen Vorsprung zu verschaffen.

»Es hat ihn erwischt«, stieß jemand kaum verständlich hervor.

Tolots Aufprall hatte in dem gewachsenen Fels deutliche Spuren hinterlassen. Inmitten von kantigem Geröll lag er auf der Rampe, die Hände bei dem Versuch, seinen Sturz abzufangen, tief in den Boden verkrallt. Entsprechend deutlich eingegraben waren die Spuren seiner Finger im Untergrund.

Nie zuvor hatte Rhodan den Haluter jammern hören – aber nichts anderes konnten die abgehackten Laute sein, die Tolot ausstieß. Er krümmte sich zusammen, und mehrere Minuten vergingen in atemlosem Abwarten, bis er sich endlich schwankend aufrichtete.

Eine graue Verfärbung zog sich quer über seinen Raumhelm. Rhodan sah das jedoch nur für Sekundenbruchteile, dann hatte Tolot sich vollständig aufgerichtet, und Perry befand sich wieder auf einer Höhe mit den Brustarmen des Riesen. Aber auch seine Handrücken, die nicht von dem Kampfanzug verdeckt waren, zeigten diese Verfärbung. Noch deutlicher als der Helm.

Aufquellende Blasen, registrierte Rhodan. Eingedenk der Kräfte, der es bedurfte, um einen Haluter zu verletzen, bewies das noch im Nachhinein die Gefährlichkeit des Nebels.

»... so etwas wie Energiewesen«, murmelte van Küspert, als könne er Rhodans Gedanken lesen. »Pervertiert wie alles Leben auf dieser Welt. Ich frage mich, wie es die akonischen Kristallschürfer hier aushalten konnten.«

»Haben wir nicht festgestellt, dass Lebenszyklen auf Gorbas-Vier aberwitzig schnell ablaufen?«, warf Solina ein.

»Zumindest eine deutliche Beschleunigung biologischer Abläufe«, bestätigte Shimon, »und damit eine schnelle Generationenfolge.«

»Ist das ein natürlicher Prozess, oder haben die Bestien damit zu tun?«

»Ich weiß es nicht«, gestand der Exobiologe.

»Angenommen, die Bestien sind dafür verantwortlich«, beharrte Norwell. »Warum?«

»Gezielte Förderung von Mutationen innerhalb kürzester Zeitspannen«, vermutete Shimon. »Vielleicht ist es die Absicht der Bestien ...«

»Schweig!«, dröhnte Tolot.

Shimon schüttelte den Kopf. »Das kann ich nicht. Nicht, wenn sie Züchtungen haben wollen, die wir als Superkämpfer bezeichnen müssen.«

Norwell lachte schrill, beinahe hysterisch, und verstummte ebenso abrupt. »Sind sie nicht ohnehin Kampfkolosse?«

Solinas Blick war die Rampe hinabgewandert. Hier oben erhellten ihre Scheinwerfer die Dunkelheit, aber in die Tiefe reichte kein Licht hinunter. Als sie den Kopf wieder hob, sah sie Rhodan fragend an.

»Was ist der Nebel da draußen wirklich? Ein mutierter Organismus? Dann zerfällt er womöglich schon in kürzester Zeit ...«

»... und bis eine neue Population entsteht, vergehen vielleicht Tage«, pflichtete van Küspert ihr bei. »Wir können also hier abwarten, bis der Weg zur Space-Jet frei wird.«

»Und dann?«, fragte Rhodan.

»... hauen wir ab, so schnell wir können«, antwortete der Physiker.

»Ich werde niemanden daran hindern, Gorbas-Vier schnell zu verlassen, der das für richtig hält.«

»Aber?«, fragte van Küspert verwirrt.

»Rhodanos will da hinunter.« Tolot deutete mit zwei Armen die Rampe hinab. »Er sucht die Konfrontation mit den Bestien.«

»Nur einer erkannten Bedrohung können wir wirklich widerstehen«, sagte der Terraner.

»Du hattest von Anfang an die Absicht, in die Station einzudringen, Rhodanos?«

Perry nickte knapp. »Von dem Moment an, in dem sich uns die Bestien entgegenstellten. Allerdings wäre ich allein gegangen oder nur mit Freiwilligen ...«

»Ich wusste es. Du wärst nicht du selbst, mein Freund, würdest du das nicht sagen. Aber auch ein Mann wie du kann in der Gefahr umkommen.«

»Tolotos, du hast also vor, mich zu begleiten?«

»Könnte es anders sein?«

Rhodan lachte befreit auf. »Ich muss gestehen, genau das habe ich von dir erwartet.«

Solina Tormas hatte mittlerweile leuchtende Augen. Faszination zeichnete sich auf ihrem Gesicht ab, während ihr Blick zwischen Tolot und Rhodan pendelte. »Wer hat schon die Gelegenheit, das Verhalten der Bestien zu studieren?«, fragte sie wie im Selbstgespräch. »Diese Chance kommt nie wieder, und wir stehen mittendrin in den Ereignissen, die Geschichte schreiben werden. Perry ...« Ihre graugrünen Augen fraßen sich geradezu an dem Terraner fest. »Ich bin dabei.«

Norwell ließ einen erschreckten Laut vernehmen. »Mein Kind, was die beiden vorhaben, ist alles andere als eine Schmetterlingsjagd und schon gar nichts für Leute, die Waffen nicht mögen. Geh mit uns anderen zur Jet!«

»Ich bin Historikerin«, erwiderte die Akonin spitz. »Historiker befassen sich nicht mit Schmetterlingen.«

»Aber sie sind ebenso ...« Norwell suchte nach dem richtigen Wort. »Weltfremd«, sagte er schließlich.

»Perry?« Solina schürzte die Lippen, als wolle sie ihm im nächsten Moment um den Hals fallen. »Auch wenn ich es ungern herausstelle, ich sehe mich hier als Vertreterin Akons.«

»Wir wissen nicht, was uns erwartet.«

»Der Gefahr bin ich mir durchaus bewusst.«

»Ich ebenfalls«, sagte van Küspert. »Aber wenn wir die Bedrohung jetzt nicht untersuchen, wann dann?«

»Werden in der Station wirklich Bestien gezüchtet?«, fragte Shimon. »Womöglich mit veränderten genetischen Anlagen? Auf jeden Fall für einen neuen Krieg gegen alle menschlichen Völker in der Milchstraße.« Er wartete die Antwort nicht ab. »Dann bin ich dabei. Niemand kann von einem Exobiologen erwarten, dass er sich das entgehen lässt.«

»Bestens«, sagte van Küspert. »Dann kann unser Freund Hayden ja mit Boryk zur Space-Jet und ihn dort verarzten ...«

»Die Medikamente wirken inzwischen«, sagte Shimon. »Boryk ist schon wesentlich ruhiger. Der Schock scheint abgeklungen zu sein.«

»Können wir es überhaupt verantworten, ihn mitzunehmen?«, fragte Rhodan.

Der Exobiologe schaute kurz auf. »Wenn ich das wüsste. Es kommt wohl darauf an, wie sich das hier auswirkt.« Mit einer Hand griff er unter den halb geöffneten Halsansatz des Boryk viel zu großen Raumanzugs und brachte ein eiförmiges, metallenes Gebilde zum Vorschein.

»Der Zwerg trägt einen Zellaktivator!«, rief Solina verblüfft. »Wieso weißt du ...?«

»Ich habe den Aktivator vorhin erst bemerkt.« Er schaute auf. »Perry, was meinst du?«

»Ich weiß«, antwortete der Terraner. »Den Zellaktivator hat Boryk aus seiner Arche. Ohne ihn wäre er wohl längst tot. Um die Hintergründe kümmern wir uns später.«

»Wir *können* es nicht nur verantworten, ihn mitzunehmen«, sagte Tolot, »wir *müssen* es! Der Nebel tötet jeden, der versucht, die Space-Jet zu erreichen. Und oben zurückbleiben ...?«

»Zurück oder weiter!«, sagte der Prospektor. »Gibt es wirklich nur eine Alternative?«

Rhodan ließ sich neben dem Lemurerklon, den Shimon auf den Boden gelegt hatte, auf die Knie nieder. Der Beinstumpf des Zwergs war schon vollständig verkrustet. Allerdings schien Boryk sich mehr und mehr in eine eigene Welt zu flüchten. Nach seiner Zeit an Bord des Generationenschiffs NEANN OCIS war die neue Zivilisation wie eine verheerende Sturmflut über ihm zusammengeschlagen. Boryk, glaubte der Terraner zu spüren, wurde zwischen seiner Neugierde, der Panik, die er unweigerlich empfand, und tief greifender Verzweiflung über den Verlust der alten Werte und Erfahrungen unweigerlich zerrieben. Der Kleine hatte sich dagegen aufgelehnt, aber mittlerweile resignierte er wohl.

»Hast du Schmerzen?«, fragte Rhodan.

Boryk verzog das Gesicht zu einer Grimasse, die vielleicht sogar ein Lächeln sein sollte. »Bald werde ich in den Garten Ehedem und in den silbernen Berg zurückgehen ...« Er schloss die Augen, doch unter den Lidern zeichnete sich die hektische Bewegung seiner Pupillen ab. Im nächsten Moment lachte er, keuchte und schrie: »Ich helfe euch! Der Ruf ... ja, ja, ich höre ihn ... ich ...«

Keiner reagierte darauf. Van Küspert sah auf das geschlossene Schott, als gäbe es dort überaus Interessantes zu entdecken. Solina hatte ihr Gesicht halb in den Handflächen vergraben, und Norwell lächelte sogar, was sein ganzes Naturell auf den Kopf stellte.

»Er beeinflusst sie«, sagte Tolot erstaunlich leise. Eigentlich flüsterte er nur, als fürchte er, die Männer ebenso wie die Akonin aufzuschrecken.

»Das ist nicht zu übersehen«, erwiderte Rhodan. »Boryk mobilisiert seine Reserven.«

Es war unglaublich schwer für den Zwerg, sich trotz seiner Verletzung auf der Rampe zu bewegen. Tolot fuhr die Augen eine Handspanne weit aus und bewegte sie suchend, als müsse er den geeigneten Blickwinkel finden, der ihm verriet, was mit dem Kleinen los war.

Der Lemurerklon schob sich hastiger vorwärts – bis er gegen ein Hindernis stieß, das eben noch nicht da gewesen war. Mit der Hand versuchte er, das Bein des Haluters zur Seite zu schieben.

Er schrie auf, als Rhodan ihn unter den Achseln ergriff und hochhob.

»Lass mich! Bitte, du Riese ... ich muss zu ihnen ...«

»Zu wem?«

Boryk achtete nicht auf die Frage. »Bald werden sie erwachen ... Sie sind Hüter, ich spüre sie. So viele von ihnen warten ...«

»Bestien!«, sagte Tolot dumpf.

Rhodan hielt den um sich tretenden Zwerg mit ausgestreckten Armen von sich. Boryk versuchte vergeblich, ihn ebenfalls zu beeinflussen.

»Es tut mir Leid«, sagte der Terraner. »Doch unter den gegebenen Umständen ...«

»Ich will sie sehen!«, keuchte der Lemurerklon. »Ich spüre ihre Nähe ...«

»Spürst du auch Tolot?« Rhodan musste die Frage wiederholen, bevor der Kleine überhaupt verstand, was er wollte. Immerhin schien er sich ein wenig zu beruhigen.

»Nicht so«, antwortete Boryk. »Ich spüre ihn, ja. Er ist auch ein Hüter, aber anders.«

»Weil sie schlafen«, vermutete Tolot.

Boryk reagierte nicht darauf, sondern setzte sich erneut gegen Rhodans Griff zur Wehr.

»Sie wurden noch nicht geboren?«, fragte der Terraner. »Ist es das, weshalb du sie so deutlich wahrnimmst?«

»Ja. Vielleicht. Ich will zu ihnen.«

»Wir gehen zu ihnen«, sagte Rhodan. »Aber unter einer Bedingung: Du gibst sofort unsere Freunde frei und wirst nie wieder versuchen, einen von uns zu beeinflussen! Haben wir uns verstanden?«

Boryk nickte heftig, schwieg aber.

»Und ab sofort werde ich dich eine Zeit lang tragen«, stellte Perry in einem Tonfall fest, der keinen Widerspruch duldete.

»Dieses kleine Monstrum ...« Norwells Aufbrausen bewies, dass Boryk die mentale Beeinflussung aufgegeben hatte.

Rhodan stoppte den Prospektor mit einer unmissverständlichen Handbewegung. »Wir gehen nach unten«, sagte er. »Es sei denn, du willst doch hier oben warten.«

»Worauf? Dass vielleicht einer von euch aus der Bestienstation zurückkommt?«

»Da unten warten Bestien auf uns. In der Tat«, sagte Tolot. »Und völlig egal, ob geboren oder nicht, sie sind und bleiben Bestien!«

»Hüter«, schluchzte Boryk. »Ich spüre, dass sie Hüter sind. So wie du, großer Riese.«

Rhodan nickte stumm. Boryk kannte die Statue des Hüters aus der NEANN OCIS. Für ihn waren alle sechsgliedrigen, schwarzhäutigen Kolosse mit Hütern gleichzusetzen. Diese Vorstellung war tief in seinem Unterbewusstsein verankert und gehörte zu seinem Weltbild. Sie war schlicht unumstößlich.

8

Die Sterne schwiegen.

Ihr Licht war kalt und gnadenlos. Milliarden Jahre der Entwicklung lagen hinter ihnen, und sie hatten gesehen, wie Anziehungskräfte aus kosmischer Materie Planeten geformt hatten. Anfangs waren es lebensfeindliche und tote Welten gewesen, aufgeheizt und von kosmischer Strahlung verbrannt.

Doch in langen Zeiträumen ablaufende chemische Prozesse hatten diese Wüsten verändert und eines Tags erste Organismen entstehen lassen – Einzeller, die sich organisierten und plötzlich spezielle Aufgaben erfüllten. Leben war herangewachsen, so unglaublich vielfältig in seiner Erscheinungsform, dass ein Großteil wohl für alle Zeit unentdeckt und unerforscht bleiben musste.

Die Sterne schwiegen dazu. Sie interessierte nicht, ob ein Teil dieses Lebens, das sie hervorgebracht hatten, in den Lauf der Evolution eingriff und sich anschickte, die Zeit und die Geschichte zu verändern.

Das waren gefährliche Experimente ...

Nichts, aber auch gar nichts rechtfertigte ein derart verbrecherisches Tun. Wer die Zeit beeinflusste, störte den Kosmos. Wer sie veränderte, machte fest Gefügtes ungeschehen und pervertierte das Universum.

Wer waren diese Kreaturen, nannten sie sich Okefenokees oder Lemurer oder sonst wie, dass sie sich anmaßten, derart mit der Schöpfung zu spielen? Sie riskierten, dass von einem Atemzug zum nächsten nichts mehr so war, wie es einmal gewesen war.

Ion Lissos schauderte nicht nur bei diesen Überlegungen, er fror innerlich.

Ein drohendes Grollen drang aus seinem Rachen. Seit den ersten Zeitexperimenten der Lemurer waren rund 55 000 lemurische Jahre vergangen; die Berechnungen anhand markanter Sternkonstellationen lagen mittlerweile vor. Damals hatte die Erste Schwingungsmacht reagiert und an die 300 Millionen Kämpfer in diese Galaxis entsandt, um zu retten, was zu retten war. Der Krieg gegen die Lemurer war von Anfang an ein gerechter Krieg gewesen, eine unglaubliche Materialschlacht.

Jetzt endlich, davon war Lissos überzeugt, und sein Planhirn widersprach dem nicht, würde die Entscheidung fallen.

Zeitexperimente waren verheerender als jedes von intelligenten Gehirnen ersonnene Waffensystem. Weil sie lautlos und effektiv töteten und jede Zivilisation auslöschen konnten, einfacher, als zertrete man einen Wurm unter dem Absatz ... Schon eine scharfe Klinge, im richtigen Moment geführt, konnte Galaxien umspannende Imperien auslöschen, und dann hatten sie nie existiert.

»Entsetzlich!« Lissos wölbte sein Stirnauge vor und betrachtete die eben entstandene holografische Wiedergabe des arsenalnahen Weltraums. Noch immer ließ er sich ablenken. Zu begreifen, dass einzelne Völker derart unbekümmert mit dem Leben spielten, fiel ihm schwer. Sie starben lieber, als von ihrem verbrecherischen Tun abzulassen. Noch nach Jahrzehnten des blutigen Krieges waren schwache Zeitverschiebungen in einzelnen Tamanien registriert worden. Das sagten jedenfalls die Speicherdaten aus, auf die jeder neu erweckte Gerechte Zugriff hatte.

Von welchen Motiven hatten sich die Lemurer leiten lassen?

Überheblichkeit?

Dummheit?

Mordgier?

Oder einfach nur vom Streben nach Macht? Lissos wusste es nicht und, wenn er es recht bedachte, war die Antwort auch unerheblich. Einzig und allein die Beseitigung dieser

Gefahr zählte. Die Erste Schwingungsmacht hatte mit der Entsendung ihrer Truppen richtig gehandelt.

Die Bildwiedergabe zeigte in farbiger Hervorhebung den nur langsam verwischenden Bereich energetischer Schleier und veränderter Materiedichte. Beides waren eindeutige Spuren, die das Ende des lemurischen Raumschiffs dokumentierten und den Weg nach Paggosh wiesen. Ausschließlich sein Ordinärhirn nahm diese Eindrücke auf; das Planhirn befasst sich noch mit dem Begriff der Ersten Schwingungsmacht. Lissos akzeptierte schließlich, dass er über die eigenen Wurzeln kein weiteres Wissen besaß. Seinem Volk war schon immer die Aufgabe zugekommen, Zeitverbrecher zu bestrafen; auch gegen die Okefenokees hatte es einen Feldzug gegeben.

Necc Magot meldete sich über Funk.

»Ich glaube nicht mehr, dass dieses kleine Schiff die Vorhut einer Angriffsflotte war«, stellte der Alte unumwunden fest. »Die Lemurer hätten sich die Chance zu einem schnellen Vernichtungsschlag nicht nehmen lassen.« Grollend fuhr er fort: »Der Bestätigungsimpuls eines weiteren Arsenals ist eingetroffen.«

»Sind Ausfälle zu erkennen ...?«

»Damit hast du dich nicht zu belasten. Dir obliegen die Kontrolle des Aufzuchtsprogramms und die Analyse der heutigen Lemurer. Vor allem müssen wir in Erfahrung bringen, ob erneut Zeitexperimente stattgefunden haben. Die Lemurer dürfen keine Gelegenheit erhalten, die Vergangenheit zu manipulieren.«

Das bedeutete den baldigen Angriff, sobald eine ausreichende taktische Stärke hergestellt war. Also Okkupation der wichtigsten Welten, ihre Vernichtung eingeschlossen. Keinesfalls durften die Lemurer Gelegenheit für Manipulationen erhalten, mit denen sie die Existenz der Zeitgerechten infrage stellen konnten.

Lissos schüttelte sich. Es war ein erschreckender Gedanke, nie gelebt zu haben, obwohl sein Leben bisher nicht einmal nach Tagen zählte. Erschaffen worden zu sein und dann ... nichts. Noch schneller ausgelöscht als geboren, weil andere es so wollten, Kreaturen, die nicht wussten, was Leben bedeutete und wie es sich anfühlte. Die allein ihrem ungezügelten Wissensdrang folgten und denen es egal war, was sie auf ihrem Weg zerstörten.

Sie waren *grauenvoll*. Ein anderes Wort fand Lissos nicht, doch es sagte alles über die lemurischen Verbrecher aus.

Unzufrieden in seiner Nachdenklichkeit löschte er die Außenbeobachtung und widmete sich wieder den Kontrollen der weitläufigen Geburtshallen und Hangars. Er sah zwar Fortschritte, aber noch kein Leben. Die in den Fels gefrästen Schachtsysteme und Tunnel, die zum überwiegenden Teil natürliche Hohlräume integrierten, wirkten verlassen. Als wäre irgendwann die Zeit stehen geblieben.

Tausende massiver Tankanlagen, in denen neues Leben heranreifte, bestimmten das Bild. Inmitten der weitgehend naturbelassenen Umgebung wirkten sie wie Fremdkörper. Aufgequollene Blasen auf dem nackten Fels, durch Rohrleitungen miteinander verbunden, in denen Nährflüssigkeit zirkulierte.

Seit einer kleinen Ewigkeit hatte sich hier nichts verändert. Es gab keine Roboter, die Überwachungsfunktionen ausgeübt hätten, nicht einmal große Rechenanlagen, die steuernd in die vielfältigen Entwicklungsprozesse eingegriffen hätten. Unter dem Aspekt, verräterische Emissionen zu vermeiden, war die Natur sich selbst überlassen worden. Die neue Generation der Zeitgerechten reifte in den Tanks nur wenig anders heran als auf natürliche Weise im Leib eines Elters. Sie waren eingeschlechtlich und konnten die Entstehung eines Kindes durch willentliche Beeinflussung ihrer Körperfunktionen herbeiführen. Während des Krieges gegen die Lemurer hatten nur sehr wenige Zeitgerechte versucht, sich zu reproduzieren. Deshalb, hieß es, war ihre Zahl bald geringer geworden. Aber auch die Lemurer hatten ihre Verluste nicht einmal annähernd ausgleichen können.

Lissos war gespannt darauf, zu erfahren, welche Zahl die Population der Gegner heute erreicht hatte. Zweifellos ein Vielfaches der Größe von einst.

Hatten sie alle anderen Völker ihrer Galaxis unterdrückt? Vielleicht sogar mit Zeitmanipulationen ausgelöscht?

»Wieso?« Lissos brüllte die Frage, seine Fäuste donnerten auf die Kontrollkonsole. Es gab eine Lücke in seinen Informationen, und das gefiel ihm nicht.

Schon im zwölften Kriegsjahr war der Planet Zeut im Lemursystem vernichtet worden. Die Folgen dieser Aktion mussten heute noch als großer Trümmerring zu sehen sein, aber damals waren Lemur und die anderen inneren Planeten von einer Staubwolke eingehüllt worden, die zu einem schnellen Absinken der Durchschnittstemperaturen geführt hatte. Dennoch hatte sich erst am Ende des fünften Jahrzehnts, mit der achten Großoffensive, abgezeichnet, dass die Lemurer in den mit zunehmender Erbitterung geführten Schlachten unterliegen würden. Im 71. Jahr war die Großtransmitteranlage auf Lemur zerstört worden, von der aus die Lemurer direkt den Sonnentransmitter im Zentrum der Galaxis hatten erreichen können, und endlich, nach 97 Jahren erbitterter Kämpfe und enormer Verluste auf beiden Seiten, war das Große Tamanium der Lemurer zerschlagen worden.

Den Zeitgerechten, überlegte Lissos, hätte nun der Weg freigestanden, eine Welt nach der anderen von den Verbrechern zu säubern. Eine sicherlich Jahrtausende in Anspruch nehmende Aufgabe, während der weiterhin erbitterter Widerstand versprengter lemurischer Kräfte zu erwarten gewesen war. Doch am Ende hatte nur der endgültige Triumph stehen können.

Warum also die Arsenale gegen eine neue Lemurer-Gefahr?

Hatte jemand in der Vergangenheit versagt? War Verrat im Spiel? Oder – Lissos wagte kaum, diesen Gedanken zu Ende zu bringen – hatten die Lemurer mit einem Zeitverbrechen ihre Niederlage ungeschehen gemacht?

Nur mühsam beherrschte er sich, weil alles in ihm danach drängte, endlich loszustürmen und die Wahrheit aus den Gefangenen herauszuprügeln. Sie würden reden. Körperlicher Schmerz brachte jeden über kurz oder lang dazu, die Wahrheit zu sagen. Die Lemurer würden sogar froh sein, wenn er ihnen zuhörte, denn diese Wesen waren trotz allem physisch Schwächlinge.

60 Aufzuchtstanks standen offen, ein verschwindend geringer Bruchteil der wirklichen Zahl. Sie hatten sich selbsttätig gereinigt, die Nährflüssigkeiten und Überreste des Zellwachstums waren abgesaugt worden, und schon in wenigen Tagen würden in ihnen neue Zeitgerechte heranwachsen, diesmal unter seiner Kontrolle.

Alle Überwachungssensoren zeigten optimale Werte.

Noch wirkte das Arsenal verlassen. In den gigantischen Hallen 36 Zeitgerechte und drei Alte aufzuspüren, grenzte schon an Zufall. Sie kümmerten sich um die Raumschiffe, deren Fertigstellung auf Hochtouren lief. Jetzt spielten Emissionen keine Rolle mehr, die Kriegsmaschinerie war erwacht und folgte ihrer Programmierung. 70 000 Raumschiffe würden letzten Endes für die Entscheidungsschlacht gegen die Lemurer bereitstehen, Waffen starrende Festungen des kleinsten Typs mit maximal dreiköpfiger Besatzung.

Lissos' Schaltungen ließen die Bildwiedergabe wechseln. Endlose Produktionsstätten waren zu sehen, außerdem gewaltige Materiallager. In vielen Fertigungsstufen hatten die schwarzen Raumer die Zeit überdauert, nun war ihre Fertigstellung angelaufen. 50 dieser Schiffe würden in Kürze jeden Tag neu in Dienst gestellt werden können. Lissos hoffte, dass es in den anderen Arsenalen ähnlich gut aussah.

Einige der neuen Raumer würden sofort starten und altbekannte Koordinaten anfliegen. Es gab viele Namen, die als Ziel infrage kamen, Welten, die zeitgleich mit Halut besiedelt worden waren, aber auch eine Vielzahl ehemals lemurischer Planeten. *Vielleicht sogar das Lemursystem selbst,* dachte Lissos. Aber das war eine Entscheidung, die den Alten zustand. Ein Flug nach Lemur würde selbst bei größter Vorsicht kaum geheim zu halten sein.

Eines war sicher: Sobald die aktuellen Machtverhältnisse in der Galaxis hinreichend bekannt waren, würde der erste Schlag mit allen zur Verfügung stehenden Mitteln erfolgen.

Ion Lissos fieberte diesem Moment entgegen.

9

Eine grünbraun schmutzige Welt, so zeichnete sich Gorbas-IV in der Optik ab. Ozeane und Landmassen waren ziemlich gleichmäßig verteilt, eine dichte Wolkendecke zeigte sich vor allem über dem Äquatorgebiet.

An Bord des Prospektorenraumers herrschte angespannte Erwartung.

»Distanz noch fünf Lichtminuten.«

Die Kommandantin warf einen flüchtigen Blick auf die Raumüberwachung. Mit knapp 20 Millionen Kilometern Distanz folgte die LAS-TOÓR auf Parallelkurs.

»Energieortung?«

»Wenn du von mir hören willst, dass wir im Alarmstart aufsteigende Bestienraumer erfassen, muss ich dich enttäuschen«, antwortete Omer Driscol.

»Ein knappes *Nein!* wäre komplett ausreichend«, wies die Kommandantin ihn zurecht.

Die PALENQUE verzögerte. Die Koordinaten, von denen der Transmitterimpuls ausgegangen war, lagen dicht vor dem Terminator. Für Sharita Coho war diese Position sofort mit dem Standort von Rhodans Gruppe identisch gewesen; alle Argumente, die eventuell dagegen sprachen, ignorierte sie. In spätestens zwei Stunden würde die kurze Dämmerung über jene Region hereinbrechen und rasch der Nacht weichen.

»Bislang noch keine Hinweise auf die akonische Schürfstation.«

»Funk?«

Alemaheyu Kossa schüttelte den Kopf. »Hauptsächlich

Störungen. Davon scheint beinahe der gesamte Planet betroffen zu sein.«

»Also ein natürliches Phänomen?«

»Nicht zweifelsfrei.«

»Welche Art von Hyperkristall wurde abgebaut?«

Driscol zuckte mit den Achseln. »Ein seltener, höherwertiger Schwingquarz. Das deckt sich mit dem Strahlungslevel im fünfdimensionalen Bereich.«

»Wir unterschreiten die Zwei-Lichtminuten-Grenze«, stellte die Erste Offizierin Pearl Laneaux kurz darauf fest. In ihrer Doppelfunktion als Pilotin hatte sie die Kontrolle über das Schiff übernommen.

»Funkspruch auf den geläufigen Frequenzen! Wir rufen Rhodan, Tolot und die anderen.«

»Ich registriere schwache Energieemissionen, die wohl auf Aktivitäten der Bestien zurückgehen«, meldete Driscol.

»Raumschiffe oder Bodenforts?«

»Weder noch. Wir liegen bislang auch nicht im Abtastfeld gegnerischer Ortung. Die Irritationen stammen vermutlich von unterirdisch arbeitenden Aggregaten.«

»Das können ebenso Bergbauroboter der Akonen sein.«

»Auch möglich. Uns fehlen relevante Informationen.«

»Über die unsere Freunde in der LAS-TOÓR vermutlich ebenso wenig verfügen.«

»Denkt überhaupt jemand darüber nach, dass die Bestien nicht einfach aus dem Nichts gekommen sein können?«, wandte Harriett Hewes ein. Längst hatte sie die Waffensysteme der PALENQUE in den Bereitschaftsmodus hochgefahren. »Ich denke, Omer hat ihren Stützpunkt erfasst.«

»Ein Stützpunkt, der sich über ein riesiges Areal erstreckt und dabei den Eindruck erweckt, als handele es sich um die Adern eines ergiebigen Erzvorkommens?«, fragte der Orter gereizt.

Niemand antwortete darauf. Denn gleichzeitig meldete Pearl das Erreichen der »kritischen Distanz«. Zumindest waren die Schlachtkreuzer der Akonen in dieser Entfernung von Gorbas-IV angegriffen worden und Tolots HALUT ebenfalls.

»Wir stehen euch bei, sobald es bedrohlich wird«, kam ein geraffter Funkspruch von der LAS-TOÓR.

»Nett«, bemerkte Sharita, »aber so können das wirklich nur Zivilisten formulieren.«

»Der Sinn zählt, nicht der Wortlaut«, erwiderte Harriett. »Ich gehe auf aktive Feuerbereitschaft. Transformgeschütz geladen und abstrahlbereit! MVH-Geschütze justiert, Paralyse- und Thermomodus.«

Niemand sagte etwas. Sie waren nur wenige in der Zentrale der PALENQUE, doch der eine oder andere schien sich in seiner Haut nicht mehr wohl zu fühlen. Verstohlen wischte sich Kossa erst mit dem Ärmel den Schweiß von der Stirn, danach fuhr er sich mit der Hand unter den Hemdenkragen. Sein Blick wanderte hinauf zur Auslassöffnung der Luftumwälzung, als sei die Anlage für die dicker werdende Luft verantwortlich.

»Distanz noch dreihunderttausend Kilometer.«

»Weiterhin kein Funkkontakt? Das gibt es doch nicht. Was ist mit Normalfrequenz? Helmfunk, Multifunktionsarmband, irgendwas muss doch ansprechen.«

»Nichts«, sagte Kossa. »Unsere Leute sind wie vom Boden verschluckt.«

»Bilderfassung auf das fragliche Gebiet! Optimale Vergrößerung!«

Sprunghaft veränderte sich die Wiedergabe auf der Panoramagalerie. Eine von Felsen geprägte Ebene wurde sichtbar. In einiger Entfernung schimmerte ein weit mäandernder Wasserlauf.

Vage zeichnete sich ein kreisförmiges Areal ab. Vor nicht allzu langer Zeit hatte offenbar ein Schutzschirm das fragliche Gebiet abgesichert. Überhaupt zeigte das Gelände eine ungewöhnliche Wärmeabstrahlung.

»... keine Ursache dafür feststellbar; es muss sich um ein natürliches Phänomen handeln. Die Bodentaster zeigen zwar verstärkt Masseansammlungen, unter anderem hochwertige Legierungen, aber das eine hat mit dem anderen nichts zu tun. Und ...« Driscol schwieg abrupt und überprüfte seine Anzeigen.

»Was ist?«, drängte Sharita, als ihr die Pause unerträglich lang wurde.

»Ich wollte erst sicher sein«, antwortete Driscol endlich. »Da unten steht eine Space-Jet.«

»Du meinst – unsere Jet?«

»Es sieht so aus. Sie scheint unbeschädigt zu sein.«

»Was ist mit Tolots HALUT?«

Driscols Kopfschütteln sagte mehr als Worte.

Harriett Hewes ließ ein tiefes Seufzen vernehmen. »Oft genug waren wir in unbekanntem Gebiet unterwegs, und nie ist das Geringste außer der Norm vorgefallen. Aber seit wir Rhodan an Bord haben, stecken wir mitten drin in einer Hektik, die wir kaum noch überblicken können.«

»Perry scheint das Unheil magisch anzuziehen«, pflichtete die Kommandantin bei. »Wir landen.«

Der von allen befürchtete Angriff ließ auf sich warten. Minutenlang hing der Kugelraumer im relativen Stillstand hoch über Gorbas-IV, dann trat er langsam, nur von der Schwerkraft des Planeten angezogen, in die Atmosphäre ein.

»Vielleicht sollten wir einige Umkreisungen zusätzlich ...«

»Wir gehen runter!«, beharrte Sharita Coho. »Falls unsere Leute Hilfe brauchen, dürfen wir nicht noch mehr Zeit ungenutzt verstreichen lassen.«

»Sie sind nicht da!«, behauptete Kossa im Brustton der Überzeugung und handelte sich dafür einen verweisenden Blick ein. »Ich meine ... irgendein Lebenszeichen müssten wir sonst allmählich erhalten.«

»Es wird ernst«, wandte die Kommandantin sich an den Maphan der LAS-TOÓR. »Ich werde das Gefühl nicht los, dass wir in eine Falle fliegen.«

»Kehrt um!«, sagte Jere von Baloy.

»Das kann ich nicht. Unsere Leute sind da unten. Und eure Historikerin. Und Rhodan.«

Der Akone schwieg.

Mittlerweile stand die PALENQUE nur noch knapp 30 Kilometer hoch.

»Aufsetzen in zweieinhalb Minuten!«

»Im Landebereich herrscht konstanter Wind um die zwanzig Stundenkilometer.«

»Ist das alles?«, fragte die Kommandantin.

»Die Space-Jet scheint verlassen zu sein.«

Die ansonsten überaus knauserigen Eigner der PALENQUE hatten die Jet erst vor kurzem zur Verfügung gestellt. Genauer gesagt hatte sie völlig überraschend im Hangar gestanden, und Alemaheyu hatte sich am Rumpf fast den Schädel eingeschlagen.

Endlich landete die PALENQUE. Pearl Laneaux verzichtete darauf, die zehn kurzen Hydraulikbeine auszufahren. Sie setzte den 200-Meter-Kugelraumer mit Prallfeld und Antigrav zwei Kilometer abseits des kreisförmigen Areals auf, das mittlerweile schon nicht mehr als solches erkennbar war. Ein leichtes Schneetreiben herrschte.

»Harriett, Feuerbereitschaft bleibt bestehen! Pearl, jederzeitige Startbereitschaft. Du hast ab sofort das Kommando.«

»Aber ...«

»Ich steige aus und sehe mich draußen um.« Sharita schaltete den Interkom auf Rundruf: »Teodoro und Crest Julian – wir verlassen gemeinsam das Schiff. Ich erwarte euch umgehend in der unteren Polschleuse. Geschlossene Anzüge, Standardausrüstung. Kommandantin Ende.«

Draußen wartete eine kahle, unwirtliche Welt.

»Mir behagt es hier nicht«, stellte Teodoro Franty fest, kaum dass sie den Schatten der PALENQUE verlassen hatten. Die Sonne stand dicht über dem Horizont und schickte ein kaltes, gleißendes Licht über den Himmel.

»Wir nehmen uns zuerst die Space-Jet vor«, befahl Sharita. »Danach sehen wir weiter.«

»Die Kreislinie geht auf einen Paratronschirm zurück, der hier aktiv war«, meldete Driscol unerwartet. »Ich habe seit wenigen Augenblicken die entsprechenden Nachweise vorliegen.«

»Weshalb schützt man ausgerechnet ein paar Felsen mit einem Paratronschirm?«

»Nicht die Felsen«, antwortete der Orter. »Auch nicht unbedingt einen Zugang in den unterirdischen Bereich. Da ist etwas vor euch, auf geradem Weg zur Space-Jet, das ich als Überrest von Hightech bezeichnen würde.«

»Und warum tust du es nicht?«

Deutlich war zu hören, wie Driscol nach Luft schnappte. »Weil das Aggregat zerstört wurde.«

»Die Space-Jet hat zwei MVH-Geschütze, Thermostrahl- und Desintegrator«, sagte die Kommandantin spontan.

»Nein, ich glaube nicht, dass ein Schiffsgeschütz gefeuert hat. Dann wäre wohl noch weniger übrig geblieben. Ich denke, das war eine sehr leistungsstarke tragbare Waffe.«

»Du vermutest Icho Tolot?«

Driscol zögerte kurz. »Ja, wahrscheinlich. Das Schadensbild passt ziemlich gut zu der schweren Kombiwaffe des Haluters.«

»Wir sehen uns das aus der Nähe an.«

Die Prospektoren hatten sich mittlerweile mehrere Dutzend Meter weit von der Kommandantin entfernt. Suchend blickten sie um sich.

Es begann zu regnen. Jedenfalls fielen einzelne schwere Tropfen.

»Wolkenlos«, murmelte Franty nach einem flüchtigen Blick in den Himmel. »Das hört schnell wieder auf.«

Zwei dicke Spritzer klatschten auf seine Helmscheibe und hinterließen im Abtropfen eine trübe, grün schimmernde Spur. Mit dem Handschuh versuchte der Prospektor, den Helm zu säubern, doch die Flüssigkeit erwies sich als zäh. Dann war der Spuk schon wieder vorbei.

Fast hätte die Kommandantin erwartet, eine besondere Entdeckung zu machen, doch als sie die von Driscol bezeichnete Position erreichten, sah sie nichts Ungewöhnliches. Der Untergrund ließ stellenweise Spuren atomarer Auflösung erkennen, und Trümmerstücke lagen weit verstreut.

»Zwei kreisförmige Sockel zeichnen sich noch ab«, stellte Catchpole fest. »Beide nicht mehr als zweieinhalb Meter durchmessend.«

Die Kommandantin ging neben den Fragmenten in die Knie. Flüchtig registrierte sie einen Hauch von Nebel, der in einiger Entfernung über dem Boden hing, sich aber rasch auflöste. Sie hob ein faustgroßes Teil auf, das wie Glas wirkte, je nach Lichteinfall aber in den unterschiedlichsten Farben schimmerte. Im Innern war ein haarfeines filigranes Netz eingegossen. Das ehemals wohl zylinderförmige Objekt war der Länge nach gespalten, ein Teil fehlte völlig. Die an den Schnittstellen austretenden Netzfäden wirkten wie molekulare Kanäle.

»Eine Art Impulsverteiler«, vermutete Catchpole, der das Artefakt ebenfalls interessiert betrachtete. »Ein hochsensibles, gegen Streustrahlung geschütztes Teil.«

»Die äußere Form und die Dicke der Isolierschicht sind zwar ungewöhnlich, aber das an sich sagt noch wenig aus«, bestätigte die Kommandantin. »Verwendung in Zusammenhang mit fünfdimensional strahlendem Schwingquarz. Stimmst du mir zu, Crest?«

»Bauteil einer sensiblen Hyperfunkanlage; Gleichrichter oder Wandler im Schaltgefüge eines Überlichtkonverters ... in Betracht kommen ebenso der Regelbereich und die Fünf-D-Steuerung eines Transmitters.«

»Bingo«, meldete sich Driscol. »Vergesst nicht, dass wir zwei Transportvorgänge zwischen dem akonischen Schlachtkreuzer und dem Planeten angemessen haben.«

»Inklusive Bestätigung von der LAS-TOÓR«, sagte Sharita. »Aber warum sollte Tolot ausgerechnet einen lemurischen Transmitter zerstören? Abgesehen davon ...« Sie kam federnd wieder in die Höhe und schritt den Platz zwischen beiden Sockeln ab.

»Was ist?«, fragte Driscol.

Die Kommandantin blickte mehreren schweren Tropfen nach, die auf dem Boden zerplatzten. Offenbar regnete es nun wirklich, und dieser Regen vertrieb den letzten Nebelhauch.

»Etwas mehr als dreieinhalb Meter Abstand zueinander«, stellte sie fest. Ihr Blick schweifte über die Sockelreste und wanderte in die Höhe. Der Himmel erschien mittlerweile in einem eigenwilligen Graugrün. Die Regentropfen zogen schlierige Spuren über ihren Helm.

»Die Schutzschirme aktivieren, niedriges Level!«

»Das ist definitiv nur Wasser, versetzt mit pflanzlichen Bestandteilen, vermutlich Sporen«, bemerkte Teodoro Franty nach einer Schnellanalyse mit dem faustgroßen Kompaktlabor, das zur Standausrüstung jedes Prospektors gehörte. »Keine Säure oder Ähnliches.«

Sharita nickte knapp. »Die Sockelverkleidung wölbt sich leicht nach außen. Allem Anschein nach waren beide Gebilde trichterförmig und mehrere Meter hoch. Dann ergab sich zwischen ihnen ... Crest, was meinst du dazu?«

Crest Julian Catchpole formte das Gebilde mit den Händen nach. »Ein Torbogen«, sagte er. »Also doch ein Transmitter.«

»Vom Typ zumindest ungewöhnlich. Außerdem überraschend hoch. Ich frage mich, ob unsere Leute an Bord des Akonenraumers gebracht wurden.«

»Keinesfalls vollzählig.«

»Richtig. Wenn Tolot die Anlage vernichtet hat, muss er zurückgeblieben sein.«

»Warum ist er danach nicht mit der Space-Jet gestartet?«

»Die Frage ist falsch«, entgegnete die Kommandantin. »Ich glaube, hier ist etwas anderes geschehen.« Ihr Blick wanderte in die Runde. Es regnete heftiger, und der Niederschlag schränkte die Sicht ein. Nur noch schemenhaft sah Sharita in einiger Entfernung die Space-Jet. »Vorausgesetzt, das ist wirklich unser Beiboot.«

»Inzwischen eindeutig identifiziert«, meldete Driscol.

Teodoro Franty hantierte bereits auf der anderen Seite des zerstörten Transmitters. Er hatte nacheinander mehrere Fragmente aufgehoben, sie aber achtlos wieder beiseite geworfen, während er sich langsam entfernte. Sharita schaute ihm nur kurz hinterher.

»Die Space-Jet verkörpert einen beachtlichen Wert«, sagte Catchpole. »Die Leute von der GEMC werden froh sein, dass wir sie unversehrt ... zurück ... haben.« Die letzten Wörter dehnte er ungewöhnlich lang und schien sich erst allmählich bewusst zu werden, was das wirklich bedeutete. »Mann«, er kaute auf seiner Unterlippe, »wir sind es gewohnt, die seltensten Elemente, Schwingquarze, die Indikatoren für ihr Vorhandensein und was der Teufel noch vorwärts und rückwärts und im Schlaf runterzubeten, aber was mittlerweile abläuft, das ist ...«

»... ungewöhnlich?«, ließ sich Franty vernehmen.

»Wenn wir eins und eins zusammenzählen, ergibt das ein einigermaßen schlüssiges Bild.« Die Kommandantin suchte nun ebenfalls nach brauchbaren Hinweisen, irgendetwas, das die akonische Herkunft des Transmitters bestätigte. Immerhin basierte die Wirtschaftsmacht von Drorah mehr als die aller anderen Milchstraßen-Zivilisationen auf der konsequenten Anwendung der Transmittertechnik. Im Großen wie im Kleinen.

Schließlich richtete sie sich wieder auf und drehte ein vom Regen überzogenes, schon unbrauchbares Chipbündel zwischen den Fingern.

»Es ist wie mit dem hier. Zufällig stoßen wir auf zwei abgewirtschaftete Generationenschiffe, die vor rund fünfundfünfzigtausend Jahren von Lemuria gestartet sind. Bei der zweiten Sternenarche befindet sich ein zerstörter schwarzer Raumer, allem Anschein nach ein Haluterschiff. Dann kapert und entführt wohl auch ein Haluter unsere Space-Jet.«

»Nicht *ein Haluter*, sondern Icho Tolot. Rhodan scheint sich da ziemlich sicher gewesen zu sein.« Teodoro Franty nahm den Faden auf. »Ehrlich gesagt: Ich habe das anfangs für ausgemachten Blödsinn gehalten.« Wie er mit der flachen Hand vor seinem Raumhelm wedelte, zeigte deutlich, dass *Blödsinn* längst nicht das ausdrückte, was er wirklich von Rhodans Vermutung gehalten hatte. »Immerhin traf Tolot nach Rhodans Funkspruch dann sehr schnell mit seiner HALUT ein.«

»Und wer existiert schon doppelt, solange er nicht mehrere Flaschen Vurguzz nacheinander geleert hat?« Catchpole grinste herausfordernd.

»Tolot hat das irgendwie geschafft«, sagte Sharita. »Wir wissen aus den Aufzeichnungen, dass ein Lemurer namens Levian Paronn, nicht zuletzt unter Hinweis auf eine mysteriöse Bedrohung, den Exodus hunderttausender Lemurer in den Sternenarchen einleitete. Er kann nur von den Bestien gesprochen haben, die zu jener Zeit in der Milchstraße allerdings noch unbekannt waren. Und wir wissen, dass er selbst auf der ACHATI UMA, die von den Akonen aufgebracht wurde, seine Heimat verließ. Außerdem haben wir Boryk, den Lemurerklon, dem es gelungen ist, Paronns Tagebuchaufzeichnungen an sich zu bringen.«

»Inklusive mitgeliefertem Attentat«, fügte Catchpole zynisch hinzu. »Sag mir noch einer, die Akonen seien die friedlicheren Menschen.«

»Geheimdienst und Politiker.« Sharita machte eine geringschätzige Handbewegung. »Egal, zu welchem Volk diese Clique gehört, wirf sie alle miteinander in einen Topf, und wenn du dann einen wieder herausziehst, wirst du immer den gleichen zwischen den Fingern haben.«

Von der PALENQUE kam ein schallendes Lachen. Bis Sharita sich Ruhe auserbat.

»Hier sind Trümmer unter großer Hitzeeinwirkung geschmolzen!«, stellte Franty fest.

»Die Spuren gibt es bei den Transmittersäulen ebenfalls.« Catchpole wandte sich wieder an die Kommandantin. »Dieser Paronn hat es also wirklich von Lemuria bis in unsere Zeit geschafft. Aber die Bestien haben wir nun auch am Hals. Schon deshalb ist es an der Zeit, dass wir erfahren, was er in seinem Tagebuch festgehalten hat.«

»Offenbar nichts über die Bestien. Viel konnte ohnehin nicht mehr rekonstruiert werden.«

Catchpole war in eine der Pfützen getreten, die sich in den Bodenvertiefungen bildeten. Er fluchte, als sich die grüne Masse an seinem Stiefel in die Höhe zog. »Ein Mistzeug ist das«, schimpfte er. »Da wird eine Dekontamination fällig. Sharita, auch wenn das nicht die beste Gelegenheit ist, jeden von uns interessiert, was Paronns Tagebuch enthält.«

»Du hast Recht, das ist absolut nicht die beste Gelegenheit«, erwiderte die Kommandantin. »Sobald wir die Space-Jet ...«

»Sharita! Crest!« Der Aufschrei kam von Franty. Er hatte sich mittlerweile gut 200 Meter von den beiden entfernt. Sie sahen ihn mit dem Strahler nach allen Seiten sichern. »Hier liegt der Haluter. Tolot. Ich glaube, er ist tot!«

10

Die UMBERIA und ihr Schwesterschiff, die LEMMAK, beendeten die zweite Überlichtetappe mehr als 10 000 Lichtjahre vom Gorbas-System entfernt. Die Region, in der beide Schiffe materialisierten, gehörte noch zum galaktischen Zentrum, markierte aber schon den Randbereich der dichtesten Population.

Die Sterne standen dennoch sehr viel enger zusammen als in den Spiralarmen. Zudem beherrschten farbenprächtige Nebel, Gas- und Dunkelwolken das Bild.

Anblicke wie dieser hatten sich tief in Levian Paronns Geist eingebrannt. Sie vermittelten ihm ein Gefühl der Geborgenheit – genau das, was er vor einer kleinen Ewigkeit fern im Westen der Galaxis so qualvoll vermisst hatte. Die Sonne Apsu mit ihren neun Planeten – er kannte das Heimatsystem sogar noch mit allen zehn Welten – hatte in der Einsamkeit, in der die Sonnen jeweils mehrere Lichtjahre weit auseinander standen, für die angreifenden Bestien wie auf dem Präsentierteller gelegen. Dass Lemur dem Großen Krieg dennoch beinahe ein Jahrhundert lang getrotzt hatte, erschien ihm im Nachhinein wie ein Wunder. Eine glückliche Fügung, zumal es schon im zwölften Kriegsjahr, nach der Zerstörung des Planeten Zeut, so ausgesehen hatte, als wäre gerade das Heimatsystem nicht mehr zu halten gewesen.

Drorah, 45 000 Lichtjahre entfernt im Sternendickicht, war von den Bestien niemals in diesem Ausmaß attackiert worden. Die Hauptwelt des 87. Tamaniums hatte nicht einmal eine Evakuierung erlebt. Aber das wusste Paronn erst heute. Damals hätte ein solches Wissen für ihn vieles in einem anderen Licht erscheinen lassen, weit weniger kompliziert und anfällig.

Warum hatte er Tolot nicht danach gefragt? Er konnte es nicht sagen. Vielleicht war keine Zeit dafür gewesen, weil die Ereignisse sich überstürzt hatten, oder es hatte ihn einfach nicht interessiert. Für ihn hatte es jedenfalls Wichtigeres gegeben, nämlich die jäh aufgeflammte Hoffnung, den Gegner zurückschlagen zu können, bevor er das Sternenreich der Lemurer, das Große Tamanium, vernichtete.

»Maphan!« Wie aus weiter Ferne drang die Stimme des Ersten Offiziers bis zu ihm vor. Paronn schreckte aus seinen Gedanken auf und blinzelte verwirrt. Erst allmählich nahm er Jehan Hattusk bewusst wahr.

Ein Hauch von Besorgnis spiegelte sich in den Zügen des Ma-Techten. »Du wirkst ... verändert, Maphan, beinahe krank. Ich rufe einen Medoroboter.«

»Unsinn.« Eine Spur zu heftig wehrte er ab. »Es ist nichts, nur ...« Levian verstummte betroffen. Was hatte er sagen wollen? Dass er fürchtete, dass die Bestien ihm, Levian Paronn, gefolgt waren? Ihm oder den Archen? Dass es ihnen gelungen war, Hyperfunksender in seinen Generationenschiffen einzubauen? Sie hatten die Lemurer an Bord nicht getötet, ihre verhassten Feinde nicht ausgelöscht, wie es zu erwarten gewesen war, sondern sie zu ihren Instrumenten gemacht und sie benutzt, um ein Wiedererstarken der Lemurer zu verhindern. Dabei war es gerade seine Absicht gewesen, die Männer, Frauen und Kinder an Bord dem Zugriff der Bestien zu entziehen, weil ein Auffinden der Schiffe in der Weite des Raums so unwahrscheinlich gewesen war wie die erfolgreiche Suche nach einem Staubkorn am Strand eines Ozeans. Die Bestien hatten es geschafft, so wie Icho Tolot es ebenfalls geschafft hatte, indem sie aus den Aufzeichnungen der Starts den Kursvektor des jeweiligen Schiffes berechnet hatten. Damit hatten sie sein Lebenswerk pervertiert. Indem sie die Sternenarchen als Köder missbrauchten. Die von ihnen eingebauten Hyperfunksender hatten den Kontakt mit Lemurerabkömmlingen gemeldet und die Arsenale der Bestien geweckt. Der Krieg ging weiter. Es war wohl nur noch eine Frage weniger Tage, bis die vierarmigen Kolosse mit voller Wucht losschlugen.

»Maphan, hier ist weit und breit nichts, was von Interesse erscheint. Wir treiben ziellos durch den Raum.«

Paronn nickte zögernd. »Es ist gut so.« Er erhob sich.

Einen Augenblick lang fühlte er eine nie gekannte Schwäche in sich aufsteigen. Alles um ihn herum begann zu schwanken. Er griff nach einem sicheren Halt, und gleich darauf hatte er sich wieder unter Kontrolle. Dutzende Augenpaare schienen sich auf ihn zu richten, ihn tief zu durchdringen. Wie es um ihn stand, ging jedoch niemanden etwas an, am allerwenigsten die Mannschaft der UMBERIA.

Sie werden mich nicht verstehen, weil sie keine Ahnung haben. Weil sie überhaupt nicht mehr begreifen können, wie das ist, Tag für Tag um das Leben bangen zu müssen. Sie kennen den Krieg nicht, der eine bewohnte Welt nach der anderen im Feuersturm verbrennt.

Milliarden Tote. Männer, Frauen und Kinder ...

Jede Hyperfunknachricht vom Flottenkommando eine neue Hiobsbotschaft ...

Paronn biss die Zähne zusammen, bis die Kiefergelenke knackten. Steif schritt er hinüber zum Kartentank.

Einen Moment lang glaubte er, in der Unendlichkeit zu versinken, so real wirkte der Eindruck, über dem Nichts zu stehen. Seine Hände umklammerten den Rand des Kartentanks, während er sich noch weiter nach vorn beugte. Sein Blick verlor sich in dem gleißenden Sternenmeer.

Irgendwo dort draußen, für ihn wieder unerreichbar fern in der Zeit, lag Lemuria. Seine Heimat. Die Welt, deren Untergang nicht sein durfte.

»Lemuria – du musst leben!« Er konnte nicht sagen, ob der Satz nur in seinen Gedanken entstand oder er ihn tatsächlich über die Lippen brachte. »Du darfst nicht sterben, niemals!« Wie ein gellender Aufschrei hallte es in ihm nach.

Paronn krallte sich fest. Am Rand des Holotanks ebenso

wie an seiner Erinnerung, seinen Schwüren und Hoffnungen. Dennoch glaubte er, zu fallen ...

... zu stürzen in die Unendlichkeit, die ihn gierig umfing, als wolle sie ihn nie wieder freigeben.

Die Schatten seiner Erinnerung umringten ihn, und ihre dumpfen Laute erschienen wie der Pulsschlag der Zeit, ein unheimliches Dröhnen.

Es wurde lauter. Ohrenbetäubend.

Salventakt!

Unbarmherzig fraß sich das Donnern in sein Unterbewusstsein vor. Paronn schreckte auf, lauschte sekundenlang mit angehaltenem Atem, während sein Herz gegen die Rippen hämmerte, und war mit einem blitzschnellen Satz auf den Beinen. In weiter Ferne glaubte er Sirenengeheul zu vernehmen, doch als er sich darauf konzentrierte, herrschte wieder Stille. Es erschien ihm, als hätte die Zeit den Atem angehalten, ein flüchtiger Moment inmitten des Chaos, das die Galaxis unabwendbar in den Strudel des Untergangs und der Vernichtung zog.

Diesen einen Moment festhalten, ihn für immer zu konservieren wie die Zone der Ruhe im Auge eines tobenden Wirbelsturms, das sehnte Levian Paronn sich gerade jetzt herbei. Er trat ans Fenster und blickte über die Stadt hinweg, in der er erst vor wenigen Wochen neue Zuflucht gefunden hatte.

Vereinzelt schimmerte Licht aus nicht vollständig abgedunkelten Fenstern. Die Straßen und Plätze der Metropole lagen im Dunkel der Nacht und unter den Schlagschatten der Hochhäuser begraben. Levian sah einen einzelnen Gleiter aufsteigen und jenseits der Röhrenbahn mit wachsender Beschleunigung verschwinden.

Nacheinander erloschen die letzten Lichter. Es mutete seltsam an, doch die Menschen schienen sich sicherer zu fühlen, wenn sie sich in der Dunkelheit verkriechen konnten. Dabei ignorierten sie wider besseres Wissen, dass moderne Waffensysteme jederzeit und über gewaltige Entfernung hinweg effektiv töteten.

Der Himmel war leicht wolkenverhangen, am fernen

Horizont wetterleuchtete es. Levian drückte die Stirn an das Fensterglas. Die Scheibe war kühl und klärte seine Sinne; ihm wurde endgültig bewusst, dass er die Einschläge aus schweren Schiffsgeschützen und das Sirenengeheul nur geträumt hatte. Wieder einmal, wie so oft in den letzten Wochen, seit er dem Bestienangriff auf die Hauptwelt des 14. Tamaniums entkommen war. Ein Tross von Flüchtlingsschiffen hatte sich in alle Himmelsrichtungen ergossen. *Wie der Inhalt einer ausgereiften, aufplatzenden Samenkapsel,* dachte er. *Nur steht jetzt schon fest, dass dieser Samen nirgendwo aufgehen kann. Die Bedingungen haben sich verändert. Und wenn doch, werden schon die ersten Keimlinge zertreten und ausgerissen ...*

Der fahle Sternenschimmer über der Stadt verbreitete eine verlogene Ruhe. Dennoch blickte Levian zu den fernen Lichtpunkten auf, schloss nach einer Weile sogar die Augen und versuchte, endlich wieder ruhig und gleichmäßig zu atmen.

Die Anspannung fiel von ihm ab. Er wusste, dass der Krieg gegen die Bestien, dieses entsetzliche, erbarmungslose Morden, noch lange nicht verloren war. Die Tamanien mobilisierten ihre letzten Kräfte, obwohl sich immer mehr Lemurer durch die Sonnentransmitter in die Nachbargalaxis zurückzogen. Was nach wie vor in scheinbar geordneten Bahnen verlief, würde jedoch eines Tages zur panischen Flucht ausarten, sobald sich herausstellte, dass die Heimatgalaxis nicht mehr zu halten war. Levian hatte inzwischen von Plänen gehört, große Flottenkontingente der Bestien in die Sonnentransmitter zu locken und diese dann zu sprengen. Inwieweit sich reale Überlegungen darin ausdrückten, konnte er nicht sagen.

Ein Geräusch aus dem Nebenraum erschreckte ihn.

Inzwischen hatte er Mühe, sich vom Anblick der friedlich schlafenden Stadt loszureißen. Er verzichtete darauf, Licht zu machen, und tastete sich in völliger Finsternis auf den Flur hinaus.

Unter der Tür zu Janoks Zimmer zeichnete sich ein schmaler Streifen fahler Helligkeit ab. Also war Erghena bei ihm.

Überaus behutsam öffnete Levian die Tür. Das leise Knarren der Scharniere klang dennoch überlaut. Erghena blinzelte, konnte vor Müdigkeit die Augen kaum noch offen halten, doch ein Lächeln huschte über ihre Züge.

Auf dem Antigravkissen hatte sie es sich einigermaßen bequem gemacht. Halb zurückgelehnt, die Beine angezogen, verharrte sie in ihrer Lieblingsstellung. Janok lag auf ihrem Schoß. Sie stützte ihn mit dem linken Unterarm und hatte den kleinen Kopf in ihrer Handfläche geborgen.

Solche Momente taten gut, ließen sie doch allen Grausamkeiten zum Trotz einen tiefen Frieden spüren. Solange den Lemurern derartige Gefühle nicht abhanden kamen, bestand noch Hoffnung.

Vier lemurische Monate war Janok erst alt. Dass seine Heimatwelt nicht mehr existierte, konnte er noch nicht begreifen, aber irgendwann würde er es erfahren und verstehen lernen, in was für einer entsetzlichen Zeit er lebte. Janok entwickelte sich prächtig, sagte Erghena. Seit ihre Eltern bei einem Angriff der Bestien umgekommen waren, hatte sie sich nichts sehnlicher gewünscht als ein eigenes Kind. Trotz des Krieges, oder vielleicht gerade deshalb. Wirklich verstanden hatte Levian das nie.

Er küsste Erghena auf die Stirn.

Janok schlief unruhig. Er hatte den Daumen in den Mund geschoben und schmatzte leise im Schlaf. Hin und wieder zuckten seine Beinchen, dann schluchzte er, und ein Zittern durchlief den kleinen Körper. So auch jetzt. Doch zugleich erschien ein seliges Lächeln in dem ebenmäßigen Gesicht mit den beiden Grübchen und der Stupsnase.

Ich liebe euch beide, sagte Erghenas Blick.

Draußen herrschte nach wie vor Todesstille. Levians Blick wanderte zum Fenster, doch die Scheibe war abgedunkelt. Er konnte nicht sehen, wie sich das Wetterleuchten entwickelte. Vielleicht zog ein Gewitter auf. Die Klimakontrolle war auf ein Mindestmaß zurückgefahren worden, seit der Planet unter dem Ansturm der Flüchtlinge ächzte. Es gab keine überschüssige Energie mehr, die in die Ozeane eingeleitet oder zur Dämpfung entstehender Sturmgebiete verwendet werden konnte; alles, was erzeugt wurde, benötigte die Verwaltung, um das öffentliche Leben aufrechtzuerhalten. Deshalb hatte es in den letzten Tagen schon geschneit, obwohl bis zum Wintereinbruch noch einige Monate waren.

Erghena legte Janok in sein Bett und deckte ihn vorsichtig zu. Mit einer knappen Handbewegung löschte sie das Licht.

»Ich hoffe und bete, dass dieser unselige Krieg bald ein Ende haben wird«, sagte sie Minuten später, als sie neben Levian auf den Polstern des Wohnraums lag, die Hände im Nacken verschränkt, und zur Deckenprojektion aufblickte. Nur zwei Kanäle in der bislang üppigen Medienvielfalt waren aktiv. Die lokalen Nachrichten zeigten einen Bericht über den unerwarteten Kälteeinbruch; der überregionale Sender beschäftigte sich mit dem Thema der Sonnentransmitter.

Ein greller Blitz erschreckte Levian. Er stemmte sich auf den Ellenbogen hoch und blickte zum Fenster. Augenblicke später rollte der Donner heran.

Erghena zog ihn zurück, umfasste sein Gesicht mit beiden Händen und küsste ihn, zärtlich erst, doch schnell auch fordernd. »Du bist schreckhaft geworden.«

»Ich dachte ...«

»Sprich jetzt nicht von den verdammten Bestien!« Sie drückte ihm zwei Finger auf die Lippen. »Wir sind in Sicherheit, Lev, wenigstens für ein paar Jahre. Und was dann geschehen wird ... ich weiß es nicht. Niemand kann das vorhersehen.«

Der nächste Blitz tauchte den Raum in fahlen Widerschein. Erghena blendete das Fenster ab. In den Raumecken glomm der grüne Schimmer der Nachbeleuchtung auf.

Mit einem Ruck löste sie den Magnetsaum von Levians Jacke. Ihre Bewegungen wurden fordernder, und plötzlich kniete sie über ihm, zog ihn mit einer Hand halb zu sich heran, wobei Levian zögernd mithalf, und streifte mit der anderen den dicken Stoff über seine Schultern. Ihre Lippen fanden die seinen und saugten sich an ihm fest, als sei dies der letzte Kuss in ihrem Leben, während gleichzeitig ihre Hände nach unten glitten, seinen Gürtel öffneten und sich tiefer wühlten.

Mit einem Laut der Enttäuschung löste sie ihre Lippen von seinen, blickte ihn ungläubig an. »Du denkst zu viel an den Krieg. Ich bin auch noch da, und ich ...« Was immer sie noch sagte, es wurde zum unverständlichen Murmeln, als Levians Hände sich in ihr Haar wühlten.

»Lass es gut sein, Erghena, ich komme in Gedanken nicht von den Bestien los.«

»Ich will dich nicht mit den vierarmigen Monstern teilen! Begreifst du das denn nicht? Ein paar glückliche Minuten, Levian, nur wir beide und ohne diese Bestien! Verlange ich damit wirklich zu viel?«

Ihre Begegnung wurde so intensiv wie lange nicht mehr. Wild drängte Erghena sich ihm entgegen und klammerte sich wie eine Ertrinkende an seinen Hals. In diesen wenigen Minuten gab es nur noch sie beide, kein Gewitter, keine Großstadt, in der sich die Flüchtlinge gegenseitig auf die Füße traten, in der Levian die geräumige Wohnung nur erhalten hatte, weil er als Wissenschaftler für das Große Tamanium wichtig war. Einige Tamräte hatten ihm bereits nahe gelegt, über einen der Sonnentransmitter in die Zweite Insel zu fliehen.

Der lauter werdende Donner ließ Erghena innehalten. Sie erstarrte. Levian registrierte, dass das Beben ihres Leibes zum angsterfüllten Zittern wurde.

Ein zweites explosionsartiges Dröhnen in unmittelbarer Nähe. Das Fenster klirrte vernehmlich, dann schien das ganze Gebäude zu schwanken.

»Das ist kein Gewitter mehr!«, flüsterte Levian tonlos.

Sekundenlang hielten sie sich noch hilflos umklammert, während draußen ein nicht enden wollendes Stakkato losbrach. Ganz weit weg waren nun auch die Sirenen zu vernehmen.

Raumalarm!

Im Salventakt rollten das Dröhnen und die stärker werdenden Erschütterungen heran. Alles schwankte.

»Janok!«, brüllte Erghena. Irgendwie schaffte sie es, nicht nur auf die Beine zu kommen, sondern sich trotz der heftigen Bebenwellen quer durch den Raum zu bewegen.

Auch Levian kam jetzt hoch. Er versuchte gar nicht erst, sich vollständig anzuziehen. Der nächste Stoß warf ihn gegen die Wand; er spürte, wie Elle und Speiche seines linken Unterarms splitterten, dann durchflutete ihn eine Woge der Übelkeit. Hinter ihm zerplatzte die Fensterfront mit einem peitschenden Knall. Geschossgleich wirbelten die Splitter durch den Raum, vorwärtsgepeitscht von einer sengenden Hitze. Aber da hatte Levian schon den Korridor erreicht.

Infernalischer Lärm brach über ihn herein. Mit unglaublicher Präzision mussten die Angreifer aus dem Hyperraum gefallen sein und die Wachflotte ausgeschaltet haben, 32 schwer armierte Schlachtschiffe neuester Bauart. Kugelraumer, die selbst dem Teufel trotzen würden. Aber die schwarzhäutigen Bestien waren nicht der Teufel ...

... sie waren schlimmer.

Auch im Kinderzimmer war das Fenster zerborsten und der Boden von Splittern übersät. Die Nacht hatte sich blutig rot gefärbt, Feuerstürme tobten durch die Straßenschluchten.

Thermo- und Impulsstrahlen zogen lodernde Spuren der Vernichtung. Nur in der Ferne schlug den Bestien noch schwaches Abwehrfeuer entgegen.

Ein Schatten jagte vorbei, ein raumtauglicher Kampfgleiter. So nah, dass Levian fürchtete, die wabernde Triebwerksglut könnte das Gebäude erfassen.

Weitere Gleiter folgten. Insgesamt waren es zwei Dutzend oder mehr. Sie konnten nur aus den unterirdischen Depots aufgestiegen sein, eine letzte Streitmacht, die den Bestienraumern außer ihrer Wendigkeit aber nicht viel entgegenzusetzen hatte. Levian glaubte, die Verzweiflung zu spüren, mit der die Piloten in den Tod flogen. Sie konnten das Verderben nicht aufhalten.

Urplötzlich ein greller, sich in weiteren Explosionen ausweitender Glutball. Thermosalven rissen die Formation der Gleiter auf. Halb geblendet, sah Levian zwei Schatten abdrehen, steil in die Höhe ziehen und miteinander kollidieren. Sie verglühten nicht, sondern brachen einfach auseinander, und die Wrackteile folgten einem neuen Kurs.

»Raus hier!«, brüllte er.

Erghena hatte das Kinderbett fast erreicht. Von dem Lärm aus dem Schlaf gerissen, schluchzte Janok jämmerlich. Aber darauf konnte Levian keine Rücksicht nehmen. Er handelte instinktiv, umklammerte Erghenas Handgelenk und riss sie mit aller Kraft mit sich. Die Frau taumelte, sträubte sich – es war ihm egal. Nur weg hier, raus aus der Wohnung, bevor ... Ein berstendes Splittern und Krachen begleitete den ersten Einschlag eines der Gleiterfragmente. Vielleicht ein oder zwei Stockwerke höher, Levian konnte es nicht erkennen. Erghenas entsetzter Aufschrei gellte in seinen Ohren, sie versuchte, sich aus seinem Griff zu befreien, dann durchbrachen die nächsten Wrackteile die Mauern.

Levian spürte, dass sich der Boden aufbäumte, aber schon holte ihn die Druckwelle ein und fegte ihn von den Füßen. Er wurde herumgewirbelt, überschlug sich und prallte hart auf. Der Schmerz in seinem linken Arm war mörderisch. Levian schrie nun, doch in dem Dröhnen, Bersten und Krachen ringsum hörte er nicht einmal mehr die eigene Stimme.

Nach den Erschütterungen weiterer Einschläge ebbte der Orkan so rasch ab, wie er losgebrochen war. Feuerschein und herabbrechende Deckensegmente versperrten den Rückweg. Noch während Levian verzweifelt versuchte, einen Überblick zu gewinnen, stürzte die Wand des Kinderzimmers ein. Nun loderten die Flammen erst richtig auf.

Urplötzlich trommelten Faustschläge auf ihn ein. »Janok!«, keuchte Erghena halb erstickt. »Hol Janok da raus!« Sie schien nicht erkennen zu wollen, dass das Kinderzimmer von einem Gleitertriebwerk verwüstet worden war.

»Janok ist tot. Und wenn wir nicht hier verschwinden, sind wir es ebenfalls!«

Sie schien nicht zu begreifen und starrte ihn nur aus weit

aufgerissenen, flackernden Augen an. Hätte er nur einen Augenblick länger gezögert, wäre sie jetzt ebenfalls tot.

Die Flammen loderten bereits im Flur. Nur eine Sekunde lang zögerte Erghena, dann ging sie entschlossen weiter, die Arme schützend vors Gesicht gehoben.

»Zurück!«, schrie Levian. Erghena hörte ihn nicht, oder sie wollte ihn nicht hören. Wie ein Roboter verschwand sie in dem sich träge heranwälzenden Rauch.

Levian taumelte hinter ihr her. Es war egal, wo er starb, hier oder auf einer anderen von den Bestien heimgesuchten Welt. Sie würden immer angreifen, so lange, bis in dieser Galaxis keine Lemurer mehr existierten oder sie selbst von neuen Waffensystemen hinweggefegt wurden.

Erghena brach zusammen. Schattenhaft verzerrt, sah Levian sie stürzen. Ungeachtet der sengenden Hitze und des beißenden Qualms, der sich erstickend auf seine Atemwege legte, stürzte er vor.

Der Schmerz war grauenvoll, aber Levian achtete nicht darauf. Noch konnte er die Luft anhalten. Andererseits spürte er schon den qualvollen Druck auf seinen Lungen, der ihn unweigerlich zwingen würde, bald tief und gierig einzuatmen.

Er verlor die Orientierung. Doch einen Augenblick später stieß er gegen etwas Weiches. Erghena bewegte sich nicht mehr, er zerrte sie mit sich, schleifte sie erst über den Boden, fort von den gierig um sich greifenden Flammen, ging aber schon nach wenigen Metern neben ihr in die Hocke und hob den schlaffen Körper halb über die Schultern.

Sein Brustkorb drohte zu zerspringen, als er keuchend nach Atem rang. Alle Regungen in ihm waren erloschen, er fühlte sich wie tot. Levian stand trotz der galaxisweiten Katastrophe dem Tod nicht gleichgültig gegenüber. Und vor wenigen Minuten hatte er seinen Sohn verloren.

Blut und Tränen verschleierten seinen Blick, als er Erghena zum nächsten Liftschacht schleppte. Was sollte er tun, falls die Antigravkabine nicht mehr funktionierte? Schon diese Überlegung peitschte ihn weiter, während von draußen erneut Explosionen erklangen und das Donnern der Thermosalven, das entstand, wenn die erhitzte Luft in die Schusskanäle zurückstürzte.

Der Schacht war hell erleuchtet und gesichert wie stets. Ungeduldig wartete Levian auf die heranrasende Kabine. Erghena stöhnte verhalten. Er musste sie in eine Klinik bringen – *Klinik?*, fragte er sich entsetzt, *als würden die Bestien in ihrem Vernichtungswahn vor irgendetwas zurückschrecken.* Auf jeden Fall brauchte sie Wundplasma, ihre Verbrennungen ließen schon das Fleisch sehen. Ohne Plasma würde Erghena diesen oder den nächsten Tag nicht überleben.

Erst als er sie in die Liftkabine schleppte, fiel ihm auf, dass sie beide allein waren. Entweder waren die Nachbarn auf dieser Etage schon zu Beginn des Angriffs in die tief unter der Oberfläche angelegten Schutzräume geflohen, oder sie verharrten in ihren Wohnungen und hofften darauf, dass die schwarzen Raumschiffe abzogen. Vielleicht war Entsatz unterwegs, die Flotte eines Tamrats, zusammengewürfelt aus kampferprobten Einheiten, die schon andere Schlachten gegen die Bestien überstanden hatten.

Erghenas Wimmern wurde zum qualvollen Stöhnen, als die Kabine im Erdgeschoss stoppte.

Blutroter Feuerschein beherrschte die Szene. Levian hatte den Ausgang fast erreicht, als er zwei schwarze Raumer bemerkte, die nur wenige Kilometer hoch über der Stadt standen und Schuss um Schuss in die Tiefe jagten. Widerstand regte sich nicht mehr.

Sie legten die Stadt vollends in Schutt und Asche, eine Metropole, in der offiziell vier Millionen Lemurer lebten – gelebt hatten. Die Zahl war ein halbes Jahr alt, und die Bevölkerung war zuletzt auf mehr als acht Millionen angewachsen, von denen viele in provisorischen Unterkünften in den weitläufigen Grünanlagen und am Stadtrand gelebt hatten. Levian wagte nicht, an die unzähligen Opfer zu denken, die allein die letzten Minuten gefordert hatten.

Stickige Hitze schlug ihm entgegen. Erst jetzt spürte er die eigene Schwäche, die ihn taumeln ließ, und hielt erschöpft inne. Erghena löste sich von ihm, machte einige zitternde Schritte zur Seite und sank seufzend zu Boden.

»Steh auf!«, sagte er. »Wir müssen weiter.«

Sie schien ihn nicht zu hören. Oder nicht hören zu wollen. Die Thermoschüsse kamen näher. Es hatte den Anschein, als zerstörten die Bestien gezielt alle Gebäude, die nach der ersten Angriffswelle noch halbwegs unversehrt aufragten.

Erghenas Gesicht war verbrannt und aufgequollen, ihr langes Haar zur rußigen Masse verbacken. *Wohin?,* schien ihr Blick zu fragen und wanderte an der von Einschlägen übersäten Fassade empor. Rund um den Wohnturm quoll Rauch aus brennenden Wohnungen und verhüllte immer mehr von den oberen Etagen. Irgendwo dort oben lag Janoks verbrannter Leichnam.

Levian ertappte sich, wie er in hilflosem Zorn die Fäuste ballte. »Ihr verdammten Bestien!«, wollte er schreien, doch seine Kehle war wie zugeschnürt.

Die Einschläge lagen schon bedrohlich nahe. Er spürte die erneut angefachte Hitze und wartete nur noch auf den Tod. Weil es keinen Sinn mehr hatte, davonzulaufen, weiter und immer weiter, um irgendwann dann doch in die Enge getrieben zu werden. Ein paar hundert Meter noch ... Er würde den Tod kaum spüren, vielleicht noch ein grelles, alles verschlingendes Licht sehen ...

Erghena hatte sich aufgerafft, sah ihn stumm an. Dann wandte sie sich um und stolperte davon.

»Erghena!« Levians Aufschrei vermischte sich mit dem grässlichen Fauchen eines jäh aufzuckenden grellweißen Blitzes. Die Glutbahn wanderte weiter, fraß sich die Fassade empor und ließ Stahl wie zähflüssiges Wachs abtropfen.

Aber darauf achtete er nicht mehr. Wo Erghena eben noch gestanden hatte, brodelte der Boden in greller Glut.

Im Bruchteil eines Augenblicks war sie zu Asche verbrannt, aber ihn hatte die tödliche Hitze verschont.

»Kommt zurück!«, keuchte er. »Erspart mir die Qual ...«

Die Strahlbahnen zogen weiter.

Langsam sank er auf die Knie. Sekundenlang hielt er sich noch aufrecht, dann kippte er vornüber. *Warum?,* war sein letzter Gedanke, bevor ihn die Ohnmacht vorerst erlöste. *Warum bleibe ich verschont?*

Die Berührung erschreckte ihn. Im ersten Moment wusste Levian Paronn nicht einzuordnen, wo er sich wirklich befand, denn die Erinnerung entließ ihn nur zögernd aus ihrem Bann.

»Ich kann nicht sagen, was den Zusammenbruch ausgelöst hat«, vernahm er eine nachdenklich klingende Stimme. »Dafür wären ausführlichere Untersuchungen erforderlich. Allerdings sieht es nicht so aus, als bestünde dafür noch eine Veranlassung.«

»Du meinst, weil er dieses ... Gerät ...?« Der Sprecher verstummte mitten im Satz.

Wieder herrschte Stille. Sie wurde nur vom monotonen Ticken eines Überwachungsgeräts durchbrochen.

Erghena! Komm zurück! Doch Paronn konnte sie nicht festhalten, das hatte er damals, vor einer Ewigkeit, nicht geschafft, und das vermochte er heute ebenso wenig.

Nie hatte er über seine Familie geredet, hatte nur ein einziges Mal seinem Chronisten Deshan Apian gegenüber den Verlust einer Person erwähnt, die ihm sehr viel bedeutet hatte. Von Janok hatte er überhaupt nie gesprochen. Weil er sich für seinen Tod verantwortlich fühlte. Er hätte Janok retten können, es wäre so einfach gewesen. Aber er hatte alles falsch gemacht.

Erghenas Antlitz begann zu verblassen.

Bald waren da nur noch ihre Augen, die ihn aus der Unendlichkeit anschauten. Aber nicht einmal diesen Moment konnte er festhalten.

Er stöhnte. Vor seinem inneren Auge existierte nur noch ein Zerrbild, von grässlichen Brandwunden gezeichnet, entstellt, blutüberströmt ... nicht die Erghena, der er auf Lemuria zum ersten Mal begegnet war.

Lemur hatte ihrer beider Heimat zur Zeit des Großen Tamaniums geheißen. Terra war der heutige Name, an den er sich nicht gewöhnen konnte, weil er es wohl auch gar nicht wollte.

Lemur und Terra waren eins, nur durch den Abgrund der Zeit getrennt.

Viele Jahrhunderte lag sein Besuch auf Terra zurück. Nach all der Zeit war es ein eigenartiges Gefühl gewesen, von ihm schon lange herbeigesehnt, aber gefürchtet zugleich. Zudem mit vielen schmerzhaften Erinnerungen verbunden.

Terra war ihm fremd geblieben. Er hatte nichts von dem gespürt, was er sich erhofft hatte. Die Wiege der menschlichen Zivilisation, der Kontinent Lemuria, war nach dem Großen Krieg im Meer versunken.

Auch das hätte er aufhalten und ungeschehen machen können. Alles. Warum war sein Vorhaben gescheitert?

Warum?

Er zuckte zusammen.

»Der Maphan ist wieder bei Bewusstsein«, erklang es hinter ihm. Diesmal erkannte er die Stimme, es war die des Bordmedikers. Und der andere war Hattusk, der Erste Offizier.

Paronn schlug die Augen auf. Und erschrak heftig. Seine schlimmste Befürchtung war eingetreten. Der Mediker oder einer der Medoroboter hatte ihm die Uniform ausgezogen. Fast nackt, von Wärmestrahlung umschmeichelt, lag er auf der Antigravliege.

Wenn sie nicht völlig blind waren, hatten sie seinen Zellaktivator erkannt. Bei früheren Untersuchungen hatte er das eiförmige Gerät, das er an einer dünnen Kette um den Hals trug, stets abgenommen und für die kurze Spanne sicher deponiert. Es war ohnehin schon schwer genug gewesen, seine potenzielle Unsterblichkeit zu verbergen, in all den Jahrhunderten, die er bereits auf Drorah oder den zum akonischen Imperium gehörenden Welten lebte. Kein Geburtsnachweis, kein Alterungsprozess – er hatte gelernt, nicht nur die Akonen in seiner unmittelbaren Umgebung, sondern sogar leistungsfähigste Syntrons zu betrügen und regelmäßig eine neue Identität anzunehmen.

»Wie lange war ich ohne Besinnung?«, fragte er.

Der Mediker blickte ihn durchdringend an. Dem Mann war anzusehen, dass ihn eine einzige Frage beschäftigte.

Jeder Träger eines Zellaktivators stand in einer Reihe mit den ganz Großen der Milchstraße.

»Die UMBERIA und die LEMMAK haben ihre Position zwischenzeitlich nicht verändert.« Der Erste Offizier versuchte nur, die Peinlichkeit des Augenblicks zu überspielen. Er gab sich ungezwungen, aber Levian spürte genau, wie sehr Hattusk sich verkrampfte.

»Ist alles in Ordnung mit mir?«

»Natürlich.«

»Dann steht meiner weiteren Anwesenheit in der Zentrale nichts entgegen?«

Der Mediker schüttelte den Kopf. »Eigentlich nicht. Ich meine ...«

Paronn schwang sich von der Liege, nahm seine Uniform von der Ablage und zog sich wieder an. »Bereitet euch das hier Probleme?« Mit der Rechten umfasste er den Zellaktivator und hob ihn wie abschätzend an.

An der Reaktion beider Offiziere erkannte er, dass seine Vermutung zutraf. Sie wirkten verlegen und wünschten sich wohl sehr weit weg von der Medostation. Natürlich hatten sie sich nicht abgesprochen, wie sie sich ihrem Maphan gegenüber verhalten sollten, auf diese Überlegung waren sie in ihrer ersten Überraschung gar nicht gekommen.

Vorübergehend spielte Levian mit dem Gedanken, die Wahrheit preiszugeben. Was hatte er noch zu verlieren? Nichts. Andererseits: Außer Perry Rhodans kleiner Gruppe auf Gorbas-IV gab es bislang niemanden, der seine wahre Identität als Levian Paronn kannte.

Es war dumm gewesen, die Prospektoren auf dem Planeten zurückzulassen. An Bord der UMBERIA hätte er sie unter Kontrolle gehabt. *Nein,* gestand er sich sofort ein. Rhodan festzuhalten, wäre so ziemlich die größte Dummheit gewesen, die er begehen konnte. Sie hätte die halbe Liga Freier Terraner auf seine Spur gehetzt. Von Icho Tolot ganz zu schweigen. Sein Verhältnis zu dem Haluter war zwiespältig geworden. Aber er hatte nicht anders handeln können, als er es getan hatte. Und Tolot? Er würde wohl das Gleiche von sich behaupten.

Ob die Bestien noch einmal angegriffen hatten? Oder die entfesselte Natur des Höllenplaneten selbst?

Paronn bedauerte, dass es so hatte enden müssen. Andererseits war die Gruppe auf Gorbas-IV alles andere als chancenlos. Sowohl die PALENQUE als auch die LAS-TOÓR konnten ihre Leute rechtzeitig abholen, bevor die Bestien sie in ihrer Wut zerfleischten. Er musste sein Gewissen deshalb nicht strapazieren. Und – sein Herzschlag raste plötzlich trotz der dämpfenden Impulse des Aktivators – vielleicht hatten Rhodan und seine Begleiter nie existiert ...

Vielmehr würden nie existiert haben. Dann nämlich, wenn es ihm gelang, seinen Plan doch noch umzusetzen.

Noch war nicht alles verloren. Vielleicht hatte er sich nur vom nahe Liegenden täuschen und in die Irre führen lassen. Gorbas-IV war nicht die Welt, auf der sich seine Bestimmung erfüllte.

Paronn schloss die Zierleiste der Uniformjacke. Mit der Rechten wischte er mehrere imaginäre Stäubchen von der Schulter. Ihn amüsierte, wie reglos der Mediker und der Erste darauf warteten, dass er sie wieder ansprach. Fürchteten sie plötzlich, dass ihr Wissen sie Kopf und Kragen kosten konnte? Oder grübelten sie darüber nach, wer er wirklich sein mochte?

Er zwang sich, alles Unwichtige aus seinen Gedanken zu verdrängen. Tolot war durch den Zeittransmitter in die Vergangenheit gegangen – der Icho Tolot, den Rhodan im Ichest-System zu Hilfe gerufen und der keine Ahnung gehabt hatte, was ihn erwartete. Dieser Tolot würde ihn, Levian Paronn, im 97. Kriegsjahr folglich nicht erkennen und Schlüsse daraus ziehen, die unangenehm werden konnten. Noch im Nachhinein beglückwünschte Paronn sich, dass er seine äußere Erscheinung als Achab ta Mentec verändert hatte. Das war ohnehin relativ leicht gewesen.

Natürlich hatte der andere Tolot – der, mit dem er an Bord der Sternenarchen in diese Zeit, seine Zukunft, gekommen war – ihn daran hindern müssen, mit der Waffe gegen die Bestien aus dem Ichest-System zurückzugehen und die Geschichte von mehr als 50 000 Jahren neu zu schreiben. Auch wenn Tolot als befriedet galt, war er den Bestien vermutlich immer noch näher verbunden als den Menschen. Außerdem sträubte er sich in dieser Zeitebene dagegen, dass seine Existenz ausgelöscht werden sollte.

Nein, nicht ausgelöscht. Annulliert, fand Levian, war das zutreffendere Wort. Er war kein Mörder, wollte im Gegenteil Milliarden qualvoll im Krieg gegen die Bestien gefallenen Lemurern das Leben zurückgeben, eine zweite Chance.

Der letzte prüfende Griff, seine Uniform saß perfekt. Dass Takhan Mechtan von Taklir auf solche Äußerlichkeiten größten Wert legte, wusste er längst. Nur hätte er nie vermutet, dass er eines Tages den Admiral als Fürsprecher brauchen würde. Vor allem durfte er im Regierenden Rat nicht als nachlässig auffallen. Seine Forderung würde außergewöhnlich sein und wie eine Transformbombe einschlagen. Doch wenn zutraf, was er mittlerweile befürchtete, konnte Akon gar nicht anders, als ihm alle Mittel zur Verfügung zu stellen.

Zum ersten Mal hoffte Levian Paronn, dass Gorbas-IV nicht nur ein Einzelfall war. Die Bestien hatten den Weg in die Milchstraße des Jahres 1327 NGZ gefunden. Sie unterhielten viele Arsenalplaneten. Ihre eiskalte Logik hätte gar nichts anderes zugelassen als eine erdrückende Übermacht. Dazu bedurfte es gentechnischer Reproduktion.

Die Terraner hatten schon vor langer Zeit herausgefunden, dass die Bestien ursprünglich als ein Produkt genetischer Manipulationen entstanden waren. Die Überlegung, dass sie sich erneut auf diese Weise vermehrten, lag auf der Hand.

»Heraus mit der Sprache«, wandte er sich an die beiden Offiziere. »Ihr solltet längst wissen, dass ich nicht derjenige bin, der anderen sofort den Kopf abreißt. Also ...«

»Wir können jedes Geheimnis für uns behalten«, sagte Hattusk.

»Es gibt kein Geheimnis«, erwiderte Paronn.

»Natürlich nicht, Maphan.«

Er konnte ihren Zwiespalt sehr gut nachvollziehen. Sie hatten etwas gesehen, von dem sie zu Recht annahmen, dass sie es nicht wissen durften. Ein tragischer Unfall an Bord oder auf dem nächsten Planeten, den die UMBERIA anflog, konnte sie für immer zum Schweigen bringen. Denn warum hätte der Kommandant die Existenz seines Zellaktivators verschweigen sollen, wenn es nicht triftige Gründe dafür gab?

»Ich bin Lemurer!«, sagte Paronn. »Glaubt mir oder lasst es bleiben, ich trage meinen Zellaktivator jedenfalls seit rund fünfundfünfzigtausend lemurischen Standardjahren. Mein richtiger Name ist nicht Achab ta Mentec, sondern Levian Paronn.«

Sie starrte ihn an, unfähig, die ganze Tragweite zu erkennen.

»Ich bin hier, weil Bestien nach dem Großen Krieg die Zeit überdauert haben. Dass sie erwacht sind und zuzuschlagen wissen, haben wir heute erlebt. Aber das war erst der Anfang. Ihre Arsenale können überall verborgen sein.«

Der Erste Offizier schluckte schwer. »Haben wir deshalb diese Position angeflogen? Sind Bestien in der Nähe?«

»Ich weiß nicht, wo sie sich verbergen. Ich weiß auch nicht, ob die Gefahr wirklich schon alle von uns Lemurern abstammenden Völker in der Milchstraße bedroht, aber ich habe die Mittel, diese Bedrohung ein- für allemal auszuschalten.« Mit einer knappen Handbewegung unterbrach er den Ma-Techten, der schon zu einer Erwiderung ansetzte. »Ich werde den Regierenden Rat informieren, und das selbstverständlich so schnell wie möglich. Was auf Gorbas-IV geschehen ist, war nur der Anfang ...«

11

Sie waren schwach und überaus zerbrechlich.

Ion Lissos fragte sich, ob diese Wesen einem Verhör wirklich standhalten würden. Seit einem Tag ihrer Zeitrechnung beobachtete er sie. Anfangs nur gelegentlich, weil die Überprüfung der Zuchtanlage seine volle Aufmerksamkeit beansprucht hatte, jetzt aber bereits seit mehr als einer Stunde ohne Unterbrechung.

Vier hatten den Untergang ihres Raumschiffs überlebt, drei Männer und eine Frau. Der Raum, in dem sie eingesperrt waren, wies keinerlei Mobiliar auf, war aber groß genug, dass sich sogar ein Zeitgerechter darin austoben konnte.

»Sie wissen von Anfang an, dass wir sie überwachen«, bemerkte Necc Magot.

»Ich habe nichts anderes erwartet«, antwortete Lissos gedehnt. »Auf keinen Fall dürfen wir sie unterschätzen.«

»Das haben wir nie getan«, sagte der Alte zornig.

»Dennoch existiert die Bedrohung durch sie weiter. Was ist einst geschehen, das uns den Sieg genommen hat?«

Magot verschränkte beide Armpaare vor der Brust. Deutlicher konnte er kaum zum Ausdruck bringen, dass er nicht darüber sprechen wollte. Einen Moment lang spürte Lissos Zorn in sich aufsteigen und drosch die Fäuste gegeneinander. Abrupt wandte er sich wieder der Überwachung zu.

Die Lemurer redeten höchst selten. Bislang hatten sie fast nur geschwiegen und nicht einmal nach Gründen für ihre Gefangenschaft gefragt. Ihr Verhalten irritierte Lissos. Wollten sie gar nicht wissen, was geschehen war?

Mehr oder weniger apathisch lagen sie auf dem Boden, hielten die Augen entweder geschlossen oder starrten blicklos in die Höhe. Die Raumanzüge hatte man ihnen gelassen, weil sie zweifellos mit Nahrungskonzentraten und Flüssigkeit für mehrere Wochen ausgestattet waren und zudem die Verrichtung der körperlichen Notdurft erlaubten.

»Sie sind trotzig und verstockt«, sagte Magot. »Und oft genug habe ich miterlebt, wie sie im einen Moment in Panik gerieten, aber schon im nächsten wieder kämpften, als wäre ihr eigenes Leben nichts wert. Manchmal ...« Er verstummte abrupt.

Lissos blickte ihn herausfordernd an. »Was wolltest du sagen?«

»Manchmal erschien es sogar, als gingen sie lachend in den Tod.«

Lissos entblößte sein kräftiges Gebiss. Krachend schlug er danach die Kiefer zusammen. »Weil sie wussten, dass ein Zeitverbrechen ihren Tod ungeschehen machen würde?«

Der Alte zögerte, als falle es ihm schwer, den Gedanken zu Ende zu führen. »So sah es aus«, bestätigte er endlich.

»Sie haben nichts gelernt.«

»Das werden sie nie, Lissostos.« Dass Magot die überaus vertrauliche Anrede verwendete, entlockte dem Zeitgerechten ein überraschtes Knurren.

Einer der Lemurer hatte sich mittlerweile erhoben. Er machte genau zehn Schritte, dann wandte er sich zögernd um und ging in die andere Richtung. Der Vorgang wiederholte sich. Lissos folgte jeder seiner Bewegungen. »Sie kommunizieren auf diese Weise?«, vermutete er.

»Unsinn«, sagte Magot. »Lemurer sind wie Tiere, das wirst du selbst noch oft genug erkennen. Der hier verhält sich nicht anders als ein gefangenes Tier.«

Lissos zögerte kurz und aktivierte dann die akustische Übertragung. »Wir wollen alles von euch wissen«, sagte er, und seine ungedämpfte Stimme hallte wohl wie Donner durch den großen Raum. Der Lemurer hielt abrupt in seiner unruhigen Wanderung inne und sah sich hastig um.

Zwei der anderen kamen geschmeidig auf die Beine, so schnell, wie Lissos ihnen es angesichts ihrer zur Schau gestellten Apathie nicht zugetraut hätte. Einer fasste sogar blitzschnell an seine Hüfte, ein instinktiver Griff zur Waffe, die ihm allerdings nicht gelassen worden war.

»Ich verspreche euch einen schnellen Tod, wenn ihr mit uns zusammenarbeitet.«

Einer der vier – der, den Lissos selbst aus dem brennenden Wrack geholt hatte – sagte etwas, wenige Worte nur, die der Translator aber nicht übersetzte.

»Ihre Sprache hat sich verändert«, stellte Magot fest. »Vergiss das nicht.«

Der Mann schaute sich immer noch um. Dann lief er zu der nächsten Wand und fing an, sie mit den Fingerspitzen abzutasten. Das hatten die Lemurer schon einmal versucht, aber sehr bald wieder aufgegeben. Abermals rief er einige Worte.

»Worauf warten?«, übersetzte der Translator holprig. »... mehr als wir denken ... müssen fliehen, oder ...«

»... werden uns nicht töten!«, erwiderte die Frau. Lissos schätzte ihren Gemütszustand als aufgebracht ein. »Das wäre gegen jede ...« Das letzte Wort, das sie gebrauchte, löste eine Vielzahl möglicher Deutungen aus. »Konvention« ergab dabei noch am meisten Sinn.

»Vergiss nicht, dass sie uns angegriffen haben.« Der Mann fuhr fort, die Wand abzutasten. Lissos schätzte ihn als den Befehlshaber des vernichteten Schiffes ein.

»Ihn will ich als Ersten!«, bestimmte er. »Aber ohne dass er erkennen kann, mit wem er es zu tun hat.«

Energiefelder schlossen den Lemurer ein, doch die Existenz dieser Sperren fiel dem Gefangenen erst auf, als eine unsichtbare Kraft ihn vor sich herschob.

In der Wand, die er eben noch akribisch abgesucht hatte, öffnete sich ein Durchgang. Vorübergehend sah es so aus, als wolle der Lemurer sich sträuben, aber dann gab er sich einen Ruck und schritt hoch erhobenen Hauptes durch die Öffnung. »Es wird Zeit!«, rief er den anderen zu, was immer er damit meinte. Sie wollten ihm folgen, doch die Energiewand hielt sie zurück.

Es wird Zeit ... Über die Bedeutung dieser Worte grübelte Lissos noch nach, als der Lemurer schon den Verhörraum erreicht hatte.

»Setz dich!«

Ein mehrstufiges Podest bot die einzige Möglichkeit, der Aufforderung nachzukommen. Doch der Lemurer verharrte zwei Schritte davor.

Lissos hatte mit solchem Widerstand gerechnet. Er stand hinter einem Deflexschirm, der ihn den umherhuschenden Blicken des Lemurers entzog.

Das Energiefeld erlosch. Der Gefangene bemerkte es nicht einmal. Zumindest ließ er es mit keiner Regung erkennen.

»Wer bist du?«

Ein kurzer Moment des Schweigens. Dann: »Das Gleiche könnte ich dich fragen.« Der Translator lieferte die Übersetzung zwar noch stockend, doch mit jedem Satz generierte das Gerät neue Verknüpfungen. Die Analysephase für die heute gebräuchliche lemurische Sprache würde bald abgeschlossen sein.

»Du befindest dich nicht in der Situation, Fragen zu stellen. Dein Name!«

Was immer die akustische Ausgabe übermittelte, der Mann zeigte keine Regung. Lissos löschte die Leuchtplatten und richtete einen gebündelten Lichtstrahl auf den Gefangenen. Er konnte erkennen, dass der Lemurer die Augen verengte, ansonsten aber nicht reagierte.

»Noch einmal: Wie heißt du?«

»Rhodan.«

»Ist das dein vollständiger Name?«

Zögern. Schließlich, hastig hervorgestoßen: »Perry Rhodan.«

»Deine Funktion?«

Der Kopf des Mannes ruckte hoch. Er schien etwas antworten zu wollen, verzog dann aber nur die Mundwinkel.

»Ich warte ungern«, brachte Lissos grollend hervor. »Welche Funktion übst du aus?«

»Herrscher eines Sternenreichs.«

Der Lemurer hatte die Stimme gehoben. Lissos interpretierte das als Frage. Die Kontrollanzeige des Translators ließ indes verschiedene Regungen als möglich erscheinen.

»Du bist dir dessen nicht sicher?«

»Doch.«

»Dann erzähle mir von dir!«

»Nicht als Gefangener.«

»Darüber entscheide ich.«

Der Mann schien endlich die Richtung eruiert zu haben, aus der die für ihn verzerrt klingende Stimme kam. Er versuchte jedoch vergeblich, etwas zu erkennen. Dass er die Augen mit einer Hand beschattete, half ihm dabei wenig. »Du bist allein?«, fragte er, erwartete aber offensichtlich nicht, darauf eine Antwort zu erhalten. Lissos erkannte indes, dass er selbst diese Frage provoziert hatte. Der Lemurer analysierte jedes einzelne Wort.

»Ich protestiere gegen den Überfall auf unser Schiff. Wir haben uns weder in feindlicher Absicht genähert, noch ...«

»Unerheblich!«, unterbrach Lissos. Nicht eine Regung des Lemurers entging ihm. Wenngleich es ihm noch schwer fiel, die glatthäutigen Gesichter auseinander zu halten, geschweige denn emotionale Regungen in ihnen zu erkennen, schien sein Gegenüber doch erschrocken zu sein.

»Über zwanzig Menschen mussten sterben, weil ... weil ein verrückter Haluter glaubt, die Milchstraße gehöre ihm. Warum bringst du uns andere nicht ebenfalls um? Ist deine Drangwäsche außer Kontrolle geraten?«

Er schloss die Augen und versteifte sich, ganz so, als erwartete er, im nächsten Moment angegriffen zu werden. Lissos tat ihm den Gefallen nicht. Er durchschaute die Absicht des Lemurers, sein Leben zu opfern, um sich dem weiteren Verhör zu entziehen. Wusste er am Ende, wie Magot das angedeutet hatte, dass sein Tod nur von kurzer Dauer sein würde?

Soldaten, die das Ende der eigenen Existenz nicht fürchteten, waren trotz körperlicher Unterlegenheit gefährliche Gegner.

»Du glaubst also, Rhodan, dass du es mit Halutern zu tun hast?«

Schweigen.

»Haluter überfallen demnach oft eure Raumschiffe?«

Einen Moment lang wirkte der Mann unschlüssig. Dann kam er so zielstrebig auf Lissos zu, als könne er ihn trotz des Deflexschirms sehen. Nach wenigen Schritten fing ihn jedoch das neu entstehende Energiefeld ab. Jäh riss er die Arme hoch und tastete über die nachgiebige Sperre. Erst als er erkannte, dass er so nicht weiterkam, gab er sich geschlagen.

»Was ist das hier?«, stieß er abgehackt hervor. Der Translator war mittlerweile in der Lage, sogar die stimmlichen Nuancen zu übertragen. »Wer von uns ist verrückt? Ich kenne Haluter, auch wenn ich ...«

»Sprich weiter, Rhodan!«

»Auch wenn ich nie die Gelegenheit hatte, einen von euch näher als bis auf hundert Meter zu sehen. Icho Tolot bin ich nur von weitem begegnet. Das war auf einem Raumhafen von Terrania City.«

»Terrania City gehört zum lemurischen Reich? Ihr habt gegen diesen Icho Tolot gekämpft, oder er gegen euch?«

Der Gefangene stieß ein kurzatmiges, abgehacktes Lachen aus und verschränkte die Arme vor dem Leib. »Was immer dieses verrückte Spiel bedeutet, ich werde mich nicht darauf einlassen. Was ist das? Einer von diesen schrägen Psychotests der Galaktopsychologen? Befinde ich mich noch in der abschließenden medizinischen Untersuchung, und der Flug und alles andere war Suggestion, eine letzte Eignungsprüfung? Dann habe ich versagt. Außerdem ist mir das Interesse an dem Kommando vergangen. Mir behagt es nicht, Menschenleben aufs Spiel zu setzen. Und wofür das alles? Damit die Metastream noch mehr Macht gewinnt und ein paar Milliarden Galax ... Ach, was soll's.« Er winkte ab. »Ich weiß, dass ich mich um Kopf und Kragen rede. Aber so lasse ich mich nicht behandeln, nicht, solange ich noch einen Funken Selbstachtung habe, der nicht käuflich ist.« Sein Gesicht glänzte schweißnass, mit dem Arm wischte er sich über die Stirn. »Was ist nun? Habe ich noch nicht versagt ...? Oh nein!« Er stöhnte qualvoll, als Lissos den Deflexschirm abschaltete und auf ihn zutrat. »Nimmt das kein Ende mehr? Ich habe nichts mit Halutern zu schaffen. Sie würden mein Schiff auch niemals angreifen.«

»Warum nicht?«

Der Mann schwieg wieder. Mit offenem Mund und weit aus den Höhlen hervorquellenden Augen starrte er auf den Unterleib des vierarmigen Giganten, der in Reichweite vor ihm stehen geblieben war. Langsam wanderte sein Blick dann in die Höhe, und er musste den Kopf weit in den Nacken lagen, bis er den halb aufgerissenen Rachen über sich sah und die drei leicht pendelnden runden Augen, die von oben auf ihn herabblickten. »Mein Gott!«, brachte er tonlos hervor und taumelte bis an das Podest zurück.

In dem Moment zuckte Lissos' rechter Handlungsarm vor. Die sechs Finger schlossen sich eine Spur zu heftig um die Schulter des Mannes, der gellend aufschrie.

»Ich könnte dich töten, Lemurer, und vielleicht werde ich das auch tun ...«

»Lemurer?« Rhodan zitterte und konnte sich kaum noch auf den Beinen halten. »Hört ... hört diese Suggestion gar nicht auf?«

Lissos hob ihn ein Stück weit vom Boden hoch. Langsam drückte er dabei fester zu. Erst verzerrte sich das Gesicht des Gefangenen, dann trat er mit den Beinen um sich und schrie sich die Seele aus dem Leib, aber letztlich kam nur noch ein Wimmern über seine Lippen. Der Zeitgerechte ließ ihn fallen und schaute interessiert zu, wie der Mann sich nach einer Weile auf die rechte Seite wälzte und sich dabei wie ein Wurm krümmte. Er wimmerte wieder und stieß Laute aus, mit denen der Translator nichts anzufangen wusste.

Lissos trat neben ihn hin. Der Lemurer versuchte tatsächlich, von ihm wegzukriechen. Schließlich ließ Lissos sich auf die Brustarme nieder und stemmte sich mit den Handlungsarmen beidseits des Mannes auf. Allein seine Schädelhalbkugel war breiter als der ganze Kerl.

Schnaubend sog Lissos die Luft ein. Ganz nahe war er dem Zeitverbrecher nun. »Ich kann deine Angst riechen, Rhodan.«

Der Lemurer brüllte und warf den Kopf von einer Seite zur anderen. »Meine Ohren ... ich bin taub ...«

Offenbar mit aller Kraft, deren er fähig war, zog er beide Beine an den Leib und trat zu. Ein Stück weit schob ihn die Gegenkraft über den Boden, er griff mit dem rechten Arm nach vorn und zog sich weiter. Dabei zappelte er wie ein Fisch auf dem Trockenen.

Lissos blickte ihm abwartend hinterher. Glaubte der Lemurer wirklich, ihm auf diese Weise entkommen zu können? Mit einer pendelnden Armbewegung griff er zu. Seine Finger schlossen sich um beide Beine Rhodans, und dann zog er ihn langsam zu sich zurück.

»Du kannst deiner Strafe nicht entkommen, Lemurer. Ich werde dich auch nicht sofort töten, falls du das hoffst. Und ein Zeitparadoxon wird dir schon gar nicht mehr helfen. Keinem in dieser Galaxis.«

Lange lag der Mann zitternd auf dem Boden, und sein Brustkorb hob und senkte sich unter unregelmäßigen Atemzügen. Mehrmals krümmte er sich hustend zusammen. Schließlich wurde Lissos das Warten zu lang.

»Die Lemurer sind heute die Beherrscher von Apsuhol?«

»Verrückt«, ächzte Rhodan endlich. »Völlig verrückt.«

»Ich warte auf eine Antwort!«

»Und wenn du mich umbringst, ich kenne kein Apsu... Apsuhol?«

»Diese Galaxis – wie nennt ihr sie heute?«

»Milchstraße.«

Endlich schien der Lemurer eingesehen zu haben, dass sein Widerstand ihm nicht half.

»Und die Zweite Sterneninsel, Karahol? Lebt dein Volk dort auch noch?«

»Ich weiß nicht ... wovon du sprichst. Wir Menschen ...«

»Vor fünfzigtausend Jahren sind viele von euch über die Sonnentransmitter nach Karahol geflohen. Wir konnten euch nicht folgen, und dann muss etwas geschehen sein ...«

»Du bist krank. Ist dir ein Gleiter auf den Schädel gefallen?«

»Was ist mit der Nachbargalaxis Karahol? Leben dort noch Lemurer?«

»Nein.« Der Mann zögerte, hustete krampfhaft und spuckte zähen, roten Schleim aus. Zugleich verzerrte sich sein Gesicht. »Du hast mir ... Rippen gebrochen. Aber ... ich begreife allmählich. Du hast dein Gedächtnis verloren. Ein Haluter während der Drangwäsche, der ... der glaubt, er müsse noch gegen Lemurer kämpfen. Mein Gott ... Mach jetzt bloß nichts Unüberlegtes. Du brauchst Hilfe. Tolot, ja, wir müssen Icho Tolot rufen ...« Wieder ein Hustenanfall. Rhodan krümmte sich, rang nach Luft, und für eine Weile sah es sogar so aus, als müsse er ersticken. Totenbleich war sein Gesicht, als der Anfall endlich vorüber war, aber als er sich dann mit dem Handrücken über den Mund fuhr, verwischte er sehr viel Blut.

»Mein Gedächtnis?« Lissos' Planhirn hatte sofort auf diese Möglichkeit reagiert, die ihm der Lemurer ungewollt einräumte. »Ich weiß nicht ... Sollte mir der Name Tolot etwas bedeuten?«

Rhodans zögernde Kopfbewegung war so viel wie eine Bestätigung, das hatte der Zeitgerechte inzwischen erkannt.

»Er ist ein Haluter – wie ich?«

»Was sonst?«

»Die Lemurer und wir ... gibt es noch Krieg?«

Diesmal schien Rhodan lange nachzudenken. Lissos richtete sich halb auf, um ihm nicht länger das Gefühl zu geben, ihn mit seiner Körpermasse zu erdrücken.

»Krieg?«, wiederholte der Mann zögernd. »Nein, Halut führt mit niemandem Krieg.«

»Und Lemuria?«

»Es gibt kein Lemuria mehr. Das ist ferne Vergangenheit.«

»Also wurde die Zeit manipuliert?« Impulsiv schnellte Lissos wieder vor, er konnte nicht anders. Rhodan wich ebenso abrupt vor ihm zurück, sein rechter Arm knickte unter dem Körper weg, und er schlug schwer auf.

»Ein Zeitparadoxon ist entstanden!«, brüllte Lissos unbeherrscht. »Das schlimmste Verbrechen überhaupt.«

Der Lemurer antwortete ihm nicht mehr. Nach einer Weile, in der er sich wieder beruhigte, stieß Lissos ihn vorsichtig mit zwei Fingern an. Der hagere Körper rutschte dennoch zur Seite, aus dem Mundwinkel des Mannes sickerte ein dünner Blutfaden.

Diese zweiarmigen Kreaturen hatten keine Widerstandskraft. Dass es so leicht sein würde, sie zu besiegen, hatte der Zeitgerechte nicht erwartet.

Sie zu töten, berichtigte sein Planhirn den Gedanken.

Lissos stieß ein angriffslustiges Knurren aus. Er fragte sich kurz, ob es da wirklich einen Unterschied gab.

In der Tat. Sie starben vielleicht wie die Insekten, aber besiegt hatte sie in über fünfzigtausend Jahren niemand.

Warum hatte die Erste Schwingungsmacht nicht eingegriffen? Zornig wischte Lissos die Frage beiseite. Sie zu stellen, stand ihm nicht zu. Womöglich gab es die Herren von einst nicht mehr, und sie waren, wie sie es befürchtet hatten, einem Zeitverbrechen zum Opfer gefallen.

Lissos hob die Waffe und schaltete sie auf Desintegratorwirkung, um den Leichnam zu zerstrahlen. Doch erst, als er sie hob, bemerkte er, dass der Lemurer ihn anblickte. Ein feuchter Schimmer lag über dessen Augen.

»Du willst mit mir reden?«, grollte der Zeitgerechte.

Langsam und – wie es schien – unendlich mühsam drehte Rhodan den Kopf von einer Seite zur anderen. Lissos erweiterte den Abstrahlbereich der Waffe. Schon der erste Schuss würde den hageren Körper in seine Atome auflösen. Sein Finger näherte sich dem Auslöser, doch im letzten Moment zögerte er.

Die anderen gefangenen Lemurer sollten sehen, was sie erwartete. Vielleicht lockerte das ihre Zungen.

Lissos stieß den Strahler in die Halterung zurück und

polterte auf Rhodan zu. Er bückte sich, schob die Brustarme unter den Lemurer und hob ihn ruckartig hoch. Rhodan schlug ihm die Faust gegen den Armansatz und stieß ein undefinierbares Ächzen aus.

Er verlor die Besinnung, als Lissos ihn zu den anderen zurücktrug. Vielleicht lebte er auch nicht mehr.

12

Alles in ihm war angespannte Erwartung. Perry Rhodan hätte nicht zu sagen vermocht, wann er in den letzten Jahren annähernd eine solche Erregung verspürt hatte. Wahrscheinlich nie. Seit er die erste Sternenarche betreten hatte, die NETHACK ACHTON, überschlugen sich seine Vermutungen. Was zunächst nach der eher banalen Geschichte einiger Generationenraumschiffe ausgesehen hatte, die von Lemur, der frühen Erde, aus auf ihre Jahrzehntausende währende Reise gegangen waren, hatte nach und nach Ausmaße angenommen, die so nicht absehbar gewesen waren.

Rhodan dachte an die Aufzeichnung des lemurischen Chronisten Deshan Apian, die ihm von der ersten lemurischen Mondlandung bis hin zum Start der letzten Sternenarche mit ihrem Erbauer Levian Paronn an Bord einen umfassenden geschichtlichen Abriss geliefert hatte. Außerdem hatte sie ihn auf die Spur der ACHATI UMA geführt, die mittlerweile von den Akonen aufgebracht worden war – keineswegs rein zufällig, wie er inzwischen wusste. Hinter allem steckte die lenkende Hand Paronns, der zuletzt nur noch auf ein einziges Ziel hingearbeitet hatte: die Rückkehr in die eigene Zeit.

Dass ausgerechnet er, Rhodan, die Aufzeichnungen über den Start der Generationenschiffe so intensiv miterlebt hatte, lag daran, dass Paronn sie speziell für ihn präpariert hatte. Tolot hatte inzwischen zugegeben, dem lemurischen Wissenschaftler in der Vergangenheit sehr viel über den großen Terraner verraten zu haben, insbesondere seine potenzielle Unsterblichkeit und gewisse Zellschwingungsdaten, auf die der Datenspeicher letztlich angesprochen hatte.

Für Levian Paronn war es nötig gewesen, Rhodan und damit auch Icho Tolot zum Handeln zu zwingen. Denn er selbst hatte erst sehr spät den Standort des Zeittransmitters herausgefunden. Sein Weg zurück in die eigene Zeit wäre niemals eher möglich gewesen.

Paronn alias Achab ta Mentec hatte es verstanden, mit Aykalie von Taklir, der Enkelin des Admirals der Siebenten Flotte, ein Verhältnis anzufangen und zudem die Förderung des Admirals vor ihrem Ehemann zu erfahren. Mit dieser Protektion war es ihm natürlich leicht gefallen, sich im Zusammenhang mit den Sternenarchen besonders hervorzutun.

Der Admiral hat den Bock zum Gärtner gemacht, dachte Rhodan belustigt. Dabei war ihm keineswegs nach Lachen zumute.

Icho Tolot stapfte vor ihm die Rampe hinunter, seinen schweren Kombistrahler mit beiden Brustarmen schussbereit haltend. Noch blieb alles ruhig. Zu ruhig, fand der Terraner.

Erst, nachdem Tolot durch den Zeittransmitter in die Vergangenheit versetzt worden war – genauer gesagt, in das 97. Jahr des zwischen Bestien und Lemurern tobenden Vernichtungskriegs –, nahmen die Geschehnisse deutliche Konturen an. *Der ganz normale Wahnsinn,* hätte jetzt Rhodans Busenfreund Reginald Bull behauptet.

Tolot war jedenfalls in die Vergangenheit gegangen, nicht ganz freiwillig, wenn man den sanften Nachdruck mit dem Traktorstrahler der Space-Jet so bezeichnen konnte, aber er hatte schnell verstanden, dass er diesem Schicksal nicht entrinnen konnte. Tolotos hatte wochenlang doppelt existiert, sozusagen als Icho Tolot der Jüngere und der Ältere, wobei der Ältere sich wohlweislich nicht in Reichweite des anderen begeben hatte. Schon um jedes Zeitparadoxon zu vermeiden. Es gab wohl kein Volk, das dem Thema Zeit reservierter gegenüberstand als gerade die Haluter; ihre Entwicklung hatte sie in dieser Richtung geprägt.

Der Tolot, der jetzt vor Rhodan her ins Ungewisse stapfte, war der Ältere, mit den Sternenarchen aus der Vergangenheit zurückgekehrt.

Benommen schüttelte der Terraner den Kopf. Die kleine Narbe an seinem Nasenflügel juckte und reizte zum Kratzen, aber dazu hätte er den Raumhelm abnehmen müssen. Vielleicht half es auch, wenn er sich endlich von dem Gedanken frei machte, dass ausgerechnet Icho Tolot zweimal existierte.

Es gab den Haluter nur einmal – zumindest solange niemand ein Klonexemplar heranwachsen ließ. Aber selbst dann würden es zwei grundverschiedene Wesen sein, identisch zwar im biologischen Aufbau, in jeder Zelle ihres massigen Körpers, aber nicht in ihren Erfahrungen, im Wissensschatz und schon gar nicht im Alter.

Tolot hatte rund 55 000 Jahre hinter sich gebracht, für ihn eine Ewigkeit, auch wenn er einen Teil davon, wie er sagte, im Kryogenschlaf verbracht hatte. Für alle anderen, auch für ihn, Rhodan, hatte diese Zeitspanne hier und heute keine praktische Bedeutung. Obwohl Tolot eher aus der Vergangenheit zurückgekehrt war, als er durch den Zeittransmitter in eben diese Vergangenheit gegangen war.

Einen Denkfehler fand Rhodan aber doch in seinen Überlegungen. Tolot hatte sehr viel länger doppelt existiert, als es auf den ersten Blick den Anschein hatte, nämlich seit seiner Geburt. Während er herangewachsen war, die ersten Schritte hinaus in die Galaxis gemacht und die ersten Drangwäschen erlebt hatte, bis er schließlich im Jahr 2400 alter Zeitrechnung den Terranern begegnet war, hatte sich sein älteres Ich längst schon im Tiefschlaf auf der Sternenarche LEMCHA OVIR befunden.

Rhodan war im Begriff, sich in seinen eigenen Überlegungen zu verfangen. Wie Fallstricke erschienen sie ihm, die sich umso mehr verknoteten, je energischer er versuchte, sie zu entwirren. Es gab eben Dinge, die sich nicht erzwingen ließen.

»Tolotos«, sagte er leise, »woher kommen die Bestien?«

»Aus der Vergangenheit.«

»Du weißt, wie ich es meine.«

»Du willst wissen, Rhodanos, ob es meine Schuld ist, dass die uralte Bedrohung wiedererwacht? Ich fürchte, du hast Recht. Meine Kinder werden mich verfluchen ...«

Wenn Icho Tolot von »seinen Kindern« sprach, meinte er damit die Menschen. Zu ihnen hatte er von Anfang an ein besonderes Verhältnis gehabt. Vielleicht war es wirklich ein Eltern-Instinkt, wie oft behauptet wurde.

»Niemand macht dir Vorwürfe.«

»Niemand außer mir selbst, Rhodanos. Ohne mich hätten die Bestien nie herausgefunden, dass wir Haluter weit in ihrer Zukunft ausgesprochen friedfertig und Freunde der Menschheit sind. Und dass es Völker lemurischer Abstammung gibt, die diese Galaxis nahezu vollständig beherrschen.«

»Das einzige Erbe der Bestien ist der Drang, sich hin und wieder auszutoben«, sagte Hartich van Küspert. »Gott sei Dank nicht mehr.«

Nach wie vor lag die Rampe in völliger Finsternis. Die Scheinwerfer verbreiteten das einzige Licht. Tolot, Rhodan und die anderen näherten sich bereits dem Ende des Schachts, ohne dass sich auch nur entfernt eine Bedrohung abgezeichnet hätte. Matt schimmerndes Metall hatte schon weiter oben den nackten, offenbar mit Desintegratoren ausgehöhlten Fels ersetzt.

»Du hast keine Schuld, Tolotos«, sagte Rhodan nachdenklich.

»Doch.« Der Haluter blieb abrupt stehen und wandte sich um. Sein Gesicht hatte sich, soweit das überhaupt von einem Menschen beurteilt werden konnte, zur Grimasse verzerrt. »Ich hätte den Zeittransmitter sofort zerstören sollen. Mit den Waffen der Space-Jet wäre es mir ein Leichtes gewesen ...«

Sie gingen weiter.

»Warum hast du es nicht getan?«, drängte Hayden Norwell Augenblicke später. »Warum hast du den Transmitter nicht vernichtet?«

Tolot schwieg.

»Weil er fürchtet, die Zeit zu verändern«, antwortete Rhodan anstelle des Haluters.

Jetzt hielt Norwell inne. Ihm war anzusehen, wie sehr es in ihm arbeitete.

»Was wäre geschehen, wenn Tolot die Bordwaffen eingesetzt hätte? Der andere wäre nicht in die Vergangenheit geschleudert worden, die Schleife hätte sich in Wohlgefallen aufgelöst. Folglich gäbe es keine Bestien, die sich veranlasst sehen, auch die Zukunft zu erobern.«

»Falsch!«, protestierte van Küspert. »Völlig falsch.«

»Lass hören«, sagte Norwell zu dem Physiker, »wenn du alles besser weißt.«

»Paronn wäre weiterhin ein lemurischer Wissenschaftler, der am Ende des Bestienkriegs gelebt hat. Das Wort Generationenschiffe hätte er vermutlich nie in den Mund genommen, geschweige denn Pläne dafür entworfen.«

»Unsinn. Du übersiehst Paronns Zellaktivator. Den hat er nicht von Tolot bekommen.«

»Die Rede war in seinen Aufzeichnungen vom Vehraáto, dem Zwölften Heroen aus den uralten Legenden«, warf Solina Tormas ein. »In Fachkreisen wird viel darüber diskutiert, ob und wann die Heroen wirklich gelebt haben oder sie nur Projektionen ihrer jeweiligen Zeit waren. Gestalt gewordene Hoffnungen sozusagen ...«

»Ist Paronns Zellaktivator auch eine Projektion?«, fragte Norwell. »Und was hatte der Naahk um den Hals hängen, und ...«

»Unser guter Hayden regt sich auf, als hätte er selbst gern einen solchen Aktivator.« Isaias Shimon lachte hell, aber es klang sehr gequält. »Bedauerst du, dass Paronn fort ist? Wolltest du ihn ...«

»Es reicht!«, sagte Rhodan. So gefährlich leise, dass jeder zusammenzuckte. »Vergesst nicht, wo wir uns befinden!«

»Ich sterbe ungern unwissend«, sagte Norwell.

Rhodan bedachte den Prospektor mit einem durchdringenden Blick. »Danach werden die Bestien nicht fragen.«

Tolot hatte sich mittlerweile vorgebeugt und die Brustarme auf die Oberschenkel gestützt. Beide Handlungsarme pendelten seitlich am Körper, eine Geste des ungeduldigen Abwartens, die außer Rhodan jedoch keinem geläufig war. Dazu riss er den Rachen auf, als wolle er sein brüllendes Gelächter erschallen lassen. Aber nur dumpfe Laute wie die Fehlzündung eines Gleitertriebwerks drangen über seine Lippen.

»Wenn jemand Zellaktivatoren verteilt, dann ES«, sagte Rhodan, noch dazu in einem Tonfall, der unmissverständlich erkennen ließ, was er von der Diskussion in dieser Umgebung hielt, nämlich herzlich wenig. »Ob ES mit Vehraáto identisch sein könnte ... diese Spekulation überlasse ich vorerst Solina. Aber nur so viel, Tolotos, und zu dem Ergebnis sollte dein Planhirn ebenfalls gekommen sein: Wenn ES involviert ist und Paronn den Zellaktivator und dessen Konstruktionspläne aushändigte ...«

»... angebliche Konstruktionspläne, Rhodanos«, unterbrach der Haluter. »Die Nachbauten funktionieren nicht richtig, oder?«

»Das kann an den Plänen liegen, aber auch an Paronns Ungeschicklichkeit«, warf van Küspert ein.

Rhodan schnitt dem Physiker mit einer knappen Handbewegung das Wort ab. »Darüber können wir sprechen, sobald wir Gorbas-Vier verlassen haben werden.« Er schaute zu dem Haluter auf, dessen mächtiger Schädel mit den rot glühenden Augen trotz der vorgebeugten Haltung noch immer einen halben Meter über ihm hing. »Wenn die Superintelligenz ES hinter allem steckt, unser alter Mentor und Förderer, ist der Sachverhalt komplizierter, Tolotos. Dann dürfen wir wohl als sicher annehmen, dass ES uns auf seine verschrobene Art die Bedrohung aufzeigen wollte.«

»Du glaubst, die Bestien hätten Arsenalplaneten wie Gorbas-Vier auf jeden Fall eingerichtet?«

»Wir wissen nicht, wann diese Station errichtet wurde.«

»Wie viele gibt es denn, verdammt?«, fragte Norwell.

Rhodan antwortete ihm nicht, sondern fuhr unbeirrt fort: »Der von den Lemurern entwickelte Psychogen-Regenerator kam erst nach dem Untergang von Lemuria zum Einsatz. Wir wissen, dass das wirkliche Ende des lemurischhalutischen Kriegs um das Jahr 37 500 vor Christus herum datiert werden muss.«

»Bereits fünftausend Terra-Jahre früher wurden die ebenfalls neuen Kontrafeldstrahler in die Raumer der letzten noch kampffähigen lemurischen Verbände eingebaut«, sagte die Historikerin. »Die Bestien erlitten in der Folge schwerste Verluste. Ja, ich glaube auch, dass sie irgendwann zu der Überzeugung gelangt sein müssen, versagt zu haben. Was lag näher, als neue Ressourcen zu schaffen und irgendwann in der Zukunft wieder zuzuschlagen, wenn der Große Krieg längst in Vergessenheit geraten sein würde? Die Überraschung für sich nutzen ... vielleicht auch in der Hoffnung, dass bis dahin solche Waffen wie Kontrafeldstrahler und Psychogen-Regenerator nicht mehr gebaut wurden. Die Zeit ist geduldig, Perry, das erleben gerade wir Historiker fast täglich. Und die Wirtschaftssysteme verlangen zwangsläufig, dass nicht mehr benötigte Dinge auch nicht gebaut werden. Das gilt ebenso für Waffen, sobald die Bedrohung, gegen die sie eingesetzt wurden, nicht mehr existiert.«

»Vermeintlich nicht mehr existiert«, fügte Rhodan hinzu. »Ja, so ist es. Ich bin beinahe überzeugt davon, dass ES uns *nur* auf die neuen Bestien aufmerksam machen wollte.«

»Wäre das nicht einfacher möglich gewesen?«, fragte Norwell.

Tolot schloss die Augen und wandte sich ruckartig ab. Ein Beben schüttelte seinen massigen Körper. Rhodan wusste, dass der Haluter jetzt mühsam einen Lachkrampf unterdrückte. Tolot kannte ES, wenn auch nicht so gut wie Perry Rhodan selbst und eine Hand voll anderer potenziell Unsterblicher. Aber sogar für den Terraner gab es immer wieder Überraschungen, die ihn erkennen ließen, wie fremd ihm die Wesenheit dennoch war, unter deren Schutz die Lokale Galaxiengruppe stand.

Nein, einfach war ES nie gewesen und hatte immer seine Spielchen gespielt. Manche Geschehnisse vergaß sogar ein Aktivatorträger, doch eines würde Perry Rhodan bis an sein Lebensende begleiten: die Gestalt des alten Mannes mit dem wahrhaft homerischen Gelächter, in der ES sich ihm bei ihren ersten Begegnungen gezeigt hatte.

Mit der Faust drosch Rhodan auf die untere Rückenpartie des Haluters, doch Tolot schien es überhaupt nicht wahrzunehmen. »Weiter!«, drängte der Terraner. »Tolotos, vergiss deine Selbstvorwürfe. Du hast keine Schuld daran, dass die Bestien wieder aktiv werden.«

Kurz darauf erreichten sie das Ende der Rampe, das von einem Stahlschott versperrt wurde, das gerade groß genug war, einen Haluter passieren zu lassen. Es gab keinen auf Anhieb sichtbaren Öffnungsmechanismus, aber das Schott glitt zur Seite, als Icho Tolot darauf zuschritt.

Dahinter lag ein breiter Korridor. Niemand griff an, als erst der Haluter und hinter ihm die anderen das Schott passierten. Die Anspannung, die sich in den letzten Minuten deutlich in die Gesichter eingegraben hatte, wich einer vagen Zuversicht.

»Natürlich haben wir nur einen unbedeutenden Nebeneingang erwischt«, kommentierte van Küspert, doch niemand reagierte darauf.

Vorsichtig drangen sie weiter vor. Dass sich zwar das Schott geöffnet hatte, aber nach wie vor undurchdringliche Nacht herrschte, sah Rhodan nicht als Widerspruch an, zumal die Bestien infrarotsichtig waren.

Boryk war in einen leichten Dämmerschlaf gefallen. Nur hin und wieder wimmerte er und murmelte Unverständliches.

Urplötzlich schreckte der Zwerg auf.

»Sie werden bald erwachen«, brachte Boryk kaum verständlich hervor. »Sie sind so viele ... so viel mehr als zu Hause ...«

»Wo?«, fragte Rhodan. »Wo sind sie?«

Boryk hatte die Pupillen so weit verdreht, dass fast nur noch das Weiße seiner Augäpfel zu sehen war. »Überall«, hauchte er tonlos. »Die Hüter ... müssen nicht länger warten ... sie ...«

»Kannst du mit ihnen sprechen?«

Boryk schwieg.

»Sprechen ...« Wie ein Seufzen kam es schließlich doch über seine Lippen, danach schloss er wieder die Augen.

Rhodan spielte kurz mit dem Gedanken, den Lemurerklon medikamentös wach zu halten. Immerhin schien er wirklich die Nähe von Bestien zu spüren. Was davon jedoch Realität war und was womöglich seiner überreizten Fantasie entsprang, konnte er kaum abschätzen. Trotz seines Zellaktivators balancierte Boryk seiner Verletzungen wegen auf dem schmalen Grat zwischen Tod und Leben. Den eiförmigen Aktivator hatte er auf seiner Arche an sich gebracht, und zweifellos funktionierte das Gerät nicht richtig – es war eben nur einer von Paronns Nachbauten für die Kommandanten der Generationenschiffe. Einiger Schiffe jedenfalls. Perry glaubte nicht, dass der Lemurer die Aktivatoren in ausreichender Zahl hatte nachbauen können. Aber das Problem, alle Sternenarchen aufzuspüren, war jetzt nicht akut.

Die Anzugmikrofone übertrugen fremde Geräusche. Zuerst war da nur ein fernes Plätschern wie von fließendem Wasser – ein unterirdischer Fluss womöglich oder auch nur Wasser, das die Felsschichten über der Station durchdrang und sich irgendwo sammelte. Gleich darauf gesellte sich ein dumpfes Gurgeln hinzu, das schon nach wenigen Minuten von Pumpgeräuschen überlagert wurde.

Der Korridor öffnete sich in eine unüberschaubare Halle. Sie war, wie Rhodan mit seinem Mehrzweckarmband feststellte, knapp über 21 Meter hoch, und darüber zeichnete sich in der Ortung, wenn auch nur verschwommen, ein weiterer, vermutlich nahezu identischer Raum ab.

Unter der Decke verliefen monströse Stränge gebündelter Rohrleitungen. Von ihnen kam die dumpfe Geräuschkulisse.

Unter den Rohren standen Tanks, so weit das Auge reichte. Klobige Gebilde auf massigen Sockeln, von vielfältig gewundenen dünnen Röhren umlaufen und über jeweils mehrere Abzweigungen mit den Deckenleitungen verbunden.

Mit gut sechs Metern Abstand zu den Tanks zog sich die

nächste Reihe dahin. Im Anschluss eine dritte, eine vierte ... Rhodan konnte das Ende in der lichtlosen Schwärze nicht einmal erahnen. Die Scheinwerferkegel brachen sich lediglich auf den ersten Tanks, und das Licht wurde zu den nächsten Reihen reflektiert.

Überall lag Staub. Das waren die Ablagerungen von Jahrtausenden. Rhodan leuchtete die Decke ab. In einem hermetisch geschlossenen System, wie er zuerst vermutet hatte, wären derartige Verschmutzungen kaum entstanden. Keineswegs überall zwischen den Leitungen, aber doch an etlichen Stellen, waren bleiche Stalaktiten herabgewachsen; einige hatten die Röhrenbündel beinahe überkrustet. Die Decke, das zeigte erst ein näheres Hinsehen, bestand aus gewachsenem Fels. Nur hie und da waren Glattstriche aus grauem Kunststoff oder metallene Überbrückungen erkennbar.

»Was sind das für Tanks?« Solina Tormas stutzte, kaum, dass sie die Frage gestellt hatte. »Bei allen Sternengeistern, glaubt ihr wirklich, dass ... hier ...«

»Aufzuchtstanks«, sagte Icho Tolot grollend. »Und mehr oder weniger wartungsfreie Technik. Über die Leitungen wird alles herangeführt, was die heranwachsenden Zellkulturen benötigen.«

Solinas Blick wanderte die Reihen entlang, taxierte für einen Moment Norwell, der sich schon gut ein Dutzend Meter weit entfernt hatte, und schweifte dann in die Höhe. »Das sind tausende.«

»Einige zehntausend, schätze ich«, antwortete der Haluter. »Allein in dieser Halle. Über uns gibt es eine zweite.«

»Hier sind Spuren!« Norwell ließ sich in die Hocke nieder und fuhr mit den Fingerspitzen die in den Staub eingegrabenen Abdrücke nach. »Der Größe nach ist das der Stiefelabdruck einer Bestie.« Er schaute suchend um sich und deutete gleich darauf auf eine Stelle, die mehr als zwei Meter entfernt lag. »Dort ebenfalls.«

»Vielleicht eine der Bestien, die uns angegriffen haben?«, fragte Shimon.

»Das will ich nicht ausschließen.«

Rhodan sah, dass Tolot sich bereits einem der Tanks widmete und mit der Hand des linken Brustarms vorsichtig über die Patina wischte. Eines seiner drei Augen hatte er ausgefahren und blickte damit den Gang zwischen den Tankanlagen entlang. Mit dem Handlungsarm hielt er den Kombistrahler schussbereit. »Einige Bestien können die Zeit seit dem Bau der Station im Kälteschlaf überstanden haben, nicht anders als ich an Bord meines Raumschiffs, das an der LEMCHA OVIR verankert war. Natürlich wurden sie geweckt, um das Heranwachsen der neuen Bestien zu überwachen.«

»Dann haben wir die Bedrohung noch frühzeitig genug entdeckt«, vermutete van Küspert.

»Ich hoffe es«, erwiderte Rhodan. »Wir wissen nur nicht, wie viele solcher Arsenale angelegt wurden. Vielleicht sind in allen anderen die Bestien schon aktiv geworden.«

»Sie werden wieder gezüchtet wie einst von den Okefenokees«, sagte Solina verbittert. »Wenn ich mich nicht irre, hat ihre Geschichte vor fünfundsiebzigtausend terranischen Jahren begonnen.«

Perry Rhodan nickte. »Die Okefenokees wollten damals unbesiegbare Kämpfer für ihre internen Machtkämpfe erzeugen.«

»Das haben sie geschafft«, schnaubte Norwell. »Die Biester sind wie die Kletten.« Dass Tolot ein dumpfes Schnauben ausstieß, beachtete er gar nicht. Auf ihre Herkunft angesprochen, reagierten Haluter oft empfindlich. Aus einer Laune heraus erzeugte Kunstgeschöpfe zu sein, war der wunde Punkt der schwarzhäutigen Riesen.

Die Bestien hatten einst gegen ihre Erzeuger rebelliert, waren aber schon bald darauf vernichtend geschlagen worden. 800 Millionen von ihnen war die Flucht aus ihrer Heimatgalaxis M 87 gelungen, und sie hatten sich letztlich in die Magellanschen Wolken zurückgezogen.

Abermals waren es dann genetische Experimente gewesen, in deren Folge ein neuer, überlegener Bestientypus entstanden war. Rund 8000 dieser neuen Bestien hatten als so genannte Erste Schwingungsmacht die Herrschaft über alle anderen angetreten. Es war um das Jahr 50 800 v. Chr. gewesen, als sie erneut mit einem Angriff auf die Okefenokees in M 87 gescheitert waren. Berichte, dass sich ihre einstigen Erzeuger mit Zeitexperimenten beschäftigten, hatten in der Ersten Schwingungsmacht die geradezu paranoide Panik entstehen lassen, ihre Existenz könne eines Tages durch ein Zeitparadoxon beendet werden.

Zeitexperimente der Lemurer waren dann auch der Grund dafür gewesen, dass die Erste Schwingungsmacht 300 Millionen Bestien in die Milchstraße entsandt hatte. Nachdem sie sich auf Halut niedergelassen und galaxisweit Stützpunkte errichtet hatten, begann ihre Offensive auf das Große Tamanium der Lemurer.

»Tot«, schnaufte Icho Tolot und ließ von dem Tank ab, auf dessen Oberfläche er mit schnellen Bewegungen die Verschmutzungen abgewischt hatte. Die Wandung war weitgehend transparent. Tolot drehte sich halb zur Seite und versuchte, mit dem Stirnauge einen Blick auf Boryk zu erhaschen. »Die Bestien, die hier heranwachsen sollten, werden sich nie gegen die Menschen erheben. Der Klon hat sich getäuscht.«

»Sie sind nicht tot!«, rief Boryk schrill. »Ich spüre sie doch ... sie sind überall, sie ...« Seine Stimme brach in einem qualvollen Husten ab.

Norwell schimpfte nur noch. Ohnehin schon immer laut und aufbrausend, schien er sich unter dem Druck der Situation zum Egoisten zu entwickeln. Er dachte nicht daran, die paar Meter zur Gruppe zurückzugehen, sondern entfernte sich demonstrativ weiter. Rhodan ließ ihn gewähren. Vor allem wurde er von Tolot abgelenkt, der wieder über eine Tankwandung wischte.

»Hier!« Der Haluter trat einen Schritt zur Seite. »Sieh dir das an, Rhodanos!«

Perry hatte Mühe, etwas zu erkennen. Zuerst hatte er erwartet, den nahezu vollständig ausgebildeten Körper einer in Nährflüssigkeit schwimmenden Bestie zu sehen, aber nach Tolots Ausruf war er sich dessen nicht mehr sicher.

Der Tank war leer, lediglich an der Innenwand hing eine

verkrustete Masse. Und am Boden wogte dunkler, schaumiger Schleim. Tentakelartige Fortsätze streckten sich daraus hervor, nahmen bizarre Formen an und fielen in die Masse zurück.

Ganz vorsichtig griff Tolot nach dem Terraner und drehte ihn so, dass er den vorderen Bereich besser überschauen konnte.

Rhodan begriff. Dort lag, offenbar schon seit geraumer Zeit, denn es war trotz molekularer Verhärtung in den Verwesungsprozess übergegangen, der vollständige Handlungsarm einer Bestie. Die Finger hatten sich in die Innenverkleidung des Tanks gekrallt, und das konnten sie wohl nur, weil sich der molekulare Umwandlungsprozess vollzogen hatte.

Das wiederum bedeutete ...

»Der Körper war voll ausgereift«, sagte Tolot. »Aber er konnte den Tank nicht verlassen und zersetzt sich wieder. Wahrscheinlich sieht es überall so aus.«

»Die Hüter leben«, keuchte Boryk halb erstickt. »Ich spüre ihre Nähe.«

»Kannst du sie beeinflussen?«, fragte Rhodan.

Boryk schluchzte heftig.

»Ich ... nein, ich glaube nicht. Es sind zu viele. Aber sie werden bald wissen, dass wir hier sind.«

13

Schrecklich leer ist das Universum ...

... aber vorwiegend schrecklich.

Es könnte schön sein, groß und bedeutungsvoll, doch in Wahrheit ist es das nicht. Weil es vielfältiges Leben hervorgebracht hat. Leben, das die Schönheit und die Weite des Universums nicht begreift. Dieses Leben vernichtet und zerstört; es macht den Tag zur Nacht und verwandelt ihn in eine lange währende Qual. Vielleicht wird diese Nacht niemals mehr enden. Obwohl die Sonnen in ihrer gleißenden Herrlichkeit noch sehr lange bestehen werden, länger jedenfalls als das Leben an sich.

Ich habe versucht, alle Schrecken der Nacht aus meinen Gedanken zu verdrängen, und eine Weile habe ich geglaubt, ich hätte das tatsächlich geschafft. Aber ich habe mich selbst belogen. Denn nun weiß ich, dass die Finsternis mehr als 50 Jahrtausende überdauert hat. Ich spüre, dass sie nach meiner Seele greift.

Mit den Bestien kam diese lange Nacht.

Sie vernichteten das Große Tamanium ...

Nun werden sie auch meine Hoffnung zerstören. Obwohl ich weiß, dass ich sie immer noch besiegen kann.

Vehraáto sei mit mir!

Als er die Zentrale betrat, schlug ihm eine ungewohnte Stille entgegen. Selbst das sonst allgegenwärtige Summen der Luftumwälzung schien verstummt zu sein.

Levian Paronn zögerte nur den Bruchteil einer Sekunde. Mit prüfendem Griff tastete er über seinen Uniformkragen und den Orden, der ihm vor einem halben Jahr für herausragende Verdienste um die Siebente Flotte verliehen worden war, dann straffte er sich und ging weiter.

Der Weg quer durch die Zentrale bis zum Kommandantensessel erschien ihm dennoch wie ein Spießrutenlauf. Er fühlte, dass die Frauen und Männer ihn anstarrten, auch wenn sie alle Mühe aufwendeten, es sich nicht anmerken zu lassen.

Paronn hätte nie geglaubt, dass es so schlimm sein könnte. Für was hielten sie ihn? Er war einer von ihnen, weil er schon länger auf Drorah lebte als jeder an Bord der UMBERIA. Sehr viel länger.

Aber vielleicht war es gerade das, was ihn plötzlich zum Aussätzigen stempelte. Sein Zellaktivator, die für seine Untergebenen wohl erschreckende Tatsache, dass er seit einem halben Jahrhunderttausend lebte – länger als jeder andere Aktivatorträger in der Milchstraße. Darüber hatte er bislang selbst noch nicht nachgedacht, weil ihm das unwichtig erschienen war, nachgerade nebensächlich. Er hatte nur für seine Hoffnungen gelebt und ausschließlich auf den den entscheidenden Moment hingearbeitet, in dem er in seine eigene Zeit zurückkehren konnte.

Insgeheim atmete er auf, als er das Kommandopodest betrat. Der Erste Offizier legte die Hand zur Begrüßung unter die linke Schulter, dann widmete er sich sofort wieder dem Panoramaholo.

»Besondere Vorkommnisse?«

»Keine, Maphan!«

Sie neideten ihm die Unsterblichkeit. Oder fürchteten sie ihn wie ein Fossil, das unverhofft zu neuem Leben erwacht war?

»Ich bin kein Monstrum«, wollte Levian seiner Besatzung erklären. Er tat es nicht, sank stattdessen in den Sessel und beobachtete die sich aufbauenden Kontrollholos. Sobald es ihm erforderlich erschien, konnte er alle Schiffsfunktionen übernehmen und den Zugriff der anderen Stationen blockieren.

So weit würde es aber hoffentlich nicht kommen.

Er spürte die Blicke in seinem Rücken wie Dolche. Nun war er keiner mehr von ihnen, vielmehr hatte er sich in die verschworene akonische Gemeinschaft eingeschlichen wie ein Dieb.

»Maphan ...!«

Paronn reagierte nicht.

»Maphan, wir müssen Drorah über die Geschehnisse im Gorbas-System informieren! Wenn wir den Angriff der Bestien länger verschweigen ...«

»Was ist dann?«, fragte er. »Gorbas allein ist unbedeutend.«

Er wusste: Sie waren wieder da. Wie einst. Vielleicht sogar weit in der Galaxis verteilt. Auf ein Zeichen hin würden sie vereint losschlagen. Millionen Bestien an Bord von hunderttausenden schwarzer Raumer, bestückt mit den gefürchteten Intervallkanonen, deren gebündelte Hyperfelder fast jedes bekannte Material zertrümmerten, mit Thermo-, Impuls- und Desintegratorgeschützen und von starken Paratronschirmen eingehüllt, an denen sich die Kommandanten lemurischer Schlachtschiffe die Zähne ausgebissen hatten.

Ungläubig registrierte Paronn, dass er die Finger in den Armlehnen verkrallte. An den Waffensystemen der Bestien war die Zeit vorübergegangen. Während die technische Innovation in der Galaxis vor allem in den letzten drei Jahrtausenden einen deutlichen Sprung nach vorn gemacht hatte, war der Standard der Bestien in den Depots im wahrsten Sinn des Wortes eingefroren gewesen. Die heute gebräuchlichen mehrfach gestaffelten Paratronschirme hielten selbst schwerem Intervallbeschuss lange stand, und die Transformkanonen, bis vor kurzem ein Privileg der Terraner, mittlerweile jedoch Allgemeingut, würden in die Reihen der Angreifer gewaltige Breschen schlagen. Hätte Lemuria einst über derart effektive Waffen verfügt, der Krieg wäre anders verlaufen.

Paronns Rechte tastete über eine der Innentaschen seiner Uniform. Erleichtert atmete er auf, als er die Datenspeicher spürte. Er trug die Konstruktionsunterlagen jener

Waffe bei sich, auf die er seine Hoffnungen gestützt hatte. Von den frühen Akonen entwickelt, war sie dennoch nie wirklich zum Einsatz gelangt, weil die Befriedung der Haluter sie überflüssig gemacht hatte. Die Waffe stammte aus dem Ichest-System.

Ichest – *Zwischenstopp.* Den Namen hatten die Lemurernachfahren an Bord der LEMCHA OVIR jener großen roten Sonne gegeben, auf deren fünfter Welt die Sternenarche havariert war. *Zwischenstopp.* Levian hatte diese Bezeichnung beibehalten. Weil sie seine Empfindungen zutreffend wiedergegeben hatte: Ichest war der halbe Weg zu seinem Ziel gewesen, diese Waffe gegen die Bestien an sich zu bringen und mit ihr in seine Zeit zurückzukehren.

Icho Tolot wäre ihrer Wirkung fast zweimal zum Opfer gefallen. Zuerst, als Perry Rhodan ihn nach dem Absturz der LEMCHA OVIR zu Hilfe gerufen hatte, und das war es auch gewesen, wovon Tolot ihm während ihrer kurzen Bekanntschaft in der Endphase des Kriegs berichtet hatte. Er mochte viele Gründe dafür gehabt haben, Gründe, die Paronn nie verstanden hatte, aber wahrscheinlich war es ihm nur darum gegangen, Vertrauen aufzubauen. In jener Zeit, in der schon der Anblick einer Bestie Panik ausgelöst hatte, hatte er gar nicht anders handeln können – und damit Levians wahnwitzige Hoffnung geschürt.

Das zweite Mal war zwischen damals und heute gewesen, zwischen Gegenwart und Zukunft und nach dem Zusammentreffen an Bord der ACHATI UMA. Paronn hatte die Gelegenheit mit beiden Händen ergriffen und mit dem Haluter das Ichest-System angeflogen ...

Auch diese Erinnerung schmerzte. Wie so vieles. Dennoch war sie nur ein Markstein auf dem Weg, den er zu gehen hatte.

Tolot hatte sich mit der Zerstörung des Zeittransmitters eindeutig gegen ihn gestellt. Was war der schwarzhäutige Riese wirklich? Freund oder Feind? Ohne den Haluter wäre jetzt schon alles anders gewesen. Nichts hätte ihn noch aufhalten können, das zu tun, was er tun musste, um aus den Ruinen des Kriegs heraus eine blühende Epoche des

Friedens und der friedlichen Erforschung des Universums entstehen zu lassen.

Dass er ins Leere starrte, nahm er selbst kaum wahr. Vor seinem inneren Auge überschlugen sich die Ereignisse. Was jahrtausendelang tief in seinem Unterbewusstsein geschlafen hatte, erwachte wieder. Er konnte seine Gefühle nicht länger unterdrücken, aber vielleicht wollte er das auch nicht.

Der Krieg gegen die Bestien, der die Galaxis in unvorstellbares Leid gestürzt hatte, erschien im Nachhinein und mit seinem heutigen Wissen aberwitzig. Aber entstanden Kriege nicht oft aus Nichtigkeiten heraus? Wenn sich die Bestien die Mühe gemacht hätten, die vermeintlichen Zeitexperimente der Lemurer zu überprüfen ...

Ein gequältes Stöhnen kam über Paronns Lippen. Zitternd sank er im Sessel zurück.

»Maphan ...?«

Wie aus weiter Ferne vernahm er den Ruf. Noch immer starrte er ins Leere, war die Kommandozentrale für ihn nur eine schemenhafte Kulisse, die ohnehin bald nicht mehr existieren würde.

Die nie existiert haben würde ...

»Maphan, du bist totenbleich.«

Ein wahnwitziger Gedanke explodierte. So irrsinnig, dass er sich vor Schmerz zusammenkrümmte. Levian vernahm ein halb ersticktes Wimmern, brauchte aber geraume Zeit, bis er erkannte, dass er selbst diese Laute ausstieß.

Schritte neben ihm ... Hände, die seinen Kragen lockerten und ihm unter die Arme griffen ... Er stieß sie zur Seite. »Lasst mich!«, stöhnte er. »Geht auf eure Stationen!«

Hatte ihm dieser eine verdammte Tag alle Kraft geraubt? Verzweifelt stemmte er sich gegen die Enttäuschung. Er hatte nie aufgegeben, und das würde er auch jetzt nicht tun. Mit beiden Händen fuhr er sich durch das kurz geschnittene Haar.

Die größte Enttäuschung war der Gedanke, der ihn eben wie ein Blitz aus heiterem Himmel getroffen hatte und alles infrage stellte.

Nein! Das darf nicht sein!

Nie war ein lautloser Aufschrei qualvoller gewesen. Paronn stürzte in einen endlosen Abgrund, in dem es nichts gab außer endloser Schwärze.

Wie lange währte die verdammte Nacht für einen potenziell Unsterblichen?

Der Gedanke fraß ihn auf. War sein Versuch, den Krieg zu verhindern, erst die Ursache für diesen Krieg? Weil er in die eigene Vergangenheit ging, um die Bestien zu vernichten, bevor sie zur tödlichen Gefahr wurden? Lag ihre Panik vor Zeitexperimenten genau in diesem Tun begründet?

Dann war das alles schon geschehen, aber er erinnerte sich nur nicht daran, weil seine Vergangenheit noch seine Zukunft war?

Wenn er je Gefahr gelaufen war, den Verstand zu verlieren, dann jetzt. Dieses Geflecht aus Wenn und Aber erschien ihm mit einem Mal unüberwindbar.

Spiele ich mit der Zeit – oder spielt sie mit mir?

Sein Herzschlag raste. Dagegen kamen nicht einmal die beruhigenden Impulse des Zellaktivators an.

Gehe ich den falschen Weg?

Er musste sich entscheiden. Unter völlig neuen Aspekten. Hier und jetzt. Die Ironie des Schicksals war, dass ihm nach 55 000 Jahren kaum noch Zeit blieb, mit sich selbst ins Reine zu kommen. Dabei ging es nicht um einzelne Namen oder Schicksale, nicht einmal mehr um die Lemurer als Volk ...

... es ging um nichts anderes als um eines der großen Rätsel des Universums, um die Kraft, die alles zusammenhielt: die Zeit an sich.

Half es wirklich, wenn er mit den modernen Waffen zurückging und die Bestien daran hinderte, sich in der Galaxis festzusetzen?

Oder muss ich mein Vorhaben aufgeben, um den Krieg zu verhindern?, durchzuckte es ihn. *Weil dann das Zeitexperiment unterbleibt, das der Ersten Schwingungsmacht Furcht einflößt?*

Damit war er in der Zukunft gestrandet. Gezwungen, für immer mit dem Wissen weiterzuleben, dass er sein Volk verraten hatte. Lemuria würde dann endgültig ausgelöscht sein, heute noch Geschichte, morgen schon Legende und übermorgen vergessen.

»Maphan ...?«

Er blinzelte und massierte sich die Augen. In seinen Schläfen dröhnte das Blut. Er hatte den Eindruck, aus einer endlos langen Ohnmacht zu erwachen.

»Es geht mir gut«, log er. Dass es wenig überzeugend klang, sah er dem Ersten Offizier an.

Auf jeden Fall hatte er seine Entscheidung getroffen. »Wir fliegen nach Drorah! Ma-Techten Jehan Hattusk, bis auf Widerruf übertrage ich dir das Kommando über die UMBERIA und die LEMMAK.«

Der Erste Offizier nickte knapp.

»Noch etwas«, fügte er hinzu. »Ich benötige eine Hyperkomverbindung in meine Kabine: Admiral Mechtan von Taklir, chiffriert und gerafft. Höchste Priorität.«

Ein Lächeln huschte über Hattusks bis eben noch verhärtetes Gesicht. Darauf hatte er ebenso gehofft wie jeder Offizier in der Zentrale. Seine Welt war wieder in Ordnung.

Niemand fragte nach Achab ta Mentec. Auch nicht nach Levian Paronn, das schon gar nicht. Sie schwiegen den Lemurer tot. Das war wohl die beste Möglichkeit, sich mit etwas auseinander zu setzen, was keiner wahrhaben wollte.

Als Paronn sich aus dem Kommandantensessel erhob und zum Schott ging, folgten ihm nur noch wenige Blicke. Er wandte sich nicht einmal um, als er auf den Hauptkorridor hinaustrat. Die UMBERIA war nur eine flüchtige Episode in seinem Leben. Vielleicht nicht mehr lange, dann würde sie der Vergangenheit angehören. Für immer.

Levian Paronn war wieder zuversichtlich.

Ohne Zuversicht ließ sich die Zeit nicht ertragen.

Der Admiral war nicht erreichbar. Weder über das Flottenhauptquartier auf Drorah noch über seine private Kennung, und das war äußerst ungewöhnlich. Paronn hatte bislang nie länger als nur wenige Minuten auf ein Gespräch mit dem Takhan warten müssen.

»Die Auskünfte bleiben lapidar«, meldete der Funker. »Es hat den Anschein, als verschweige bewusst jeder den Aufenthalt des Admirals.«

»Dranbleiben!«, befahl Levian. »Sobald Takhan Mechtan von Taklir aufgefunden ist, will ich informiert werden. Unter allen Umständen.« Mit einer hastigen Handbewegung unterbrach er die Bordsprechverbindung.

Die Bildwand seiner geräumigen Kabinenflucht zeigte das Abbild der Sterne, wie es im Panoramaholo der Zentrale zu sehen war. Für kurze Zeit ließ Levian sich von der Wiedergabe ablenken. Irgendwo da draußen, zwischen der gleißenden Helligkeit von Milliarden Sonnen und den ausgefransten Schatten der Staubwolken, lauerten die Bestien. Er konnte sie förmlich riechen. Sie waren da, sammelten sich und würden losschlagen, gleichgültig, ob schon in wenigen Tagen oder erst in einem Monat.

Paronn ballte die Fäuste. Er begann eine unruhige Wanderung, fühlte sich eingesperrt wie ein Raubtier in einem viel zu engen Käfig.

Seine Ungeduld wuchs. Eine Ewigkeit lang hatte er gewartet und einsam unter Fremden gelebt, jetzt konnte er nicht mehr. Er musste das Schicksal zwingen. Damals, im Großen Tamanium, hatte es zur täglichen Routine gehört, die Waffen zu überprüfen. Immer und an jedem Ort hatten die Bestien überraschend zuschlagen können. Dann war die eigene Waffe wenigstens gut genug dafür gewesen, sich selbst das Leben zu nehmen – besser allemal, als von den Bestien verschleppt, verhört und gefoltert zu werden.

An Bord der ACHATI UMA hatte er sich zum ersten Mal wirklich frei gefühlt, als hätte sich ein Schatten von ihm gelöst. Die Waffe war unwichtig geworden, nicht mehr als das verstaubende Relikt der Nacht des Krieges. Auch auf Drorah hatte sie ihm nicht mehr als ein Statussymbol bedeutet, unerlässlich für einen Flottenoffizier, doch benutzt hatte er sie nie.

Und nun? Sorgfältig löste er das Energiemagazin und ersetzte es durch ein volles. Er überprüfte den Kühlmantel auf Schäden, die eine Leistungsreduzierung befürchten ließen, und justierte die Abstrahlmündung neu.

Gewann die Waffe endlich Gewalt über ihn? Jäh hielt er inne, sein Kopf ruckte hoch. »Du hast mich gezwungen, das zu tun«, sagte er ins Leere, und es klang wie der Versuch einer Entschuldigung. »Erst hast du mir mein Diarium geraubt, dessen Inhalt alles hätte zunichte machen können, dann wolltest du mir sogar meinen Willen nehmen. Du weißt gar nicht, was du damit angerichtet hast, Boryk.«

Wahrscheinlich hatte der Klon den Strahltreffer nicht überlebt. Es war seine eigene Schuld gewesen.

Heftig stieß Paronn die Waffe in das Halfter zurück. »Nicht nur du musstest sterben, Boryk«, murmelte er. »Nicht nur du ...«

Die Sterne verblassten und machten dem Abbild des Hyperraums Platz. Die UMBERIA war endlich in den Überlichtflug gegangen.

»Die Navigationsdaten!«, verlangte Levian.

Vor ihm, im idealen Leseabstand, projizierte der Raumservo eine Leuchtschrift sowie die zugehörigen Vektorgrafiken. Levian konnte es mittlerweile nicht mehr erwarten, schnell nach Drorah zu gelangen. Die vorgesehene erste Metagravetappe betrug 6000 Lichtjahre. Das bedeutete eine Flugzeit von über zweieinviertel Stunden.

Aber vielleicht war das gut so, half ihm diese Spanne doch, wieder zu sich selbst zu finden.

Paronn warf sich auf die Antigravliege und war schon Minuten später eingeschlafen.

Er erwachte mit einem Gefühl brennenden Unbehagens und musste sich erst zurechtfinden. Alles wirbelte in seinem Kopf durcheinander. Offenbar hatte er schlecht geträumt, obwohl er sich nicht erinnerte, was.

Augenblicke später war er wieder auf den Beinen. Der Servo blendete die indirekte Beleuchtung auf und fuhr die Holowand hoch, die immer noch das monotone Abbild des Hyperraums zeigte. Levian verbiss eine heftige Verwünschung.

Noch zwei Standardminuten bis zum Ende der ersten Etappe.

Er zerrte sich die Uniform vom Leib und ging in die angrenzende Hygienezelle. Die Ultraschalldusche tat ihm gut, denn trotz des Zellaktivators machte sich das Gefühl bleierner Müdigkeit breit. Funktionierte das Gerät nicht mehr richtig? Ein schrecklicher Gedanke. Andererseits hatte er gesehen und gehört, was mit den Kommandanten der Generationenschiffe geschehen war; ihren Zweck hatten die nachgebauten Aktivatoren nur sehr eingeschränkt erfüllt.

Vielleicht hatte es auch so sein müssen, weil die Aktivatorträger andernfalls längst ums Leben gekommen wären. Auch er selbst. Sein Zellaktivator musste anders sein als der von Perry Rhodan, Atlan, Reginald Bull und den anderen. Flüchtig dachte Paronn an die Zeit der Herrschaft des Konzils der Sieben Galaxien über die Milchstraße, als Rhodan mit der Erde – seiner Heimat Lemur – und dem Gros der Menschheit vor dem Zugriff der Laren aus der Milchstraße geflohen war. Die Besatzungsmacht hatte ein Gen-Kode-Destruktionsfeld errichtet, das alle Zellaktivatoren vernichten und ihre Träger töten sollte. Er selbst hatte das auf Drorah erst Monate später mitbekommen, zu spät, um noch in Panik zu verfallen.

Allmählich fühlte er sich wohler. Die Massagefelder stimulierten die Durchblutung und hinterließen ein angenehmes Prickeln.

Als Levian die Hygienezelle endlich wieder verließ, waren beinahe 15 Minuten vergangen. Niemand aus der Zentrale hatte versucht, Kontakt aufzunehmen, doch die beiden Schlachtkreuzer beschleunigten schon wieder.

Paronn schaltete eine Verbindung zur Zentrale. »Ich warte noch immer auf die Verbindung zu Takhan Mechtan von Taklir!«

Das Konterfei des Espejel schaute ihn bedauernd an. »Verzeihung, Kommandant, der Admiral ist nach wie vor nicht erreichbar.«

»Nach über zweieinhalb Stunden ...?«

Der Funker nickte. »Auf Drorah scheint momentan einiges im Argen zu liegen.«

»Was ist? Greifen die Bestien an?« Paronn stellte die Frage impulsiv, doch als er das Erschrecken in den Augen des Espejel sah, bereute er sie schon wieder. Im Hintergrund der Bildwiedergabe erkannte er, dass einige Offiziere überrascht reagierten.

Eigentlich wollte er abwiegeln. »So weit wird es nicht kommen«, wollte er sagen, um die Gemüter wieder zu beruhigen, aber dann sagte er, laut und für jeden vernehmbar: »Wir müssen in der Tat mit verheerenden Angriffen auf Welten des Kernreichs rechnen. Wahrscheinlich noch nicht heute und morgen, aber wohl schon in den kommenden Tagen.«

»Höchste Alarmbereitschaft ist ausgerufen, Maphan!«, wandte der Erste Offizier ein. Unter seinen Augen lagen schwere Schatten, die Tränensäcke waren aufgequollen.

Hattusk ist übermüdet, stellte Levian fest. Aber er wird die Schiffe dennoch sicher nach Drorah bringen.

»Wie lange noch?«

»Wir sind gezwungen, einem starken Hypersturm auszuweichen, Maphan«, sagte der Erste.

»Die kürzeste Route ...?«

Der Ma-Techten schüttelte den Kopf. »Gefährliches Gebiet, Maphan. Wir haben entsprechend den Umständen die beste Strecke berechnet. Minimum fünfeinhalb Stunden.«

Eine Verwünschung auf den Lippen unterbrach Paronn die Verbindung. Seine Hand verkrampfte sich um den Zellaktivator. Nach 55 000 Jahren – ein paar mehr oder weniger fielen nicht ins Gewicht – hätte er bestimmt nicht geglaubt, dass ihm eines Tages wenige Stunden so wichtig sein würden. Er hatte nach dem Abflug aus dem Gorbas-System zu lange gezögert. Andererseits hatte er sich erst über sein weiteres Vorgehen klar werden müssen.

Rhodan? Sollte er versuchen, mit dem Residenten der Liga Freier Terraner eine Übereinkunft zu treffen? Angesichts der erwachenden Bedrohung mussten sie zusammenarbeiten. Das war ein Argument, dem Rhodan sich nicht entziehen konnte. Falls er noch lebte. Levian fragte sich, wie viele Bestien auf Gorbas-IV schon aktiv gewesen sein mochten. Auf keinen Fall eine hohe Zahl, andernfalls hätten sie mit einer Flotte angegriffen und nicht nur mit wenigen Schiffen.

Außerdem war Tolot bei Rhodan und seinen Leuten. Im Kampf gegen die Bestien bedeutete er eine unschätzbare Hilfe.

»Was ist besser, als Feuer mit Feuer zu bekämpfen?«, murmelte Paronn im Selbstgespräch. Sein Zorn auf den Haluter, so berechtigt er im ersten Aufwallen der Gefühle auch gewesen sein mochte, ebbte allmählich wieder ab. Vielleicht musste er Tolot sogar dankbar sein. Wieder einmal. Es schien, als hätte das Schicksal den Haluter dazu ausersehen, zum Vollstrecker an seinen Vorfahren zu werden. Das war ein Gedanke, der eines gewissen Zynismus' nicht entbehrte.

O ja, dachte der Lemurer, *ich bin dir wirklich dankbar. Aber das brauchst du nie zu erfahren.*

Zweifellos wäre es ein Fehler gewesen, im 97. Kriegsjahr sofort nach Icho Tolot den Zeittransmitter zu verlassen. Er hätte dort materialisieren müssen, wo auch der Haluter angekommen war, auf Torbutan – vom Atombrand bedroht, den die von den Bestien abgeworfene Bombe entfacht hatte. Das war natürlich ein Unding, denn die Fluchtwege von Torbutan hinaus in die Galaxis waren sehr begrenzt gewesen, wenn er es recht bedachte, nicht einmal wirklich vorhanden.

Genügend Zeit, um das würfelförmige Kontrollsegment des Zeittransmitters auf Gorbas-IV wirkungsvoll umzuprogrammieren, hatte ihm ohnehin nicht zur Verfügung gestanden. Aber das war vorher ebenfalls nicht absehbar gewesen.

Mir einem ärgerlichen Kopfschütteln vertrieb Levian alle diese lästigen Überlegungen, die im Nachhinein nichts mehr änderten. Er ließ sich vom Syntron eine neue Verbindung in die Zentrale schalten. »Ich will den Espejel sprechen!«

Das Abbild des Funkers stabilisierte sich sofort.

»Ist der Hyperfunkverkehr ins Gorbas-System behindert?«

Eine steile Falte erschien auf der Stirn seines Gegenübers. »Mir ist nichts bekannt. Ohnehin stehen zwei Relais in dem Bereich ...«

»Rufe Jere von Baloy auf der LAS-TOÓR oder die Terranerin auf der PALENQUE.«

»In dieser Reihenfolge, Maphan?«

»Das interessiert mich nicht. Stelle mir nur einen von beiden durch!«

Träge tropften die Minuten dahin. Tief im Schiffsbauch veränderte sich die Geräuschkulisse, als die Speicherbänke ihre Energie an die Metagravprojektoren abgaben. Aber davon hörte Levian in seiner besonders schallisolierten Kabinenflucht wenig.

Als sich der Funker endlich meldete, wusste der Lemurer schon, welche Auskunft ihn erwartete.

»Weder die LAS-TOÓR noch die PALENQUE melden sich. Entweder haben sie ihre Position mittlerweile verlassen ...«

»... oder sie wurden von den Bestien vernichtet«, vollendete der Kommandant. »Danke.«

Warum nur hatte er das Gefühl, dass er Perry Rhodan noch brauchte? Levian ließ sich in den großen Sessel fallen, von dem aus er die Bildwand betrachten konnte.

Die nächste Überlichtetappe stand bevor.

Was bist du wirklich, Universum? Deine Leere kann nur jene schrecken, die von der Ewigkeit der Zeit noch nichts wissen. Die nicht wagen, den dichten Schleier zu lüften, der Vergangenheit, Gegenwart und Zukunft verhüllt.

Ich habe eine Ecke angehoben. Nun glaube ich, dass die Zeit an sich das Schrecklichste ist, was uns in diesem Universum widerfahren kann.

Wenn du glaubst, sie sei dein Freund, dann hintergeht sie dich.

Hasst du sie jedoch, wirst du eines Tages betrübt erkennen müssen, dass du Fehler begangen hast. Denn dann hast du versäumt, dir die Zeit zum Freund zu machen ...

Entkomme aus diesem Teufelskreis, wenn du kannst!
Versuche es wenigstens!
Unaufhaltsam ist die Zeit, aber auch unendlich formbar nach deinem Willen. Du darfst nur nicht aufgeben.
Niemals.
Denn das verzeiht sie dir nie.

14

Mit beiden Händen hielt der Prospektor Teodoro Franty seinen Strahler. Er hatte sich bis auf zehn Schritte von dem reglosen Koloss zurückgezogen und schaute nervös nach allen Seiten, als erwartete er, jeden Moment angegriffen zu werden. Ein klein wenig senkte er die Waffe, als Sharita Coho und Catchpole zu ihm aufschlossen.

»Und?«, fragte die Kommandantin knapp.

Franty deutete mit dem Strahler nach vorn. »Ich hätte nie geglaubt, dass jemand einen Haluter so zurichten kann.«

Der schwarzhäutige Riese war hinter einer höheren Mauer zusammengebrochen. Was hier einmal gestanden und welchem Zweck es gedient hatte, ließ sich ohne Analyse nicht sagen. Wohl wegen dieser Mauer war der Leichnam von der PALENQUE aus noch nicht entdeckt worden.

Sharita achtete darauf, dass sie nicht in die Reichweite des Riesen gelangte. Obwohl sie sich einzureden versuchte, dass ein toter Haluter keiner Fliege mehr etwas zuleide tat.

Sie glaubte nicht, dass der reglose Körper wirklich Tolot sein sollte. Ungläubig blickte sie auf die von Wunden übersäte lederartige Haut. Es fiel ihr schwer, Icho Tolot, den sie erst vor kurzem kennen gelernt hatte und den sie ansonsten nur von Holoaufnahmen und aus dem Trivid kannte, wirklich zu identifizieren. Wie für die meisten Menschen sah auch für sie ein Haluter beinahe wie der andere aus.

Der halbkugelförmige riesenhafte Schädel hing gut zwei Handspannen über dem Felsboden in der Luft. Da der Kopf ohne Halsansatz auf den massigen Schultern saß, konnte er nicht zur Seite kippen. Der dünnlippige Rachen mit dem Raubtiergebiss stand eine Handbreit offen, ein Anblick, der Sharita frösteln ließ. Einige Sekunden lang glaubte sie zu ahnen, was Menschen empfanden, denen ein solcher Gigant feindlich gegenüberstand. Die Haluter waren Kampfmaschinen, unglaublich schnell, wenn sie sich zum Laufen auf die Brustarme niederließen, und selbst modernen Kampfrobotern überlegen. In den banalen Trivid-Serien, die auf vielen Welten der LFT mittlerweile Kultstatus erlangt hatten, mussten Haluter zumeist als Ausputzer in den unglaublichsten Situationen herhalten.

Alle drei Augen waren weit geöffnet. Sharita schauderte, denn sie hatte plötzlich das Gefühl, dass der Haluter sie anstarrte.

»Er ist tot«, wiederholte Franty.

»Und wo sind die anderen, Hartich, Isaias, Hayden, Rhodan ...?«

»Ich weiß es nicht.«

»Tolot trug einen roten Kampfanzug«, sagte Catchpole.

»Siehst du noch einen Gewebefetzen?«, fragte die Kommandantin. Tatsächlich waren von dem Kampfanzug nur noch die Metallversteifungen übrig, und sogar sie wirkten ausgeglüht. Wie die lederartige Hautschicht des Körpers ebenfalls.

»Ich glaube nicht, dass das Icho Tolot ist.« Sharita zögerte. »Eher schon eine der Bestien, und Tolot hat sie getötet.«

»Du glaubst ...?«

»Hilf mir, ihn umzudrehen, Teodoro. Auf dem Rücken wird der Kampfanzug wohl noch halbwegs erhalten sein.«

Franty starrte sie ungläubig an. »Du meinst ... einfach so ...?« Wieder brachte er den Satz nicht zu Ende.

»War nur Spaß.« Die Kommandantin seufzte. »Ich hoffe, du bringst noch anderes über die Lippen als nur *du glaubst* und *du meinst*.«

»Du hast Recht«, begann Franty, aber Sharita achtete nicht darauf, was er sonst noch sagte. Vergeblich versuchte sie sich ins Gedächtnis zurückzurufen, ob der linke Brustarm des Riesen eben schon derart stark angewinkelt gewesen war.

»Verdammt!«, rief Catchpole. »Was ist das für Gemüse?«

Zwei dünne Tentakel hatten sich um seinen Stiefel gewunden. Sie zerrissen zwar, als er einen Schritt zur Seite machte, doch das grüne Zeug war überall. Ringsum wucherte es wie ein dichter Teppich empor. Auch auf der Mauer wogte mit einem Mal üppiges Grün.

»Die Pflanzensporen wachsen erstaunlich schnell«, stellte Sharita fest. Ein rascher Blick zeigte ihr, dass sich rundum bereits eine wogende Grasfläche erstreckte. Sogar unter dem Bestienkörper spross das Grün wie Unkraut hervor.

Sie stutzte, kniff die Brauen zusammen und wandte sich ruckartig wieder dem vermeintlichen Haluter zu.

»Genau das bilde ich mir auch ein«, sagte Franty neben ihr, bückte sich und riss ein Büschel der Schlingpflanzen aus, die sich an seinem Unterschenkel emporwanden. Mit einer weit ausholenden Bewegung warf er das zuckende Grün zur Seite. »Seine Faust war geschlossen, als wir kamen«, fuhr er fort und deutete auf den linken Handlungsarm des Riesen. »Inzwischen kannst du alle sechs Finger erkennen.«

Der Koloss starrte sie an. Sharita glaubte, ihr Herzschlag müsse aussetzen, als sie tatsächlich den stechenden Blick aus zwei der glühend roten Augen auf sich gerichtet sah. Ein unheilvolles Grollen drang aus seiner Kehle.

Der Kommandantin fuhr herum und riss Franty mit sich, der sich nur auf die eine Hand konzentrierte und völlig vergaß, dass diese biologischen Kampfmaschinen vier Arme hatten. Sie reagierte keine Sekunde zu früh, denn fast gleichzeitig pendelte der rechte Handlungsarm zur Seite. Obwohl der Schlag eher einer Muskelkontraktion zuzuschreiben war als einer bewussten Regung, hätte er ihnen beiden die Beine zerschmettert.

»Er lebt!« Franty wurde blass.

»Und er wacht auf!« Sharita wich zurück, ließ den massigen Körper dabei aber keine Sekunde aus den Augen. Ringsum wucherte das Gras, es stand inzwischen schon kniehoch und begann, den Körper des Haluters einzuhüllen.

Eine zweite, schon weitaus heftigere Armbewegung ließ entwurzelte Pflanzen und Gesteinsbrocken davonspritzen.

»Das ist nicht Tolot!« Die Kommandantin hatte ihren schweren Kombilader gezogen und justierte die Waffe mit wenigen schnellen Griffen. »Wenn er ganz zu sich kommt, sollten wir ...«

»Was ist los bei euch?«, erklang Alemaheyu Kossas Stimme im Helmempfang.

Die Bestie ruckte hoch. Ihr Oberkörper spannte sich, dann stieß sie ein wahrhaft ohrenbetäubendes Brüllen aus.

»Scheiße«, fluchte Catchpole. »Das ist wirklich nie im Leben Tolot!«

Die Bestie starrte sie an. Alle drei gleichzeitig. Ein Stück weit pendelten ihre Augen vor dem Schädel, dann ließ sie sich schwer zur Seite fallen und brachte dabei den Mauerrest zum Einsturz. Noch schien sie ihre Bewegungen nicht unter Kontrolle zu haben.

»Lauft!«, stieß Sharita hervor. »Lauft um euer Leben!«

Sie hetzte ebenfalls los, obwohl sie wusste, dass es eigentlich aussichtslos war. Das Pflanzendickicht reichte ihr schon bis fast zur Hüfte, und der Widerstand machte sich deutlich bemerkbar.

»Nicht zur PALENQUE!«, rief sie, als Franty vor ihr die Richtung wechselte. »Das ist zu weit!«

Der Prospektor wandte sich ihr zu, doch die Bewegung ließ ihn straucheln. Ein paar Sekunden lang verschwand er im Grün, dann tauchte er wieder auf und riss den Strahler hoch ...

»Zur Space-Jet!«, befahl Sharita. »Schnell!«

Mit gut 20 Metern Vorsprung hastete Catchpole durch das Gras und blickte nur flüchtig über die Schulter zurück. Er hatte ebenfalls erkannt, dass die Jet ihre einzige Rettung war, sobald der Koloss angriff. Nicht nur, weil der Diskus neuester Bauart über einen Paratronschutzschirm verfügte, sondern vor allem wegen seiner Bewaffnung.

Mehr als einen halben Kilometer mussten sie überwinden.

Die Bestie wälzte sich herum und stemmte sich auf den

Brustarmen hoch. Sekundenlang verharrte sie, dann schien sie sich zusammenzukrümmen und stieß sich ab. Geröllbrocken spritzten durch die Luft. Franty schlug Haken wie ein Hase, als er das Monstrum auf sich zukommen sah, und feuerte.

Sharita schoss gleichzeitig. Sie hatte ihren Kombilader auf Nadlerwirkung umgeschaltet. Eine kaum sichtbare Rauchspur hinter sich herziehend, jagte die Salve winziger Explosivgeschosse der Bestie entgegen. Zwanzig kleine Detonationen, von denen jede ausgereicht hätte, einen wütenden Elefantenbullen zu stoppen, verschmolzen miteinander zu einem brodelnden Glutball.

Franty war stehen geblieben und feuerte mit scharf gebündeltem Thermostrahl.

»Lauf!«, rief die Kommandantin. »Nicht warten!« Sie hastete ebenfalls weiter und sah, dass die Bestie in die Knie gebrochen war und mit zuckenden Bewegungen um sich schlug.

Einige Sekunden Zeitgewinn brachte das, nicht mehr. Sharita zündete die zweite Hälfte des Nadlermagazins, doch die Mehrzahl der Explosionen verpuffte wirkungslos, weil die Bestie erneut vorwärts schnellte. Allerdings schien sie angeschlagen zu sein, sonst hätte sie Franty kaum um mehrere Meter verfehlt. Mit gewaltigen Sätzen jagte der Koloss an dem Prospektor vorbei, der endlich begriff, dass er diesen Gegner mit seinem Handstrahler nicht aufhalten konnte.

Hinter ihm warf sich die Bestie erneut herum.

Catchpole hatte schon mehr als die halbe Distanz zur Space-Jet hinter sich gebracht, aber Franty konnte es kaum noch schaffen, zumal das Pflanzendickicht mittlerweile auch ihm bis zur Leibesmitte reichte. Die Bewegungen, mit denen er sich durch das wogende Grün arbeitete, wirkten grotesk, während der vierarmige Verfolger einfach voranstürmte.

Ein greller Blitz überschüttete das Gelände mit zuckendem Feuerschein. Kein Einschlag war zu hören, nur das Fauchen der schockartig erhitzten Luft, und als Sharita sich im Laufen umwandte, sah sie zwischen Franty, der mindestens 30 bis 40 Meter hinter ihr zurückgeblieben war, und der Bestie Glut und Asche aufstieben.

Ein zweiter Thermoschuss fraß sich hinter dem Prospektor in den Boden. Die gebündelte Energie hinterließ rot glühend verflüssigten Untergrund, verdorrte mit ihrer Hitzestrahlung mehrere Meter im Umkreis alles Grün und ließ das Gras auflodern. Das vierarmige Monstrum brach unbeschadet aus den Flammen hervor.

Frantys Vorsprung hatte sich zwar wieder vergrößert, aber das reichte nicht. Schon war ihm die Bestie so nahe, dass Harriett Hewes das Schiffsgeschütz nicht mehr einsetzen konnte.

Der Prospektor schien zu spüren, dass er es nicht mehr schaffen konnte. Er wirbelte herum und feuerte auf die Bestie. Seine Thermoschüsse schlugen in den brüllend aufgerissenen Rachen ein, umloderten den Schädel und fraßen sich in eines der handflächengroßen Augen, dann warf sich das Monstrum auf ihn und begrub ihn beinahe unter sich.

Sharita hatte ebenfalls gefeuert, doch nun hetzte sie nur noch davon. Franty konnte sie nicht mehr helfen. Falls ihm die Bestie nicht schon beim Aufprall alle Knochen im Leib gebrochen hatte, war er Sekunden später von ihr erdrückt worden. Nicht einmal ein Aufschrei war im Helmfunk zu hören gewesen.

Wieder ein Strahlschuss aus dem Schiffsgeschütz. Wild stürmte Sharita durch das inzwischen brusthohe Gras, versuchte das Dickicht mit beiden Armen zu teilen und wusste doch, dass die Bestie hinter ihr einfach alles niederwalzte.

Sie sah die Space-Jet vor sich aufragen, konnte aber nicht erkennen, ob Catchpole schon den Einstieg erreicht hatte. Keuchend lief sie weiter; vor ihren Augen wogten bunte Schleier.

Der nächste grelle Blitz schlug dicht hinter ihr ein. Die emporschnellende Temperaturanzeige im Head-up-Display nahm Sharita nur verwaschen wahr, dann fegte ein urwüchsiges Brüllen über sie hinweg.

Weiter! Auf keinen Fallstehen bleiben, egal, was geschieht ...

Die Space-Jet wuchs vor ihr auf. Mit letzter Kraft warf Sharita sich vorwärts, tauchte unter den Rumpf, hastete weiter. Hier wucherten die Pflanzen nicht mehr ganz so dicht.

Über ihr lag der Einstieg. Catchpole stand schon oben in der Schleuse und rief ihr etwas zu, doch sie verstand es nicht.

Sie stieß sich ab und schwebte in dem Antigravfeld nach oben. Viel zu langsam, erschien es ihr. Catchpole streckte ihr die Arme entgegen, zerrte sie zur Seite und rief den Befehl, die Schleuse zu schließen.

»Ich starte!« Er eilte voraus in die Zentrale.

Sharita war am Ende ihrer Kraft, ausgelaugt und beinahe unfähig zu begreifen, dass sie es geschafft hatte. Vor allem sah sie immer noch Franty vor sich, wie er verzweifelt auf die heranstürmende Bestie feuerte. »Ich konnte ihm nicht mehr helfen«, brachte sie tonlos hervor. »Ich hätte nichts erreicht, gar nichts.« Aber sie war verantwortlich gewesen und hätte die Bedrohung rechtzeitig erkennen müssen. Zumal sie nach den Angriffen der schwarzen Kugelraumer gewusst hatte, dass Bestien auf dem Planeten lauerten.

Jeder hatte das gewusst, auch Perry Rhodan und Icho Tolot. Die Frage nach ihrem Verbleib ...

Eine Erschütterung durchlief die Space-Jet. Sharita spürte den Schlag deutlich. Im nächsten Moment neigte sich das Deck, schwach nur, aber dennoch wahrnehmbar. Ein dumpfes Dröhnen folgte, unregelmäßig und wuchtig, als bearbeitete eine schwere Ramme das Schiff.

Als Sharita die Zentrale erreichte, wurden die ersten Bildholos gerade aktiv. Catchpole war über die Startvorbereitungen noch nicht hinaus.

»Ich habe diesen Typ noch nie geflogen.« Er knirschte mit den Zähnen. »Zu neu, das verdammte Ding.«

Das Dröhnen schien nicht mehr aufhören zu wollen. Der Kommandantin stockte der Atem, als eines der Holos erkennen ließ, dass die Bestie das Schiff mit allen vier

Fäusten bearbeitete. Der Thermoschuss von der PALENQUE hatte das Monstrum zumindest gestreift. Der halbe Schädel wirkte verkohlt, quer über den Oberkörper klaffte eine entsetzliche Wunde, die jede andere Kreatur wohl auf der Stelle getötet hätte. Sharita sah verbranntes Fleisch, unter dem teilweise die Knochen bloß lagen, aber kein Blut. Die Bestie musste ihr Zellgewebe zur molekularen Struktur von Terkonitstahl verhärtet haben, und noch immer steckte eine unglaubliche Wildheit in ihr. Vielleicht wurde sie gerade durch die Verletzung bis zur Raserei angestachelt.

Nur für Sekunden verschwand die Bestie aus dem Erfassungsbereich, dann ging ein neuerlicher Ruck durch die Space-Jet. Ein anderes Bild zeigte, dass der vierarmige Koloss sich tiefer unter dem Rumpf aufrichtete, sich mehrmals ruckartig in die Höhe warf und dabei Schwingungen auslöste, die das Beiboot erzittern ließen. Warnanzeigen verrieten, dass die Außenhülle eingedrückt wurde.

Augenblicke später fuhr die Bestie herum und sprang mit aller Kraft gegen eins der hydraulischen Landebeine. Das Splittern war selbst ohne akustische Verstärkung bis in die Zentrale zu hören.

Einem zweiten, noch heftigeren Ruck folgte ein unheilvolles Kreischen. Catchpole fluchte erbärmlich. Er schaffte es nicht, die Jet zu stabilisieren. Ganz langsam neigte sie sich zur Seite.

»Die Automatik zuschalten!«, rief Sharita.

»Wie?«

»Was ist los bei euch?«, erklang es von der PALENQUE. »Wo steckt die Bestie?«

»Unter uns«, bemerkte Sharita trocken.

Harriett Hewes schien nicht zu verstehen. »Was soll das heißen, *unter uns*?«

»Wie ich's sage. Das Biest versucht, an Bord zu kommen.«

Das Dröhnen erklang jetzt aus dem Bereich der Bodenschleuse. Selbst die Waffen der Jet konnten die Bestie da nicht erreichen.

Sharita stand inzwischen neben dem Pilotensessel und zog das Holodisplay zu sich heran. In rascher Folge entstanden geometrische Figuren, dann zeigte sich ein stilisiertes Abbild der Space-Jet.

Das schrille Geräusch reißenden Stahls hallte durch das Schiff. »Das Biest schafft es noch, an Bord zu kommen.« Catchpole hatte den Pilotensessel für Sharita geräumt und stand nun vor dem Waffenarsenal. Er entnahm dem Fundus einen armlangen, dickläufigen Werfer für Fusionsgranaten und ein komplettes zweites Munitionsmagazin. »Und wenn es das Letzte ist, was ich tue.« Wie eine Verwünschung stieß er den Satz hervor. »Ich nehme das Monstrum mit in die Hölle. Das bin ich schon Teodoro schuldig.«

Sharita reagierte nicht darauf. Sie sah, dass er die Munitionszuführung überprüfte, sich hastig bekreuzigte und noch einmal in ihre Richtung schaute.

»Ich verstehe jetzt, wie den alten Lemurern zumute gewesen sein muss. Aber sie hatten Millionen dieser Bestien gegen sich.«

Das Wimmern zu schnell auf Volllast geschalteter Speicherbänke erklang. Unter dem Zentraleschott blieb Catchpole noch einmal stehen.

»Ich schalte um auf Paralysemodus«, meldete Harriett Hewes schon zum zweiten Mal. »Damit sollten wir das Biest wenigstens vorübergehend außer Gefecht setzen können.«

Sharita hatte auf den ersten Ruf nicht reagiert. Auch jetzt zögerte sie und konzentrierte sich nur auf den Startvorgang. Jahrelang hatte die Crew auf ein solches Beiboot gewartet, und endlich hatte Hayden Norwell das unmöglich Scheinende erreicht und sogar ein Schiff erhalten, das moderner als die PALENQUE war. Ohne entsprechende Hypnoschulungen würde wohl außer Pearl Laneaux jeder an Bord Anlaufschwierigkeiten haben.

»Keine Paralyse!«, stieß Sharita kurzatmig hervor, während die Space-Jet abhob. »Willst du Crest und mich ebenfalls außer Gefecht setzen?«

Die Partikelströme rissen den Boden auf und ließen ein Feuerwerk nach allen Seiten davonsprühen. Aber es war nur für Sekunden zu sehen, dann hatte die Jet schon deutlich an Höhe gewonnen.

Catchpole kam in die Zentrale zurück. Er musste auf halbem Weg umgekehrt sein. »Die Bestie ist noch da«, stieß er ungläubig hervor. »Das ist doch Wahnsinn!«

»Klammert sich irgendwo fest«, erwiderte Sharita. »Wenigstens haben wir keinen Druckabfall.«

20 Kilometer Höhe inzwischen. Die Space-Jet entfernte sich vom Landeplatz der PALENQUE. Die Verbindung über Helmfunk zum Mutterschiff war bereits bis auf unverständliche Störgeräusche zusammengebrochen.

»Wir müssen sie loswerden!«, drängte Catchpole.

Sharita schwieg dazu. 50 Kilometer Höhe. Sie zwang die noch immer namenlose Space-Jet in den horizontalen Flug. Den Schutzschirm hatte sie nicht aufgebaut, obwohl der Bordrechner sie darauf aufmerksam machte. Inzwischen zog die Space-Jet einen fahlen Schweif ionisierter Gase hinter sich her.

Stundenlang konnte ein Haluter ohne Schutzanzug im Vakuum des Weltraums überleben. Sharita ging davon aus, dass das ebenso auf die Bestien als Vorfahren der Haluter zutraf. Auch wenn die Geräusche aus dem Bereich der Bodenschleuse leiser geworden waren, die Bestie war nach wie vor da – eine aberwitzige Leistung, vor allem, wenn Sharita die Verwundungen des schwarzhäutigen Riesen bedachte. Hartnäckiger konnte auch ein Kampfroboter nicht reagieren. Die Kommandantin fragte sich, ob alle Bestien zu derart extremen Leistungen bis hin zur völligen Selbstaufgabe fähig waren, oder nur besondere Exemplare. Hätte Icho Tolot ebenfalls eine solche Zähigkeit bewiesen?

Ortungsanzeige.

Die Space-Jet wurde von einer fremden Station eingepeilt.

Instinktiv riss Sharita das Beiboot aus dem Kurs und drückte es wieder tiefer.

Der Thermoschuss, von einem Bodenfort abgefeuert, verfehlte den Diskus nur um wenige Dutzend Meter. Angesichts der hohen Geschwindigkeit war das nicht einmal um Haaresbreite.

Sharita reagierte ohne nachzudenken. Im Zickzackkurs

jagte die Jet zurück in die tieferen Luftschichten. Der Paratronschirm hatte sich selbsttätig aufgebaut, zwei Streifschüsse ließen die düsteren Aufrisserscheinungen entstehen, von denen die auftreffenden Energien in den Hyperraum abgeleitet wurden. Die Schirmfeldbelastung schnellte bis 95 Prozent empor.

Die altbewährten Feuerleitkontrollen waren von den Konstrukteuren dieses Jet-Typs nicht verändert worden. Sharitas Schaltungen erfolgten präzise und kompromisslos; die meiste Arbeit nahm ihr ohnehin der Syntron ab.

Zielerfassung.

Laden des Transformgeschosses – vom Kaliber durchaus der Feuerkraft der PALENQUE vergleichbar.

»Wir schaffen es nicht«, stöhnte Catchpole.

Die Kommandantin schwieg. Vielleicht eine halbe Minute war seit dem ersten Feuerschlag vergangen, aber schon konnte die Space-Jet der gegnerischen Nachführung nicht mehr entkommen. Im Sekundentakt schlugen die Thermoschüsse in den Schutzschirm ein, der sich flackernd verfärbte.

Belastungsanzeige 100 Prozent, 103 ... 106 ... Warnbereich. Den aufheulenden Rot-Alarm ignorierte Sharita. Im nächsten Moment kippte sie die Space-Jet und zog sie wieder steil in die Höhe. Im Systemholo der Transformkanone liefen die Anzeigen für Fluchtgeschwindigkeit, Kurs und Zielerfassung ineinander.

Zusammenbruch des Schutzschirms. Der nächste Strahltreffer würde das Beiboot vernichten.

Lautlos entstofflichte der Sprengsatz, zündete und materialisierte im selben Sekundenbruchteil exakt im Ziel. Sharita hatte das entsetzliche Empfinden, die Zeit bliebe stehen. Sie sah das Aufblitzen tief unter sich, sah einen glutenden Thermostrahl heranzucken, doch diesmal blieb die Space-Jet verschont.

Hinter dem Diskus brach die Erde auf. Wie eine Blase wölbte sich der Boden unter der Bestienstation. Risse entstanden in der dünner werdenden Kruste, dann brach die Glut der Explosion daraus hervor und weitete sich kreisförmig aus. An den Rändern dieses Kreises stachen Flammensäulen empor, Anzeichen von Folgeexplosionen.

Ein neues Geschoss für die Transformkanone war geladen und feuerbereit. Sharita bedeutete Catchpole, noch abzuwarten.

Dem hoch in die Atmosphäre geschleuderten Material folgte dichter Rauch, der wie ein gewaltiger Pilz über der Station aufwuchs. Brodelnde Glut und Schwärze vermischten sich.

Die Space-Jet wurde nicht mehr angegriffen. Sharita zog sie in einer weiten Kurve zurück.

Das war der Moment, in dem Crest Julian Catchpole feststellte, dass sie ihren »blinden Passagier« verloren hatten. »... werden wohl nie herausfinden, ob die Bestie einfach nur abgestürzt ist oder von überschlagenden Energien des zusammenbrechenden Schutzschirms getötet wurde.«

»Ich will es gar nicht wissen.« Die Kommandantin bedachte den Prospektor mit einem verweisenden Blick. »Was auf dieser Welt abläuft, ist für uns eine Nummer zu groß.«

»Mindestens eine.« Catchpole nickte.

Der Rauchpilz stand wie ein düsteres Fanal über dem Land. Sharita steuerte die Space-Jet nach einer weit ausgeflogenen Kurve darauf zu. »Trotzdem müssen wir uns um die Station kümmern! Die PALENQUE verlässt Gorbas-Vier nicht, bevor wir wissen, was mit unseren Leuten geschehen ist.«

Sie sah, dass Catchpole zu einer Erwiderung ansetzte, sich im letzten Moment aber den Widerspruch verkniff.

»Und wenn es wirklich so sein sollte, will ich wenigstens Gewissheit haben«, fuhr sie fort.

Die Sonne stand zwar noch über dem Horizont, war mit ihren schwächer werdenden Strahlen aber machtlos gegen die frühe Nacht, die sich mit dem Rauch ausbreitete.

Keine neue gegnerische Ortung, kein Beschuss. Sharita bremste die Space-Jet ab.

Das Gelände unter dem Diskus war felsig gewesen, nicht gebirgig, aber doch von sanften Hügelketten geprägt. In der üppigen Vegetation klafften nun breite Brandschneisen, und die tobende Flammenhölle breitete sich aus. Gerade hier wogte der dichteste Rauch, der jede normaloptische Beobachtung unmöglich machte.

In üppigen Details zeigten die Infrarotsensoren den Krater der Transformexplosion. Er war gewaltig und durchmaß, wenn auch in unregelmäßiger Form, mehr als 400 Meter. Fast 200 Meter weit reichte er in die Tiefe.

»Das war nicht allein unser schwaches Kaliber«, stellte die Kommandantin fest. »Hier haben Meiler und Speicherbänke der Bestien reagiert.«

»Das heißt, wer immer da unten war, hat das Chaos nicht überstanden.«

»Ich hoffe es.« Die Kommandantin wirkte plötzlich ebenso erschrocken wie der Prospektor. »Ich hoffe aber auch, dass unsere Leute nicht da unten waren.«

Das Gelände nördlich des Landeplatzes der PALENQUE war auf den ersten Blick nicht wiederzuerkennen. Kilometerweit erstreckte sich ein wogender grüner Wald, mehr als 15 Meter hoch. Dicht an dicht wucherten die armdicken Pflanzen, die sich im oberen Drittel in lange, schlanke Blattwedel spalteten. Die Überreste der beiden trichterförmigen Transmittersäulen waren in diesem Dickicht ebenso verschwunden wie der in der Ortung noch erkennbare, in sich zusammengesunkene Frachtcontainer und alles andere. Ohne Hilfsmittel konnte es in dem Unterholz kein Durchkommen mehr geben.

Nur unter der PALENQUE war das Dickicht etwas lichter, wo der Rumpf den Regenschauer abgehalten hatte. Dafür hatte sich auf der 200-Meter-Kugel selbst eine fahle grüne Schicht gebildet, und vor allem am Ringwulstansatz wucherten mannshohe Halme.

»Ich habe in den Jahren als Prospektor schon viel gesehen, aber eine derart extreme Vegetation noch nicht. Das Zeug wächst sogar auf blankem Stahl.« Kopfschüttelnd beobachtete Catchpole die Bildüberwachung während des Anflugs auf die PALENQUE.

Auch ihre Schutzanzüge zeigten eine moosartige grüne Schicht, wo die Regentropfen abgeperlt waren.

»Die untere Hangarschleuse wird geöffnet!«, meldete Pearl Laneaux.

»Ich habe um Desinfektion ersucht«, erinnerte die Kommandantin sie.

»Die Strahlendusche ist aktiv.« Pearl stand als kleines, gerade mal 30 Zentimeter messendes Hologramm über der Pilotenkonsole. »Sobald ihr aussteigt, steht auch für euch die Dekontamination- und Entkeimung zur Verfügung. Sharita, du hättest uns deine Daten schon überspielen sollen. Den Feuerzauber haben wir leidlich über die Ortung mitbekommen, aber alle sind mehr als nur gespannt darauf, was du mitbringst.«

»Es wird euch kaum gefallen.«

Die Space-Jet schleuste ein und setzte Augenblicke später auf. Die Hangarüberwachung hatte zuvor schon den Schaden an einem Landebein registriert, dem aber keine nachteiligen Auswirkungen zugeschrieben. Die Syntronstimme der Hangarkontrolle meldete sich nun mit einer Schadensanalyse und bot an, das Beiboot durch eine Energiefeldprojektion zusätzlich zu stabilisieren. Die Meldung wurde zugleich an den Cheftechniker weitergeleitet.

Die Bodenschleuse klemmte. Als sie sich nach mehreren Versuchen endlich wenigstens zur Hälfte öffnete, wurde offensichtlich, dass die Bestie immerhin die äußere Schicht der Hülle durchschlagen und sich in der Wabenstruktur festgekrallt hatte.

»Ich möchte diese Wesen nie zum Gegner haben«, sagte Catchpole.

»Haben wir das nicht bereits?«, erwiderte die Kommandantin.

Gemeinsam passierten sie die Dekontamination und Desinfektion, von den Prospektoren im Jargon als Entseuchung bezeichnet. Auf unerforschten Welten war diese Vorgehensweise üblich. Fraglich blieb, ob trotz aller Vorkehrungen nicht eines Tages völlig fremdartige Erreger eingeschleppt wurden, denen die Strahlensperren nichts anhaben konnten. Ein solches Risiko ließ sich nie völlig ausschließen.

Minuten später betraten die Kommandantin und der Prospektor die Zentrale der PALENQUE. Die Blicke aller Anwesenden waren auf sie gerichtet.

»Es gibt Tage«, sagte Sharita übergangslos, »die löscht man am liebsten aus allen Speichern. Wie den heutigen neunundzwanzigsten April. Kurz vor Mitternacht wird hoffentlich keine Katastrophe mehr über uns hereinbrechen.« Sie hatte den Interkom aktiviert. Ihre Worte wurden in alle Räume des Schiffes übertragen, und das betraf vor allem die Techniker und Prospektoren, die entweder in ihren Kabinen waren oder an den Kriechern hantierten, vielleicht auch die bislang spärliche Ausbeute dieses Fluges archivierten. »Seit ich die PALENQUE führe, habe ich stets das Leben und die Gesundheit der Besatzung über alles andere gestellt, auch über den Gewinn, der vielleicht zu erzielen gewesen wäre. Nun ist erneut eingetreten, was ich immer gefürchtet habe. Nach der Besatzung von Kriecher Neun vor einigen Wochen haben wir wieder einen aus unserer Mitte verloren. Teodoro Franty war ein guter Prospektor, der sein Handwerk verstand. Er starb im Kampf gegen eine Bedrohung, die es nach menschlichem Ermessen nicht mehr geben dürfte. Die Erste Offizierin hat mich informiert, dass Frantys sterbliche Überreste mit einem Kriecher an Bord geholt und in die Kühlkammer gebracht wurden. Teodoro wird ein ehrenvolles Weltraumbegräbnis erhalten.« Sie machte eine kurze Pause. Die Besatzungsmitglieder – und gerade Prospektoren, die fast ihr ganzes Leben zwischen den Sternen verbrachten, spürten das besonders – glaubten an einen über den Dingen stehenden Schöpfer, völlig unabhängig davon, welche Namen oder Bezeichnungen die Völker nicht nur dieser Galaxis dem einen auch immer geben mochten. Prospektoren, die oft genug ihr Leben aufs Spiel setzten, zeigten sich konservativ. *Vielleicht*, dachte Sharita, *können sie ihr entbehrungsreiches Leben anders nicht ertragen. Sie stehen oft genug mit dem Tod auf du und du.*

»Die LAS-TOÓR befindet sich nach wie vor im geostationären Orbit«, sagte der Funker.

Die Kommandantin nickte knapp. »Bekannt. Das eben waren unsere eigenen Probleme. Nun brauche ich eine Konferenzverbindung zur LAS-TOÓR. Kodiert, dass der Gegner nicht mithören kann. Ich will es nicht behaupten, aber wir befinden uns möglicherweise seit dieser Stunde im Krieg.«

Wenige Minuten später sahen die Besatzungen beider Raumschiffe die optischen Aufzeichnungen der Space-Jet ebenso wie ihre Ortungsdaten, teilweise in einer syntronischen Überlagerung und Nachbearbeitung, die ganze Sequenzen deutlicher hervortreten ließ.

Die Space-Jet war in den Krater eingeflogen, den die Transformexplosion hinterlassen hatte. Die Bilder muteten wie ein Flug in die Hölle an. Ein Schlund aus Feuer und Rauch schien sich aufzutun und den Diskus in die Tiefe zu ziehen. In der Optik allein zeichneten sich nur gewaltige Trümmerfragmente ab, herabgebrochene Deckensegmente, und in manchen Etagen brodelte glutflüssiges Material.

Die Überlagerung der Bilder offenbarte eine Vielzahl unterschiedlich hoher Räume, alle von den Druckwellen der nacheinander ausgelösten Explosionen verwüstet. Ein Gewirr aus ineinander verflochtenen Stahlträgern bestimmte die Szenerie.

Die Kommandantin verzichtete auf jeden Kommentar, der angesichts der einander in rascher Folge ablösenden Schreckensbilder ohnehin unnötig gewesen wäre. Das war keine ursprünglich akonische Anlage, sondern eine Station der Bestien.

Vorübergehend lag ein grünliches Flirren über der Wiedergabe. Sharita hatte die Desintegratorgeschütze der Space-Jet ausgelöst. Ineinander verkeilte Stahlplatten wurden ihrer molekularen Bindungskräfte beraubt und verwehten als Staub.

Im Schutz ihres wieder aufgebauten Paratronschirms drang die Jet in eines der tiefer gelegenen Decks ein. Es gab keinen Widerstand. Über weite Distanzen hinweg war die Energieversorgung der gesamten Anlage lahm gelegt. Absolute Dunkelheit herrschte.

Unvermittelt weitete sich das Deck zur gewaltigen Halle. Die Wandstrukturen zeigten, dass es sich um eine natürliche Höhle handelte, die nur hier und da erweitert und ausgebaut worden war.

Die ersten überraschten Ausrufe galten anderem.

In der Höhle war die Energieversorgung noch intakt. Hier standen in endlosen Reihen schwarz glänzende kugelförmige Rümpfe.

Raumschiffe!

In allen Phasen der Fertigstellung.

Nicht nur hunderte waren es, sondern einige tausend. Ein Ende der Höhle war nicht abzusehen.

Zwischen den Kugelraumern bewegten sich Materialtransporte. In ununterbrochener Reihe schwebten monströs anmutende Lastenplattformen heran, die vorgeformte Rumpfsegmente anlieferten oder, bei den schon weiter vorangeschrittenen Rohbauten, die Aggregate der Innenausstattung.

Nur Bestien waren nirgends zu sehen. Alles lief vollautomatisch ab.

»Kampfraumschiffe«, stellte Jere von Baloy fest. Seine Stimme vibrierte hörbar. »Aber wo sind die Bestien, die diese Schiffe fliegen werden?«

»Wir wissen es nicht«, antwortete Sharita Coho. »Noch nicht. Wenigstens dürfen wir als einigermaßen sicher annehmen, dass die einzigen bislang einsatzfähigen Bestienraumer bereits vernichtet wurden. Andernfalls hätten sie uns wieder angegriffen.«

»Das heißt, diese Werft arbeitet erst seit kurzer Zeit?«, fragte Pearl Laneaux.

Sharita nickte bedrückt. »Vermutlich seit Anfang März, seit der erste Hyperfunkimpuls auf einer Sternenarche ausgelöst wurde. Diese Station stammt wohl aus der Vergangenheit, aus der Zeit des Großen Krieges der Bestien gegen Lemuria.«

Sie ließ ihre Worte wirken und fuhr erst fort, als nicht einmal von Bord der LAS-TOÓR ein Einwand kam.

»Ich gehe davon aus, dass es mehrere solcher Stationen gibt, die bislang verborgen geblieben sind. Vermutlich werden in allen unter Hochdruck Kampfraumschiffe produziert.«

»Und irgendwo warten zigtausend Bestien darauf, diese Schiffe in den Kampf zu werfen«, fügte Crest Julian Catchpole hinzu. Seine Stimme jagte jedem einen eisigen Schauer den Rücken hinab. »Wehe der Milchstraße, wenn diese Horden losgelassen werden. Sie haben ihre Niederlage von einst nicht verwunden.«

»Wir müssen die Werft zerstören!«, rief Jere von Baloy. »Das ist unsere heilige Pflicht. Ich setze mein Leben und das meiner Besatzung dafür ein ...«

»Für einen Wahnsinn, der niemandem weiterhilft?«, fragte Sharita. Ihre Betonung erlaubte keinen Widerspruch. »Jetzt sind keine Verrückten gefragt, die eines uralten Traumas wegen ihren Verstand über Bord werfen, sondern militärische Planung. Informationen sind das A und O, Jere. Außerdem werde ich mir nicht nachsagen lassen, ich hätte Perry Rhodan und Icho Tolot im Stich gelassen, von meinen eigenen Besatzungsmitgliedern ganz zu schweigen.«

»Vielleicht hast du Recht«, gestand Jere ein.

»Vielleicht? Ganz sicher sogar! Vor unseren Augen erwacht die Vergangenheit, Jere.«

»Eine verflucht böse Vergangenheit«, sagte der Akone.

15

»Lemurer sind wie Tiere.«

Ion Lissos hatte keine Veranlassung, diese Behauptung des Alten Necc Magot anzuzweifeln. Wer wie Magot unter dem Einsatz der eigenen Existenz gegen die Zeitverbrecher gekämpft hatte, wusste, wovon er sprach.

Ein neuer Waffengang stand bevor. Diesmal, das war Lissos klar, würde der Krieg bis zum endgültigen Ende geführt werden. Sieg oder Niederlage mussten vollständig sein, eine Alternative gab es nicht.

Nach Rhodans Verhör hatte er tatsächlich kurz in Erwägung gezogen, die Lemurer könnten sich verändert haben. Falls sie ihre schnelle und ungehemmte Vermehrungsfreudigkeit von einst behalten hatten, bedeutete der Zeitraum von über 50 000 Jahren die Abfolge von mindestens 15 000 Generationen. Das führte zwangsläufig zu Veränderungen im Erbgut, vielleicht sogar zu der Einsicht, dass es nicht gut war, mit der Zeit zu experimentieren.

Die Zeit, erkannte Lissos' Planhirn, *kann niemals Freund sein. Von niemandem. Sie ist immer nur Feind. Der grausamste von allen.*

Es bestand kein Anlass, das anzuzweifeln.

Lissos dachte an das Verhör, das er geführt hatte. Er war enttäuscht und verärgert gewesen. Darüber, dass Rhodan völlig ignoriert hatte, worum es ging. Er hätte den Mann töten können, aber nichts von alldem erfahren, was für ihn wichtig war.

Je mehr Abstand er gewann, je mehr er darüber nachdachte, desto mehr registrierte er zugleich eine unbequeme Irritation. Rhodan, dieser kleine und schwächliche Lemurernachfahre, hatte es irgendwie fertig gebracht, ihn zu verwirren. Lissos fragte sich, für wie mächtig sich diese zweiarmigen zerbrechlichen Geschöpfe eigentlich hielten. Warum kompensierten sie ihre körperliche Schwäche mit diesem Größenwahn, der sie nach der Zeit greifen ließ?

Sie hatten nichts gelernt, als sei die Zeit spurlos an ihnen vorübergegangen.

Und genau das stellte sie wirklich auf eine Stufe mit den Tieren, aus denen sie im Verlauf ihrer Evolution hervorgegangen waren. Sie folgten ausschließlich ihren Instinkten, statt ihre Intelligenz zu gebrauchen.

Der Beweis dafür lag jetzt vor. So ungeheuerlich und erdrückend zugleich erschien Lissos die Information, dass er am liebsten sofort den ersten Angriff geflogen hätte. Aber gerade deshalb galt es, nichts zu überstürzen. Die Erweckung aller Zeitgerechten schritt nur zögernd voran, viele Aktivitäten wurden noch von den Alten allein getragen.

Mehrere Arsenale schwiegen weiterhin. Entweder waren sie vernichtet worden, oder die Kommunikation war ganz banal unterbrochen. Vielleicht hatten diese Depots nicht einmal den Aktivierungsimpuls empfangen, der seit dem ersten Eintreffen in regelmäßigen Abständen verbreitet wurde.

Aber das alles würde sich bald klären.

Die Anzeige, dass ein Oberflächenhangar geöffnet wurde, lenkte Lissos' Aufmerksamkeit ab. Das war einer der Werfthangars, in denen die ersten tausend schnellen Kampfschiffe auf ihren Einsatz warteten.

Vorübergehend befürchtete er sogar das Eindringen eines lemurischen Stoßtrupps. Möglicherweise war das Kommando durch die Zeit gekommen, mit dem Auftrag, das Paggosh-Arsenal zu vernichten, bevor die hier wartenden Kräfte eingesetzt werden konnten. In einem zornigen Aufwallen ballte Lissos alle vier Fäuste, doch gleich darauf flammte ein Schriftzug vor ihm auf: *Erkundungseinsatz startet in zwei Einheiten. Ziel: Beschaffung detaillierter Informationen über die gesamtgalaktische Situation.* Es folgten die Namen der

Teilnehmer, die beiden Alten, die neben Necc Magot aktiv waren, und fünf der neugeborenen Zeitgerechten.

Lissos schüttelte sich. War es schon so weit, dass er hinter allem Ungewöhnlichen das Wirken der Lemurernachfahren vermutete? Sie konnten Paggosh keinesfalls nahe kommen, ohne von der Raumüberwachung erfasst zu werden. Auch die Lemurer von heute waren nicht allmächtig.

Interessiert wendete er zwei Augen der Überwachung des Gefangenenraums zu. Zumindest unterschwellig hatte Rhodan anklingen lassen, dass Lemurer und Haluter inzwischen miteinander lebten, ohne sich zu bekämpfen. Nahezu die gleiche Aussage war dem Funkspruch der Neuen Lemurer während des Abfangmanövers zu entnehmen gewesen.

Apathisch kauerten die Zweiarmer auf dem Boden. Sie hatten sich mit ihrer Situation abgefunden und keineswegs alles darangesetzt, der Gefangenschaft zu entkommen. Lissos verstand das nicht. Je länger sie warteten, desto aussichtsloser wurde es für sie.

Magot hatte die Lemurer demnach zutreffend beschrieben. So verhielten sich Tiere. Erst aufgeschreckt und heftig widerstrebend, weil sie nichts anderes kannten als ihre Freiheit. Doch nach anfänglichem Widerstand brach ihr Wille bald, dann fügten sie sich in die Gefangenschaft. Ihr Fluchtinstinkt versiegte, da sie ihre neue Umgebung allmählich als normal akzeptierten. Die Befriedigung einfacher körperlicher Bedürfnisse hatte Vorrang vor allem anderen.

Lissos fragte sich, welche Folgen es haben würde, wenn er äußere Parameter veränderte. Er dachte dabei an die Umgebungstemperatur, an die Luftzusammensetzung oder einfach nur Nahrungs- oder Flüssigkeitsentzug. Vermutlich würde dann für kurze Zeit ein neuer Fluchtreflex festzustellen sein.

Aber wo lag die Schwelle, von der an Resignation und Anpassung in kriegerisches Verhalten umschlugen? Ihr Überschreiten würde zweifellos unumkehrbar sein und bis zur Selbstzerfleischung der Lemurer führen.

Lissos' wissenschaftliches Interesse an den Neuen Lemurern war erwacht. Dass es nicht genügte, einen von ihnen nur zu verletzen, erkannte er deutlich. Das weibliche Wesen sorgte sich um Rhodan, diesen Schluss konnte sogar jeder ziehen, der die Zeitverbrecher nicht kannte. Die Frau hatte dem Verletzten nach dessen Rückkehr den Raumanzug ausgezogen und mit improvisiertem Material seine Blutung gestillt und die Wunden verbunden. Vor allem hatte sie ihre Mitgefangenen ebenfalls zur Hilfeleistung aufgefordert.

War also sie und nicht Rhodan die befehlsberechtigte Person? Ion entschied, die Frau für das nächste Verhör abzuholen. Das war logisch.

Etwas veränderte sich. Ein klägliches Stöhnen war zu hören.

Zögernd stemmte sich einer der Gefangenen auf den Unterarmen hoch. »Der Kapitän hat Schmerzen. Gib ihm eine neue Injektion, Janna!« Der zwischengeschaltete Translator verstärkte die dünne Stimme.

Janna war also der Name der Frau. Sie erhob sich, ging zu Rhodan und ließ sich neben ihm auf die Knie sinken. Mit einer Hand tastete sie über sein Gesicht.

Hatte demnach der Mann, der sich bis eben schweigend verhalten hatte, das Kommando? Lissos versteifte sich. Er hoffte, dass sich ihm endlich die Möglichkeit bot, den Richtigen herauszufinden.

Janna hantierte an Rhodans Raumanzug, zog ein stabförmiges Instrument daraus hervor und drückte es ihm an den Hals. Lissos war längst zur Überzeugung gelangt, dass dieses Körperteil, auf dem der Kopf saß, am anfälligsten war. Nervenstränge, Schlagadern, alles verlief zwangsläufig durch den wenig geschützten Bereich.

Das Stöhnen hörte auf. Rhodan griff mit einer Hand nach dem Arm der Frau und wollte sich in die Höhe ziehen, doch gleich darauf sackte er wieder zurück.

Dann sah es so aus, als hätte die Frau die Überwachungsoptik entdeckt. Jedenfalls starrte sie Lissos plötzlich aus ihren beiden kleinen und eng beieinander liegenden Augen an. »Unser Kapitän stirbt, wenn wir ihm nicht helfen können«, keuchte sie. »Tut endlich etwas, ihr Bestien!« Den letzten Satz schrie sie ihm entgegen.

Lissos registrierte ihren wachsenden Zorn und die lauter gewordene Stimme. Aber er schwieg.

Gleich darauf wandte Janna sich ihren Gefährten zu. »Wir müssen hier raus!«, herrschte sie die beiden an. »Worauf warten wir eigentlich noch? Besser, wir sterben auf der Flucht, als dass sie uns beim Verhör totschlagen.«

»Wie willst du ...?«

»Findet einen Weg! Verdammt, findet ihn, oder wir gehen alle drauf!«

Endlich, wenngleich reichlich spät, schienen sie aus ihrer Lethargie aufzuschrecken. Wenn alle Zweiarmer derart zögerlich reagierten, waren sie als Gegner kaum mehr eine Gefahr. Lissos folgerte, dass dieses anfänglich vorsichtige Abwarten dem Wunsch nach Selbsterhaltung zuzuschreiben war, der wiederum mit der körperlichen Schwäche der Neuen Lemurer zusammenhing. Ein völlig falsches Verhaltensmuster allerdings, denn nicht der Schwächste musste überleben, sondern gerade das starke Individuum, das die besseren Voraussetzungen mitbrachte.

Von einem Volk, das mit der Zeit experimentierte, durfte er jedoch keine Logik erwarten. Lissos wandte seine Aufmerksamkeit wieder der Hyperfunknachricht zu. Sie stammte vom Serkhen-Arsenal, einer der wenigen Welten, zu denen schon Verbindung bestand.

Der Rafferimpuls war gedehnt und transponiert worden. Bislang hatte nur Lissos selbst die Endversion gesehen. Sie bestätigte alle Befürchtungen.

»Die Nachkommen der Lemurer sind wie Ungeziefer«, verkündete ein Alter namens Garm Hesset. »Seit dem Beginn meines zweiten Lebens auf Serkhen bin ich mit ihnen und ihren Raumschiffen konfrontiert. Sie sind jedoch leicht zu vernichten. Einundfünfzig Tage inzwischen, alle Vorbereitungen sind längst angelaufen. Die Werften produzieren unter Volllast, das *Gebilde* wurde instand gesetzt.«

Eine optische Sequenz folgte. Lissos erkannte die Konstruktion aus zwei trichterförmigen Bestandteilen – dieses Wissen war ihm mit vielem anderen während seines Heranreifens mitgegeben worden.

Das Bild ließ ihn erschaudern. Es strahlte eine unsagbare Bedrohung aus. Beinahe wäre er versucht gewesen, seine Körperstruktur zu verhärten. Sicher, das machte ihn weitgehend unempfindlich gegenüber äußeren Einflüssen, doch Veränderungen der Zeit konnte er niemals widerstehen. Niemand konnte das.

Was er sah, war eine Zeitmaschine der Lemurer.

»Dieses *Gebilde*«, sagte Garm Hesset, und dagegen gab es keinen Widerspruch, »wird auch die Neuen Lemurer als Zeitverbrecher überführen. Sobald sie kommen, um die Zeit zu verändern, beginnt der zweite Krieg. Es wird wieder ein gerechter Krieg sein, doch diesmal werden wir siegen.«

Das werden wir!, pflichtete Lissos in Gedanken bei. *Tod allen Zeitverbrechern!*

Nur eine kurze Sequenz folgte noch. Sie hatte ihn bis ins Innerste erschüttert, und nicht einmal sein Planhirn war davon verschont geblieben. *Wir wussten es*, hatte diese perfekte organische Rechenmaschine nur vernehmen lassen. *Lemurer werden sich niemals ändern.*

Wieder hörte er die verzerrte Stimme des Alten. »Sie sind gekommen«, stellte Hesset fest. Das Bild sprang um auf eine Gruppe von Lemurern. Und nicht nur das. Bei ihnen war ein Zeitgerechter. Ein Verräter, einer von denen, die von den Lemurernachfahren Haluter genannt wurden. Halut war schon immer die Hauptwelt der Zeitgerechten gewesen.

Lissos reagierte nicht weniger entsetzt als schon beim Eintreffen der Meldung vor einigen Minuten. Mit ihren Zeitexperimenten hatten die Lemurer versucht, sein Volk auszulöschen. Auch den letzten Gerechten hätten sie getötet, wenn es ihnen gelungen wäre.

Wir waren gezwungen, uns zur Wehr zu setzen – und wir sind es wieder, erkannte Lissos betroffen. *Andernfalls wären wir nicht geweckt worden.*

Nach über 50 Jahrtausenden hatte sich die Population

der Lemurer so weit erholt, dass sie von neuem versuchten, die Herrschaft an sich zu reißen. Lissos schaltete eine Funkverbindung zu Necc Magot. Der Alte war in den Weiten des Arsenals unterwegs, um seinen Kontrollaufgaben gerecht zu werden. 50 000 Zeitgerechte würden in Kürze die Aufzuchtstanks verlassen. In den Depots lagen die Waffen für sie bereit. Auch wenn ihre Schiffe den Dunkelplaneten schon verlassen mussten, um den nachfolgenden Truppen Raum zu schaffen, das kosmische Umfeld bot hinreichend Deckungsmöglichkeiten für einen geheimen Flottenaufmarsch. Paggosh hatte zwar die ursprünglich schützende Dunkelwolke verlassen, aber Ähnliches traf wohl auch auf den einen oder anderen Stützpunkt zu.

Magot meldete sich schnell. Unbewegt hörte er zu, was Lissos zu sagen hatte, und ballte dabei die Fäuste. Anschließend vollführte er eine zustimmende Geste. »Ich berufe alle Verantwortlichen in den Besprechungsraum«, sagte er. »Dich erwarte ich dort ebenfalls in vier Einheiten.«

Lissos' Blick wanderte zurück zur Überwachung der Gefangenen. Die Wand hatte sich geöffnet; er sah, dass ein Gerechter den Raum betrat. Es war Onk Pellew. Er ging auf einen der beiden Männer zu und umfasste ihn mit einem blitzschnellen Griff. Er ignorierte den Protest der anderen, wischte den zweiten Lemurer, der auf ihn zusprang, mit einer blitzschnellen Bewegung beiseite, drehte sich um und ging.

»Verfluchte Bestien!«, rief Janna hinter ihm her. »Warum sprecht ihr nicht mit uns? Ihr kennt nur eure Gewalt, sonst nichts!«

Wie erstarrt stand sie da, beide Arme halb erhoben. Lissos fragte sich, ob das eine Geste der Drohung war – vielleicht wusste sie bereits von dem Versuch, die Zeitmaschine zu erbeuten – oder diese Haltung nur Hilflosigkeit ausdrückte wie ihr Aufschrei. Die Zwiespältigkeit der Lemurernachfahren konnte kaum deutlicher sein.

Erst als die Wand sich wieder geschlossen hatte, lief Janna zu dem Mann, den der Schlag quer durch den Raum geschleudert hatte. Er war verkrümmt liegen geblieben, als hätte ihn jeglicher Lebensmut verlassen. Als die Frau ihn stützte, kam er schwankend auf die Beine. Aber schon nach zwei Schritten brach er wieder zusammen.

»Die Sternenpest soll euch holen!«, keuchte die Frau und schaute sich um. Hätte sie eine Waffe gehabt, glaubte Lissos zu erkennen, hätte sie wie besessen um sich geschossen.

Abrupt hielt sie inne. Ihr Gesichtsausdruck veränderte sich, ebenso ihre Stimme. Von einem Moment zum anderen war sie unglaublich ruhig geworden.

»Perry Rhodan wird euch für eure Untaten zur Rechenschaft ziehen«, sagte sie so leise, dass Ion sie kaum noch verstehen konnte. »Tolot und er werden euch ... in den Arsch treten, dass euch Hören und Sehen vergeht.«

Sie lachte plötzlich, lachte, bis sie langsam auf die Knie sank. Erst dann verstummte sie.

Lissos konnte sich dieses Verhalten nicht mehr erklären. Möglicherweise hatte Janna den Verstand verloren.

Noch etwas erschien ihm seltsam: Der Name Tolot war schon während des Verhörs gefallen, und er selbst hatte den Haluter als Verräter eingestuft. Dass die Frau die Zeitgerechten als Bestien bezeichnete, entstammte der lemurischen Agitation. Aber dass sie glaubte, ausgerechnet Perry Rhodan würde gegen die Gerechten antreten – *sie in den Arsch treten,* der Begriff irritierte ihn ohnehin, weil er keinen logischen Vorgang bezeichnete –, der Mann, der immer noch verletzt und zusammengekrümmt dalag ... das entzog sich seinem Verständnis.

Angespanntes Schweigen erfüllte den Besprechungsraum, nachdem die Aufzeichnung aus dem Serkhen-Arsenal erloschen war.

Triumphierend blickte Necc Magot um sich, als hätte er soeben die Meldung erhalten, der Krieg gegen die Neuen Lemurer sei mit der endgültigen Auslöschung des Gegners beendet worden. Dabei hatten die ersten der bevorstehenden großen Raumschlachten noch nicht einmal begonnen. Lissos fragte sich, was den Alten zu einer solchen Zuversicht verleitete. Sein Verhalten war durch nichts begründet außer der Feststellung, dass sich die Vorausberechnungen bislang als zutreffend erwiesen hatten.

Sie waren zehn Zeitgerechte, die momentan die Geschicke des Paggosh-Arsenals leiteten, und Necc Magot oblag kraft seiner Erfahrung die Führung. Alle anderen griffen, wie Ion Lissos selbst, auf das ihnen mitgegebene Wissen zurück.

»Wird es Veränderungen in unserem Vorgehen geben, sobald Kontakt zu weiteren Arsenalen besteht?«, fragte Lev Utan.

»Nein«, antwortete Magot. »Unsere Kampftaktik basiert auf den Erfahrungen des ersten Kriegs gegen das lemurische Große Tamanium. Dass sich nicht viel verändert hat, wissen wir, seit der Kugelraumer der Neuen Lemurer vernichtet wurde. Die nahezu unveränderte Bauweise ihrer Raumschiffe lässt darauf schließen, dass sie diese Form für zweckmäßig und optimal erachten.«

»Tun wir das nicht ebenfalls?«, kam ein ungebetener Zwischenruf.

Unwillig wandte Magot sich dem Mann zu. »So ist es«, antwortete er leicht verärgert. »Ich erwarte allerdings, dass Fragen erst nach vollständiger Vorlage der Fakten gestellt werden.« Sein Blick schweifte über die Versammelten hinweg. »Schiffsform und Taktik standen in der Vergangenheit in enger Korrespondenz. Ich gehe davon aus, dass sich bis heute wenig daran geändert hat. Aus den Erfahrungswerten können wir berechnen, wie sich die lemurischen Flotten verhalten werden. Sie haben Kampfverbände, denn ein Volk, das die Zeit manipuliert, schafft sich zwangsläufig Feinde.

Wir selbst werden in der Endphase über eine sehr große Zahl von Soldaten verfügen. In der Planung wurde der Ausfall einzelner Arsenale berücksichtigt. Stellare Katastrophen können daran ebenso Schuld haben wie die frühzeitige Entdeckung eines Stützpunkts durch die Lemurer. Dieses Risiko erschien zu Beginn der Planung verschwindend gering, aber dennoch vorhanden. Nicht jeder Sonne lässt sich frühzeitig genug ansehen, wann sie ihre Planeten verbrennt. Falls es Ausfälle gegeben hat, werden die Aufzuchtstanks in den anderen Arsenalen den Verlust ausgleichen.« Magot verschränkte beide Armpaare als Zeichen dafür, dass er jetzt die Mitarbeit aller erwartete.

»Die Werften produzieren seit dem ersten Erweckungsimpuls auf Hochtouren«, warf wieder Lev Utan ein. »Unsere Raumschiffe gehören einem Typ an, der bislang noch nicht zum Einsatz kam.«

»Sie sind schnell und schlagkräftig«, bestätigte Necc Magot, »und vor allem hinreichend bestückt.«

»Ich frage mich jedoch«, sagte Utan, »ob unsere Waffen den aktuellen Standards entsprechen. Ist möglicherweise eine lange Zeit der Entwicklung an uns vorbeigegangen?«

Erste Anzeichen von Unruhe entstanden, die der Alte mit einer herrischen Bewegung unterband. »Jeder, der diese Frage unterstützt«, erwiderte er dröhnend, »ist es nicht wert, hier zu stehen. Ich behalte mir vor, ihn durch fähigere Gerechte abzulösen. Dich, Lev Utan, verweise ich an Garm Hessets Worte: *... sie sind jedoch leicht zu vernichten.* Aber dennoch – die Bewaffnung unserer Kampfschiffe besteht aus dem besten bei Einrichtung der Arsenale erhältlichen Material. Einschließlich von den Lemurern erbeuteter Technik wie dem Kontrafeldstrahler, der uns nun helfen wird, die Schutzschirme der Zeitverbrecher zu destabilisieren.

Niemand von uns vermochte damals zu sagen, ob wir fünfundvierzigtausend lemurische Jahre schlafen würden oder fünfundfünfzigtausend und mehr. Das wurde keineswegs ignoriert. Krieg begünstigt die technische Weiterentwicklung jedes Volks. Wir konnten nicht vorhersehen, ob und wie viele Kriege die Lemurer noch führen und welche waffentechnischen Fortschritte sie dabei erzielen würden. Mehrere Arsenale haben den Auftrag, eine Analyse zu erstellen. Sie sind dafür und für den Nachbau aller Beutewaffen bestens ausgestattet.«

»Besteht Kontakt zu diesen Arsenalen?«

»Das kann Ion Lissos am besten beantworten.«

»Nein«, sagte Lissos. »Nicht zu allen.«

»Zu wie vielen?«

»Vier bislang.«

»Über Funk oder bereits auf Transmitterbasis?«

Die Transmitter lemurischer Bauart – ihre energetischen Charakteristika konnten nicht sofort als gegnerisch erkannt werden – waren für schnelle Truppenverlegungen vorgesehen. Zwar galt für jeden Stützpunkt ein ausgewogenes Verhältnis von Raumschiffsproduktion und Aufzuchtstanks, doch erschienen Ausfälle im Aufzuchtsprogramm eher denkbar als ein Versagen der Robotwerften.

»Für die Aktivierung der Transmitter bestand noch keine Veranlassung«, erklärte Lissos.

»Letztlich würde das ohnehin nur eine Problemverlagerung bedeuten, aber nicht den Ausgleich«, wandte jemand ein.

»Ich sagte bereits, dass personelle Verluste ausgeglichen werden können«, stieß der Alte hervor. »Durch eine beschleunigte Reifezeit. Auch das ist eine lemurische Erfindung, derer wir uns bedienen. Auf einem Bruchstück ihres zerstörten Planeten Zeut existierte eine Forschungsstation, in der die Zeitverbrecher schon sehr lange mit einer Verkürzung ihres Reifeprozesses arbeiteten. Acht ihrer lemurischen Wochen nahm das Heranwachsen eines biologisch ausgereiften Lemurers noch in Anspruch. Unter Inkaufnahme gewisser Risiken konnte diese Zeitspanne auf fünf Tage verkürzt werden.«

»Warum haben sie unsere Flotten damals mit diesem enormen Potenzial nicht vernichtend geschlagen?«

»Sie scheuen nicht vor Experimenten mit der Zeit zurück«, antwortete der Alte betont, »aber wohl davor, sich selbst in vielfacher Potenz zu duplizieren. Diese genetische Modulation lässt sich, entsprechend modifiziert, allerdings auf uns Zeitgerechte anwenden.«

»Damit wären Verluste in der Tat sehr schnell auszugleichen ... Uns fehlt aber das Wissen darüber, ob dieses Verfahren bereits angewandt wird.«

»Die Modulationen wurden in zwei Arsenalen eingerichtet«, erklärte Magot. »Es handelt sich um die Planeten

Serkhen und Nigghas. Eingesetzt wurde die Gen-Beschleunigung bislang noch nicht, da während der Ruheperiode kein Bedarf bestand, aber sie steht zur Verfügung. Sobald die erste Welle neugeborener Gerechter die Aufzuchtstanks verlassen hat ...«

»Wann wurden die Tanks erstmals mit genetischem Material beschickt?«, warf Lev Utan ein, ohne den wütenden Blick zu beachten, den der Alte ihm wegen dieser neuerlichen Unterbrechung zuwarf. »Wenn das nach dem Erweckungsimpuls geschah, sind wir Erstaktivierte doch nicht normal herangewachsen.«

Magot schien das Thema übergehen zu wollen, erregte damit aber bei mehreren Zeitgerechten Unmut. »Details sind unerheblich«, sagte er daraufhin. »Alle Tanks wurden noch vor der Versiegelung der Arsenale beschickt.«

»Möglicherweise resultiert daraus der große Verlust an Mitkämpfern für die erste Phase.« Lissos hatte sich nicht durch Feststellungen hervortun wollen, die Magots Unwillen weiter schürten. Weshalb er es dennoch tat, wusste er sich nicht zu erklären. »Ich gehe allerdings davon aus, dass dieses Problem nicht weiter auftritt«, sagte er beschwichtigend.

»Das wird es nicht!«, behauptete Magot. »Ab sofort werden alle neuen Gerechten ihren Tank verlassen. Natürlich kann es einzelne Ausfälle geben.«

Lissos fuhr die Augenlider ein Stück weit zu. Etwas an der Antwort irritierte ihn, wenngleich nicht einmal sein Planhirn zu sagen vermochte was. Eine eigenartige Empfindung hatte sich eingeschlichen ...

Gefühle?

Er stieß ein gereiztes Knurren aus. Er erschrak über sich selbst, dass er sich mit einem Mal ablenken ließ. Immerhin hatte er ein klares Ziel vor Augen: den Kampf gegen die Zeitverbrecher. Alles andere war zweitrangig.

»Wieso kennen die Neuen Lemurer den Standort des Serkhen-Arsenals?«, hörte er sich fragen.

»Sie kannten ihn nicht«, sagte Magot. »Sie wurden durch die frühzeitigen Aktivitäten der Alten aufmerksam.«

»Aber … gerade die Alten müssen wissen, wie gefährdet unsere Angriffsplanung ist, sobald die Lemurer Gelegenheit erhalten, frühzeitig darauf zu reagieren.«

»Die Entdeckung von Serkhen war Teil unserer Planung.«

»Ich erkenne keinen Sinn darin«, sagte nun auch Lev Utan.

»Es hätte genügt, die Zeitmaschine zu zerstören«, protestierte Lissos. »Jede potenzielle Bedrohung muss rechtzeitig ausgeschaltet werden.«

»Wir brauchten einen Beweis«, sagte Magot überlegen. »Deshalb wurde die Zeitmaschine einst auf unsere Arsenalwelt transportiert …«

»Zeitgerechte haben das getan?« Lissos reagierte in dem Moment völlig verwirrt. »Warum? Und weshalb Serkhen?«

Der Alte lachte dumpf. »Jedes Arsenal wäre gut genug dafür gewesen. Serkhen wurde zufällig ausgewählt. Auf jeden Fall musste sichergestellt sein, dass die Zeitverbrecher ihre Maschine nur einmal nutzen. Jeden weiteren Versuch hätten wir unterbunden.«

»Hätten?« Lissos schloss die Lider, bis nur noch ein kleines Loch frei war, durch das er den Alten herausfordernd fixierte.

»Es war wohl nicht nötig«, sagte Magot. »Nachdem einer aus der Gruppe der Lemurer in die Vergangenheit ging, ein verräterischer Haluter namens Icho Tolot, wird Hesset die anderen gefangen genommen haben.«

Schon wieder dieser Name: Tolot. Die Gefangene hatte ihn erst in Verbindung mit Perry Rhodan genannt.

»Dein Unverständnis, Ion Lissos, spricht aus jeder Pore deines Schädels«, stellte Magot fest. »Das gilt für die Mehrzahl aller Anwesenden.« Seine Stimme troff vor Überheblichkeit.

»Was geschieht wirklich?«, brauste Lissos auf. »Ich sehe nicht ein …«

»Du kritisierst?« Unglaublich behände warf der Alte sich vorwärts. Seine Handlungsarme stießen zwei Zeitgerechte zur Seite, die ihm im Weg standen, und schon krachten seine Brustarme gegen Lissos, der nicht einmal den Versuch einer Gegenwehr unternahm.

Lissos wich vielmehr einen Schritt zurück. Zögernd folgte ein zweiter, dann ließ er sich nach vorn sinken und stützte sich mit allen vier Armen ab. Das war die Geste der Unterwerfung. Ohne sie hätte Magot den Zweikampf gefordert.

Der Alte war zwar einen halben Schädel kleiner als Lissos, jedoch unglaublich massig. Vor allem durfte Ion die Erfahrung seines hohen Alters nicht unterschätzen. Er glaubte, dass Magot ihn sehr schnell getötet hätte. Der kurze Zweikampf nach seiner Erweckung war nichts anderes als eine Ertüchtigung gewesen; das hatten auch die anderen Zeitgerechten festgestellt.

Grollend wandte Magot ihm den Rücken zu.

»Es war im siebenundneunzigsten Kriegsjahr«, dröhnte die Stimme des Alten durch den Raum. »Hork Nomass, ehrenvoller Kommandeur unserer Vierten Flotte, drang unter großen Verlusten bis nach Lemur vor. Ausgerechnet auf der Mutterwelt der Zeitverbrecher fanden sie einen von uns. Er nannte sich Icho Tolot und behauptete, mit seinem Archäologenteam auf einer Welt des galaktischen Zentrums eine Zeitmaschine entdeckt zu haben. Als er sie benutzte, wurde er nach Lemur versetzt. Kann es einen besseren Beweis geben, wer diese Zeitmaschine konstruiert hat?

Icho Tolot sprach davon, dass er aus einer Zeit kam, die vom Ende des Krieges über fünfzigtausend Jahre in der Zukunft lag. Die Zeitverbrecher, behauptete er, wären von unseren Flotten besiegt worden, ausgelöscht und für immer vergessen.«

»Aber wir sehen doch, dass es nicht so ist ...« Eine unwillige Geste des Alten ließ den Zwischenrufer verstummen. Er hieß Murrn Hoks.

»Die Soldaten hatten gerade noch erkannt, dass auch ein Lemurer die Zeitmaschine benutzt hatte. Tolot sprach von einem Wissenschaftler, der in die Vergangenheit gereist war, während er selbst aus der Zukunft materialisierte. Und das ließ Entsetzliches ahnen: ein Zeitverbrechen. Natürlich, um dem Krieg eine andere Wende zu geben und die Erste Schwingungsmacht auszurotten. Obwohl wir Gerechte von den Herren oft nur benutzt worden waren, durften wir das nicht zulassen. Wir selbst wären die nächsten Opfer geworden.

Kommandeur Nomass ließ die Zeitmaschine demontieren und an Bord seines Flaggschiffs zu einem Basisplaneten schaffen. Dort musste der Haluter Tolot die Zeitmaschine wieder in Funktion setzen und einen unserer Leichten Kreuzer in die Vergangenheit schicken, in jene Zeit, in die der Lemurer geflohen war. Die Besatzung sollte den Verbrecher aufhalten, bevor er die Vergangenheit manipulieren konnte.«

»Das Vorhaben ist gelungen«, stellte Lissos fest. »Andernfalls stünden wir nicht hier. Namen wie der von Hork Nomass dürfen nie in Vergessenheit geraten.« Den Rest dessen, was ihn bewegte, verkniff er sich. Der Alte wäre über eine entsprechende Frage keineswegs erbaut gewesen.

»Icho Tolot sorgte dafür, dass die Zeitmaschine beschädigt wurde«, fuhr Magot fort. »Er selbst floh mit einem zweiten Leichten Kreuzer. Wir haben das Todesurteil über ihn gefällt, ihn aber nie aufgespürt. Doch in seine eigene Zeit konnte er nicht zurück.«

»Wir befinden uns in seiner Zeit«, sagte Lissos. »Die Gefangenen kennen den Haluter.«

»So ist es«, bestätigte der Alte. »Vielmehr war es so, bis Icho Tolot vom Serkhen-Arsenal aus in die Vergangenheit ging. Nur die Lemurer konnten ihm nicht folgen, weil Garm Hesset sie daran gehindert hat.«

»Demnach haben die Neuen Lemurer kein Zeitverbrechen begangen«, folgerte Lissos.

»Das ist doch unwichtig!«, herrschte der Alte ihn an. »Sie hatten die Absicht.«

»Sie hätten ohne uns nicht einmal die Möglichkeit dazu«, beharrte Lissos.

»Wenn nicht auf Serkhen, dann auf einer anderen Welt. *Sie* haben diese Zeitmaschine konstruiert.«

»Aber tief in der Vergangenheit.«

»Ich sehe da keinen Unterschied«, grollte Magot.

»Kommandeur Nomass hätte die verhängnisvolle Maschine in der Vergangenheit zerstören können.« Lissos unterbrach sich kurz, sein Planhirn hatte ihm einen entscheidenden Hinweis gegeben. »Die Zeitmaschine wurde durch Tolots Manipulation beschädigt?«, hakte er nach. »Wer hat sie wieder instand gesetzt?«

»Garm Hesset. Im Serkhen-Arsenal.«

»Dann sind wir verantwortlich. Wir haben die Zeitmaschine in diese Epoche versetzt.«

Jetzt lachte der Alte schallend. »Ohne ein funktionsfähiges Aggregat könnten wir den Lemurernachkommen nicht beweisen, dass sie ein Zeitverbrechen begehen wollten.«

»Aber sie wussten nicht einmal, dass diese Zeitmaschine existiert.« Lissos knirschte mit dem Gebiss. »Tolot und die Lemurer wurden erst durch unsere Aktivitäten zum Serkhen-Arsenal gelockt.«

Magot ging nicht mehr darauf ein. »Ion Lissos, ich will, dass du eine Hyperfunkverbindung zu Garm Hesset herstellst«, sagte er. »Hesset soll die gefangenen Zeitverbrecher nach Paggosh bringen. Er persönlich.« Ein wenig leiser fügte er hinzu: »Ich bedauere nur, dass wir diesen Haluter nicht festhalten konnten. Aber wir werden auch sein Volk auslöschen, denn ich dulde keine Verräter!«

Das Hyperfunksignal kam an; die automatische, ultrakurze Bestätigung des Serkhen-Arsenals zeigte das deutlich. Trotzdem wurde die offene Direktverbindung nicht angenommen. Auch eine anderweitige Antwort blieb aus.

Wahrscheinlich hatte Germ Hesset alle Hände voll zu tun. Natürlich würde der Alte ein besonderes Augenmerk auf die Neuen Lemurer haben. Und wenn die Zeitgerechten ihre Aufzuchtstanks auf dem Planeten nur einen oder zwei Tage eher verließen als anderswo, dann war eine Viertelmillion Soldaten im Begriff, die Kampfraumschiffe zu besetzen und zu starten. Sie mussten in erster Linie ausgerüstet und eingewiesen werden.

Lissos sendete das Signal erneut.

Danach wartete er vergeblich.

Er hatte Onk Pellew bei der Besprechung vermisst. Also

war Pellew noch mit dem Verhör befasst. Ion glaubte jedoch nicht mehr, dass nur einer der gefangenen Lemurerabkömmlinge wichtige Informationen preisgeben würde. Sie reagierten überaus verstockt. Nicht so, als sei ihnen ihr Leben gar nichts wert, aber ... *Sie hassen uns!,* schoss es ihm durch den Sinn.

Hass. Das war eine emotionelle Umschreibung. Doch Emotionen, das wusste der Zeitgerechte, verstellten den Blick auf das Wesentliche.

Wir verfolgen diese zerbrechlichen Wesen, überlegte er. *Hassen wir sie? Sind wir zu solchen Emotionen fähig?*

Obwohl sein Planhirn gegen diese unnötige Zeitverschwendung protestierte, lauschte er in sich hinein. Er tat es ohne zu wissen, wonach er suchte. Er fand auch nichts außer einer schwer zu beschreibenden Leere, eine Grenze, an der er nicht mehr weiterkam.

Interessierte ihn, was hinter dieser Grenze lag? *Nein, das tut es nicht,* gab er sich selbst zur Antwort. Aber wirklich sicher, das stellte er gleich darauf fest, war er sich dessen nicht.

Die Lemurer, und erst recht ihre Nachfahren, waren wie Unkraut, das alle anderen Pflanzen überwucherte und erstickte. Ihre Zeitverbrechen raubten anderen Völkern die Existenz. Deshalb mussten sie sterben.

Lissos öffnete wieder die Überwachung der Gefangenen. Der Holoschirm stabilisierte sich langsamer als die Akustik. Ein gurgelnder, halb erstickter Schrei erklang. Es war die Stimme des weiblichen Wesens.

Janna kauerte auf dem Boden, halb über einen reglosen Körper gebeugt. Ähnlich hatte sie sich mit Rhodan nach dessen Verhör befasst. Doch – und Lissos erkannte den Unterschied sehr schnell – der Mann, den sie jetzt mit beiden Händen unter den Armen fasste und in die Höhe zerrte, war tot. Schlaff hingen seine Arme herab, und der Kopf fiel von einer Seite auf die andere, als sei da kaum noch etwas, das ihn hielt. Zudem quoll ein Schwall Blut aus seinem Mund.

Die Frau schrie wieder. »Bringt uns doch gleich um, ihr Bestien! Uns alle! Ich verfluche euch!«

Onk Pellew hatte den Raum fast schon verlassen. In dem Moment hielt er inne, wandte sich um, stapfte zurück. Lissos sah das Funkeln in seinen Augen, wie er die Oberlippe hochzog und sein Gebiss entblößte, und er sah die Frau, mit inzwischen blutverschmiertem Gesicht, entsetzt zurückweichen. Den Toten ließ sie dennoch nicht los. Flüchtig glaubte Ion, dass sie den Leichnam wie einen Schutz vor sich halten wollte, doch sie zerrte ihn mit sich, als müsse sie ihn noch in Sicherheit bringen. Seitlich schob sie sich über den Boden, und aus weit aufgerissenen Augen starrte sie Pellew entgegen.

»Bestien!«, keuchte sie. »Bestien!«

Lissos glaubte, Verachtung in dieser Stimme zu hören.

Pellew bückte sich nur ein wenig. Sein rechter Handlungsarm pendelte herum, und mit einer knappen Bewegung entriss er ihr den Toten und schleuderte ihn achtlos beiseite.

Janna verstummte, als Pellew die Faust ballte und zum Schlag ausholte.

»Pellew«, sagte Lissos scharf, »lass die Frau in Ruhe! Ich werde mich mit ihr befassen, und ich brauche sie lebend.«

Pellews Gesicht verzerrte sich. Ruckartig richtete er sich auf und wandte sich der verborgenen Optik zu. »Wer mischt sich in meine Belange ein?«, fragte er drohend.

»Ich, Ion Lissos.«

Pellews aus tiefer Kehle kommendes Grollen drückte Unmut aus. »Du hattest deine Gelegenheit.« Sein Blick suchte den Boden ab und verharrte auf den beiden Männern, von denen einer soeben schwankend auf die Beine kam, als wolle er sich mit bloßen Fäusten auf Pellew stürzen. Das war Rhodan, erkannte Lissos. Den linken Arm bekam er nicht hoch, aber die rechte Hand ballte er zur Faust. Er taumelte tatsächlich auf Pellew zu, machte einen unbeholfenen Schritt, dann den nächsten und brach wie vom Blitz gefällt zusammen.

Pellew lachte dröhnend. »Ich verstehe nicht, wie diese Schwächlinge uns so lange trotzen konnten.«

»Ich auch nicht«, gestand Lissos ein. »Aber wir werden es

herausfinden. Ich verlange, dass du keinen von ihnen mehr anrührst, bevor die neuen Gefangenen hier sind!«

»Neue Schwächlinge?«

»Lemurer der heutigen Zeit, deren Unversehrtheit Necc Magot sehr wichtig ist. Sie werden uns vom Serkhen-Arsenal überstellt.«

Pellew wandte sich wortlos um und ging. Lissos beobachtete die Frau noch eine Weile, die sich zusammengerollt hatte und immer wieder von heftigen Zuckungen geschüttelt wurde. Dann schaltete er ab und widmete sich dem Hyperfunk.

Nichts hatte sich verändert. Das Signal kam auf Serkhen an, wurde aber nicht zur Kenntnis genommen. Garm Hesset antwortete nicht. Lissos fragte sich, ob der Versuch der Neuen Lemurer, die Zeitmaschine zu erobern, möglicherweise doch geglückt war.

Das wäre eine fatale Entwicklung gewesen.

Niemals hätten die Alten das Risiko eingehen dürfen. Sie hatten es bewusst getan, dabei konnten sie die Konsequenzen gar nicht übersehen haben.

Eine Weile stand Lissos wie erstarrt, die Fäuste geballt. Er hatte sogar die Atmung eingestellt.

Dann wandte er sich der Prüfung der Tanks zu. Alles verlief normal. Dennoch quälten ihn Zweifel. Die Alten waren aus ihrem Kälteschlaf geweckt worden und hatten das Erwachen der Zeitgerechten eingeleitet. Aber warum gab es solche wie ihn, die frühzeitig ihren Tank verlassen hatten? Sicher, sie sollten den Alten in der Anfangsphase zur Seite stehen und später den Befehl über alle anderen übernehmen. Doch der Prozess des Heranwachsens ihrer Zellstrukturen, der Bewusstwerdung und der Versorgung mit dem notwendigen Wissen war für alle gleich lang. Er musste eher begonnen haben. Wahrscheinlich schon vor dem Impuls. Die Frage war, wer diesen Vorgang eingeleitet hatte. Und vor allem, wann. Waren deshalb so viele Zeitgerechte in den Tanks neben ihm gestorben? Sie hatten nie die Chance erhalten, gegen die Zeitverbrecher zu kämpfen.

Lissos glaubte zu erkennen, dass ihr Tod eingeplant gewesen war. Ihr Tod, oder auch seiner – hatte das die Alten nicht interessiert?

Sein Planhirn warnte ihn davor, den Gedanken zu verfolgen. Es gab wichtigere Dinge zu tun, denn bald würden alle Zeitgerechten ihre Tanks verlassen und die Raumschiffe starten. Dann begann der Krieg gegen die Zeitverbrecher.

Lissos fragte sich inzwischen, wer die wirklichen Zeitverbrecher waren. Solange kein Funkkontakt zu Garm Hesset zustande kam, solange würden seine Zweifel bestehen bleiben.

Es gab nur einen Weg, um herauszufinden, was im Serkhen-Arsenal wirklich geschehen war. Lissos wusste in dem Moment, dass er diesen Weg gehen würde. Er und Lev Utan und Murrn Hoks. Die beiden waren ihm ähnlich.

16

Levian Paronn nickte zufrieden, als sich die Bildwiedergabe veränderte. Da war das Licht der Sterne wieder, und das blaue Leuchten im Zentrum der Galerie, das war Akon, die im östlichen Randgebiet des galaktischen Zentrums liegende Riesensonne.

»Wann erreichen wir Drorah?« Bewusst verzichtete er auf eine holografische Verbindung in die Zentrale der UMBERIA. Nur die Akustikfelder übertrugen seine Stimme.

»Vorerst gar nicht«, antwortete der Ma-Techten. Sekundenlang herrschte betretenes Schweigen, dann fügte er hinzu: »Soeben erging Prioritätsorder an alle einfliegenden Schiffe, die aktuelle Position zu halten.«

»Gibt es eine Begründung?«

»Keine«, antwortete der Erste Offizier. »Die Order kam vom Flottenhauptquartier.«

»Dann liegt einiges im Argen. Greifen die Bestien an?«

»Nein, Maphan, zumindest ...« Jehan Hattusk stockte. Paronn hörte ihn tief durchatmen, dann fügte der Erste Offizier hinzu: »Bestimmt nicht im Akonsystem.«

Bestimmt nicht?, wiederholte Paronn in Gedanken. *Damals nicht, heute vielleicht schon.* Aber was hatte er dagegen, falls der Regierende Rat zu dieser Ansicht gelangt war? Nichts, absolut gar nichts, denn das ersparte ihm die Mühe einiger Überzeugungsarbeit. Dass die 78 Männer und Frauen ihn empfangen und anhören würden, daran zweifelte er nicht einen Augenblick lang.

»Was ist mit dem Admiral ...?«

Paronn glaubte sehen zu können, wie sein Erster Offizier

den Kopf schüttelte und die Lippen zusammenpresste. Er wollte die Frage schon wiederholen, als Hattusk endlich antwortete: »Aller Funkverkehr im System wird derzeit über Relais geleitet. Das führt zu Engpässen.«

»Also noch kein Lebenszeichen vom Admiral ...«

»Leider nicht, Maphan.«

»Ich komme in die Zentrale!«

Paronn stand schon unter dem aufgleitenden Schott, als er auf dem Absatz kehrtmachte. In der Kabine hatte er den Strahler abgelegt, aber jetzt war nicht der Zeitpunkt, auf seine Waffe zu verzichten. Vielleicht würde er nicht mehr an Bord der UMBERIA zurückkehren.

Auf dem kurzen Weg in die Zentrale spielte er in Gedanken alle Möglichkeiten durch, die ihm blieben. An ein erneutes Scheitern wagte er gar nicht erst zu denken.

In der Ortung wimmelte es von Reflexen. Zumindest für die Verhältnisse einer weitestgehend auf Transmitter eingeschworenen Kultur waren es viele Raumschiffe. Terraner und Arkoniden wären wohl mit einigem Unverständnis und milde lächelnd über diese Behauptung hinweggegangen.

»Aus Fragmenten von Funksprüchen geht hervor, dass die Flotte zusammengezogen wird. Es handelt sich um die Vierte und Fünfte, und offensichtlich ist bereits Einsatzorder ergangen.«

»Genaueres ...?«

Der Ma-Techten schüttelte den Kopf. »Falls es mit den Bestien zusammenhängt, Maphan, sollst du wissen, dass die Mannschaft der UMBERIA hinter dir steht. Egal was geschieht, du kannst auf jeden von uns zählen.«

Langsam blickte er um sich. Alle schauten ihn an; erwartungsvoll, wie es ihm schien. Und sie meinten es ehrlich, das sah er in ihren Augen. Diesmal war es kein Spießrutenlauf.

Dennoch verkrampfte sich etwas in ihm.

»Danke«, sagte er gepresst. »Ich werde nicht zulassen, dass die Bestien den Krieg bis in diese Zeit tragen.« *Und das,* dachte er bitter, *entspricht in jedem Wort der Wahrheit, wie immer sie aussehen mag.*

Mit Restgeschwindigkeit fielen beide Schiffe den inneren Planeten entgegen.

Endlich kam eine Verbindung ins Flottenhauptquartier zustande. »Ich bedauere, aber Takhan Mechtan von Taklir ist derzeit nicht erreichbar«, musste Levian sich anhören, und dann war der Kanal gekappt, noch ehe er überhaupt Luft holen konnte.

»Wir beschleunigen und gehen in den Metagravflug!«, befahl er. »Kurs auf Xölyar.«

Im ersten Moment wirkte der Ma-Techten überrascht, dann grinste er breit. Der Maphan ging den einzigen Weg, der ihm Aufmerksamkeit bescheren würde.

Die UMBERIA wurde schneller.

Nach knapp zwei Minuten traf ein Richtspruch ein mit der Aufforderung, sofort zu stoppen.

»Hier spricht Maphan Achab ta Mentec, Siebente Flotte. Wir kehren aus dem Gorbas-Sektor zurück. Verlustmeldung: drei Schlachtkreuzer ...«

Die UMBERIA ging in den Überlichtflug. Eine kurze Etappe nur, mit geringer Geschwindigkeit. 50 Millionen Kilometer vor Drorah fiel das Schiff in den Normalraum zurück.

Augenblicke später war das Abfangkommando da, eine Staffel von zehn Einheiten. In der Energieortung erschienen die Kreuzer als üppig illuminierte Kugeln. Jede dieser Lichtquellen bedeutete ein feuerbereites Geschütz.

»Irgendwo hat es gewaltig gekracht«, vermutete nun auch der Ma-Techten.

Die Aufforderung zur Identifikation traf ein, obwohl die syntronische Kennung in regelmäßigem Abstand ausgestrahlt wurde. Levian fügte sich, wenn auch zähneknirschend. »Was ist hier los?«, fragte er anschließend.

»Ich bedauere«, antwortete sein Gegenüber, »aber ich bin nicht zu Auskünften befugt.«

»Dann sage ich dir, was los ist.« Paronn hatte Mühe, noch die nötige Ruhe zu bewahren. Immerhin wusste er genau, dass ihn jede Ausfälligkeit, auch wenn der andere rangmäßig weit unter ihm stand, nicht einen Schritt weiterbringen würde. »Die Bestien greifen an. Ich habe drei Schiffe verloren, und ich habe es satt, wie ein Bittsteller auf eine Audienz zu warten. Wenn niemand weiß, woher die Bestien kommen – ich verfüge über die entsprechenden Informationen.«

Der andere verschwand vorübergehend aus dem Erfassungsbereich. Levian hörte ihn sprechen, verstand aber nicht, was er sagte. Minuten vergingen, dann wandte sich der Techten wieder ihm zu. »Siebente Flotte?«, fragte er knapp.

»Die UMBERIA«, wiederholte Levian. Die LEMMAK war am Rand des Systems zurückgeblieben.

»Das Annäherungsverbot an Drorah gilt für alle Schiffe. Aber du erhältst eine Transmitterverbindung nach Xölyar. Die Kennung wird überspielt.«

»Mit wem werde ich sprechen?«

Die Ordonnanz schüttelte den Kopf. »Ich weiß es nicht. Ich habe nur vernommen, dass sich eine ranghohe Persönlichkeit deiner annehmen wird.«

Minuten später betrat Paronn den Personentransmitter in der Zentrale und verließ den Schlachtkreuzer.

Das Plätschern eines Springbrunnens und Vogelzwitschern waren das Erste, was er vernahm, als er das Transportfeld verließ. Über ihm spannte sich der zartblaue Himmel von Drorah.

Der Boden war weich und nachgiebig, aber dennoch ein Material, das an Stein erinnerte. Ein wunderschön gestaltetes Mosaik aus der akonischen Mythenwelt, erkannte Paronn, als er irritiert um sich blickte. Er hatte erwartet, in einer der großen Kommandozentralen der Systemüberwachung anzukommen, in einer Umgebung jedenfalls, wie sie technifizierter nicht sein konnte. Stattdessen dieser Park, irgendwo auf dem Planeten. Außerdem war er allein. Nicht einmal ein Roboterkommando nahm ihn in Empfang.

Nicht irgendwo, registrierte Levian. Eine Handbreit über dem Horizont, von der Lichtbrechung der Atmosphäre ins

Riesenhafte verzerrt, stand der Mond Xölyar. Aufgrund seiner Position schätzte Levian, dass er sich zehn bis fünfzehn Grad nördlich des Äquators befand und wohl mehrere tausend Kilometer von den Verwaltungszentren entfernt.

Suchend drehte er sich einmal um sich selbst und registrierte überrascht, dass der Transmitter verschwunden war. Er lief ein paar Schritte zurück, aber da war nichts. Zumindest hatte es den Anschein. Also doch eine technische Spielerei.

»Ich glaube nicht, dass es die richtige Zeit für Psychotests ist«, sagte er verärgert.

Niemand antwortete ihm. Andererseits hatte sein lauter Ausruf einen Schwarm Langschwänze aufgescheucht, die wie ein kristallenes Schneegestöber aus dem Geäst der Mondbäume fielen. Erst dicht über dem Boden sammelten sie sich zu der wirbelnden Spirale, die ihren natürlichen Feinden die Orientierung raubte. Diesmal taten sie das, obwohl kein Raubvogel über dem Park kreiste.

Unter anderen Umständen hätte der Maphan das wogende Spiel der Langschwänze verfolgt – es sollte Glück bringen. Uralte Legenden, deren Ursprung niemand mehr kannte, erzählten von einer Zeit größter Gefahr, in der gewaltige Schwärme dieser Tiere in der Atmosphäre getanzt hätten, tagelang, bis sie tot zu Boden gesunken waren. Ihr Opfergang hatte Drorah dem Zugriff der Gegner entzogen. Ihre Fähigkeit, die Sinne der Raubvögel zu verwirren, denen die filigranen Geschöpfe sonst eine leichte Beute gewesen wären, drückte sich in diesen Legenden aus.

Darüber hinaus, glaubte Levian, gab es noch einen zweiten wahren Kern. Jene Gegner, von denen die Legende berichtete, ohne sie jemals zu beschreiben, konnten nur die Bestien gewesen sein. Sie hatten Drorah nie heimgesucht.

Er hob den linken Arm und aktivierte das Kombiarmband. Obwohl sich das Holodisplay über seinem Handrücken aufbaute, konnte er keine Funkverbindung herstellen. Weder zur UMBERIA noch zur Flottenverwaltung. Auch der Empfang versagte.

Dafür registrierte er mit der Orterfunktion ein extrem

starkes energetisches Gitter. Nicht in unmittelbarer Nähe, aber mit einer Distanz von wenig mehr als hundert Metern.

»Oana hu lachab«, stieß Levian Paronn zornig hervor. Das war eine lemurische Redewendung, die bis heute überdauert hatte. *Gefangen im Körper, aber nicht im Geist,* hatte sie einst bedeutet, aber dieser Sinn war mittlerweile eingeschrumpft zu *gefangener Körper,* was seinem Ortungsbild entsprach.

Levian unterdrückte die Regung, den Strahler zu ziehen und auf die Kulisse zu feuern. Weil er nicht hundertprozentig sicher sein konnte, wer seinen Transmittersprung umgeleitet hatte. Die Frage war vor allem, warum.

Sie wissen, wer du bist, und das ist die Reaktion darauf, schoss es ihm durch den Kopf. Hatte jemand von der Besatzung Drorah informiert? Er glaubte es nicht; es musste eine andere Erklärung geben.

Mit schnellen Schritten durchmaß er die vermeintliche Parklandschaft und hob einen abgefallenen Ast auf. Der Ast war echt, und einen Moment lang glaubte Levian tatsächlich, Gespenster zu sehen. Aber dann holte er aus und schleuderte das Stück Holz mit großer Wucht davon.

Der Ast überschlug sich mehrfach, stieg ein beachtliches Stück weit in die Höhe und senkte sich dem Boden zu, ohne dass etwas geschehen wäre. Erst auf den letzten Metern seiner Flugbahn stieß er gegen ein unsichtbares Hindernis. Inmitten der Parklandschaft entstand ein verwaschener, undeutlicher Fleck, gerade so, als hätte jemand einen Stein in einen ruhigen Teich geworfen. Konzentrisch auseinander laufende Ringe verzerrten die falsche Realität in einem zitternden Wellenmuster.

»Du hast schnell begriffen«, sagte eine markante Stimme.

Paronn verfügte zwar über kein außergewöhnliches Gedächtnis, und im Laufe der Jahrtausende hatte er vieles Unbedeutende wieder vergessen, dennoch war er sich ziemlich sicher, dass er diese Stimme nicht kannte.

Sie klang befehlsgewohnt und markant, fast ein wenig rau. Und es war eine Frauenstimme.

Levian versuchte, die Sprecherin einzuschätzen. Es gelang ihm nicht.

»Was soll ich hier?«

»Du bist in Sicherheit.«

Täuschte er sich, oder lag da ein Anflug von Spott in diesen Worten? Sogar von Zynismus?

»Sicher wovor?«

»Möglicherweise vor dir selbst.«

Paronn lachte laut, brach aber sofort wieder ab. Er verstand, wie der Satz gemeint war. Oder redete er sich das nur ein?

»Dein Zögern beweist mir genug, Maphan. Wer bist du wirklich?«

Die Wellenbewegung, das fiel ihm erst jetzt auf, hatte mittlerweile auf den gesamten Horizont übergegriffen. Die fernen Bergketten, die treibenden Wolken, der Mond Xölyar, alles verblasste in zuckenden Schlieren und wich einem monotonen Grau.

Der Raum, in dem er sich unvermittelt wiederfand, mochte nicht einmal halb so groß sein wie der vermeintliche Park. Ein grelles Licht blendete ihn und machte es unmöglich, mehr zu erkennen. Er beschattete die Augen mit beiden Händen.

»Was willst du hören?«

»Die Wahrheit«, antwortete die Frau. »Oder ist das zu viel verlangt?«

Jetzt stellte Paronn die Frage, die ihm auf den Lippen brannte: »Wer bist du? Ich protestiere gegen diese Entführung. Vor allem wird sich Takhan ...«

»Berufe dich nicht auf den Admiral. Er kann dir nicht mehr helfen.«

War Takhan Mechtan von Taklir deshalb nicht im Akonsystem zu erreichen? Weil jemand fürchtete, er könne sich für seinen Schützling einsetzen? Dann steckten andere hinter seiner Entführung, als er spontan vermutet hätte, nicht die oberste Hierarchie der Flotte, sondern – er schluckte schwer – das Energiekommando.

Jahrhundertelang hatten Organisationen wie die Condos Vasac oder das Energiekommando ihre eigene Politik betrieben und versucht, das arkonidische Reich ebenso wie das Solare Imperium der Terraner zu unterwandern. Das war mit mehr oder weniger großem Erfolg geschehen. Die Gefährlichkeit dieser Geheimorganisationen hatte sich dennoch oft genug erwiesen. 50 000 Jahre hatte das akonische Reich in einer selbst gewählten Isolation überdauert, ohne nennenswerten wissenschaftlichen und technischen Fortschritt, aber zugleich von fremden Mächten unbehelligt. Die akonische Flotte war während dieser Zeit zur Bedeutungslosigkeit geschrumpft, und das hatte sich erst wieder geändert, als die Terraner auf der galaktischen Bühne erschienen waren, vor mittlerweile knapp 3000 Terrajahren. Der danach einsetzende zögerliche Kontakt zu anderen Milchstraßenvölkern hatte das Minimum einer Öffnung nach außen erzwungen und eine Veränderung der eingefahrenen politischen Gleise. Längst waren nicht mehr nur uralte Adelsnamen im Regierenden Rat zu finden. Um die Geheimorganisationen war es ruhiger geworden; ihr Stellenwert schien heute nicht mehr so hoch zu sein wie in früheren Jahrhunderten. Doch wer den Blick dafür hatte, hinter die Kulissen zu schauen, der wusste, dass dem ganz und gar nicht so war.

Levian schüttelte den Kopf. Das blendende Licht ließ ihn nicht mehr los, vollzog jede seiner Bewegungen nach. »Was ich zu sagen habe, geht alle an«, sagte er. »Das hier ist der falsche Ort.«

»Wo und wann du sprichst, Maphan, bestimme ich! Dir bleiben fünfzehn Standardminuten.«

Und dann?, fragte er sich. Die Drohung war unüberhörbar gewesen.

»Dann wird dir auch der Zellaktivator nicht mehr helfen«, fügte die Stimme hinzu.

Sie wussten also davon. Levian glaubte noch immer nicht, dass ihn ein Besatzungsmitglied der UMBERIA verraten hatte, und wegen des Verlustes von drei Schlachtkreuzern im Gorbas-System würde niemand auf diese Weise mit ihm umspringen. Der Hinweis auf den Zellaktivator bewies eher, dass eine seiner Tarnexistenzen, unter denen er in den letzten Jahrhunderten auf Drorah und anderen akonischen Welten gelebt hatte, aufgedeckt worden war. Vielleicht gab es einen Fehler in einem seiner Lebensläufe; eine Existenz, die aus dem Nichts kam und im Nichts verschwand, war mehr als nur verdächtig. Oder war die völlige Identität genetischen Materials entdeckt worden, die es unter keinen Umständen geben konnte, nicht einmal unter geradlinigen Verwandten? Levian war mehrmals von der Identität des Vaters in die eines Sohnes geschlüpft und hatte damit auf den zuvor erworbenen Verdiensten aufbauen können.

»Momentan müssen wir davon ausgehen, dass du dem akonischen Reich Schaden zufügen willst.«

»Nein.« Das war fast ein Aufschrei. »Ich habe nie etwas gegen Akon ...« Er unterbrach sich. »Eines ist richtig: Ich trage einen Zellaktivator. Ich ...«

»Du bist kein Akone.«

»Meine Heimat ist Lemur.«

Schweigen.

»Ich wurde im vierundvierzigsten Jahr des Krieges gegen die Bestien auf dem Kontinent Lemuria geboren.«

»Weiter!«

»Als Technad war ich führender Wissenschafter auf Tanta Drei und auf Sonnen- und Neutrinoforschung spezialisiert. Zum Teil war ich mit der Flucht von Millionen Lemurern nach Karahol befasst.«

»Das sind Daten, die niemand nachprüfen kann.«

Levian machte einige schnelle Schritte. Die Richtung war ohnehin egal, es gab keinen erkennbaren Ausgang. Das grelle Licht folgte ihm. Er spürte ein dumpfes Summen unter der Schädeldecke. Wurde es von einer Art Suggestivstrahlung ausgelöst? Wahrscheinlich sogar, denn er registrierte zugleich pochende Impulse des Zellaktivators.

»Du wirkst nervös.« Die Stimme erklang jetzt scheinbar hinter ihm.

Er fuhr herum. »Weil mir die Zeit auf den Nägeln brennt!«, rief er. »Ich bin nach Drorah gekommen, um mit dem Regierenden Rat zu sprechen. Es geht um den Fortbestand der menschlichen Völker!«

»Der Akonen, meinst du?«

»Aller Völker, die von uns Lemurern abstammen. Die Bestien sind im Begriff, diese Galaxis mit einem neuen vernichtenden Krieg zu überziehen.«

»Es gibt keine Bestien mehr. Folglich sprichst du von den Halutern?«

»Ich spreche von Bestien! Von jenen Kreaturen der Nacht, die das Große Tamanium zerschlagen haben, und die sich nun anschicken ...« Er verstummte abrupt. Der Raum, stellte er fest, war kleiner geworden, und das war keine Täuschung. Die Wände näherten sich einander mit sichtbarer Geschwindigkeit. Wenn er hier nicht herauskam, würden sie ihn zerquetschen.

»Sprich weiter!«, forderte ihn die Stimme auf.

»Nicht hier.«

Ein verhaltenes Lachen antwortete ihm. »Was glaubst du, wer du bist? Ein Hochstapler, der es mit Geschick und noch mehr Glück verstanden hat, sich zum Maphan in der Siebenten Flotte aufzuschwingen. Oder sollte dir die Beziehung zur Enkelin des Admirals den Weg ebnen?«

Er starrte die Wand an, als könne er sie allein mit der Kraft seines Geistes aufhalten. Aber die psionische Kraft, die vielen an Bord seiner Sternenschiffe eigen gewesen war und erst die Nutzung der Neutrinos für Beschleunigungs- und Bremsmanöver ermöglicht hatte, fehlte ihm.

»Ich gebe es zu«, sagte er. »Ich brauchte ein Kommando, um zum richtigen Zeitpunkt am richtigen Ort zu sein.«

»Bei den Sternenarchen, die wir aufgebracht haben?«

»Auch das.«

»Wann und wo außerdem?«

»Ich wusste es vorher nicht, aber inzwischen weiß ich es. Auf Gorbas-Vier, gestern. Dort stand ein Zeittransmitter, der mich nach Lemuria zurückbringen sollte.«

»Stattdessen weilst du wieder auf Drorah?« Das klang spöttisch.

»Gorbas-Vier befindet sich in der Hand der Bestien. Sie

haben fünfundfünfzig Jahrtausende überwunden. Ich weiß noch nicht wie, aber sie haben es geschafft, und weitere Depotplaneten können sich überall befinden. Die Bedrohung kann nur jemand einschätzen, der sie erlebt hat. Der weiß, wie sie kämpfen.«

»Du sprichst von diesem Levian Paronn?«

»*Ich* bin Paronn.«

»Möglicherweise aber auch ein Lügner und Betrüger!«

Bis auf knapp eineinhalb Meter auf jeder Seite waren die Wände inzwischen herangerückt. Levian spürte kalten Schweiß auf der Stirn. Er wusste nicht, ob sein Leben wirklich bedroht war.

»Wenn dem so wäre, würde sich dann das Energiekommando mit mir befassen?«, brachte er endlich hervor.

»Wieso sprichst du vom Energiekommando?«

»Weil ich befürchte, dass die Bestien an verschiedenen Stellen aktiv geworden sind. Noch unterliegt das wohl absoluter Geheimhaltung, aber ...«

»Du irrst dich, Lemurer.«

Er brauchte den Arm nicht einmal ganz auszustrecken, um die heranrückende Wand zu berühren. Er fühlte eine kühle Legierung, registrierte aber erst nach einigen Augenblicken, dass die Vorrichtung zum Stillstand gekommen war. Zudem bemerkte er, dass die Frau »Lemurer« gesagt und dabei völlig normal geklungen hatte.

Endlich erlosch das blendende Licht.

In der ihn umgebenden Lautlosigkeit vernahm Paronn den eigenen Herzschlag wie ein dumpfes Dröhnen.

Dann öffnete sich ein Schott. Er zögerte nicht, er brauchte nur hindurchzugehen, um zu erfahren, was hier gespielt wurde.

»Es gibt Dinge in dieser Galaxis, die niemand vorhersehen kann.« Das sagte eine männliche Stimme. Levian kannte sie. Takhan Mechtan von Taklir befand sich im angrenzenden Raum.

Mehr als diesen einen Satz sagte der Admiral nicht. Starr fixierte er Levian Paronn, wie eine Schlange ihre auserwählte Beute, die sie gleich darauf mit einem Giftbiss töten würde. Levian kannte diesen gnadenlosen Blick des altgedienten Militärs, der keinen Fehler akzeptierte. Oft hatte er den bulligen Mann in dieser Verfassung gesehen, und zumeist waren hinterher Köpfe gerollt, natürlich nur im übertragenen Sinn. Der Admiral war, auch wenn sein Äußeres diesen Eindruck erweckte, kein Freund überflüssiger Gewaltanwendung.

Der Raum war ein Besprechungszimmer, nicht allzu groß und energetisch abgesichert. Was immer hier in den nächsten Minuten geschah, kein außen Stehender würde davon Kenntnis erhalten, solange die Anwesenden selbst das nicht wollten.

Das Mobiliar bestand aus Formenergie und war einfach und zweckmäßig. Nach Bedarf projiziert und stabil erhalten.

Länger als unbedingt nötig ruhte Levians Blick auf der Frau. Ohne mit der Wimper zu zucken, ließ sie seine Musterung über sich ergehen.

Sie war attraktiv, und das nicht nur nach akonischem Maßstab. Auf den ersten Blick mochte man sie um die hundert schätzen, also in den besten Jahren, doch Levian verstand sich darauf, auch verborgene Details zu erkennen. Ihr Hals, ihre Augenwinkel, die Hände und vor allem ihre Ausstrahlung verrieten ihm, dass der spontane Eindruck täuschte.

»Zufrieden?«, fragte sie spöttisch und deutete auf den dritten, noch freien Sessel.

Hundertfünfzig ist sie mindestens, dachte Paronn. Er kannte diese Frau, hatte das markante und freundlich blickende Gesicht mit dem unkonventionell kurzen Haarschnitt schon mehrfach gesehen. Sie schien durchschnittlich groß zu sein, ihr Körper wirkte sehnig und durchtrainiert, aber nicht wirklich schlank. In Berichterstattungen über öffentliche Sitzungen des Regierenden Rates hatte er sie gesehen, doch ihren Namen kannte er nicht. Sie gehörte dem 78-köpfigen Gremium an, hielt sich indes stets im Hintergrund. Er bezweifelte, dass diese Frau mit dem Energiekommando zu tun hatte. Eher fungierte sie als Flottenkommissarin.

»Aykalie lässt dich grüßen«, sagte der Takhan unvermittelt.

Paronn wandte sich dem Admiral zu. Er fragte sich, warum Mechtan von Taklir ausgerechnet auf diese Weise begann.

»Von Aykalie weiß ich, dass du etwas Besonderes bist, Levian.«

Er verstand nicht. Nie hatte er in ihrer Gegenwart nur ein Wort über seine wahre Herkunft verloren, nicht einmal eine Andeutung. Seit er von Bord seines Generationenschiffs gegangen war, um die Waffe im Ichest-System zu bergen, hatte er tunlichst alles vermieden, was geeignet gewesen wäre, den Ablauf der Geschichte zu verändern. Er hatte gelebt wie ein Akone, sich verhalten wie ein Akone, und nur im Grunde seines Herzens war er der Lemurer geblieben, der er stets gewesen war. Ein Lemurer, der nichts mehr liebte als seine Heimat, der bedenkenlos sein Leben gegeben hätte, um das Große Tamanium zu erhalten. *Viele,* dachte er bitter, *haben ihr Leben dafür gegeben.*

In den Augen der Frau blitzte es auf. Ein spöttisches Lächeln umspielte ihre Mundwinkel. Aber lag darin auch ein Hauch ungestillter Sehnsucht? Mit beiden Händen massierte Levian sich die Schläfen.

»Aykalie ist schwanger«, fuhr der Admiral fort. »Sie hat es mir vor drei Wochen gesagt.«

»Aber ...« Selten war Paronn so verwirrt gewesen wie ausgerechnet jetzt. Er hatte geglaubt, einem harten Verhör unterzogen zu werden, hatte die schlimmsten Befürchtungen gewälzt und nach einem Ausweg gesucht. Stattdessen saßen sie hier beinahe schon in einer gemütlichen Runde beieinander und redeten wie beiläufig über ... Nachwuchs. Der Admiral schien darüber sogar sichtlich erfreut zu sein. Glaubte er etwa ...?

Levian schüttelte den Kopf. Sein Kind war während eines Bestienangriffs ums Leben gekommen. Das wollte er nicht noch einmal erleben. Nichts war schlimmer, als ein Kind sterben zu sehen. Er hatte sich danach in die Arbeit gestürzt und nichts anderes mehr wahrgenommen. Und dann war der Vehraáto gekommen, hatte ihm die Unsterblichkeit gegeben und eine Aufgabe ...

Der Takhan hatte ihn offenbar genau beobachtet, schien seine Reaktion aber falsch zu deuten. »Du bist nicht der Vater, Levian«, sagte er rau, und es klang beinahe, als bedauere er es. »Aykalie hat einen Test machen lassen und dazu natürlich genetisches Material vorgelegt, das von dir stammt.«

Allmählich begriff Paronn.

»Das Ergebnis war eine Überraschung.« Die Frau übernahm das Wort. »Auch wenn wir Akonen in direkter Linie von Lemurern abstammen, ist die Zeit nicht spurlos vorübergegangen. Seit zwei Wochen wissen wir nun, dass in unserer Flotte ein Mann dient, der kein Akone ist. Dessen DNA ihn mit großer Wahrscheinlichkeit als Lemurer ausweist.«

»Dieser Mann«, fuhr der Admiral fort, »hat sich bei der Bergung der Generationenschiffe besonders hervorgetan. Im Nachhinein erhalten einige Details dadurch einen anderen Sinn, die zuvor als Ausdruck deines Ehrgeizes angesehen wurden.«

»Auch gewisse Vorkommnisse auf Drorah sind nun wohl anders zu bewerten«, sagte die Frau. »Die Mini-Drohne, die dem Zwerg aus der Sternenarche den Unterarm abriss und sogar Perry Rhodan verletzte, wurde von dir programmiert. Das war anfangs nicht klar, dann vermutete Takhan Mechtan von Taklir einen gezielten Anschlag auf Jars von Aburrir. Immerhin ist er Aykalies Ehemann, und das ergäbe einen Sinn. Zumal der Test ihn eindeutig als Vater des werdenden Kindes ausgewiesen hat. Mittlerweile glauben wir zu wissen, dass der Anschlag Boryk galt. Aber wir kennen noch kein Motiv.«

»Mein Tagebuch.« Paronn seufzte gequält. »Der Zwerg hat es mit seinen paranormalen Fähigkeiten an sich gebracht. Zu dem Zeitpunkt musste ich verhindern, dass sein Inhalt bekannt wurde. Ich wollte weder Jars noch Aykalie verletzen, auch Rhodan nicht.«

»Du hast demnach alles darauf angelegt, in deine eigene Zeit zurückzukehren«, stellte die Frau fest.

»Das hat er bereits zugegeben, Nad'ehu«, wandte der Admiral ein.

»Warum? Ich frage mich warum? Momentan sehe ich keinen Sinn darin.« Auffordernd schaute sie den Maphan an.

»Ich will zurück, um zu verhindern, dass die Bestien auch diese Zeit mit ihrem Morden überziehen«, sagte Paronn entschieden. Mit einer knappen, auffordernden Geste gab die Frau ihm zu verstehen, dass er weiterreden sollte. Und Levian tat es. An Bord der UMBERIA hatte er genügend Zeit gehabt, sich eine Argumentation zurechtzulegen. Ihm war klar, dass er dennoch eine gehörige Portion Glück benötigte, um überzeugend zu wirken. Aber er musste es versuchen.

Ganz kurz berichtete er von der geheimen Forschungsstation des Suen-Klubs auf Torbutan im 87. Tamanium. Davon, dass Icho Tolot durch diese Zeitmaschine in das 97. Kriegsjahr gekommen war. Vom Transport des Zeittransmitters nach Lemur, vom Angriff der Bestien auf das Heimatsystem der Menschheit und seinem Weg zurück in die Vergangenheit, in das Jahr des ersten Mondflugs der Lemurer. Vom Bau der Sternenarchen und dem Weg hunderttausender parapsychisch begabter Lemurer in die ferne Zukunft.

Er redete von der Waffe gegen die Bestien, die von den frühen Akonen im Ichest-System gebaut worden, aber in Vergessenheit geraten war. Eine Entwicklung, an der die dort heimischen Menttia großen Anteil gehabt hatten.

Und er sagte offen, dass er mit den Konstruktionsdaten dieser Waffe hatte in seine Zeit zurückkehren wollen.

»... um zu verhindern, dass die Arsenalplaneten der Bestien entstehen«, wiederholte die Nad'ehu Levians letzten Satz. Durchdringend sah sie ihn dabei an. »Ich kann das kaum nachvollziehen. Eher glaube ich an die Absicht, die Bestien frühzeitig wirkungsvoll zu bekämpfen. Mit allen Auswirkungen, die ein solches Vorgehen für unsere Zeit haben würde.«

»Nicht auf Akon«, sagte Paronn schnell.

»Auch auf Akon. Wenn sich alles verändert, kann es keinen Ruhepol geben.«

»Unsere Überlegungen in der Hinsicht sind unnötig, Nad'ehu«, sagte der Admiral. »Der Zeittransmitter wurde zerstört ...«

»Von Perry Rhodan und Icho Tolot, denen die Gefahr eines Zeitparadoxons ebenfalls bewusst war.« Eine Weile kaute die Frau auf ihrer Unterlippe. »Ich frage mich ohnehin, weshalb Rhodan inkognito in den Ochent-Nebel gekommen ist. Manche vermuten, dass er diplomatische Kontakte knüpfen wollte. Warum an Bord eines Prospektorenraumers und nicht über offizielle Kanäle? Nur damit Arkon nichts davon erfährt?«

»Das liegt auf der Hand«, sagte der Admiral.

Die Frau schüttelte den Kopf. »Nein, Mechtan. Ich bilde mir ein, mich in gewisser Weise in Terraner hineindenken zu können, aber das erscheint mir zu vordergründig.«

»Er wollte das Paradoxon verhindern.«

Die Hohe Frau lachte dumpf. »Auch der terranische Resident kann nicht hellsehen. Woher hätte er davon wissen sollen?« Sie wandte sich wieder Paronn zu. »Nur um eines klarzustellen: Der Waffe aus dem Ichest-System, wie immer sie beschaffen sein mag, bedarf es nicht, damit wir heute die Bestien besiegen. Sie sind unseren Transformkanonen hoffnungslos unterlegen.«

»Eine solche Einschätzung kann ich nicht teilen«, widersprach Levian. »Es gab mehrfach Verluste im Gorbas-System. Ich habe drei meiner Schiffe verloren, als die Bestien überraschend angriffen.«

»Du sagst es«, stellte der Admiral fest. »*Überraschend.* Würdest du in derselben Situation noch einmal drei Schiffe verlieren?«

Einen Moment lang stockte der Maphan. Er erkannte Mechtan von Taklirs Absicht deutlich. »Nein«, antwortete er betont. »Ich glaube nicht, dass sie mit ihren Intervallkanonen erneut diesen Erfolg erzielen würden. Aber«, fügte er hinzu, als der Admiral sich zurücklehnen wollte,

»niemand kann sagen, wie viele Basen sie wirklich unterhalten, wie groß die Zahl ihrer Schiffe und der Bestien selbst ist. Wenn sie geschlossen in einer Großoffensive angreifen ...«

»Das tun sie nicht mehr«, sagte die Nad'ehu in einem Tonfall, der keinen Widerspruch zuließ. Ein leiser Summton war zu vernehmen. Sie ballte die linke Hand zur Faust, und über ihrem Handrücken entstand ein knapp eine Handspanne messendes Hologramm. Paronn konnte nicht erkennen, was es zeigte, da drei Viertel der Projektion ausgeblendet waren. Die Hohe Frau nickte knapp, dann wandte sie sich dem Admiral zu: »Mechtan, sag ihm alles!« Zugleich erhob sie sich und verließ den Raum mit schnellen Schritten.

»Ist etwas vorgefallen?«, fragte Levian, während er ihr nachschaute. »Das Energiekommando ...«

»Frag die Nad'ehu danach!«

»Sie gehört zum Energiekommando? Und du ebenfalls.« Eigentlich glaubte Paronn das selbst nicht. Immerhin arbeitete Aykalie für das Energiekommando, und über sie hatte er versucht, mehrfach an brisante Themen heranzukommen. Aykalie ihrerseits hatte stets versucht, das vor ihrem Großvater geheim zu halten. Aber möglicherweise gab es sogar geheimdienstintern Geheimnisse.

Der Admiral lächelte mitleidig. »Erwarte nicht von mir, dass ich dazu Stellung beziehe. Schließlich hast du nicht nur mich, sondern auch Aykalie jahrelang über deine wahre Identität im Unklaren gelassen.«

»Was wäre andernfalls geschehen?«, erwiderte Levian. »Du hättest versucht, mindestens die Siebente Flotte einzuschalten. Und das hätte unweigerlich ein Paradoxon nach sich gezogen.«

»Wir hätten verhindert, dass der Zeittransmitter auf Gorbas-Vier zerstört wird.«

Paronn spürte, dass seine Gesichtszüge entgleisten.

»Zugleich hätte ich jedoch den Teufel getan, dich in die Vergangenheit gehen zu lassen«, fuhr der Takhan fort. »Ebenso wenig, wie Rhodan das zugelassen hat.«

»Damit sind die Fronten abgesteckt.«

»Wenn du es so nennen willst, mein Junge. Worauf die Nad'ehu eben angespielt hat: Die Bestien haben bereits zugeschlagen, aber sie sind nicht stark genug, um uns zu widerstehen. Die Siebente Flotte, leider ohne deine fünf Schiffe, unterstützt von schweren Kampfkreuzern der Neunten und Zehnten Flotte, befindet sich im Rückflug nach Akon. Ich bin den Schiffen auf dem Transmitterweg vorausgeeilt.«

Paronn hatte, ohne es zu wollen, die Stirn in Falten gelegt. »Wo?«, fragte er nur.

»Merdosa-System«, antwortete der Admiral ebenso schroff.

»Knapp siebentausend Lichtjahre von hier«, überlegte Levian. »Fünf Planeten. Nummer drei, Merdo, ist eine eher unbedeutende Agrarwelt.«

»Sie war unbedeutend«, pflichtete der Takhan bei. »Fünfundvierzigtausend Bewohner in zwei Zentren, zuständig für die gesamte vollrobotische Produktion. Drei Ernten im Jahr. Inzwischen ist Merdo eine weitgehend verbrannte Wüste. Nicht einmal fünfhundert Männer und Frauen konnten sich vor dem Zugriff der schwarzen Kugelraumer in Sicherheit bringen. Es waren große, achthundert Meter durchmessende Kampfschiffe und eine Vielzahl kleiner Einheiten knapp unter hundert Meter. Ihre Basis auf dem äußeren Planeten existiert nicht mehr. Wir waren gezwungen, sie vollständig auszulöschen. Ebenso die Angriffsflotte. Von dreihundert Bestienraumern sind allerdings zwölf in den Hyperraum entkommen.« Mechtan von Taklirs Blick wurde starr, beinahe zwingend. »Wir haben selbst siebzehn Raumschiffe verloren. Ich bin der Meinung, diese Schiffe und ihre Besatzungen könnten noch leben, wären wir rechtzeitig informiert worden.« Er erhob sich, machte zwei schnelle Schritte auf Paronn zu, blieb aber doch stehen und verschränkte die Arme. Von oben herab musterte er den Maphan, den er Aykalies Ehemann stets vorgezogen hatte. Vielleicht, ließ sein Mienenspiel erkennen, war das doch ein Fehler gewesen.

»Du hast die DIÖGU verloren – mit 220 Mann Besatzung. Weil du sie ohne Sicherung nach Gorbas geschickt hast. Außerdem drei Schiffe ... Alle diese Männer und Frauen sind unnötig gestorben. Weil ihr Maphan kein Vertrauen in die Flottenführung zeigt. So ist es doch, mein Jun...« Mechtan von Taklir verstummte. Oft hatte er Achab *mein Junge* genannt, weil er in ihm so etwas wie den Sohn gesehen hatte, der ihm vom Schicksal verweigert worden war. Diese Anrede stand ihm, der bald viermal so alt war wie Achab, sehr wohl zu. Aber jetzt zögerte er. Achab war kein Jüngling von 40, sondern ein Methusalem mit 55 000 Jahren auf dem Buckel.

»Ich weiß nicht mehr, was ich von dir halten soll.« Der Admiral zog es vor, bei der Wahrheit zu bleiben. »Ausgerechnet du bringst mein Weltbild ins Wanken. Und was kommt noch?«

»Die Bestien, Takhan, das ist sicher. Sie sind auf Gorbas und vermutlich vielen anderen Welten, und ...«

Keiner von beiden hatte bemerkt, dass die Nad'ehu zurückgekehrt war. Erst, als sie sich vernehmlich räusperte, schauten sie auf.

»Oft genug«, sagte die Hohe Frau, »ist das Energiekommando schneller und umfassender informiert als andere Stellen. Das dürfte auch diesmal der Fall sein. Seit gut fünf Stunden sammelt sich eine arkonidische Flotte im Nachbarsektor. Unser Agent sprach von nur fünf Schiffen anfangs, aber vor einer halben Stunde waren es bereits über neunhundert. Grund für diesen Aufmarsch ist der Angriff Unbekannter auf ein arkonidisches Installationsschiff. Es muss weitgehend vernichtet worden sein.«

»Die Bestien?«, fragte der Admiral.

»Das Schiff wurde gerammt«, erklärte die Nad'ehu. »Von einem kleinen schwarzen Raumer. Die Arkoniden haben das anhand der Spuren rekonstruiert, obwohl nicht viel übrig geblieben zu sein scheint. Aus dem Schiffswrack wurde mit Desintegratoren und Thermogeschützen die obere Polkuppel herausgeschnitten.«

»Ich wusste es!«, sagte Paronn. »In der Polkuppel war eine Transformkanone untergebracht, oder? Die Bestien sind also schon im Begriff, ihren technischen Rückstand aufzuholen, und versorgen sich mit modernen Waffen.«

»So schnell baut niemand eine Transformkanone nach«, sagte der Admiral.

»Wir wissen nicht, über welche Möglichkeiten sie verfügen«, widersprach Paronn. »Sehr wahrscheinlich werden wir schon in zwei oder drei Wochen mit ihren ersten Angriffsflotten konfrontiert, die mit Transformkanonen ausgerüstet sind.«

»Das sind doch Hirngespinste«, fuhr Mechtan von Taklir auf. Aber wirklich überzeugend klang er nicht.

»Es gibt nur eine Möglichkeit, die Bestien wirklich zu stoppen!«, sagte Paronn. »Wir müssen verhindern, dass sie ihre Arsenale überhaupt erst errichten.«

»Das ist ausgeschlossen!«

Mit einer ungehaltenen Geste schnitt die Nad'ehu dem Admiral das Wort ab. »Ich höre, Levian.«

Der Lemurer nickte knapp. »Dass der Zeittransmitter auf Gorbas-Vier zerstört wurde, muss nicht bedeuten, dass wir nicht an die Bestien herankommen. Es ist rund dreitausend Jahre her, dass Akon mithilfe eines Zeitumformers versucht hat, den neu aufgetauchten Rivalen Terra zu besiegen ...«

»Das ist kein Thema! Der Zeitumformer wurde damals vernichtet.«

»Aber die Konstruktionsunterlagen bestimmt nicht.«

Der Gesichtsausdruck der Hohen Frau schwankte zwischen bestürzt und ungehalten. »Angenommen, die Pläne existierten tatsächlich noch ... nicht einmal ich könnte darüber verfügen. Und wie lange wird wohl ein Neubau in Anspruch nehmen? Diese Zeit werden die Bestien uns nicht lassen, falls sie wirklich in der Lage sind, Transformkanonen nachzubauen.«

»Es gibt noch die Möglichkeit, einen Nullzeitdeformator einzusetzen!«

»Dessen Bau ebenfalls Jahre verschlingen würde.«

»Aber das wäre zumindest möglich?«

»Du bist verrückt«, sagte die Nad'ehu tonlos. »Oder besessen.«

»Noch schlimmer«, stellte Mechtan von Taklir fest. »Levian Paronn ist beides.«

»Ich will vor dem Regierenden Rat sprechen«, verlangte der Lemurer. »Dann werden wir weitersehen. Drorah ist aufs Äußerste gefährdet, und wenn eintrifft, was ich befürchte ...«

»Gegen eine Gefahr wie die Bestien werden alle raumfahrenden Völker der Galaxis zusammenhalten«, behauptete die Frau. »Ich bin sicher, auch die Haluter werden sich einem solchen Kampf nicht entziehen. Und die Terraner hätten ebenfalls allen Grund ...«

»Die Terraner haben mit einem Nullzeitdeformator schon die Frühzeit von Lemur besucht und unseren Vorfahren geholfen, gegen die Präbios zu bestehen«, sagte Paronn. »Sie werden ein offenes Ohr für mich haben.«

»Terra oder die LFT verfügen ebenso wenig über ein funktionstüchtiges Gerät wie Akon.«

»Dessen wäre ich mir nicht so sicher«, erwiderte Paronn. »Hatten die Terraner nicht einen großen Nullzeitdeformator im Bau? Es muss damals gewesen sein, als sie nach Lemur gingen. Ich denke schon, dass das Energiekommando mehr darüber weiß.« Für ihn war das Thema nie wirklich wichtig gewesen. Eben, weil er darauf gebaut hatte, mit dem Zeittransmitter die Reise antreten zu können und alles andere für ihn bedeutet hätte, den Zeitablauf wissentlich zu verfälschen. »Und wenn nicht«, fuhr er fort, »wird Perry Rhodan mir die richtige Auskunft geben können ...«

»Wir wissen nicht, wo Rhodan sich aufhält«, sagte Mechtan von Taklir. »Das Vorhaben, seine PALENQUE ebenso wie die LAS-TOÓR zu verfolgen, wurde aufgegeben, als der Notruf von Merdo eintraf. Alle verfügbaren Kräfte wurden ins Merdosa-System in Marsch gesetzt oder nach Drorah beordert.«

»Als ich das Gorbas-System verließ, hielten sich Rhodan und seine Leute noch auf dem vierten Planeten auf.«

»Auf der Bestienwelt?«, fragte die Nad'ehu.

»Weder die LAS-TOÓR noch die PALENQUE werden angreifenden Bestienraumern lange widerstehen können«, stellte der Admiral fest. »Nicht wahr, Levian? Womöglich lebt Rhodan nicht mehr.«

Die Frau wurde blass.

»Das heißt, Levian hat den terranischen Residenten bewusst auf Gorbas-Vier zurückgelassen«, fuhr Mechtan von Taklir fort.

»Rhodan konnte auf beide Raumschiffe zurückgreifen – vor allem kannte er die Gefahr.«

Die Frau erhob sich. »Takhan, deine Siebente Einsatzflotte befindet sich im Anflug auf das Heimatsystem. Du wirst den Kurs nach Gorbas ändern. Holt Rhodan und unsere Leute da raus – falls es noch nicht zu spät ist. Sammelt zudem alle Informationen über die Bestien, die vor Ort zu bekommen sind. Egal, wie hoch der Preis dafür ist.«

»Wir sind diesmal vorbereitet«, sagte der Lemurer.

»Wir?«, wiederholte die Nad'ehu gedehnt. »Ab sofort, Levian Paronn, stehst du unter Arrest. Takhan Mechtan von Taklir nimmt sich deiner an. Dein Kommando, Maphan, ist dir hiermit entzogen.«

»Aber ich sehe nicht ein, warum ...«

Mit zwei schnellen Schritten war sie bei ihm. Ihre Hände schnellten vor und gruben sich in seine Uniformjacke. »Ich sehe es dafür umso deutlicher. Ich lasse mich nicht zum Narren halten, Levian Paronn. Weder von einem Terraner noch von einem Lemurer. Und in einem denke ich zweifellos wie die Haluter: Ich werde nicht tatenlos zusehen, wenn jemand versucht, in die Vergangenheit zu gehen und unsere Gegenwart zu verändern. Ich mag keine Zeitparadoxa. Haben wir uns verstanden?«

Paronn schwieg verbissen.

»Du kannst sicher sein, dass ich nicht nur ein Auge auf dich haben werde, Lemurer, sondern beide«, herrschte Mechtan von Taklir ihn an. Ein klein wenig ruhiger fügte er hinzu: »Wie ist das zwischen dir und Aykalie? Hast du sie nur ausgenutzt?«

»Ich weiß es nicht«, log Levian.

Irgendwie war er sich selbst nicht mehr sicher. Hatte Aykalie ihn an Erghena erinnert? Auf gewisse Weise ... und je länger er darüber nachdachte ...

»Worauf wartest du noch?« Der Admiral schob ihn unsanft vor sich her. »Ich denke, die Bestien zögern nicht, uns alle umzubringen. Machen wir ihnen also die Freude.«

17

Allmählich machte sich Nervosität breit. Perry Rhodan sah, dass Shimon seine Waffe auf höchste Leistungsabgabe justierte. Der Exobiologe schaute nur kurz auf, als Hartich van Küspert neben ihm den Kopf schüttelte.

»Du glaubst doch wohl nicht, dass wir damit aus dem Schlamassel herauskommen?«, sagte der Physiker. »Wenn du mich fragst, stecken wir bis zum Hals in der Scheiße.«

»Und ich hielt Terraner immer für Menschen mit halbwegs guten Umgangsformen«, sagte Solina Tormas. »Sogar an Bord der PALENQUE war ich noch der Meinung.«

»Jetzt nicht mehr?«, fragte Shimon.

Die Historikerin zuckte vielsagend mit den Schultern.

»Vorurteile sind dafür da, dass man sie pflegt«, behauptete Hartich. »Aber vielleicht hast du sogar Recht mit dem, was du da machst, Isaias. Obwohl ich nicht glaube, dass das allein auch nur einen dieser wilden Ur-Haluter umbringt.«

Unvermittelt hob er den Kopf – und prallte sichtlich erschrocken zurück. Fast zum Greifen nahe über ihm schwebte ein halbrunder, schwarzer Schädel. Die drei handflächengroßen, glühenden Augen waren auf ihn gerichtet. Gerade noch rechtzeitig registrierte Hartich, dass er Icho Tolot vor sich hatte und keine der gefürchteten Bestien; er hätte die Hand mit der Waffe ohnehin nicht mehr schnell genug in die Höhe gebracht. Im Helmfunk konnten alle hören, dass er krampfhaft schluckte.

»Tolotos, beherrsch dich!«, rief Rhodan. Er registrierte deutlich, dass der Freund einem seiner gefürchteten Lachanfälle nah war.

Icho Tolot ließ letztlich nur ein Schnauben vernehmen, das aber schon einem mittleren Erdbeben ähnelte.

Rhodan blickte die Reihen der Aufzuchtstanks entlang, die sich in der Dunkelheit verloren. Er fragte sich, ob es übertrieben war, allein für Gorbas-IV eine Zahl von mehreren hunderttausend anzunehmen? Und wie viele solcher Arsenale gab es letztlich? Für einen Augenblick schwindelte ihn, und er atmete tief ein. Der Anzugservo erhöhte den Sauerstoffanteil in der Atemluft geringfügig; Perry registrierte die Anzeige im Head-up-Display. Was er hier auf Gorbas-IV sah, war schlimmer als die Vermutungen, die ihn in die Zentrumsregion der Milchstraße geführt hatten. Er hatte sofort gespürt, dass es sich nicht nur um Gerüchte in Agentenkreisen gehandelt hatte, die üblicherweise im Archiv unter unwichtigem Tagesgeschäft gespeichert wurden. Und damit hatte er offensichtlich den richtigen Riecher bewiesen. Obwohl er keineswegs die Dimension der Bedrohung erwartet hatte, wie sie sich mittlerweile abzeichnete.

Er fragte sich, ob es besser gewesen wäre, eine große Flotte in Marsch zu setzen. Die Antwort darauf blieb er sich schuldig. Wirklich sicher wusste er nur, dass eine Flotte extreme diplomatische Verwicklungen heraufbeschworen hätte. So, wie es war, war es richtig. Vorerst jedenfalls.

In welcher Zeit die Station von den Bestien errichtet worden war, konnte er nur vermuten. Wahrscheinlich in den Jahrtausenden nach dem Untergang Lemurias.

Die Akonen hatten auf Gorbas-IV seit kurzem Hyperkristalle abgebaut, nicht mit großer Maschinerie, sondern eher in antiquiertem, jedoch Rohstoff schonendem Verfahren. Um den Planeten als solchen hatten sie sich nicht gekümmert. Andernfalls hätten sie über kurz oder lang auf die unterirdischen Anlagen stoßen müssen. Ausbeuten und vergessen – das war einer der Auswüchse immer kürzerer Entwicklungszyklen. Was heute noch Profit und entscheidende Vorteile im Mit- und Gegeneinander der galaktischen Mächte bedeutete, konnte morgen schon zur Fehlinvestition geworden sein.

»Die Bedrohung scheint doch hauptsächlich theoretischer Natur zu sein«, bemerkte Shimon. »Die Bestien in den Tanks sind tot, oder ...?«

Solina Tormas räusperte sich. »Boryk behauptet das Gegenteil.«

»Die hier sind auf jeden Fall tot!« Gut 45 Meter weiter hatte Hayden Norwell sich an einem der Tanks zu schaffen gemacht. Er drückte den Raumhelm gegen die Verkleidung, um möglichst viel erkennen zu können. »Sieht so aus, als wäre ihnen irgendwas nicht gut bekommen.«

»Trotzdem dürfen wir aus dem Zustand einzelner Tanks nicht auf die gesamte Anlage schließen«, mahnte Icho Tolot. »Dafür wissen wir noch zu wenig.«

»Vorsicht ist nach wie vor angebracht«, pflichtete Rhodan ihm bei.

»Warum bilden wir nicht mehrere Gruppen?«, fragte Norwell unvermittelt. »Dann können wir uns etwas umfassender umsehen.«

Hartich van Küspert schüttelte verständnislos den Kopf. »Jeder für sich allein, oder wie? Damit die Bestien auf jeden Fall leichtes Spiel mit uns haben?«

»Die Bestien sind abgestorben!«, behauptete der Prospektor. »Wäre es anders, hätten sie uns längst angegriffen.« Er hatte sich inzwischen der anderen Tankreihe zugewandt. »Hier!«, rief er Augenblicke später. »Ebenfalls tot. Keine Ahnung, was versagt hat, aber ihre Überreste zersetzen sich langsam. Die Bestien, mit denen wir es bislang zu tun hatten, haben die Zeit womöglich im Kälteschlaf überdauert. Sie wurden zuerst aufgeweckt. Als Wächter, oder um die Armee einzuweisen, die hier heranwachsen sollte.«

Rhodan nickte. »Beide Vermutungen liegen allerdings nahe.«

»Sie erscheinen logisch«, ließ sich auch Tolot vernehmen. »Aber nicht in letzter Konsequenz.«

»Ach was!«, widersprach Norwell. »Diese Wächter haben die akonischen Arbeiter ausgeschaltet und uns und Levians Schiffe angegriffen. Der Kerl, den Tolot am Transmitter betäubt hat, war womöglich der letzte Überlebende.«

»Und wenn nicht?«, fragte Solina Tormas. »Boryk sprach davon, dass die Hüter leben.«

»Frag ihn noch einmal!«, schlug Norwell vor.

»Boryk schläft.«

»Wir fallen auf sein Geschwätz im Fieberwahn herein«, sagte der Prospektor. »Aber nicht mit mir.«

»Was hindert uns in diesem Fall daran«, warf van Küspert ein, »die PALENQUE zu rufen und uns abholen zu lassen? Das Schiff dürfte mit den vermaledeiten Nebelquallen doch fertig werden.«

»Ich nehme an, Rhodanos hat das längst versucht«, sagte der Haluter.

»Davon haben wir nichts mitbekommen«, widersprach Shimon.

»Tolotos sieht das richtig«, bestätigte Rhodan. »Ich habe kurzzeitig den normalen Helmfunk abgeschaltet und versucht, Funkkontakt zu bekommen.«

»Also ziehen wir doch nicht alle an einem Strang.« Norwell schüttelte den Kopf. »Es ist wie immer: Die Obrigkeit versucht, uns unwissend zu halten. Es ist nicht einmal klar, ob die PALENQUE während der Landung von robotgesteuerten Bodenforts angegriffen würde. Das Schiff dürfen wir auf keinen Fall gefährden.«

»Wenn Hayden der Ansicht ist, rufen wir eben die LAS-TOÓR«, entschied Solina. »Unser Maphan riskiert sein Leben inzwischen wohl auch für einen terranischen Prospektor.« Sie bedachte Norwell mit einem giftigen Seitenblick, den der aber überhaupt nicht bemerkte.

»Unsere Anzugfunkgeräte sind zu schwach, wir können mit ihnen die Schiffe nicht erreichen«, warf Rhodan ein. »Obwohl ich annehme, dass die PALENQUE und die LAS-TOÓR sich mittlerweile im Orbit befinden.«

Die Überlegung, dass beide Raumer schon von den Bestien vernichtet worden sein konnten, behielt er lieber für sich. Auch, dass er von Anfang an einen Trumpf im Ärmel hatte. Anders hätte sein Freund Reginald Bull ihn gar nicht erst auf die PALENQUE gehen lassen. »Wer sich in Gefahr begibt, kommt darin um.« Bullys aufgebrachter Ausruf klang Rhodan noch in den Ohren. Unwillkürlich musste er lächeln. Die Alternative war, sich auf Terra auf einem einsamen Südseeatoll zu verkriechen. Auf Dauer erschien ihm das todlangweilig, abgesehen davon, dass er für solchen Müßiggang bestimmt nicht der Richtige war.

»Warum bedienen wir uns nicht der Funkstation der Bestien?«, fragte Tolot. »Vorausgesetzt, wir finden eine solche Anlage.«

Rhodan nickte zufrieden. »Genau das wollte ich eben vorschlagen.«

Nach gut zwei Kilometern, in denen sich die Aufzuchtstanks hintereinander reihten, wurde das Ende der Halle erkennbar. Mindestens 25 000 der mehrfach mannshohen Tanks hatten hier Platz gefunden, und die Kulisse war ebenso bedrückend wie gigantisch.

Die Bestien in den halbtransparenten Behältern schienen voll ausgebildet gewesen zu sein, hatten es aber aus irgendeinem Grund nicht geschafft, ihre Tanks zu verlassen.

Die Zeit dafür war noch nicht reif, durchzuckte Rhodan ein aberwitziger Gedanke. Sie hatten nur einige der ersten Tanks kontrolliert, es dann aber aufgegeben. Der Terraner hatte es plötzlich eilig. Wieder wischte er den Staub der Jahrtausende beiseite – und diesmal blickte er nicht auf zähflüssige Zellmasse, sondern auf die massigen Säulenbeine eines aufrecht stehenden schwarzhäutigen Kolosses. Über ihm, als wollten sie jeden Moment zugreifen, hingen die beiden Brustarme. Reglos zwar, dennoch prallte Rhodan unwillkürlich zurück.

Seine Begleiter sahen hinter dem frei gewischten Abschnitt zwar nur die schwarze Lederhaut, aber das genügte.

»Natürlich mussten wir damit rechnen, dass nicht alle Züchtungen abgestorben sind«, sagte van Küspert. »Aber was können wir dagegen unternehmen?«

»Lebt die Bestie?« Shimons Stimme zitterte.

»Ich denke schon«, antwortete Rhodan. »Sie ist nur noch nicht aktionsfähig.«

»Wann wird es so weit sein?«

Mit zwei seiner vier Hände wischte Tolot den oberen Bereich des Tanks frei. »Sehr bald«, erklang es aus seinem Rachen.

Die Augen des eingeschlossenen Monstrums waren nur halb geöffnet. Dennoch drang zwischen den lamellenförmigen Lidern ein rotes Glühen hervor. Jeder, der zu der Bestie aufschaute, hatte unweigerlich den Eindruck, dass sie ausgerechnet ihn fixierte.

Tolot wischte über den nächsten Tank. Auch hier bot sich ihm kein anderes Bild.

»Sie hat sich bewegt!«, behauptete Solina jäh.

Sekunden später sahen es alle. Der vierarmige Koloss, vor dem Rhodan stand, bewegte die Brustarme. Zentimeterweise nur, aber das konnte kein Zufall mehr sein.

»Er darf nicht aufwachen!«, keuchte Norwell. »Wenn wir die Desintegratoren nehmen ...«

»Beschädige den Aufzuchtstank, und wir haben die Bestie sofort am Hals«, behauptete Tolot. »Andernfalls bleiben uns vielleicht noch eine oder zwei Stunden Galgenfrist.«

»Und dann?«, fragte Solina.

»Dann haben wir bestimmt nichts mehr zu lachen«, sagte der Physiker.

»Solina wollte wissen, ob sie danach ebenfalls verfallen ... genau wie die anderen«, berichtigte Shimon. »Die sind so tot, dass sie mir fast schon sympathisch werden.«

»Vielleicht ist diese Höllenbrut in anderen Höhlen schon weiter entwickelt.« Geradezu widerwillig brachte Norwell die Feststellung hervor. »Dann müssen wir jeden Moment damit rechnen, dass sie über uns herfallen.«

»Das müssen wir wohl«, bestätigte Tolot.

Von irgendwoher, wie aus sehr weite Ferne, drang ein dumpfes Rumoren heran. Die Außenmikrofone registrierten das Geräusch mit jeder Nuance. Augenblicke später durchlief eine leichte Erschütterung den Hallenboden.

»Ein tektonisches Beben«, vermutete Shimon.

»Unsinn!« Norwell lachte leise auf. »Das war eine Explosion. Noch dazu alles andere als von schlechten Eltern!«

»Der Meinung ist mein Planhirn ebenfalls«, bestätigte

Tolot. »Entfernung nicht definierbar, auf jeden Fall mehr als nur einige Dutzend Kilometer.«

Vergeblich warteten sie auf einen neuen Donner. Die jäh aufflammende Hoffnung, dass das Bestiendepot entweder von der PALENQUE und der LAS-TOÓR oder von den zurückgekehrten akonischen Schiffen der Siebenten Flotte angegriffen wurde, schien sich nicht zu erfüllen. Alle hörten, dass van Küspert nach Sharita Coho rief, doch eine Antwort blieb aus. »Taub wie eine Nuss«, schimpfte der Physiker, wobei er offen ließ, ob er den Funk meinte oder die Kommandantin des Prospektorenraumers. Aber darauf achtete keiner.

Wahrscheinlicher erschien es Rhodan, dass sich im Höhlensystem ein Unfall ereignet hatte. Angesichts des Alters der Anlage hätte ihn das wenig verwundert. *Kommen die Bestien, oder war das nur ein technisches Versagen?* Die Frage stand unausgesprochen im Raum.

Die im Erwachen begriffenen Kolosse hatten sich augenscheinlich wieder ein Stück bewegt. Rhodan konnte sich des unguten Gefühls nicht erwehren, dass beide ihn fixierten.

Zum zweiten Mal forderte er den Anzugservo über Blickschaltung auf, die ultrakurze Notfallkennung abzusetzen. Die Sendeenergie war auf jeden Fall so bemessen, dass sie mehrere Lichtjahre überbrücken konnte. In den Vorgang eingreifen konnte Rhodan nicht, ebenso wenig den auf ein Minimum reduzierten Hyperfunksender nutzen, um die PALENQUE anzurufen. Das System war und blieb Teil seiner persönlichen Sicherheit, auf der Bully mit Nachdruck bestanden hatte. Seit mindestens vier Wochen raufte der Dicke sich wohl dennoch die Haare. *Vielleicht,* dachte Rhodan, *hat er ja gar nicht so Unrecht.* Aber die Bestätigung, dass die Kennung empfangen worden war, blieb aus.

Auch Hartichs Bemühungen zeigten keinen Erfolg.

Minuten später verließen sie die Halle. Auch auf dieser Seite gab es ein großes Schott, das knirschend vor Icho Tolot zur Seite glitt. Die Energieversorgung war demnach nicht unterbrochen. Rhodan dachte immer noch an die ferne Explosion – und daran, dass sie ohne die Möglichkeit, sich bemerkbar zu machen, bei einem Vorstoß der akonischen Flotte schlechte Karten hatten.

Für ihn hatte das dumpfe Grollen nach einer Transformexplosion geklungen. Oft genug hatte er diesen Aufschrei der Materie gehört, der ihre völlige Zerstörung begleitete. Wer jemals dem scheinbar aus dem Nichts heraus materialisierenden Glutball nahe gewesen war, vergaß den Hauch des Todes nie mehr.

Aber warum folgten keine weiteren Detonationen? Das konnte nur bedeuten, dass die Angreifer sich wieder zurückgezogen hatten. Oder sie waren ihrerseits schwer angeschlagen. Vor allem schien es sich nur um ein einzelnes Schiff gehandelt zu haben. Um die PALENQUE?

Rhodan kniff kurz die Augen zusammen. Sein Reflex, die Nasenwurzel zu massieren, scheiterte am geschlossenen Helm. Das war eine instinktive Bewegung, gegen die selbst dreitausendjährige Erfahrung nicht ankam.

»Denkst du dasselbe wie ich, Rhodanos?« Tolots Stimme drang in seine Überlegungen. Als er nur nickte, entblößte der Haluter sein mörderisches Gebiss.

Auch außerhalb der Halle herrschte Dunkelheit. Norwell ließ sich endgültig von seiner cholerischen Ader treiben und fluchte unbeherrscht, als die Lichtkegel der Scheinwerfer ein chaotisches Durcheinander enthüllten.

»Was willst du eigentlich?«, fragte van Küspert. »Sobald es hier hell wird, drehen die Bestien uns den Hals um. Dann kommen sie aus den Tanks. Ich hoffe, dass uns die Nacht noch lange erhalten bleibt.«

Der Außenbereich war offenbar weit weniger gut befestigt als die Halle, die sie eben durchquert hatten. Große Felsplatten hatten sich aus der Decke gelöst und technisches Inventar unter sich begraben. Das nachrutschende Geröll hatte sich zu einem hohen Wall aufgetürmt, fast wie die Moränen einer Gletscherzunge. Unübersehbar war, dass jemand versucht hatte, sich einen Weg in die Höhe zu bahnen.

»Infrarotabdrücke haben sich längst verflüchtigt«, stellte

Tolot fest. »Ich kann nicht sagen, ob hier eine oder mehrere Bestien tätig waren.«

»Womöglich sind sie da oben.« Hartich wollte sich durchs Haar fahren, scheiterte aber wie Rhodan am Helm, an den er nicht mehr gedacht hatte. Einen Moment lang huschte ein Lächeln über Solinas Züge.

»Was ist da oben?«

»Die Funkstation«, vermutete Rhodan.

»Das ist nicht dein Ernst, oder?«, sagte Norwell.

»Die Bestien waren vermutlich erst vor einigen Tagen hier. Und jetzt sind sie ...« Rhodans Stimme wurde eindringlich: »... Hinter dir!«

Norwell schüttelte den Kopf. Er wollte zu einer heftigen Erwiderung ansetzen, riss aber die Augen auf, als Tolot sich jäh auf die Brustarme fallen ließ und zum Sprung ansetzte, und warf sich im nächsten Moment zur Seite. Entronnen wäre er dem mörderischen Zusammenprall mit dem Haluter allerdings nicht mehr, hätte Tolot ihn nicht ohnehin um einige Handbreit verfehlt.

Unter dem Haluter zerbarst eine Steinplatte. Etwas sprang in die Höhe und stieß ein grässliches Kreischen aus, als Tolot es mit einer Hand erwischte und auf den Boden schmetterte.

Undeutliche Bewegungen zeichneten sich ab. Im einen Moment schienen sich Tentakel um Tolots Leib zu winden, im nächsten wurde Meter entfernt ein kantiger, länglicher Schädel sichtbar, fast nur ein Sehnenbündel, mit einem noch mörderischeren Gebiss, als es das des Haluters war.

Eine Vielzahl von Tentakeln peitschte gegen Tolots Beine und zerrte ihn zu Boden. Die heftige Erschütterung seines Sturzes wirbelte Staub auf. Allerdings war es gerade dieser Staub, der den unheimlichen Angreifer überhaupt erst einigermaßen sichtbar werden ließ. Rhodan glaubte, einen gefiederten Leib zu erkennen, von dem die heftig peitschenden Arme ausgingen. Im Zentrum saß etwas wie ein trichterförmiger, weit vorgestülpter Schlund, der nach dem Haluter schnappte.

Dieses Geschöpf umklammerte Tolot, als könne es ihn

tatsächlich festhalten. Doch seine zupackenden Hände zerrissen einen Tentakel nach dem anderen. Mit einem schrillen, in den Ultraschallbereich abgleitenden Aufschrei wühlte sich die Kreatur wieder in die Geröllhalde.

Norwell sicherte nach allen Seiten.

»Was war das?«, rief Solina. Gemeinsam mit Shimon kümmerte sie sich um Boryk.

»Auf jeden Fall keine der Bestien«, sagte Norwell. »Hoffentlich ist nicht noch mehr solches Viehzeug unterwegs.«

»Wahrscheinlich gibt es eine Verbindung zur Oberfläche. Falls sich der Felssturz durchzieht ...«

»Vor uns diese Biester, hinter uns die Bestien. Das haben wir fantastisch hingekriegt«, schimpfte der Prospektor.

»Ich weiß«, sagte Rhodan. »Das Leben auf der PALENQUE war ruhig und angenehm – bis ich an Bord kam.«

Norwell sah den terranischen Residenten durchdringend an und nickte verbissen. »Genau so ist es.«

Ohne weiteren Zwischenfall gelangten sie nach oben. Tolot folgte, als sich die anderen schon auf der nächsten Etage befanden.

Rhodan sah den Haluter plötzlich herumfahren und nach etwas schlagen, was er aus der Höhe nicht erkennen konnte. Dann schnellte Tolot sich mit aller Kraft empor und überwand die letzten sieben oder acht Meter mit einem einzigen Sprung. Sein Aufprall ließ neue Risse in der Abbruchkante entstehen.

Den Strahler im Anschlag, starrte Norwell in die Tiefe. Hin und wieder zeigte sich eine schemenhaft schlängelnde Bewegung. »Da unten sind etliche dieser Biester«, gestand er widerwillig ein. »Sie scheinen aus den abgerissenen Armen zu wachsen. Wir sollten sie erledigen!«

»Vergiss sie!«, sagte Rhodan.

»Aber ... sie werden uns folgen!«

»Wissen wir, was hinter der nächsten Ecke lauert? Das Leben auf dieser Welt erweckt den Anschein, als hätte Pandora ihre Büchse geöffnet.«

»Wer?«, fragte Norwell. »Und welche Büchse?«

Tolot wandte sich dem Prospektor zu und brach dann in

ohrenbetäubendes Gelächter aus. Immerhin hatte er noch die Geistesgegenwart, den Helmfunk abzuschalten.

»Pandora entstammt der griechischen Mythologie«, erklärte Rhodan. »Als sie ihre Büchse öffnete, entwichen alle in ihr gefangenen Übel und breiteten sich auf der Erde aus.«

»Ach.« Norwell warf einen letzten zweifelnden Blick in die Tiefe, bevor er Rhodan und den anderen folgte.

In den letzten 25 Minuten hatte sich ihre Umgebung merklich verändert. Sie war technischer geworden. Viele kleinere Hallen waren ineinander verschachtelt, gingen teilweise nahtlos ineinander über und erweckten doch den Eindruck, dass sie jede für sich einem speziellen Zweck dienten. Augenscheinlich lagen hier die Lebenserhaltungssysteme für die Aufzuchtshallen. Gewaltige Rohrleitungen, kugelförmige Tanks mit den Ausmaßen kleiner Raumschiffe, dazu Steuerungsanlagen, die, so schien es jedenfalls, in gläserne Blöcke eingeschmolzen worden waren, damit der Zahn der Zeit nicht an ihnen nagte ...

»Ich ahne deine Gedanken, Rhodanos«, sagte Tolot unvermittelt. »Aber schlag dir das aus dem Kopf.«

Der Terraner nickte zögernd. Er hatte tatsächlich erwogen, die Lebenserhaltungssysteme der Station zu zerstören. Doch für ein effektives Vorgehen hätte er mehr Fusionsgranaten benötigt, als ihm zur Verfügung standen.

Erneut hatte er seinen Notfall-Rafferimpuls abgestrahlt, aber keine Antwort empfangen.

»Die Anlage ist zu weitläufig«, erklärte Tolot. »Ich glaube nicht, dass von hier aus alle Aufzuchtstanks versorgt werden. Einige zehntausend vielleicht – aber keinesfalls die gesamte heranwachsende Invasionsarmee. Außerdem haben sich die beiden Bestien schon bewegt. Wenn wir jetzt in das System eingreifen, erreichen wir bestenfalls, dass sie eher aktiv werden.« Er hantierte kurz mit seinem Ortungsgerät. »Es gibt schwache Steuerimpulse. Sie kommen in unregelmäßigen Abständen und auf einer sehr schwer anzumessenden Frequenz. Außerhalb des Stützpunkts ist das mit Sicherheit nicht nachweisbar. Immerhin haben nicht einmal die Akonen des Schürftrupps bemerkt, dass sie diese Welt mit ihren Erbfeinden teilten.«

»Erst, als es für sie zu spät war«, bestätigte Rhodan bitter. »Ich frage mich, für wie viele weitere Welten das ebenfalls zutrifft. Womöglich besiedelte Planeten.«

»Wir werden es erfahren«, versprach Tolot. Augenblicke später deutete er mit zwei ausgestreckten Armen zwischen kompakten Elementen hindurch, die wie Energiewandler an Bord von älteren Raumschiffen wirkten. »Aus dieser Richtung kommen die Steuerimpulse. Irgendeine Art von Kontrollraum liegt vor uns.«

Sie marschierten weiter durch die dunkle und bedrückende, vor allem endlos weit ausgedehnte Welt. Die Station der Bestien mochte sich über hunderte Kilometer hinweg erstrecken, und die Bedrohung war allgegenwärtig.

Rhodan beobachtete seine Begleiter. Keiner war eine solche Anspannung gewohnt. Vielleicht war Solina Tormas die Einzige, die ähnliche Anlagen schon gesehen hatte. Aber selbst wenn, so waren das abgesicherte, für die Forschung freigegebene Stützpunkte gewesen, in denen es außer Staub und Langeweile sowie der Gefahr, sich zu verlaufen, keine anderen Gegner gab.

Immer wieder ließ Tolot sich auf die Brustarme nieder und eilte voraus. Es war erschreckend, wie schnell der Lichtkegel seines Scheinwerfers in dieser Umgebung verschwand. Tausende Bestien konnten ganz in der Nähe lauern, und niemand würde sie sehen.

Hin und wieder klang eine dünne Stimme im Helmfunk auf, dann redete Boryk im Halbschlaf. Doch sein Gemurmel blieb weitgehend unverständlich. Wahres und Erträumtes, wild zusammengemischt zu einem Traum, der ihn seine Wunden vergessen ließ. Boryk wimmerte und lachte gleichzeitig, weinte, klammerte sich an Shimon fest, der ihn wieder trug, als hätte er Angst davor, andernfalls in unergründliche Tiefen zu stürzen, und schlief letztlich unruhig weiter, zusammengerollt wie ein Kleinkind.

Die Ortungsfunktion von Rhodans Kombiarmband, das er über dem Raumanzug trug, bestätigte eine zunehmende

Energiedichte. Nicht mehr allzu weit voraus lag tatsächlich so etwas wie ein Knotenpunkt der Station.

Perry hoffte darauf, einen Überblick über die Gesamtsituation auf Gorbas-IV zu erhalten, noch besser einen Koordinatenplan aller Arsenale – und vielleicht sogar eine Verbindung nach außen. Er war überzeugt, dass die Bestien eine größere Zahl von Planeten, Monden oder auch nur Asteroiden für ihre Zwecke ausgebaut hatten. Alles andere hätte den Versuch, die Zeit zu überdauern und den Krieg gegen Lemuria in die Zukunft zu tragen, zum Stückwerk degradiert.

Aber Gedanken an weitere Stationen zu verschwenden, war schon der übernächste Schritt. Erst galt es, das eigene Überleben zu sichern, und da, das gestand Rhodan sich ein, war seine zur Schau gestellte Zuversicht nur Maske. Eine Hand voll Menschen und ein Haluter gegen die Bestien eines ganzen Planeten. Erinnerungen an Kommandounternehmen in der Frühzeit des Solaren Imperiums wurden dabei wieder wach. Doch ein Hartich van Küspert war beileibe kein Oberst Don Redhorse, Hayden Norwell hatte nicht viel mit einem Ronald Tekener gemeinsam, und Boryk, der immerhin über latente parapsychische Anlagen verfügte, mit dem Überall-zugleich-Töter Gucky zu vergleichen, wäre schlicht an den Haaren herbeigezogen gewesen.

Ein flüchtiges Aufblitzen in einiger Entfernung schreckte Rhodan aus seinen Überlegungen auf. In dem Bereich, den sie eben durchquerten, spannte sich ein Wald aus Säulen vom Boden bis zur Decke. Gruppenweise waren sie angeordnet, ohne dass sich daraus jedoch ihre Funktion hätte erkennen lassen. Ihr Durchmesser variierte zwischen zwei und annähernd fünf Metern, ihre Verkleidung irisierte in üppigen Farben, sobald die Lichtkegel der Scheinwerfer sie streiften, aber dann schien sich auch Bewegung in ihrem Innern abzuzeichnen. Als würden hier Flüssigkeiten zusammenlaufen. Reinigungssysteme möglicherweise, wenngleich die Hallen mit den Aufzuchtstanks schon mehrere Kilometer entfernt lagen.

Da war das Aufblitzen wieder. Norwell und van Küspert

hatten es gleichzeitig bemerkt und liefen auseinander. Rhodan griff ebenfalls nach der Waffe, löschte den Scheinwerfer und huschte in die Deckung einer der Säulen.

Von irgendwoher erklang ein Poltern, dann herrschte wieder Stille.

»Bestien?«, raunte van Küspert.

»Mund halten!«, fauchte Norwell ihn an.

»Jeder zum Tod Verurteilte hat einen Wunsch frei«, protestierte Hartich.

Sekundenlang waren im Helmfunk nur hastige Atemzüge zu vernehmen. Dann klang Boryks schwache Stimme auf: »So viele Hüter«, murmelte er. »Bald kommen sie und befreien uns ... Ich werde mit ihnen gehen, in den Garten Ehedem ...«

»Wo?«, fragte Solina. »Sag uns, wo sie sind, Boryk!«

»Du bist ... die Göttin?«

Ein Moment der Stille. Dann: »Ja, Boryk. Ich bin die Göttin ...«

»Du bist traurig? Boryk ist es auch. Weil er euch bald verlassen wird.«

»Wohin, Boryk? Sag mir, wohin du gehen willst!«

Der Zwerg lachte gepresst.

»Dann sag mir wenigstens, wo die Hüter sind. Ich will auch zu ihnen, Boryk. Das verstehst du doch, nicht wahr?«

Der Kleine schwieg.

»Boryk ...!«, drängte die Historikerin.

»Lass es gut sein!«, erklang Tolots dumpfe Stimme. »Ich habe sie ohnehin gesehen. In vier großen Hallen, nicht einmal einen Kilometer entfernt. Es sind mindestens sechzigtausend Tanks. Und in den Hallen wird es allmählich hell.«

»Sie wachen also auf?«, fragte van Küspert.

Norwell fluchte leise. »Wir müssen etwas dagegen tun!«

»Wie viel Zeit bleibt uns noch, Tolotos?«, fragte Rhodan.

»Keine«, antwortete der Haluter. »Die ersten Bruttanks öffnen sich bereits.«

»Mein Gott!«, entfuhr es van Küspert. »Wenn es wenigstens nur ein paar wären ...«

»Umso schlimmer, wenn wir hier Wurzeln schlagen. Wir müssen weiter! Tolotos, wo ...?«

»Ich bin hier, genau neben euch.« Aus dem Nichts heraus verdichtete sich die massige Gestalt des Haluters. Er fletschte die Zähne, als er sah, dass Norwell instinktiv mit dem Strahler auf ihn anlegte, dann aber den Arm wieder sinken ließ. »Mein Deflektorfeld wurde nicht geortet. Mit einer kleinen Überraschung können wir also noch aufwarten.«

»Mir wäre eine große Überraschung lieber«, sagte Norwell. »Nämlich dass wir alle über einen Deflektor verfügen.«

»Sag das den Eignern der PALENQUE!« Van Küspert seufzte. »Die sparen doch vor allem an unserer Ausrüstung.«

»Das werde ich tun!«, versprach Norwell. »Da kannst du Gift drauf nehmen.«

»Gleich, oder erst, wenn wir hier raus sind?«

»Wenn du willst, gleich.«

Schneller als zuvor schritten sie aus. Tolot eilte im Schutz der Unsichtbarkeit vorweg. Ein breiter Korridor nahm sie auf. Das Geräusch ihrer hastigen Schritte hallte dumpf von den Stahlwänden zurück. Abzweigungen ignorierten sie. Augenblicke später wurde es vor ihnen hell.

»Wir hatten Recht«, erklang Tolots Stimme in den Helmlautsprechern. »Das hier muss einer von mehreren Kontrollräumen sein. Aber die Hauptsache ist, er akzeptiert mich.«

Der nahezu runde Raum war größer als die Hauptzentrale der PALENQUE. Es gab fünf auf die Körpermaße der Bestien abgestimmte Arbeitsplätze. Van Küspert, der Kleinste von ihnen, konnte die Arme, wenn er sie waagerecht abspreizte, gerade auf die Sitzfläche der Sessel legen.

»Können wir von hier aus die Station beeinflussen?« Norwell sah sich um.

Tolot öffnete endlich den Helm und schob die Folie in den Nackenwulst zurück. Nur er musste die Mikroorganismen von Gorbas-IV wohl nicht fürchten. Rasselnd atmete er ein. »Vor Minuten war die Luft noch schal. Mittlerweile strömt frischer Sauerstoff ein.«

»Bestimmt nicht wegen uns«, vermutete van Küspert.

»Gibt es hier ein Hyperfunkgerät?«, fragte Rhodan.

»Ich weiß nicht.« Tolot ließ sich in einen Sessel sinken und aktivierte die Kontrollen. Holoschirme flammten auf. Die Schrift der Bestien entstand als Projektion in rasch wechselnder Folge. Aber es bedurfte wohl des Blickwinkels aus drei Augen, um sie richtig verfolgen zu können. Rhodan, dem die Symbole keineswegs unbekannt waren, schaffte es nicht einmal, einen Bruchteil zu entziffern.

»Diese Zentrale versorgt vier Hallen mit jeweils fünfzehntausend Tanks«, stellte der Haluter fest. »Sie ist eine von vier Nebenzentralen.«

»Also rund eine Viertel Million Bestien.«

»Was spielt es da noch für eine Rolle, wenn gleich fünf von denen hier hereinstürmen?«, sagte Norwell.

»Keine«, gab Shimon ihm Recht.

»Gibt es keine Gleiter oder Beiboote, mit denen wir ...?« Solina brachte den Satz nicht zu Ende. »Ich habe Raumschiffe entdeckt«, unterbrach Tolot sie. »Hinter der Zuchtanlage erstrecken sich ausgedehnte Werften und Hangars.«

Seine Schaltungen hatten bislang keinen Alarm ausgelöst, und er hantierte zunehmend sicherer. Offensichtlich hatten die Erbauer der Anlage nicht damit gerechnet, dass ausgerechnet Lemurernachfahren eindringen würden.

Ein einfacher Holoschirm zeigte den Ausschnitt eines Hangars: schwarze, matt schimmernde Kugeln, auf ausgeklappten Landebeinen ruhend. Massive Projektorblöcke gliederten die obere Rumpfhälfte, dazwischen zeichneten sich die Projektorkuppeln verschiedener Waffensysteme ab.

»Vermutlich schnelle Einheiten, und sichtlich schwer bewaffnet«, stellte Rhodan fest. »Die idealen Schiffe für einen Erstschlag gegen feindliche Flotten oder gegen planetare Abwehrforts.«

Kugelraumer reihte sich an Kugelraumer. Endlos. Es gab keine Möglichkeit eines Größenvergleichs, aber dass diese Schiffe nicht mehr als 100 Meter durchmaßen, lag auf der Hand.

»Besatzungsstärke ein bis drei Mann«, sagte der Haluter. »Demnach stehen auf Gorbas-Vier wohl hunderttausend dieser Einheiten. Es wird Tage dauern, bis alle den Planeten verlassen haben.«

»Wir brauchen eine Funkanlage ...!«, drängte Rhodan. Noch eben hatte er Shimons Stimme vernommen, nun war das Wispern im Helm verstummt. Aus den Augenwinkeln sah er, dass er Boryk unruhig geworden war. Isaias hatte wie Solina den Helmfunk soeben auf geringe Distanz justiert, um die anderen nicht zu stören.

»In dieser Zentrale gibt es keinen Hyperfunk, Rhodanos«, erklärte der Haluter. »Auch keine Zugriffsmöglichkeit von hier aus. Aber dafür das!« Nacheinander blinkten drei gelbe Markierungen auf. »Unsere Position ist hier.« Tolot streckte den linken Handlungsarm aus und tippte mit zwei Fingern ins Bild. »Vierhundert oder fünfhundert Meter, größer dürfte die Distanz nicht sein.«

»Was ist das?«, fragte Norwell.

»Jede Position markiert einen Materietransmitter.«

»Schön und gut«, sagte van Küspert, »aber für die PALENQUE stand ein Transmitter nie zur Diskussion. Stattdessen haben wir die unverwüstlichen Kriecher.«

Solina fuhr hoch und redete gestikulierend auf Rhodan und die anderen ein. Dann erst wurde ihr bewusst, dass die Männer sie nicht hören konnten. »... auf der LAS-TOÓR«, verstand Rhodan endlich, nachdem sie die Funkreichweite wieder vergrößert hatte. »Mit etwas Glück bekomme ich die Justierungsdaten zusammen.«

»Bekommst du, oder bekommst du nicht?«, fragte Norwell.

»Wahrscheinlich schon.«

»Wahrscheinlich ...« Der Prospektor schüttelte den Kopf. »Es behagt mir nicht, als fehlgeleiteter Impuls für ewig durch den Hyperraum zu schwirren.«

»Das wäre auch eine Form der Unsterblichkeit«, bemerkte van Küspert trocken. »Hauptsache, wir kommen hier weg. Übrigens, Hayden: Es gibt Testmöglichkeiten, damit wir uns nicht im Hyperraum verlieren.«

»Weißt du, was diese Bestien für ein Transmittermodell verwenden? Uralt, sage ich euch.«

»Auf jeden Fall akonischen Ursprungs«, wandte Rhodan ein. Die anderen sahen ihn verwirrt an.

»Der Meinung bin ich auch«, dröhnte Tolot. »Alles andere wäre aus Sicht der Bestien unlogisch.« Er stieß eine Verwünschung aus und wandte sich wieder den Kontrollen zu.

In schneller Schnittfolge liefen Szenen aus den Aufzuchtshallen ab. Alle Räume lagen mittlerweile in gleißendem Kunstlicht, und in einer der Hallen öffneten sich die Tanks.

Hunderte schwarzhäutiger, vierarmiger Kolosse wälzten sich lautlos durch die Korridore. Selbst auf dem kleinen Holoschirm wurde das Bedrohliche des Geschehens deutlich.

Neue Bilder: leere Tanks, schon wieder verlassene Gänge ... *Ein Hauch von Endzeitstimmung,* erkannte Rhodan.

»Uns bleibt keine Zeit mehr!«, drängte Norwell. »Solina, wir brauchen die Transmitterdaten!«

»Was ist mit den Funkstörungen?«, fragte Shimon. »Wenn sie sich auf den Transmitter auswirken ...«

»Das übliche Transmitterspektrum wird davon nicht tangiert«, erwiderte der Physiker. »Wenn etwas anfällig ist, dann unser Helmfunk.«

In den Raumschiffshangars öffneten sich Deckensegmente. In der Bildwiedergabe waren kreisrunde Startschächte zu sehen, deren Abdeckungen sich spiralförmig ineinander schoben.

Die ersten schwarzen Kugelraumer lösten sich vom Boden, stiegen langsam höher und verschwanden in den Schächten.

Traktorstrahlen manövrierten die nächsten Schiffe in Position.

Die Optik sprang um, zeigte jetzt Bilder, die offenbar von einem der Bestienraumer übermittelt wurden.

Ein Ausschnitt der Planetenoberfläche ... Die Startschächte wirkten wie eingestanzt, helle Flecken in der Nacht, die über dieser Hälfte von Gorbas-IV lag. Über dem Horizont hing feuriger Widerschein, vermischt mit einer brodelnden, hoch in die Atmosphäre aufgestiegenen Explosionswolke. Heftige Gewitter tobten in jenem Bereich.

Im Formationsflug stießen neun Bestienraumer in den Weltraum vor. Sie fächerten auf, während die nächsten schwarzen Kugelraumer in den Schächten emporstiegen.

Urplötzlich feuerten die Schiffe. Die gewaltigen Glutbahnen ihrer Thermogeschütze pflügten durch die Atmosphäre und hinterließen nachglühende Schusskanäle.

Eine Feuerkugel schien sich aufzublähen, als die Energien ihr Ziel fanden und sich in einem Paratronschirm austobten. Innerhalb eines einzigen Augenblicks riss die Nacht auf und spie das fliehende Raumschiff förmlich aus.

»Das ist die PALENQUE«, keuchte van Küspert. »Viele Hunde sind des Hasen Tod.«

»Nicht, wenn der Hase rechtzeitig abhaut«, sagte Norwell. »Das Schiff ist wertvoll genug ...«

»Und wir?«, fiel ihm der Physiker ins Wort. »Denk auch an uns, nicht nur an das Schiff!«

»Die LAS-TOÓR flieht ebenfalls!«, rief Tolot. »Das muss sie jedenfalls sein.«

Zwei flammende Sterne entfernten sich. Auch ohne Ortungsdaten war zu erkennen, dass sie unterschiedliche Kursvektoren eingeschlagen hatten. »Das ist Sharitas Handschrift«, bemerkte van Küspert. »Sie zwingt die Bestien dazu, ihre Flotte aufzuteilen. Auf die Weise kann sie es schaffen, vor der Übermacht noch in den Hyperraum zu entkommen. Beruhigt, Hayden? Dem kostbaren Schiff geschieht schon nichts ...«

... aber uns! Die Fortführung des Gedankens war eindeutig. Norwell schwieg jedoch.

Dafür schrie Shimon auf. Fünf Bestien hatten soeben die Zentrale betreten und wandten sich sofort gegen die vermeintlichen Lemurer.

»Halt!«, donnerte Icho Tolot und schwang sich aus dem Sessel. »Das sind meine Gefangenen!«

18

»Sharita!«

Der Ausruf unterbrach die Kommandantin der PALENQUE im Gespräch mit Jere von Baloy. Omer Driscol starrte auf das Panoramaholo, das ohnehin nichts anderes zeigte als üppig wucherndes Grün. Von den technischen Überresten und einem Großteil der Felsformationen war – zumindest mit bloßem Auge – nichts mehr zu sehen.

Sharita Coho wandte sich wieder dem Abbild des akonischen Kommandanten zu. »Wir müssen Perry Rhodan und die anderen suchen«, sagte sie. »Alles andere ist mir vorerst egal.«

»Natürlich unterstützen wir euch, Sharita. Das ist selbstverständlich.«

Sie runzelte die Stirn. »Das Angebot wird dankend angenommen ...« Wieder sah sie zum Panoramaschirm. Etwas hatte sich verändert, das hatte sie eben aus den Augenwinkeln bemerkt. Die Nacht wirkte nicht mehr so erdrückend schwarz wie noch vor wenigen Minuten. Wahrscheinlich war die Wolkendecke aufgerissen ...

»Was geht bei euch ...« – nur noch krächzend hörte sie Jeres Stimme – »... vor?« Sein Abbild zerfloss. Wie das Spiegelbild auf einer ruhigen Wasserfläche, in die unvermittelt jemand einen Stein geworfen hatte.

»Weiträumige Störfelder!«, meldete Driscol.

Hunderte, nein, tausende winziger Sterne flammten auf. Das war wie ein Lauffeuer, als hätte jemand Funken entzündet, die sich rasend schnell nach allen Seiten ausbreiteten.

Sharita verschwendete nur einen flüchtigen Gedanken an die nahe Supernova. Es sah nicht so aus, als sei ausgerechnet in diesem Moment das Maximum der Sternexplosion über Gorbas-IV hereingebrochen. Diese funkelnde Helligkeit fiel nicht aus der Höhe herab, sie breitete sich vielmehr auf Bodenniveau aus.

»... messen heftige ... Entladungen ...« Prasselnde Störungen machten es fast unmöglich, Jere von Baloy zu verstehen. »... unbekannte Erscheinung ... vermuten Gefahr ...«

»Omer!«, rief die Kommandantin.

»Ich weiß nicht, ob das Phänomen eine Bedrohung darstellt«, antwortete er. »Bis jetzt – nein, keine Veränderungen im Bereich der Schiffshülle.«

Von Baloys holografisches Abbild war trotz der geringen Distanz von nur wenigen tausend Kilometern zwischen beiden Raumschiffen zum neosurrealistisch verwirbelnden Farbklecks geworden. Sharita ignorierte ihn und die prasselnden Laute aus dem Akustikfeld.

So weit das Auge reichte, erstreckte sich um die PALENQUE ein wogendes Lichtermeer.

»Keine Energieortung!«

»Das ist ein natürliches Phänomen«, ließ sich Denetree vernehmen. Die junge Frau hatte lange gebraucht, um den Verlust ihres Bruders zu überwinden. Auf der Sternenarche NETHACK ACHTON war sie eine Rebellin gegen das verkrustete Regime gewesen, und sie hatte nicht nur genau gewusst, dass außerhalb der eng begrenzten Welt aus Stahl und maroder Technik ein unendliches Universum existierte. Es war auch ihr innigster Wunsch gewesen, genau diese Weite und Faszination am eigenen Leib zu erfahren. Wenngleich unter anderen Umständen als jenen, die sie letztlich gezwungen hatten, fluchtartig alles im Stich zu lassen. Für kurze Zeit hatte sich ihre Faszination in Erschrecken verwandelt, ihre Hoffnung in Trauer, zumal es ein Schritt in eine neue Welt gewesen war, den sie getan hatte. Eine Welt, die sich so völlig anders präsentierte als die der Arche. Dem Kulturschock war gewissermaßen ein Technikschock gefolgt, und sie musste noch immer lernen, damit umzugehen. Einige Wochen waren einfach zu wenig dafür. Andererseits hatte sie ausgerechnet in Icho Tolot einen mächtigen Freund und Beschützer gefunden, wie er schon auf der NETHACK ACHTON dargestellt gewesen war: ein Wächter.

»Du meinst, dieses Unkraut da draußen blüht?«, fragte die Kommandantin.

»Dieses Unkraut wuchert dreißig Meter hoch«, seufzte Pearl Laneaux. »Das ist der reinste Dschungel, und wir haben keine Ahnung, woher es die Nährstoffe für dieses exotische Wachstum nimmt.«

»Ich habe in den letzten Tagen und Wochen so viel Neues gelernt, das ich früher für unmöglich gehalten hätte«, wandte Denetree ein. »Warum soll es keine Pflanzen geben, die ihre Nährstoffe aus der Luft filtern?«

Ein auffrischender Wind versetzte das Lichtermeer in wogende Bewegung. Die Außenmikrofone übertrugen ein helles Klingen, und plötzlich schien sogar in der Zentrale des Prospektorenraumers die Luft zu flirren.

»Sternenflimmern!«, staunte Denetree.

Es war in der Tat, als hätte der Wind Unmengen winziger Funken emporgewirbelt. Die Optiken schienen an diesem Gleißen zu ersticken.

»Ortungsausfall!«, rief Driscol. »Ich weiß nicht, was das ist, aber es lässt unsere Scanner reihenweise versagen!«

Sharita reagierte prompt. »Pearl, Notstart! Weg hier, bevor wir es bereuen!« Sie aktivierte mit einer blitzschnellen Schaltung den Paratronschutzschirm. Ein greller Blitz schien die Welt zu zerreißen, als der Schirm sich aufbaute.

Einen bangen Moment lang konnte die Kommandantin nicht erkennen, was geschehen war. Dann verrieten ihr die Kontrollen, dass der Schutzschirm aktiv war. Sie erlaubte sich ein erleichtertes Aufatmen.

200 Meter schwebte die PALENQUE bereits über dem Boden. So weit die optische Erfassung reichte, war die Nacht zum Tag geworden, erfüllte dieses unheimliche Gleißen und Glitzern die Atmosphäre.

Die Funkverbindung zur LAS-TOÓR konnte nicht wieder

hergestellt werden. Auch die Ortung war beeinträchtigt. »Wenn ich wirklich glauben soll, was mir angezeigt wird«, sagte Driscol auf seine unnachahmlich stoische Art, »wimmelt es rings um den Planeten von Reflexen aller Art. Das könnten zehntausende von Schiffen sein. Aber ich finde keinen Fehler.«

»Hast du schon in Erwägung gezogen, dass es keinen Fehler gibt?«, fragte die Kommandantin.

»Nein. Wieso? Du glaubst doch nicht ...? Nein.« Driscol schüttelte den Kopf.

»Gib mir die Daten, Omer!«

Sharita stieß einen schrecklich schrägen Pfiff aus, als sie die Auswertungen sah. Die Werte spielten in der Tat verrückt.

»Das sind keine Bestienraumer«, behauptete Driscol, »sondern Phantomortungen. Dafür bekomme ich die LAS-TOÓR nicht mehr rein. Dieser verfluchte Blütenstaub wirkt schlimmer als jeder Virtuellbildner.«

»Harriett!«

Die Waffenschützin der PALENQUE grinste nur. »Desintegratorgeschütze feuerbereit. Kein definiertes Ziel.«

»Feuer!«, sagte Sharita.

Ein grünes Leuchten umflirrte die Abstrahlpole der Geschütze. Die lichtschnellen Strahlbahnen erschienen nur in der syntronischen Umsetzung in den Holos. Allerdings war der Effekt in der Ortung unübersehbar.

»Harriett, damit machst du allen Richtschützen in der Flotte Konkurrenz!«, rief Driscol. »Wären das wirklich Feindraumer gewesen, hättest du auf einen Schlag etliche hundert ausgelöscht.«

»Wenigstens wissen wir nun, dass die Anzeigen beeinflusst werden«, sagte Sharita. »Pearl, wir gehen auf Distanz zehntausend! Omer, wo steckt die LAS-TOÓR? Alemaheyu, du ...?«

»Ich versuch's ständig!«, meldete der schlaksige Terraner. »Nicht ein Bit kommt von dem Akonenschiff zurück.«

Daran änderte sich in den nächsten Minuten wenig. Die PALENQUE schwenkte in einen Orbit in 10 000 Kilometern

Höhe. Wenngleich die Ortung nach wie vor verrückt spielte, war in der optischen Erfassung eine gewaltige flirrende Wolke zu sehen, die sich weiterhin ausdehnte.

Pearl Laneaux brach zuerst das beklemmende Schweigen. »Wenn das Pflanzensporen sind, will ich gar nicht erst wissen, was aus ihnen entsteht.«

»Ich habe ebenfalls keine Ahnung«, sagte Denetree. »Aber irgendwo dort unten ist Tolotos ...«

»Deinem Beschützer geschieht schon nichts«, behauptete Alemaheyu Kossa. »Der Bursche ist zäh – das habe ich mir jedenfalls sagen lassen.«

»Quatsch keine Arien, Al!«, sagte die Kommandantin. »Ich will die LAS-TOÓR. Und das möglichst noch heute.«

Kossa zuckte mit den Achseln und widmete sich wieder seiner Station. Während er eine schräge Melodie vor sich hin summte, veränderte sich das Schaltbild mehrmals.

»Weiß einer von euch, ob die LAS-TOÓR über Deflektoren verfügt?«, fragte Driscol.

»Wie wäre es«, antwortete Sharita, »wenn du das herausfindest? Ich glaube nicht, dass Jere von Baloy schon in den Überlichtflug gegangen ist.«

»Dafür war sein Kahn noch etwas zu langsam.« Driscol nickte.

Mittlerweile hatte die PALENQUE den Planeten halb umrundet. Wenigstens die Bodentaster zeigten wieder brauchbare Werte an. »Wir empfangen verwaschene Energiesignaturen. Das könnte ein Hinweis auf die Bestienstation sein.«

»Dranbleiben!«, befahl die Kommandantin. »Das will ich genauer wissen. Unsere Leute können sich nicht in Luft aufgelöst haben.«

»Sie sind in der Station. Oder sie haben sich mit Tolots HALUT abgesetzt.«

»Von uns unbemerkt? Das erzähl bitte deinem Kuscheltier, aber nicht mir.«

»Ich habe den Maphan!« Kossa grinste breit. »Die haben es tatsächlich geschafft, den Planeten zwischen die LAS-TOÓR und uns zu bringen.«

Sekunden später schwebte vor ihr von Baloys Abbild in

der Luft. »Diese Welt bereitet mir so langsam Kopfzerbrechen.« Sie ließ den Akonen gar nicht erst zu Wort kommen. »Die Pflanzensporen haben jede Ortung und sogar den Hyperfunk gestört! Jere, ich erwarte, dass die LAS-TOÓR uns Rückendeckung gibt. Ich gehe mit einigen meiner Leute raus. Wir werden versuchen, mit den Kriechern in die Station einzudringen.«

»Ich verstehe.« Der Akone nickte nachdenklich. »Ein Terraner kann Perry Rhodan nicht im Stich lassen. Und wenn er sich in tödliche Gefahr begibt.«

»Ach was.« Sharita winkte ab. »Rhodan hat sich noch immer zu helfen gewusst. Mir geht es um meine Leute.«

Jere von Baloy massierte seine Finger. Nach einigen Sekunden schürzte er die Lippen. »Die LAS-TOÓR ist gefechtsbereit. Ich kann mich zwar auf keinen Fall deinem Kommando unterstellen ... aber, wie willst du vorgehen?«

»Das hängt von dem Sternflimmern ab.«

Eine steile Falte erschien auf Jeres Stirn; dann verstand er. »Angenommen, diese Pflanzensporen haben den ganzen Kontinent verseucht ...«

»Die Desintegratorgeschütze werden uns ausreichenden Freiraum verschaffen und einen Zugang in die Station öffnen, der für die Kriecher groß genug ist. Dann sehen wir weiter.«

»Ein sehr umfassender Plan«, sagte der Akone, doch seiner Stimme war nicht anzuhören, wie er das meinte.

»Die größten Taktiker mussten improvisieren«, erwiderte die Kommandantin. »Ich habe keine Ahnung, was uns erwartet.«

»Das Gorbas-System ist akonisches Gebiet«, erinnerte Jere sie. »Schon deshalb kann ich nicht zulassen, dass ausschließlich Terraner in den Stützpunkt eindringen. Ich stelle dir vier meiner erfahrensten Männer und einen Shift zur Seite, Sharita. Bis dahin bitte ich dich, nichts zu unternehmen. Meine Leute werden umgehend ...«

»Ortung!«, rief Driscol. »Startende Raumschiffe!«

Auch im Hintergrund der Bildübertragung, an Bord der LAS-TOÓR, wurde es lebendig.

»Das sind Bestienraumer! Distanz noch dreitausend Kilometer.«

Dass die schwarzen Kugelraumer auf Angriffskurs lagen, musste Driscol nicht erwähnen. Jeder konnte die Einblendung der Daten im Panoramaholo verfolgen. Neun Raumschiffe fächerten auf.

»Die wollen es nicht anders«, sagte Sharita. Vibrationsalarm durchlief das Schiff. »Für Terra ...«

»... und für Akon!«, fügte Jere von Baloy hinzu.

»In dem Fall wohl: Für die Menschheit! Wir nehmen sie in die Zange. Transformfeuer!«

Lichtschnelle Glutbahnen trafen die PALENQUE und hüllten die 200-Meter-Kugel sekundenlang in irrlichterndes Feuer. Dann jagten die Bestienraumer mit wenigen Kilometern Abstand unter dem Schiff vorbei, während die PALENQUE mit steigenden Beschleunigungswerten in den Weltraum vorstieß.

Zwei der sieben Raumer wurden urplötzlich zu brodelnden Glutbällen, die auf ihrem bisherigen Kurs kometengleich durch die Atmosphäre rasten.

»Volltreffer!«, kommentierte jemand. Sharita achtete nicht darauf, stellte zufrieden fest, dass der akonische Waffenoffizier sein Handwerk ebenso gut verstand wie Harriett Hewes.

Die Formation der Bestien löste sich auf, während sie in einer weit geschwungenen Kurve den beiden fliehenden Raumern nachjagten. Im Rumpf des Führungsschiffs entstand ein glutender Riss, der sich rasend schnell ausbreitete. Innerhalb von nicht mehr als zehn Sekunden brach der Raumer auseinander. Die Schirmfelder zweier weiterer Bestienschiffe brachen flackernd zusammen, als sie mit Wrackstücken kollidierten. Schwere Impulstreffer gaben den beiden Raumern den Rest.

Die PALENQUE geriet wieder ins Kreuzfeuer. Mit einem extremen Ausweichmanöver entzog Pearl Laneaux das Schiff der gegnerischen Geschütznachführung. Ein paar Sekunden lang wenigstens. Mehr war angesichts der noch geringen Geschwindigkeit nicht möglich. Gleichzeitig erfolgte die nächste Transformexplosion, auch wenn sie diesmal nur eins der Bestienschiffe »ankratzte«.

»Wir haben weitere neun am Hals!«, meldete Driscol. »Sharita, sie starten jetzt am laufenden Band!«

Das hatte sie befürchtet. Viele Hunde waren des Hasen Tod. Die Kommandantin ahnte nicht, dass nur wenige Minuten vorher Hartich van Küspert dasselbe gesagt hatte. Ihr schoss die Frage durch den Kopf, wo sich Rhodan und die anderen befanden. Wirklich schon lange nicht mehr auf Gorbas-IV, oder womöglich in unmittelbarer Nähe der Bestienwerft und der Hangars?

Sharita wünschte, sie hätte diese verfluchte Entscheidung nicht treffen müssen.

Erneut wurde die PALENQUE von Strahlsalven gestreift. Die Belastungsanzeige des Paratronschirms schnellte in den Warnbereich empor. Zwei auseinander fließende Explosionswolken fielen wie neue Sonnen am Nachthimmel unter der PALENQUE zurück.

Rufe, knappe Kommandos, dazu das lauter werdende Rumoren tief aus dem Schiff, das gelegentliche Wimmern der Absorber, die extreme Belastungen abzufangen hatten ... das alles vermischte sich für die Kommandantin zur Kulisse, die sie zwar wahrnahm, aber weitgehend ignorierte. Greller Feuerschein sprang von den Schirmen. Die PALENQUE schien von den entfesselten Gewalten auseinander gerissen zu werden, doch den Bruchteil eines Augenblicks später bestimmte wieder Schwärze das Bild.

Die nächsten Bestienraumer lösten sich aus ihren Hangarschächten.

Sharitas Puls raste. Weit vorgebeugt, saß sie da, die Hände um die Armlehnen verkrampft, den Blick auf die Ortungsanzeige fixiert.

»Wir können nicht gewinnen!« Harrietts Stimme. »Die Übermacht wird erdrückend. Sharita ...?«

Die Kommandantin biss sich die Unterlippe blutig. Sie schmeckte es warm und klebrig, begriff, dass sie drauf und dran war, das Schicksal der PALENQUE und ihrer Besatzung zu verspielen, konnte aber nicht anders. »Wir müssen Rhodan und seine Begleiter finden«, wollte sie sagen. »Egal wie, aber wir müssen es schaffen ...« Sie brachte nicht einen Ton hervor.

Ein vielstimmiger Aufschrei ...

Das Gefühl, rasend schnell herumgewirbelt zu werden ...

Der Schutzschirm dicht vor dem Zusammenbruch ... Dazu neue Explosionen; Glutfinger, die gierig nach dem Schiff griffen; erste schwere Erschütterungen, begleitet von einem unheilvollen Dröhnen der Schiffszelle ... Die Bestien setzten ihre Intervallkanonen ein.

»Auf Fluchtbeschleunigung! Wir *müssen* uns zurückzieh...!«

»Nein!« Sharita hatte eine Entscheidung getroffen. Mit allen Konsequenzen. Und wenn sie dafür verdammt sein würde, für alle Ewigkeit in der Hölle zu schmoren, sie konnte nicht anders. »Rücksturz!«, befahl sie. Die PALENQUE hatte sich schon gut eine Million Kilometer von Gorbas-IV entfernt. »Harriett, Transformfeuer auf die Hangarschächte!«

Die Waffenschützin wurde blass. »Aus der Distanz ...«

»Ich kenne unsere Zielgenauigkeit. Du hast Feuerfreigabe, sobald du sicher sein kannst, nur die Hangars zu erwischen ...«

»Damit verurteilst du unsere Leute zum Tod, Sharita!«, protestierte die Erste Offizierin.

»Sind sie nicht schon längst tot?«

»Ich muss dich nicht daran erinnern, dass Rhodan ...«

Stumm schüttelte die Kommandantin den Kopf. Eine Hand voll Männer und eine Frau gegen das Leben von möglicherweise hunderttausenden Menschen, die sterben würden, sobald die Bestien ihren Großangriff starteten. Nie hätte sie geglaubt, jemals vor einer solchen Entscheidung zu stehen. Es war Wahnsinn, aber niemand konnte ihr die Verantwortung abnehmen. Nicht für das, was auf diesem Planeten geschehen würde, und schon gar nicht für die Folgen in der Liga Freier Terraner.

Sharita schaltete die Verbindung zur Funkstation. »Alemaheyu, hast du ...?«

Der Mann schüttelte den Kopf. »Kein Lebenszeichen von

Rhodan, Tolot und den anderen. Nichts, Sharita. Es tut mir Leid ...«

»Schon gut«, sagte sie tonlos. »Ich werde damit fertig.«

Nur noch 200 000 Kilometer. Gorbas-IV befand sich wieder in Waffenreichweite, und die Bestien griffen an. Unaufhörlich schlugen ihre Energiestrahlen in den Schutzschirm.

Zwei gewaltige Explosionen in Flugrichtung. Die PALENQUE raste durch die Ausläufer der Glutwolken, dann verschwand der Planet aus der Fronterfassung. Die Entfernung stieg wieder an, weil Pearl das Schiff in einem Gewaltmanöver aus dem Kurs gerissen hatte. Zwölf Ortungsreflexe waren auf Kollisionskurs entgegengekommen, jetzt wuchs die Distanz zu ihnen wieder. Geringfügig zwar, doch die PALENQUE gewann Raum.

Zwei der Schiffe explodierten nahezu gleichzeitig.

»Die LAS-TOÓR ist da!«, rief Omer Driscol. »Jere von Baloy fliegt einen Entlastungsangriff. Verdammt, was ...?« Vier neue Reflexe waren aufgetaucht. Von der LAS-TOÓR ausgehend, fächerten sie auf. Schon nach Sekunden eröffneten sie ebenfalls das Feuer. »Das sind Jäger!«, rief Driscol. »Jere hat die Jäger ausgeschleust!«

»Wie viele Bestienraumer?«

»Immer noch zu viele.«

»Wie viele?«, beharrte Sharita.

»Achtundzwanzig. Was im Planetenschatten ...«

»Dann sorgen wir endlich dafür, dass es nicht noch mehr werden.«

Flüchtig dachte die Kommandantin an Levian Paronns kleine Flotte. Drei seiner Schiffe waren von den Bestien vernichtet worden, weil er sehr wahrscheinlich nicht mit einem solchen Angriff gerechnet hatte. Jetzt gab es keine Überraschungserfolge der Bestien mehr. Trotzdem musste sie von Glück reden, dass die PALENQUE noch nicht schwer angeschlagen Gorbas-IV entgegenstürzte.

Das Schiff trat über dem Planetenäquator in die Atmosphäre ein und zog einen Schweif ionisierter Gasmoleküle hinter sich her. Auf der gegenüberliegenden Seite befand sich der Bestienstützpunkt; der Kurs der PALENQUE führte über den Nordpol hinweg.

»Nach wie vor kein Lebenszeichen von unseren Leuten!«, rief Kossa.

Zwei Bestienraumer stiegen soeben über den Horizont empor. Sie näherten sich nahezu im rechten Winkel aus Ost, waren aber zu langsam, um die PALENQUE einholen zu können. Sie blieben nur für wenige Augenblicke sichtbar, doch diese kurze Spanne genügte Harriett Hewes, einen der schwarzen Raumer mit einem Transformschuss zumindest schwer zu beschädigen.

Sekunden später jagte die PALENQUE über die ausgedehnte Eisregion des Nordpols hinweg, mittlerweile so tief in der Atmosphäre, dass die Druckwelle und der nachfolgende Orkan schwere Schäden hinterlassen mussten. Aber das Gorbas-System würde ohnehin in der Strahlung der Supernova untergehen.

»Zielgebiet in der Ortung! Mehrere Bestienraumer im Anflug!«

Zugleich entmaterialisierte das nächste Transformgeschoss. Knapp 6000 Kilometer voraus griff die Glut der Explosion um sich. Während über dem Horizont eine neue Sonne aufzugehen schien, rief der Funker mit sich überschlagender Stimme: »Ich habe Rhodan ...! Schwer verständlich, aber ...« Er schaltete auf die Lautsprecherfelder. Prasselnde Störgeräusche erfüllten plötzlich die Zentrale, doch irgendwie, mittendrin, konnte jeder Rhodans Stimme identifizieren.

»... Bestien ... haben uns ... Tolot kämpft ... keine Chance ...«

Unverändert jagte die PALENQUE nach Süden. Die zweite Explosion, nur noch 3000 Kilometer voraus, war weitaus heftiger als die erste. Kilometerhoch jagten glühende Fragmente in die Atmosphäre und regneten in weitem Umkreis ab. Doch da war das Schiff schon an den Hangaranlagen vorbei und jagte mit neuer Beschleunigung in die Schwärze hinaus. Thermo- und Desintegratorsalven wühlten das Land über dem Stützpunkt zusätzlich auf und hinterließen tiefe Narben. Eine dritte Explosion hob das Gelände über mehrere Kilometer hinweg merklich an, und als dann der Fels aufbrach und die Glut aus sich gedankenschnell ausweitenden Rissen emporbrach, wurde endgültig ersichtlich, dass der Transformtreffer in einem der Hangars gewaltige Zerstörungen ausgelöst hatte. Entweder waren Speicherbänke der Station in die Kernfusion eingetreten, oder die Reaktoren startbereiter Raumer hatten in einer Kettenreaktion reagiert.

Schon der zweite Treffer musste ein startendes Bestienschiff im Hangarschacht erwischt haben. Die Verwüstungen waren dementsprechend weiträumig ausgefallen.

Eine Riesenfaust schien die PALENQUE zu treffen. Tief im Schiff brüllten die Energieerzeuger auf.

»Paratron bricht zusammen!«

Sharita Coho reagierte kaum auf den Ausruf. »Perry!«, brüllte sie in ihr Mikrofonfeld. »Was ist los? Perry – ich brauche eure Position!«

»Gib es auf!« Kossa konnte den Lärm kaum übertönen. »Ich weiß nicht, wo sie sind.«

Wieder wurde die PALENQUE schwer erschüttert. Die letzten Schleier des Paratrons verwehten mit den zuckenden Hyperraumaufrissen, dann umfloss Sonnenglut das Schiff. Reihenweise fielen die Bilder der Außenbeobachtung aus.

»Zurück!«, wollte Sharita befehlen, doch in dem Moment zeigte die Ortung eine Reihe schwerer Explosionen im Bereich des Stützpunkts an. Vier Bestienraumer stießen noch aus der Glut hervor, aber von ihnen erreichten nur drei den Weltraum. Der vierte schien während des Starts havariert zu sein. Mit flammenden Triebwerken wühlte er sich gut 900 Kilometer nördlich der Werft in den Boden.

Sharita hielt den Atem an. Die Absturzstelle lag sehr nahe an der Region, wo die Space-Jet gestanden hatte.

»Perry, melde dich!« Sie kannte sich selbst nicht mehr. Sie konnte kaum begreifen, dass bald wohl nichts mehr so sein würde, wie es bis vor kurzem noch gewesen war.

Der Paratron baute sich flackernd wieder auf. Vergeblich versuchte Pearl Laneaux, das Schiff auf einen Kurs zu bringen, der es von den Bestien wegführte. Zu viele schwarze

Raumer hatten ihren Hangar schon verlassen. Ein, zwei Treffer aus schweren Intervallkanonen würden die PALENQUE jetzt wie eine Konservendose zusammenquetschen.

»Ich sag's doch: Auf Terraner muss man aufpassen!« Jere von Baloys Stimme erklang wieder im Funkempfang. Die LAS-TOÓR flog nahezu auf Parallelkurs und mit ihr zwei der schnellen und wendigen Jäger.

Augenblicke später stand der Paratronschirm in voller Stärke. Der Akonenkreuzer drehte ab. Vergeblich suchte Sharita im Ortungsbild nach den anderen beiden Jägern. In ohnmächtigem Zorn ballte sie die Fäuste. Sie fragte sich, wer die Kampfmaschinen geflogen haben mochte: Jemand von den Männern und Frauen, die sie in den letzten Wochen näher kennen gelernt hatte.

Ein flüchtiger Blick auf die eingeblendeten Basisdaten. Noch mindestens drei Minuten bis zum Erreichen der minimalen Übertrittsgeschwindigkeit für den Überlichtflug. Die PALENQUE hatte ihre Feuertaufe bestanden. Glänzend sogar. Auch wenn es weiß Gott keinen Grund gab, sich dessen zu rühmen.

Die LAS-TOÓR wurde mittlerweile von mehreren der kleinen Kugelraumer attackiert.

»Pearl«, sagte Sharita schneidend, »neuer Angriffskurs! Wir holen unsere Freunde da raus!«

Nur Sekunden später meldete Driscol eine Vielzahl neuer Ortungen.

20 große Raumschiffe waren nacheinander aus dem Hyperraum gefallen. Ihre Aktivtastung wurde registriert, doch es gab keine Kennung, die eine Identifikation ermöglicht hätte. Die Schiffe nahmen Kurs auf Gorbas-IV.

19

Perry Rhodans unmissverständlicher Wink zwang Norwell dazu, die Waffe wieder sinken zu lassen. Der Blick des Prospektors sprach jedoch Bände. Kampflos würde er sich nicht ergeben und die Waffe wohl eher gegen sich selbst richten, als sich den schwarzhäutigen Kolossen freiwillig auszuliefern.

Die fünf Bestien umringten Tolot. Noch hielten sie ihn für einen der Ihren, das verriet schon die Art, wie sie mit ihm sprachen. Dabei deuteten sie mehrfach auf die Terraner, bis schließlich einer von ihnen seine Waffe hochriss und auf die Gruppe anlegte.

Icho Tolot war sofort bei ihm und stieß den Waffenarm zur Seite. Der dröhnende Aufschrei der Bestie erschütterte die Zentrale. Ein Glutstrahl fauchte aus der Waffe in die Kuppeldecke und ließ glutflüssiges Material verspritzen.

Zwei andere Bestien fielen Tolot von hinten an und klammerten sich an seine Arme. Dieser Übermacht hatte selbst der kampferprobte Haluter wenig entgegenzusetzen. Er wurde unaufhaltsam nach hinten gezerrt, bevor er zu einer abrupten Gegenbewegung ansetzte. Der Gegner, der seinen rechten Arm umklammerte, taumelte vorwärts; Tolots hochgerissener Ellenbogen rammte gegen die untere Schädelhälfte der Bestie. Es krachte dumpf, fast wie der Zusammenprall zweier schwerer Gleiter. Zudem ließ Tolot die Waffenhand des ersten Gegners los, vollendete die begonnene Drehung und rammte seine Schädeldecke dem anderen gegen den Kopfansatz.

Für einen Augenblick wurde es beängstigend still. Dann

warf die Bestie sich aufbrüllend vor und versuchte, Tolot unter sich zu begraben. Mit allen vier Armen umklammerte sie den Haluter, der es tatsächlich nicht mehr schaffte, sich vollends wieder aufzurichten. Mitsamt seiner Last taumelte Tolot zur Seite.

Er wankte, als kräftige Tritte seine Beine trafen, und machte genau zwei unkontrollierte Schritte rückwärts. Dabei stieß er gegen die Bestie, die er zwar zu Boden geschickt hatte, die sich aber ebenso schnell wieder aufrichtete. Tolot stürzte und riss die beiden anderen mit sich. Ein Sessel ging unter ihrem Aufprall zu Bruch, sie krachten gegen eine Konsole, und ein zufälliger Armhieb reichte aus, deren Verkleidung über mehrere Meter Länge hinweg aufzureißen.

Schlagartig erloschen die meisten Schirme. Einer der Hauptenergieleiter musste beschädigt worden sein, irrlichternde Flammen leckten wie Elmsfeuer über die Gruppe hinweg.

In diesem Augenblick wurde Rhodan auf das Wispern in seinem Helm aufmerksam. Der Kampf hatte ihn abgelenkt, und der Lärm hatte ein Übriges dazu getan. Im ersten Moment glaubte er, van Küspert zu hören, dann erst begriff er, dass endlich eine Verbindung zur PALENQUE bestand.

»Alemaheyu!«, rief er. »Bist du das, Alemaheyu?«

Der Funker reagierte nicht. Er redete weiter, war im einen Moment kaum zu verstehen und klang im nächsten entsetzlich verzerrt.

»Versucht, uns einzupeilen!«, rief Rhodan. »Bestien haben uns gestellt. Tolot kämpft gegen sie, aber er hat keine Chance. Beeilt euch!«

Es war vorbei. Das erkannte Perry, als zwei der Bestien Tolot in die Höhe zerrten und die dritte den Haluter mit der Waffe in Schach hielt. Die beiden, die sich am Kampf nicht beteiligt hatten, standen drohend und hoch aufgerichtet vor ihm und seinen Begleitern. Es sah nicht so aus, als würden sie zögern, bei der ersten missverständlichen Reaktion sofort zu schießen.

Langsam hob Rhodan die Hände. Er sah, dass Hartich es

ihm gleichtat. Norwell zögerte noch, aber Augenblicke später polterte sein Strahler zu Boden.

Eine der Bestien sagte etwas. Die Worte klangen rau und abgehackt, widerwillig geradezu, aber Rhodan erkannte, dass sich der Koloss des Lemurischen bediente.

»Ihr seid Spione des Tamaniums?«

»Das Große Tamanium wurde von den Zeitgerechten zerschlagen«, antwortete Perry Rhodan. »Doch dieses Geschehen liegt sehr lange zurück.«

»Was weißt du darüber?«

»Nicht mehr, als uns der Gerechte« – er deutete mit einer knappen Kopfbewegung auf Icho Tolot – »darüber berichtet hat.«

»Er ist keiner von uns.«

Rhodan registrierte in dem Moment ein fernes, dumpfes Grollen. Der Koloss, der Tolot mit der Waffe bedrohte, erteilte einen knappen Befehl. Einer der anderen machte sich daraufhin an einem der Kontrollplätze zu schaffen. Nach kaum zwei Minuten fuhr die Bestie herum: »Zwei Schiffe der Zeitverbrecher greifen die Werft und die Hangars an! Sie haben dem Arsenal bereits schwere Verluste zugefügt.«

»Tötet sie!«, befahl der Anführer. Er hob seine Waffe und zielte auf Tolots Schädel. Rhodan konnte nicht erkennen, ob der Freund in der Lage war, die Körperstruktur zu verhärten, aber den Prospektoren von der PALENQUE würde das ebenso wenig helfen wie Solina Tormas. Er sah, dass Tolot sich aufbäumte und mit aller Kraft versuchte, sich dem Griff der Bestien zu entziehen.

»Hork Nomass wird das nicht zu schätzen wissen!«, stieß Icho Tolot hervor. »Nomasstos war einst der Kommandeur der 4. Flotte der Zeitgerechten, und heute ...«

»Ich kenne den Namen.«

»Heute wird er wieder eine stolze Flotte gegen die Nachkommen der Lemurer führen.« Tolot stieß ein dumpfes Grollen aus. »Nomasstos hat die Zeit überdauert, um die Verbrecher zu bestrafen.«

»Du behauptest, Hork Nomass sei einer der Alten?«

»Ja, so ist es.«

»Nenne mir deinen Namen! Woher kommst du?«

»Meine Heimat ist Halut.«

Noch wagte Rhodan nicht aufzuatmen. Er nahm an, dass Tolot den Kommandeur in der Vergangenheit kennen gelernt hatte. Nomass schien kein unbedeutender Mann gewesen zu sein.

»Meinen Namen solltest du dir ebenfalls merken«, dröhnte der Haluter. »Ich bin Icho Tolot.«

»Tolot«, wiederholte der Anführer dumpf, dann herrschte er seine Untergebenen an: »Haltet den Verräter fest! Er paktiert mit den Nachkommen der Lemurer; sein Name wurde mir mitgegeben.« Triumphierend schaute er in die Runde. »Tötet diese Lemurer!«

Eine Klangfarbe gab es in dem dröhnenden Gebrüll nicht, jeder Satz wirkte gleich bedrohlich. Rhodan bemerkte allerdings, dass Solina Tormas blass wurde.

Der Donner in der Ferne war zum anhaltenden Dröhnen geworden. Perry zweifelte nicht daran, dass die PALENQUE und die LAS-TOÓR nach ihrer ersten Absetzbewegung gemeinsam den Bestienstützpunkt angriffen. Deshalb war nach allen vorangegangenen vergeblichen Versuchen so unerwartet der Funkkontakt zustande gekommen. Vielleicht beteiligte sich sogar schon die akonische Flotte an dem Angriff auf Gorbas-IV. In der Hinsicht wusste er nicht, wie er Levian Paronn einschätzen sollte. Machte ihn die Enttäuschung unberechenbar, oder hatte er erkannt, dass es sich lohnte, auch in dieser Zeit zu kämpfen?

»Hayden«, raunte Rhodan und ließ die Bestien nicht aus den Augen. »Bevor gleich die Hölle losbricht, schnappst du dir Solina und die anderen, und dann raus hier mit euch, egal, was geschieht. Das gilt auch für dich, Hartich.«

»Aber ...«

»Nehmt die Beine in die Hand und verschwindet, bevor die ersten Transformsalven einschlagen.«

»Wenn du bleibst, bleiben wir auch«, erwiderte der Physiker.

»Wir gehen ohnehin vor die Hunde«, sagte Norwell.

»Verschwindet endlich!«, beharrte Rhodan. »Ich schaffe das schon ...«

»Jetzt, Rhodanos!«, brüllte Icho Tolot, und im selben Moment wurde sein Deflektorfeld aktiv. Die beiden Bestien, die ihn nach wie vor festhielten, reagierten nicht darauf, aber für die anderen wurde er von einem Sekundenbruchteil zum nächsten unsichtbar.

Trotzdem geschah nichts. Weder feuerte der Anführer seinen schweren Intervallstrahler ab, dessen tödliche Wirkung nicht einmal die Verhärtung der Körperstruktur verhindert hätte, noch stürzten sich die anderen auf die vermeintlichen Lemurer. Wie zu Statuen erstarrt, standen sie da, und nur das Glühen ihrer Augen verriet, dass noch Leben in ihnen war.

Rhodan hielt bereits eine Fusionsgranate in der Hand, eine der Kleinigkeiten, die seine Ausrüstung über den Standard hinaushoben. Ihre Wirkung hätte ausgereicht, die halbe Zentrale in Schutt und Asche zu legen. Allerdings zögerte er, sie zu zünden.

»Das gibt es doch nicht, oder?« Ungläubig blickte Norwell über den Lauf seines Strahlers hinweg, der auf den Schädel einer der Bestien zielte, doch das Monstrum reagierte überhaupt nicht.

»Das ist Boryks Werk«, vermutete Rhodan. »Er beeinflusst alle fünf.«

»Wie macht er das?« Norwell dachte nicht daran, die Waffe zu senken. »Er ist selbst halb tot. Lange kann er das nicht durchhalten.«

Tolot wurde wieder sichtbar. Er nahm den Bestien die Waffen ab, löste die Energiemagazine heraus und warf sie achtlos beiseite. Lediglich den Intervallstrahler behielt er.

»Also, Leute, raus hier!«, drängte Norwell.

»Boryk ist klatschnass geschwitzt«, stellte Shimon fest. »Er hat hohes Fieber.«

»Quatsch nicht.« Norwell machte zwei Schritte zur Seite, ohne den Blick von der Bestie abzuwenden. Mit der linken Hand griff er nach Shimon und riss ihn herum. »Verschwinde! Wenn du den Helden spielen willst, mach das woanders. Was Perry in der Hand hält, wird den Laden hier dichtmachen.«

Tolot feuerte den Intervallstrahler auf das inzwischen geschlossene Schott ab, sprang dann vor und riss die Überreste des zerstörten Stahls mit sich.

Der Korridor war leer. Tolot wartete, bis alle zu ihm aufgeschlossen hatten, warf einen flüchtigen Blick zurück und sah Rhodan forschend an. Doch der Terraner schloss die Hand um die Fusionsgranate und schüttelte kaum merklich den Kopf.

»Der Transmitter liegt eine Etage über uns!«, sagte der Haluter.

Der Lärm schien mittlerweile von allen Seiten zu kommen, doch die Explosionen lagen immer noch viele Kilometer entfernt. Lediglich die von ihnen ausgelösten Bebenwellen machten sich zunehmend stärker bemerkbar. Falls von diesen heftiger werdenden Stößen Speicherbänke oder Energieerzeuger in Mitleidenschaft gezogen wurden, würde die Zerstörung schnell auch in Bereichen um sich greifen, die nicht unter direktem Beschuss lagen. Rhodan konnte sich vorstellen, dass der Angriff vor allem den unterirdischen Hangars galt.

Immer wieder blickte er zurück, doch niemand folgte ihnen. Boryk hatte die Augen geschlossen, und manchmal umfloss die Andeutung eines Lächelns seine Mundwinkel. Sein Gesicht war nahezu blutleer, es wirkte wie aus Wachs modelliert. Schweißperlen zogen glänzende Spuren über die Haut.

»Ich glaube, er träumt.« Shimon drückte den Lemurerklon fester an sich. Er hatte sichtlich Mühe, mit den anderen Schritt zu halten, doch als Solina sich zu ihm umdrehte, schüttelte er nur den Kopf.

»Vielleicht ist er in Gedanken auf seiner Arche«, sagte Rhodan.

»Ja, vielleicht ...«

Urplötzlich schien der Boden sich aufzubäumen. Ein ohrenbetäubendes Kreischen erfüllte die Luft, während eine unsichtbare Faust den Korridor zu verwüsten begann. Risse entstanden und weiteten sich gedankenschnell aus.

Hinter ihnen füllte sich der Gang mit Rauch. Aus dem Brodeln brachen unvermittelt die massigen Gestalten mehrerer Bestien hervor. Rhodan warf die Fusionsgranate. Das zylinderförmige Gebilde maß nicht mehr als drei Zentimeter, verfügte aber über einen Antigrav, der sich selbsttätig aktivierte. Deshalb erreichte die Wurfweite gut hundert Meter, bevor die Kapsel aufschlug und zündete.

Ein greller Lichtblitz schien alles verschlingen zu wollen. Nur die Helmfilter verhinderten, dass der Terraner und seine Begleiter geblendet wurden. Dann fegte die sengende Hitzewelle heran. Shimon presste Boryk noch fester an sich und hastete weiter.

Die Bestien blieben in der brodelnden Glut verschwunden. Tolot stürmte wieder vor. Rhodan sah ihn nicht mehr, hörte aber sein wütendes Brüllen und gleich darauf das dumpfe Geräusch des Intervallstrahlers.

Keiner verlangsamte seine Schritte. Mittlerweile reagierten alle mit einer Monotonie, die Furcht oder gar Panik nicht mehr zuließ. Wie Roboter hasteten sie weiter, und im Helmfunk waren nur ihre hastigen Atemzüge zu vernehmen.

Tolots Schüsse hatten zwei Bestien niedergestreckt.

Wieder bebte der Boden. Der Donner schwerer Explosionen vermischte sich zu einem einzigen bedrohlichen Dröhnen. Aber vor ihnen öffnete sich der Korridor in eine Halle, in der Umformer und Speicherbänke standen.

Die Technik wirkte keineswegs antiquiert, aber klobig im Vergleich zu aktuellen Standards. Vielleicht wurde dieser Eindruck durch die fehlenden Verkleidungen verstärkt. Alle Aggregate waren auf ihre Funktionalität reduziert.

Seit Minuten versuchte Rhodan wieder, die PALENQUE oder die LAS-TOÓR über Helmfunk zu erreichen. Vergeblich.

»Solina, wir müssen auf den Transmitter der LAS-TOÓR zugreifen können!«, sagte er zu der Historikerin.

Tolot hantierte bereits an den Kontrollen. Zugleich redete

er hastig auf Hartich van Küspert ein – oder der Physiker auf ihn, so genau war das nicht zu erkennen.

Nicht einmal 20 Meter entfernt stand der Transmitter. Rhodan atmete auf, als er sah, dass es hier noch keine nennenswerten Schäden gegeben hatte. Kleinere Risse im Boden, aus der Höhe herabrieselnder Staub ... Perry ignorierte das alles, er hatte in dem Moment nur Augen für das Gerät.

Es handelte sich um ein altes akonisches Modell: zwei doppelt mannsdicke Säulen, zwischen denen sich das Energiefeld spannte. Das war keiner der bekannten Torbogentransmitter, doch immerhin ein für größere interstellare Distanzen konzipierter Transmitter. Tolot schien sich damit auszukennen, hatte das Abstrahlfeld bereits aktiviert und ...

Innerhalb der wenigen Augenblicke konnte es sich nicht aufgebaut haben; so schnell war der Haluter nicht gewesen. Perry spürte ein eisiges Prickeln im Nacken. Das Transportfeld war schon aktiv gewesen, jemand hatte den Transmitter erst vor kurzem benutzt.

»Nehmt die Waffen weg!«, erklang in dem Moment Tolots Bass. »Ich dulde nicht, dass diese Lemurer verletzt werden!«

Langsam, jede hastige Bewegung vermeidend, wandte Rhodan sich um. Er sah die anderen wie erstarrt.

Drei Bestien hatten sie umzingelt. Wahrscheinlich waren sie erst vor wenigen Minuten durch den Transmitter gekommen.

»Wo ist Garm Hesset?« Der Fragesteller war gut zwei Handbreit größer als Icho Tolot und in den Schultern entsprechend breiter. Seine Haut glänzte ölig, nahezu makellos. Rhodan vermutete, dass diese Bestie vor noch nicht allzu langer Zeit aus einem der Aufzuchtstanks gekommen war. Angesichts des aktivierten Transmitters lag die Vermutung nahe, dass sie nicht einmal von Gorbas-IV stammte. Das bedeutete, dass andere Arsenalwelten ebenfalls unbeschadet die Zeit überstanden hatten. Ein groß angelegter Vernichtungsschlag gegen vermeintlich lemurische Welten stand wohl kurz bevor.

»Ich weiß es nicht«, antwortete Tolot. »Mit dem Angriff auf die Hangars habe ich den Kontakt zu Hessetos verloren.« Wieder benutzte er die vertrauliche Anrede, die durch das Anhängen der Silben -os oder -tos an den Namen des Betreffenden gebildet wurde. Auf diese Weise versuchte er, eine Art von Vertrauen aufzubauen.

»Ich habe den Auftrag, die Lemurerabkömmlinge in Sicherheit zu bringen«, fuhr Tolot unbeeindruckt von den immer noch auf ihn gerichteten Waffen fort. »Sie sind Geheimnisträger, die Hessetos in die Hände fielen, als ihr Raumschiff unsere Welt anflog. Sie werden mit uns zusammenarbeiten.«

»Verräter? Sie verraten ihr eigenes Volk?« Dem Anführer der Bestien schien dieser Gedanke gar nicht zu gefallen. »Weiter!«, herrschte er Tolot an.

Ein neues Bombardement setzte ein, ein Stakkato, dem heftige Erschütterungen folgten.

»Es gibt nichts weiter«, behauptete Tolot. »Mit dem Angriff der Lemurernachfahren hat der neue Krieg begonnen – eher als geplant.«

»Nicht viel eher.« Die Bestie machte ein Zeichen der Zustimmung. »Ich bin Ion Lissos. Dein Name ...?«

»Fancan Teik.« Tolot nannte offensichtlich den erstbesten Namen, der ihm in den Sinn kam.

Ohrenbetäubend brandete der Lärm heran. Dreck rieselte aus der Höhe herab. Rhodan sah die angespannten, von Furcht verzerrten Gesichter seiner Gefährten. Jeder vertraute auf Boryk und hoffte, dass der Klon auch diese drei Bestien unter seinen mentalen Bann zwingen würde. Sogar Tolot schien darauf zu warten.

»Wir gehen durch den Transmitter«, bestimmte Ion Lissos. »Sofort! Das Serkhen-Arsenal können wir allein nicht retten.«

»Wohin?«, fragte Tolot.

»Paggosh«, lautete die knappe Antwort.

Mit vorgehaltenen Waffen trieben die Bestien alle zum Transmitter. Die Explosionen lagen schon bedrohlich nahe. Nicht weit von den nächsten Aggregaten entfernt krachte eine tonnenschwere Deckenplatte herab.

Eine der Bestien stieß Norwell und van Küspert in das Transportfeld und sprang selbst hinterher. Dann war Rhodan an der Reihe. Sich halb umwendend, sah er, dass die letzte der Bestien Solina, Shimon und Boryk wie Puppen mit sich zerrte.

Den Bruchteil eines Augenblicks später wechselte die Umgebung.

20

»Kugelraumer, unterschiedlicher Durchmesser!«, meldete Omer Driscol und fügte, schon eine Nuance weniger hektisch, hinzu: »Außerdem zwei 800-Meter-Raumer. Mensch, das sind Kolosse ...«

»Omer!«, sagte die Kommandantin scharf. »Exakt bitte!«

Der Orter nickte verbissen. »Das Ortungsbild weist sie als Schiffe der WÄCHTER-Klasse aus; der äquatoriale Ringwulst ist unverkennbar.«

»Dann sind das LFT-Schiffe? Wo kommen die her?«

Driscol grinste über das ganze Gesicht. »Dreimal darfst du raten. Mensch, wir sind raus aus dem Schlamassel. Ich denke, die Schiffe kommen wegen Perry.«

»Alemaheyu!«, rief die Kommandantin.

»Funkverbindung steht!«, antwortete der schlaksige Terraner. »Ich werde durchgeschaltet.«

Augenblicke später stabilisierte sich das Hologramm eines großen und kräftigen Mannes. Auf gut zwei Meter zwanzig schätzte Sharita ihn. Sein schlohweißes Haar stand im krassen Gegensatz zu seiner dunkelbraunen Haut.

»Kommandant Hork Simmons«, stellte er sich vor. »Terranische Sonderflotte.«

»Kommandantin Sharita Coho von der ...«

»... PALENQUE, ich weiß.«

Spätestens das machte jedem klar, dass die 20 Schiffe keineswegs zufällig im Gorbas-System erschienen waren.

Drei Bestienraumer hatten die PALENQUE in die Zange genommen und eröffneten das Feuer aus ihren Intervallkanonen. Mit einem waghalsigen Ausbruchsmanöver versuchte Pearl Laneaux, dem Angriff zu entgehen. Gleichzeitig feuerte Harriett Hewes. Einer der Bestienraumer wurde von der Wucht der Explosion aufgerissen.

»Überlichtmanöver der LAS-TOÓR!«, rief Driscol. »Die sind ihren Verfolgern nur verdammt knapp entkommen. Achtung: LAS-TOÓR materialisiert rund zwanzig Millionen Kilometer über der Ekliptik.«

»Wo ist Perry Rhodan?«, fragte Simmons.

»Auf der Bestienwelt!«, antwortete Sharita ebenso knapp.

»Bestien ...? Uns ist bekannt ...«

»In subplanetaren Hangars auf Gorbas-IV stehen tausende ihrer Raumschiffe. Wir haben die Startschächte angegriffen, aber das reicht nicht. Sie starten immer noch.«

»Der Resident ...?«

»... ist tatsächlich irgendwo dort unten. Wir hatten vor wenigen Minuten flüchtigen Funkkontakt, keine Einpeilung. Standort vermutlich nördlich der Werften und Hangaranlagen.«

»Dem Spuk machen wir ein Ende«, versprach Kommandant Simmons. »Für euch und die LAS-TOÓR ist die Schlacht geschlagen, Sharita. Den Rest übernehmen wir, und wir setzen Bodentruppen ab.«

Alemaheyu Kossa öffnete den Magnetsaum seines Hemds noch ein Stück weiter als gewöhnlich und massierte sich mit der linken Hand den Hals. »Er kennt das Schiff unserer akonischen Freunde«, murmelte er bedeutungsschwer. »Habe ich irgendetwas verpasst?«

»Rhodan ist mit einigen unserer Besatzungsmitglieder da unten«, sagte Sharita. »Wir hätten sie gern lebendig wiedergesehen.«

Die Wirkung war schlicht umwerfend. Hork Simmons starrte sie aus weit aufgerissenen Augen an. Erst wich seine gesunde Gesichtsfarbe einer fahlen Blässe, im nächsten Moment schoss ihm das Blut in die Wangen. »Du weißt, was du da sagst?«, brachte er hervor. »Wir würden Rhodan ebenfalls gern wiedersehen. Schon deshalb, weil uns der Minister für Liga-Verteidigung, Reginald Bull, höchstpersönlich in den Hintern treten wird, wäre es anders.«

Die Verbindung erlosch.

Sekundenlang blickte Sharita noch dahin, wo das Hologramm des Flottenkommandanten zu sehen gewesen war. Dann schüttelte sie den Kopf. »In der Flotte herrscht ein Ton«, stellte sie fest, »fast so schlimm wie an Bord unseres Prospektorenkahns.«

Endlich hatte auch die PALENQUE die Eintauchgeschwindigkeit für das Metagravmanöver erreicht. Die kurze Überlichtetappe brachte das Schiff in die Nähe der LAS-TOÓR.

»Alemaheyu ...!«

»Ich weiß«, sagte der Funker. »Kontaktversuch zu unseren Leuten intensivieren. Aber ich fürchte ...«

Sharitas stechender Blick ließ ihn verstummen. Über die Ortungen verfolgten sie den Vorstoß der terranischen Schiffe auf Gorbas-IV. Den mehrfach gestaffelten Paratronschirmen der Schlachtschiffe konnten die Bestien selbst mit ihren Intervallkanonen kaum beikommen, wohingegen die Transformsalven der großen Kugelraumer einen der schwarzen Raumer nach dem anderen ins Verderben rissen.

Mittlerweile waren es mehr als hundert Ortungsreflexe, die Gorbas-IV anflogen. Die terranischen Schiffe hatten schnelle Space-Jets ebenso ausgeschleust wie 60-Meter-Korvetten. Sie ließen den angreifenden Bestienraumern keine Chance. Dutzende neuer Sonnen flammten im planetennahen Raum auf und erloschen ebenso schnell wieder.

Angespannt verfolgte Sharita, wie die ersten 500-Meter-Schlachtschiffe einen Orbit einnahmen. Transformexplosionen und nachfolgende starke Energieausbrüche wurden auf der Planetenoberfläche angemessen. Die letzten Startbasen der Bestien, inzwischen von starken Paratronschirmen geschützt, waren heiß umkämpft.

Bald schaffte es kein schwarzer Kugelraumer mehr, die Atmosphäre zu verlassen.

Space-Jets und Korvetten gingen im Bereich der nördlichen Anlagen nieder, wo die PALENQUE vor kurzer Zeit gestanden hatte. Die Schiffe schleusten Kampfroboter aus, die sich nahezu unaufhaltsam ihren Weg in die subplanetaren Anlagen verschafften.

Wiederholte Angriffe der Bestien konnten den Vormarsch der Roboter zwar kurzfristig stoppen, aber nicht aufhalten.

Knapp sechs Stunden nach dem Erscheinen der kleinen terranischen Flotte meldete Kommandant Hork Simmons den Fall der Station. Wobei weite Bereiche im Feuer der Schiffsgeschütze zu brodelnden Magmaseen geworden waren. Eine undurchdringlich scheinende schwarze Wolkendecke breitete sich über die Nordhalbkugel des Planeten aus.

Für einen Augenblick erschien es Sharita, als habe jemand ein Leichentuch ausgebreitet. Aber sie wischte diesen Gedanken irritiert beiseite. Eine ausbleibende Nachricht war noch lange keine schlechte Nachricht; solange die Vermissten nicht aufgefunden waren, bestand Hoffnung.

Nur in einigen unterirdischen Bereichen leisteten die vierarmigen Kolosse noch erbitterten Widerstand.

Dann kamen von den Robotern und wenig später von den ersten Bodentruppen die Meldungen über weitgehend zerstörte Laborhallen. Zehntausende Bestien waren in diesen Hallen herangezüchtet worden. Der Einsatz der »biologischen Kampfmaschinen«, wie Kommandant Simmons sie nannte, hatte offensichtlich unmittelbar bevorgestanden. In etlichen beschädigten Bruttanks hatten die Stoßtrupps zum Teil noch lebende Bestien vorgefunden.

Nur die Nachricht, auf die mittlerweile jeder an Bord der PALENQUE sehnsüchtig wartete, blieb aus. Es gab keine Spur von Perry Rhodan und seinen Begleitern. Stattdessen Verwüstung, wohin das Auge blickte. Selbst in den Bereichen der weitläufigen Station, die von direktem Transformbeschuss verschont geblieben waren, hatten verglühende Speicherbänke Feuerstürme entfesselt. Wo starke Bebenwellen Felsverschiebungen ausgelöst hatten, lag zudem alles unter tausenden Tonnen Geröll begraben.

»Euer Perry Rhodan hat es noch immer geschafft«, sagte Jere von Baloy über Funk. »Du wirst sehen, Sharita ...«

»Dann bist du zuversichtlicher als ich«, unterbrach sie den Maphan. »Schau dir die Bilder an.«

»Ich kenne sie.«

Kurze Zeit später gab die Raumortung Alarm. Am Rand des Systems waren erneut große Raumschiffe aus dem Hyperraum gefallen. Doch es waren keine Bestien, wie sich rasch herausstellte, sondern schnelle Kreuzer der Akonen. Sie gingen nach wenigen Minuten wieder in den Metagravflug, ohne auf Funkanrufe reagiert zu haben.

»Beobachter«, vermutete Sharita. »Bald wird eine große Flotte auftauchen und uns beschuldigen, das Gorbas-System annektiert zu haben.«

»Wir sollten nicht allzu pessimistisch sein«, widersprach Pearl. »Andererseits frage ich mich schon, wie dieser Levian Paronn noch reagieren wird.«

»Du misstraust ihm?«

»Ich weiß es nicht«, antwortete sie. »Ich weiß es wirklich nicht.«

Kommandant Hork Simmons meldete sich wieder. »Vielleicht haben wir eine Spur eurer Leute gefunden«, sagte er.

»Und von Perry?«, fragte Sharita spontan.

Ein Lächeln umfloss Simmons' Mundwinkel. »Und von Resident Perry Rhodan«, bestätigte er. »Wir hatten eine speziell ausgerüstete Ortungs-Space-Jet in geringer Distanz zum System stehen. Die Auswertung aller Daten zeigt eine Besonderheit.«

»Und?«, drängte Sharita, als ihr die Pause zu lang wurde, die Simmons einlegte.

»Mehrere Transmitterimpulse wurden aufgefangen. Die Position des Senders ist inzwischen bis auf zwei Kilometer genau lokalisiert.«

Sharita sah den Flottenkommandanten auffordernd an, als er schon wieder schwieg.

»Der Transmitter ist möglicherweise alter akonischer Bauart. Bestimmte Spezifika in der Fünf-D-Leitlinie lassen diesen Schluss plausibel erscheinen. Die Position lag wenige Kilometer von den ersten Hallen entfernt. Nur werden wir dort nichts mehr finden. Nach mehreren Explosionen ist der Bereich nicht nur ausgeglüht, zudem sind größere Felsstürze zu verzeichnen. Teilweise sind sogar an der Oberfläche Einsturzkrater entstanden.«

Sharita schwitzte plötzlich. Ihr Herzschlag raste. »Ist ... bekannt, wohin ...?«

Simmons nickte knapp. »Mit neunzig Prozent Wahrscheinlichkeit wurde auch der Endpunkt der Transmitterdurchgänge angemessen. Er liegt im Grenzgebiet einer größeren Dunkelwolke, nicht mehr als sechstausend Lichtjahre entfernt. Keine bewohnten Sonnensysteme in der Nähe, eigentlich kosmisches Ödland.«

»Also der ideale Ort für eine weitere Station der Bestien.« Der Verdacht war Sharita einfach so herausgerutscht. Im selben Moment hätte sie sich dafür ohrfeigen können, denn das komplizierte vieles.

Simmons nickte knapp.

»Was geschieht nun?«, fragte die Kommandantin. »Du forderst eine gut ausgerüstete Kampfflotte von Terra an. Das wird Tage dauern ...«

»Nein«, sagte der Weißhaarige. »Ich verfüge über alle notwendigen Vollmachten. Bull persönlich hat sie mir erteilt. Wir fliegen den Endpunkt des Transmittersprungs an.«

»Und die Bestien werden unsere Leute töten, sobald sie unsere Flotte bemerken.« Für Sharita war selbstverständlich, dass die PALENQUE mit von der Partie sein würde, so wie es sich wohl auch Jere von Baloy nicht nehmen ließ, den Einsatz allein schon wegen Solina Tormas mitzumachen.

Sharitas Bemerkung ließ jedes Leuchten aus Simmons' Blick verschwinden. »Mit ihren zwei Gehirnen werden die Bestien hoffentlich erkennen, dass ein Mann wie Rhodan als Geisel für sie sehr viel wertvoller ist.«

»Falls sie überhaupt wissen, dass sie Perry Rhodan haben«, versetzte die Kommandantin und dachte dabei an Norwell, Shimon und van Küspert. Auch an Boryk. Welchen Wert hatten sie für die Bestien? *Keinen,* gab Sharita sich selbst zur Antwort. Sie ballte die Fäuste, und ihre Fingernägel gruben sich schmerzhaft in die Handballen ein.

Verzweifelt fragte sie sich, was sie falsch gemacht hatte. Sie hätte sich mit der PALENQUE nicht zurückziehen dürfen, als der Trupp auf Icho Tolots HALUT umgestiegen war. Aber wäre es ihr und ihrer Mannschaft dann vielleicht so ergangen wie den drei Schiffen aus Paronns kleiner Flotte? Sie wusste es nicht, und sie wollte inzwischen nur noch eines: alles möglichst rasch hinter sich bringen ...

21

Sie waren vom Regen in die Traufe geraten. Das war Perry Rhodan klar. In der Gewalt der Bestien, auf einem intakten Stützpunkt, war ihre Situation um keinen Deut besser als auf Gorbas-IV. Der einzige Hoffnungsschimmer war Tolot.

Perry fing einen vielsagenden Blick des Haluters auf. Er erwiderte ihn mit einem stummen Nicken: *Alles okay, Tolotos. Ich kümmere mich darum, dass keiner Dummheiten macht.*

Die Umgebung erweckte kaum einen anderen Eindruck als der Ort, den sie verlassen hatten. Zweifellos waren diese Stützpunkte nach einem identischen Schema erbaut worden. Rhodan konnte sich durchaus vorstellen, unter welchem Druck die Bestien ihre Arsenale errichtet hatten. Da war ihre voranschreitende Befriedung gewesen, die ihnen selbst wie eine unheimliche Krankheit erschienen sein musste und die vor allem keineswegs alle gleichzeitig und im selben Ausmaß betroffen hatte. Wahrscheinlich war es sogar zu Kämpfen der Zeitgerechten untereinander gekommen, und ihre einstmals stolze Zahl war unaufhaltsam weiter dezimiert worden.

Dazu immer wieder Angriffe versprengter lemurischer Flottenverbände, mit unerbittlicher Härte bis hin zur Selbstaufopferung geführt.

Tolot redete auf Ion Lissos ein. Rhodan vernahm eine Reihe altlemurischer Begriffe. Icho machte also von seinem Wissen um den Krieg gegen das Tamanium Gebrauch. Hin und wieder antwortete die Bestie.

Sie liefen durch hell erleuchtete, breite Korridore. Auch

hier begegneten sie niemandem. Nur kurz bemerkte Rhodan zwei Zeitgerechte an einer Einmündung. Die beiden bedachten sie mit neugierigen Blicken, verschwanden aber ebenso schnell, wie sie erschienen waren.

»Was geschieht mit uns?«, fragte Norwell.

»Tolot hat uns als Kollaborateure ausgegeben«, antwortete Rhodan. »Wir sind Lemurernachkommen, die mit den Zeitgerechten zusammenarbeiten wollen.«

»Kommt er damit durch?«

»Ich hoffe es«, murmelte Shimon. Die Bestie hatte ihn ebenso wie Solina mit einem spielerisch anmutenden Griff durch den Transmitter gezerrt und anschließend unsanft wieder auf die Füße gestellt. Seitdem spreizte er den Arm ab, den der Koloss umfasst hatte.

»Gebrochen?«, fragte Rhodan.

»Eher zerquetscht«, ächzte der Exobiologe.

»Was ist mit Boryk?«

Shimon stutzte. Irgendwie schaffte er es, den Kleinen immer noch im Arm zu halten. »Er lächelt im Schlaf«, stellte er fest.

»Dann ist wenigstens er glücklich«, vermutete Solina. »Er spürt die Nähe der Wächter.«

»Wenn sie wenigstens Wächter wären«, platzte van Küspert heraus. »Dagegen hätte ich ja nichts einzuwenden.«

Norwell fluchte. »Wir sind vom Regen in die Traufe geraten.«

»Ich weiß zwar nicht, was das bedeutet«, sagte die Akonin, »aber ich frage mich, was mit uns geschehen wird.«

»Ganz klar«, erwiderte der Prospektor. »Erst quetschen sie alles aus uns heraus, was sie hören wollen, und dann brauchen sie uns nicht mehr. Nicht gerade die besten Aussichten.«

Niemand antwortete.

»Werden sie ...?«, sagte Shimon schließlich.

»Frag die Burschen selbst!«

»Das kommt darauf an, was wir ihnen zu bieten haben«, sagte Rhodan.

»Wenn es sein muss, die ganze Milchstraße. Nein ...«, fügte

Norwell schnell hinzu, »ich meine es nicht so. Perry, das Reden überlassen wir dir.«

Der Korridor mündete in eine Halle, die sich über mehrere Etagen erstreckte. Eine Vielzahl von Schotten ließ angrenzende Räume vermuten, dazwischen führten weitere Gänge tiefer in die Station.

Ion Lissos war mit Icho Tolot stehen geblieben. Er wandte sich um und blickte von oben auf die Menschen herab, die gerade seine halbe Körpergröße erreichten. Dabei entblößte er sein Furcht erregendes Gebiss. »Bringt sie zu den anderen!«, befahl er den Zeitgerechten, die das Ende des Trupps bildeten. »Lev Utan, du bist dafür verantwortlich, dass sie am Leben bleiben. Aber nehmt ihnen die Waffen ab.«

»Was hat er gesagt?«, fragte Norwell.

»Vorerst haben wir wohl nichts zu befürchten«, antwortete Rhodan.

Norwell glaubte ihm nicht. Das war dem Prospektor anzusehen. Und noch etwas erkannte Rhodan in Norwells Augen: jenes Flackern zunehmender Nervosität, das seinen unbeherrschten Griff zur Waffe immer wahrscheinlicher machte.

Nach wenigen hundert Metern öffnete sich ein größerer Raum vor ihnen. »Da hinein!«, befahl Lev Utan. Er zerrte van Küspert und Norwell die Waffen aus den Halftern. Zuerst wollte der Prospektor aufbegehren, schien dann aber doch einzusehen, dass er nicht den Hauch einer Chance hatte. Mit hängenden Schultern ging er weiter.

Rhodan hatte seinen Strahler inzwischen am Lauf umfasst und reichte ihn dem Koloss. Utans Blick taxierte ihn abschätzend. Fast glaubte Rhodan, einen Ausdruck von Neugier in den großen Augen erkennen zu können, wie er ihn immer wieder bei Halutern gesehen hatte, denen er zum ersten Mal begegnet war.

Der Zugang schloss sich hinter ihm.

Langsam wandte Rhodan sich um. Drei Personen hatten sich schon in dem Raum aufgehalten. Es gab keinerlei Einrichtungsgegenstände. Die drei hatten einfach auf dem Boden gekauert.

Die Frau erhob sich und kam langsam näher. Forschend taxierte ihr Blick jeden aus der Gruppe und blieb schließlich an Rhodan hängen. Sie kniff die Brauen zusammen, ein fragender Ausdruck erschien auf ihrem Gesicht, aber letztlich schüttelte sie den Kopf. Perry war sich sicher, dass sie geglaubt hatte, ihn zu erkennen. Aber dann hatte sie sich wohl gesagt, dass es unmöglich war, ausgerechnet in einer solchen Situation dem terranischen Residenten zu begegnen. Wahrscheinlich glaubte sie jetzt, dass sich ihr Urteilsvermögen allmählich verwirrte. Ihr Blick, dieses hastige Zusammenkneifen der Brauen, deutete darauf hin. Perry hingegen fragte sich, wie lange die drei schon Gefangene der Bestien sein mochten.

Mit einer unwilligen Bewegung streifte die Frau ihr Haar in den Nacken zurück. »Willkommen in der Hölle, Freunde«, sagte sie. Das klang zynisch und resignierend zugleich.

Sie trug, wie die anderen auch, einen einfachen Raumanzug, ein Standardmodell. Den Helm hatte sie in den Nackenwulst zurückgeschoben.

»Ihr seid Terraner«, stellte sie fest. Nur bei Solina Tormas schien sie sich dessen nicht völlig sicher zu sein, doch sie ging mit einem Schulterzucken darüber hinweg. »Wie haben sie euch erwischt? Unser Schiff haben sie überfallen. Wir sind die einzigen Überlebenden.« Offenbar erwartete sie keine Antwort, die ohnehin nichts an ihrer Situation geändert hätte, denn sie fuhr sofort fort: »Die Helme könnt ihr abnehmen. Vergiften wollen sie uns bestimmt nicht.«

»Was dann?« Hartich hatte seinen Helm bereits geöffnet. Hayden und Solina taten es ihm gleich. Keiner von ihnen dachte daran, dass sie möglicherweise aggressive Mikroorganismen von Gorbas-IV eingeschleppt haben könnten. Aber nun wäre es ohnehin schon zu spät gewesen.

Rhodan zögerte nur einen Moment, bevor er ebenfalls den Helm öffnete. Er schaute Boryk an. So gelöst und weich wie jetzt hatte er das Gesicht des Lemurerklons noch nie gesehen. Es schien, als hätte Boryk in der Tat wunderschöne Träume, die ihn in seinen Garten Ehedem entführten.

»Sie werden euch verhören«, sagte die Frau. »Aber glaubt

bloß nicht, dass sie dabei sonderlich zartfühlend vorgehen.« Einer ihrer Mitgefangenen hatte sich mittlerweile ebenfalls erhoben, doch sie zeigte mit einer knappen Kopfbewegung auf den anderen Mann, der stöhnend versuchte, sich aufzurichten.

»Ich habe nichts gesagt«, brachte er schmerzverzerrt hervor. »Gar nichts.«

»Unseren Kapitän hat es als Ersten erwischt«, erklärte die Frau.

»Morgen ... ist mein Geburtstag.« Er stöhnte verhalten, schaffte es aber, halb aufgerichtet auf den Knien zu verharren. »Irgendwie müssen wir hier rauskommen ...« Er stutzte, schien sich zu besinnen. »Ich bin Delbert Brouk, Kapitän der ... ich meine, ich war Kapitän, bis diese Monster unser Schiff vernichtet haben.«

»Janna Pagnell, Funkerin«, stellte sich nun auch die Frau vor. »Und er«, sie deutete mit einer knappen Kopfbewegung auf den dritten, der leicht vorübergebeugt näher kam, »heißt Reginald Lacross, unser Zweiter Pilot.«

»Rhodan«, sagte Perry. »Mein Name ist Perry Rhodan. Ich denke, mehr brauche ich nicht zu sagen ...«

Brouk hustete unterdrückt. Sein Gesicht verzerrte sich, doch in seinen Augen blitzte es belustigt auf. Schließlich brachte er doch ein heiseres Lachen zuwege. »Recht so«, stieß er schwer atmend hervor und wischte sich mit dem Handrücken Blut von den Lippen. »Sag es dieser Mörderbrut. Rhodan ...« Er lauschte dem Klang des Namens. »Wenn sie nur halbwegs ihren Verstand beisammen haben, werden sie es nicht wagen, ausgerechnet Perry Rhodan etwas anzutun. Nicht mehr jedenfalls ...« – er hustete wieder – »... nicht mehr als mir.«

»Einen von uns haben sie schon umgebracht«, fügte Janna erklärend hinzu. »Ich meine, einen von uns Überlebenden.« Sie stutzte, kniff die Brauen erneut zusammen und musterte Rhodan ausgiebig. Mit zwei schnellen Schritten stand sie dann vor ihm. Zögernd hob sie die Hand, als wollte sie über sein Gesicht tasten, ließ den Arm letztlich aber doch sinken. »Ich sehe schon Gespenster«, murmelte sie.

»Vielleicht doch nicht«, sagte Rhodan.

Janna stieß einen halb erstickten Laut aus, von dem niemand zu sagen vermochte, ob er Überraschung oder Entsetzen ausdrückte. Wahrscheinlich wusste nicht einmal sie selbst das.

»Necc Magot ist einer unserer Alten«, stellte Ion Lissos wie beiläufig fest. »Er koordiniert unsere Kräfte im Paggosh-Arsenal.«

»Wann ist Paggosh so weit, dass wir losschlagen können?«, erwiderte Tolot.

»Du bist ungeduldig, Fancan Teik?«, antwortete Lissos mit einer Gegenfrage. »Kommt es nach mehr als fünfzigtausend lemurischen Jahren wirklich darauf an, dass wir die Zeitverbrecher so schnell wie möglich besiegen?«

Nicht nur der Tonfall ließ Tolot aufmerken, es war auch die Art, wie Ion Lissos versuchte, ihn auszuhorchen. Sicher, Lissos hielt ihn ebenfalls für einen der Alten, der am Bau der Arsenale beteiligt gewesen war. Tolots Planhirn suchte bereits nach einer logischen Begründung für seine Anwesenheit auf Gorbas-IV. Serkhen, so hatte Lissos den Planeten genannt. Immerhin durfte Tolot voraussetzen, dass dieser Necc Magot sich an keinen Fancan Teik erinnern würde.

Abrupt blieb er stehen. Lissos machte noch zwei Schritte, dann wandte er sich um.

»Warum existieren wir noch, wenn die Lemurer oder ihre Nachfahren wirklich die Zeitverbrecher sind, für die wir sie halten?«, sagte Tolot, jeden Moment darauf gefasst, dass der andere sich brüllend auf ihn stürzte. »Oder muss ich die Frage anders stellen? Warum haben die Menschen überhaupt zugelassen, dass in den Bruttanks neue Gerechte wie du heranwachsen konnten?«

Lissos stürzte sich nicht auf ihn. Er zog auch nicht die Waffe, um ihn niederzustrecken. Seiner Mimik war die Überraschung anzusehen. Allerdings schien er keineswegs so überrascht zu sein, als hätte er diesen Gedanken nicht schon selbst erwogen.

»Die Lemurer hatten genügend Zeit, ein Zeitverbrechen einzuleiten«, fuhr Tolot fort. »Wir waren fünfzigtausend Jahre lang wehrlos und wachsen erst jetzt zu einer neuen Militärmacht heran.«

Lissos sah ihn unbewegt an.

»Die überlebenden Lemurer hätten uns jederzeit ausrotten können«, sagte Tolot. »Ich weiß nicht, warum sie das nicht getan haben – vielleicht waren sie einfach des Kriegs müde. Sie haben Halut nicht mit einer Armageddonbombe in eine neue Sonne verwandelt, sondern Formungsstrahler wirksam werden lassen, unter deren Einfluss die letzten Zeitgerechten zu friedlichen Wissenschaftlern wurden. Heute leben Lemurer und Haluter als Freude zusammen.«

Ion Lissos' Mimik war erstarrt, die halb geschlossenen Augenlider waren ein deutliches Zeichen seiner Verwirrung. Tolot versteifte sich. Er war bereit, die Waffe zu ziehen, Lissos niederzustrecken, Rhodan und die anderen zu befreien und sein Heil in einer schnellen Flucht zu suchen. Seine Chancen standen nicht allzu schlecht. Mehr als ein halbes Dutzend Bestien hatte er seit seiner Ankunft im Transmitter noch nicht gesehen. Und irgendwo im Paggosh-Arsenal gab es tausende von Raumschiffen; er brauchte nur ein einziges für die Flucht.

»Trotzdem sind die Lemurer Verbrecher«, brachte Lissos endlich dröhnend hervor. »Garm Hesset berichtete von einer Zeitmaschine auf der Oberfläche von Serkhen ...«

»... und von Lemurernachfahren, die genau jene Zeitmaschine benutzen wollten, um die Vergangenheit zu verändern«, unterbrach Tolot. Mit dieser Feststellung, das hatte sein Planhirn blitzschnell errechnet, konnte er keinen Fehler begehen.

»Du kennst die Nachricht?«, fragte Lissos.

»Ich kenne Garm Hesset, und ich weiß, dass die Zeitmaschine zerstört wurde. Das geschah nichts erst während des Angriffs der Neuen Lemurer auf Serkhen, sondern schon einen halben Tag zuvor. *Ich* habe das Gebilde zerstört.«

»Und die Lemurer?«

»Ihre schwachen Körper können keinem Gerechten widerstehen.« Tolot lachte verhalten. »Sie sind tot.«

Es bestand die Gefahr, dass Lissos andere Schlüsse zog und die vermeintlichen lemurischen Verräter damit in Verbindung brachte. In einer drohenden Geste entblößte er sein Gebiss. »Das ist schade«, sagte er. »Wir hätten sie verhören und mehr über das geplante Zeitverbrechen erfahren können.«

»Ja, das hätten wir«, pflichtete Tolot ihm bei. »Ich weiß aber auch so, dass die Zeitmaschine nicht von den Lemurern nach Serkhen gebracht wurde.« Er machte eine kurze Pause, um Lissos' Neugierde zu wecken, doch der Gerechte reagierte nicht darauf. »Wir selbst haben es getan«, sagte Tolot hervor. »Einige von uns hätten beinahe ein Zeitverbrechen ermöglicht.«

»Also stimmt es doch.« Lissos ballte die Fäuste, sein ganzer Körper spannte sich. »Magot hat davon gesprochen. Komm!«

Keine zehn Minuten später betraten sie eine Überwachungszentrale. Mehrere Panoramaschirme zeigten Ausschnitte üppiger Sternenfülle. Aber nicht einmal die nahe Dunkelwolke in einer der Abbildungen war markant genug, dass sie Schlüsse auf die genauere galaktische Position des Stützpunkts erlaubt hätte.

Zwei Bestien waren mit der Kontrolle der Aufzuchtsanlagen befasst. Tolot erkannte auf den Holoschirmen die gleichen endlos anmutenden Reihen von Bruttanks, wie er sie auf Gorbas-IV gesehen hatte. In einigen Hallen herrschte schon ein fahles Dämmerlicht.

»Auf Serkhen war die Entwicklung schon weiter fortgeschritten«, sagte er.

»In Kürze werden wir auch so weit sein«, bestätigte Lissos. »Dann können die Raumschiffe starten.«

Am jenseitigen Ende der Zentrale wartete Necc Magot hinter einer massigen Konsole. Er blickte ihnen starr entgegen.

»Ion Lissos«, donnerte er, als sie nahe genug waren, »du hast deine Befugnisse überschritten. Du solltest nichts anderes tun, als eine Funkverbindung zu Garm Hesset herstellen.«

»Ich habe den Transmitter benutzt ...«

»... und damit laufen wir Gefahr, dass die Neuen Lemurer uns frühzeitig aufspüren.«

Lissos machte zwei schnelle Schritte vorwärts und stemmte sich mit drei Armen auf der Konsole ab. Unübersehbar aggressiv beugte er sich zu dem Alten hinab. »Garm Hesset ist tot!«, brachte er zornig hervor. »Die Lemurer greifen das Serkhen-Arsenal mit Raumschiffen und überlegenen Waffen an. Die vollständige Vernichtung ist abzusehen.«

Magot machte eine verächtliche Geste. »Mit Verlusten mussten wir rechnen. Das ist bedauerlich, aber unvermeidlich.«

»So bedauerlich wie die Zeitgerechten, die in ihren Tanks starben?«

»Ein steter Kreislauf von Werden und Vergehen.« Magots Blick wanderte zu Tolot weiter. Er lehnte sich zurück und verschränkte beide Armpaare vor der Brust. »Hat er dir das gesagt, Ion Lissos?«

»Ich habe Augen im Kopf, um das selbst herauszufinden.«

Der Alte überging die Bemerkung und wandte den Blick wieder Tolot zu. Abschätzend taxierte er ihn.

»Ich habe dich für fähiger gehalten, Ion Lissos«, sagte er. »Vielleicht wäre es doch besser gewesen, das Wecksignal wäre erst nach deinem Verfall eingetroffen.« Er nahm einige Schaltungen vor, ließ dabei aber weder Ion Lissos noch Icho Tolot aus den Augen. »Du bringst Fremde nach Paggosh?«

»Fancan Teik gehört zu den Alten um Garm Hesset.«

»Wie nennst du ihn?«

»Fancan ...«

Mehr hörte Tolot nicht. Die Warnung seines Planhirns war unmissverständlich. Zu erkennen, dass der Alte ihn mit großer Wahrscheinlichkeit durchschaut hatte und sich nach vorn zu werfen, war für ihn eins. Doch ein grauenvoller Schmerz durchzuckte ihn. Er wurde von einer unsichtbaren Wand zurückgeworfen und wälzte sich im nächsten Moment brüllend am Boden. Dann nahm er nichts mehr wahr.

Als er wieder denken konnte, lag er auf nacktem Stahlboden. In einem kahlen, fensterlosen Raum. Obwohl er keine Lichtquelle erkennen konnte, herrschte ein diffuses Halbdunkel.

Wie viel Zeit vergangen war, konnte er nicht feststellen. Man hatte ihm nicht nur die Waffen, sondern auch seine technische Ausrüstung abgenommen. Nur der Schutzanzug war ihm geblieben.

Mühsam wälzte er sich herum. Auf Anhieb schaffte er es nicht, sich aufzurichten; er musste sich mit den Brustarmen zusätzlich abstützen. Der Energieschock, dem er ausgesetzt gewesen war, hatte seine Muskulatur gelähmt.

»Ich habe gehofft, dass wir uns eines Tags begegnen würden. Um der Wahrheit die Ehre zu geben: Ich bin mit diesem Gedanken in den Kälteschlaf gegangen, und ich habe nichts anderes gedacht, als ich geweckt wurde. Mehr als fünfzig lemurische Tage liegt das zurück.«

Trotz seiner Benommenheit erkannte Icho Tolot die Stimme, die aus dem Nichts heraus zu ihm sprach. Necc Magots Stimme.

Schwankend kam er auf die Beine.

»Icho Tolot, der Verräter«, fuhr der Alte fort. »Tolot, der sein Volk ebenso verraten hat wie die Neuen Lemurer. Du bist ein Zeitverbrecher – und du weißt, was mit Zeitverbrechern geschieht?« Magot lachte dröhnend.

Tolot hatte herausgefunden, aus welcher Richtung der Schall kam. Und wenn es nur ein Akustikfeld war, aus dem Magot zu ihm redete, er würde den Projektor in einer der Wände zertrümmern. Trotz der Warnung seines Planhirns stürmte er los ...

... und prallte gegen eine Energiewand, die ihn zurückschleuderte. Magots Lachen bekam einen triumphierenden Klang.

»Eigentlich müssten wir dir dankbar sein, Tolot. Dafür, dass du uns die Augen geöffnet hast. Du hast dem Kommandeur der Vierten Flotte von einer Zukunft berichtet, in der Halut über diese Galaxis herrscht. Aber deine Flucht hat das Gegenteil bewiesen. Damals hielten wir dich für tot; ich habe dennoch dein Aussehen studiert, dein Verhalten immer wieder durchgerechnet und wollte nicht glauben, dass du irgendwann, lange vor der Fertigstellung unserer Arsenale, gestorben sein solltest. Dein Weg zurück in diese Zeit war einfach, nachdem du die Zeitmaschine beschädigt hattest. Nichts lag näher, als dich an Bord eins der Generationenschiffe zu begeben, die dieser lemurische Zeitverbrecher auf die Reise geschickt hatte. Den Kursvektor des Schiffes hast du aus den Bildaufzeichnungen errechnet.«

»Möglicherweise hast du Recht«, erwiderte Tolot. »Aber dann habe ich das getan, weil ich weiß, dass weder die Lemurer noch ihre Nachfahren wirklich Zeitverbrecher sind. Ich kenne sie. Niemals hätten sie sich gegen unser Volk erhoben. Wir selbst haben unser Schicksal verschuldet, Necc Magot! Mit unserem Misstrauen und unserer Zerstörungswut. Sieh das endlich ein! Noch ist es nicht zu spät für ein friedliches Miteinander.«

Warum nur redete er ins Leere? Er wusste, dass er den Alten niemals würde überzeugen können.

»Du hast den Leichten Kreuzer SHAKAN manipuliert«, fuhr Magot fort. »Ohne diesen Eingriff wäre der Zeitverbrecher Levian Paronn sehr schnell getötet worden. Dann hätte es nie eine Bedrohung durch lemurische Zeitexperimente und folglich nie einen Großen Krieg gegeben.«

»In dem Fall wären die Zeitgerechten selbst zu Zeitverbrechern geworden«, widersprach Tolot. »Außerdem kann es nicht Levian Paronn gewesen sein, dessen Sprung in die Frühzeit der lemurischen Raumfahrt die Erste Schwingungsmacht in Panik versetzte.«

»Du bist verrückt«, rief der Alte. »Du machst aus Opfern Täter. Trotzdem lasse ich dich nicht sofort töten. Weil du miterleben sollst, wie deine Lemurer untergehen werden.«

»Ich habe sie immer beschützt«, sagte Tolot, »und ich bin stolz darauf. Schon auf der ersten Sternenarche, die ich nach meiner Flucht vor den Bestien anflog, wurde ich als Freund aufgenommen.«

»Du bedienst dich der abwertenden Sprache der Lemurer. Fühlst du dich als Bestie?«

»Ich fühle mich als Freund der Menschen. Ich habe schon die Lemurer der CHODOK MON gegen die Bestien verteidigt, die eines Tages bei der Arche erschienen.«

»Du denkst und handelst wie ein Lemurer, Icho Tolot. Also wirst du auch sterben wie ein Lemurer. Ja, wir wollten die Generationenschiffe vernichten. Aber dann kam schon unser erster Kreuzer nicht zurück. Dabei hatten wir das als leichte Aufgabe angesehen. Erst dieser Verlust brachte uns auf die Idee, die großen Schiffe unbehelligt in die Zukunft fliegen zu lassen. Versehen mit winzigen Hypersendern, die es uns melden sollten, sobald Fremde die Schiffe betraten. Wie gefällt es dir, Icho Tolot, selbst derjenige zu sein, der das Schicksal der Lemurer verantworten muss?«

Necc Magots Lachen schien nicht mehr enden zu wollen. Der Alte war besessen oder während des langen Kryogenschlafs verrückt geworden. Aber das half Tolot nicht weiter. Den Energiekäfig konnte er nicht überwinden.

Dann war Stille. Magot schwieg. Und Icho Tolot war mit seinen schlimmsten Befürchtungen allein.

Janna Pagnells Aufschrei weckte Rhodan. Er hatte ohnehin nicht so tief geschlafen wie die anderen und war sofort wieder hellwach.

Ion Lissos war gekommen. Perry erkannte den Zeitgerechten sofort wieder.

Eine Aura der Bedrohung umgab den Koloss, und das lag weniger an der schweren Waffe an seiner Hüfte als an seiner Haltung. Zu voller Größe aufgerichtet, stand er da, nur wenig kleiner als vier Meter. Das mittlere Armpaar hatte er verschränkt, die kräftigen Handlungsarme angewinkelt und die Fäuste in seine Seite gestemmt. Damit wirkte er auch unglaublich breit.

In seinen Augen, die er ein Stück weit ausgefahren hatte, glühte ein verzehrendes Feuer. Rhodan glaubte, den Zorn der Bestie spüren zu können. Fast erschien Lissos ihm wie ein Haluter vor der Drangwäsche.

»Icho Tolot wurde unschädlich gemacht.« Die Stimme der Bestie klang wie ein ungedämpft anlaufendes Triebwerk. Doch mehr erschreckte Rhodan, dass Lissos den Namen Tolot kannte. Die Bestien hatten den Haluter also identifiziert, und für sie konnte er nichts anderes sein als ein Verräter.

»Tolot ist ein Zeitverbrecher.« Grässlich mahlten Lissos' Zähne aufeinander. »Ihm droht dieselbe Strafe wie allen Lemurern.«

»Tolotos lebt also noch«, sagte Rhodan.

Ruckartig wandte die Bestie sich ihm zu. In ihren Augen lag ein undefinierbares Funkeln. »Ist es wahr, dass Haluter und Lemurer in dieser Zeit friedlich nebeneinander leben?«

»Es ist wahr. Was wollen die Bestien nun tun?«

»Wir sind Zeitgerechte, keine Bestien!«, grollte Lissos.

Rhodan stemmte ebenfalls die Fäuste in die Hüfte, was nichts daran änderte, dass er gegen den Koloss nur wie ein Zwerg wirkte. Ein rascher Seitenblick zeigte ihm die atemlose Anspannung der anderen.

»Wollen die Zeitgerechten ihresgleichen ebenso ermorden wie die von den Lemurern abstammenden Menschen?«, fuhr er fort. »Hunderttausend Haluter in dieser Galaxis sind eine Streitmacht, die vor den Zeitgerechten gewiss nicht zittern wird, und die Menschen werden sich mit ihnen erheben. Tolotos hat ein Zeitverbrechen verhindert. Wir waren bei ihm. Sollen wir dafür bestraft werden, dass wir im Sinn der Gerechten gehandelt haben?«

»Du sprichst von dem Geschehen auf Serkhen, Lemurer? Von der Zerstörung der lemurischen Zeitmaschine? Wer hat sie zerstört?«

»Icho Tolot.«

»Die Zeitmaschine wurde also nicht benutzt?«

»Doch.«

Ein dumpfes Knurren drang aus Lissos' Rachen. »Wer hat sie benutzt?«

»Icho Tolot.«

Vorübergehend schwieg die Bestie. Rhodan glaubte zu wissen, dass ihr Planhirn etliche Wahrscheinlichkeiten durchrechnete. Noch war ihm unklar, welche Kenntnisse über die Vergangenheit Lissos wirklich besaß, doch das einzig logische Ergebnis, zu dem der Zeitgerechte gelangen konnte, war zugleich die Wahrheit. Tolot war durch die Zeitmaschine in die Vergangenheit gereist und an Bord eines Generationenschiffs zurückgekehrt.

»Tolot der Ältere hat also die Zeitmaschine zerstört, nachdem Tolot der Jüngere in die Zeit des Großen Krieges zurückgekehrt ist?«, sagte Lissos endlich.

»So ist es.«

»Kein Lemurer ging mit ihm?«

»Keiner!«

»Ich glaube nicht, dass ich dem Wort eines Lemurers vertrauen kann.«

Rhodan horchte auf. Die Bestie sprach von Vertrauen, und das war etwas, was er nicht so ohne weiteres erwarten durfte. Immer mehr erinnerte ihn Lissos an Icho Tolot. Aber womöglich redete er sich das auch nur ein. *Weil ich genau das glauben will?*, fragte er sich. *Andererseits* ... Den Gedanken, der sich ihm in dem Moment aufdrängte, schob er sofort wieder von sich. Vorerst gab es keinen Beweis dafür.

»Ich bin kein Lemurer«, erwiderte er. »Obwohl ihr Planet Lemur auch meine Heimat ist. Für uns ist diese Welt Terra.«

»Nenne mir deinen Namen!«

»Ich bin Perry Rhodan. Frage Tolotos, und er wird dir sagen ...« Weiter kam Perry nicht. Stöhnend wandte Lissos sich halb herum. Seine Raubtierzähne funkelten, als er mit beiden Brustarmen auf den am Boden liegenden Kapitän deutete. »Er nannte sich im Verhör ebenfalls Perry Rhodan. Was ist das für ein Name?«

Niemand quält Perry Rhodan oder foltert ihn – das waren Delbert Brouks Beweggründe gewesen, seine verzweifelte Hoffnung angesichts der übermächtigen Bestien. Oder auch das Gefühl, sich für Terra und die Menschheit zu opfern und nichts von alldem zu verraten, was die Bestien erfahren wollten.

Rhodan straffte sich. »Es ist der Name des Mannes, der die Menschen des ehemaligen Planeten Lemur erneut zu den Sternen geführt hat. Der mit den Halutern in Frieden lebt und ...«

Lissos schnellte vor. Perry sah noch einen Schatten auf sich zurasen, dann wischte ihn eine knappe Armbewegung der Bestie zur Seite. Ein dumpfer Schmerz durchzuckte ihn. Er wurde herumgewirbelt und schaffte es gerade noch, den Aufprall einigermaßen abzufangen. Trotzdem blieb er sekundenlang benommen liegen, bevor er sich auf die Seite rollte und wieder auf die Beine kam.

Lissos beugte sich zu ihm hinab. Er hob den Arm erneut, rammte Rhodan diesmal aber nur zwei Finger vor die Brust. Dennoch taumelte Perry mehrere Schritte weit zurück. Hinter ihm war jetzt die Wand; er würde nicht mehr ausweichen können.

»Der Anführer der Neuen Lemurer ...«, sagte Lissos. »Wenn ich dich töte, beraube ich die Lemurer ihrer Führung ...«

»Dann musst du mich auch töten«, gellte ein Aufschrei durch den Raum. Solina Tormas kam hoch erhobenen Hauptes näher. Starr hielt sie dem forschenden Blick der Bestie stand. »Ich bin keine Terranerin, meine Heimat ist Drorah, die Hauptwelt des ehemaligen siebenundachtzigsten Tamaniums. Aber wie ich denken alle. Wir Menschen mögen uns in vielen Dingen uneins sein. Trotzdem wirst du es erleben: Die Zeitgerechten haben nur die Wahl, in Frieden mit uns zu leben oder endgültig unterzugehen.«

Einen Moment lang sah es so aus, als wolle Ion Lissos sie mit einer wütenden Bewegung zur Seite wischen, doch dann ließ er nur ein dumpfes Grollen vernehmen, das tief aus seinem Konvertermagen aufstieg.

»Die Akonin hat Recht.« Hayden Norwell stellte sich vor Solina. »Wenn du einen von uns tötest, musst du alle töten.«

Auch Hartich van Küspert kam, und Isaias Shimon, und beide verharrten zwischen Perry Rhodan und der Bestie.

Das war eine verdammt theatralische Geste, fand Perry, die letztlich nichts anderes ausdrückte als ihre persönliche Hilflosigkeit. Dennoch tat es gut zu wissen, dass die Menschen zusammenhielten. Sein uralter Traum, als er nach der ersten Mondlandung die zerstrittenen Völker der Erde unter dem Mantel der Dritten Macht geeint hatte, lebte also weiter. Wenigstens die Hoffnung würde niemals sterben.

Ion Lissos starrte sie unbewegt an.

»Ich verstehe euch Lemurer nicht«, sagte er dumpf. »Niemand geht freiwillig in den Tod.«

»Du zwingst uns dazu.« Janna Pagnell hatte dem Kapitän auf die Beine geholfen. Sie stützte ihn und stellte sich ebenfalls vor Perry Rhodan.

Er hätte sie töten können, und es hätte ihm nicht einmal Mühe bereitet. Lissos starrte die Menschen an, und sie hielten seinem Blick stand. Das musste neu für ihn sein. Perry glaubte, dass in der künstlichen Erinnerung des vierarmigen Kolosses das Bild lemurischer Raumschiffsflotten eingebrannt war, die den Zeitgerechten erbitterte Schlachten lieferten; dass er brennende Welten und wahllos zusammengewürfelte Pulks von Flüchtlingsschiffen sah. Wie gegensätzlich mussten ihm dazu die schwachen, waffenlosen Menschen erscheinen, die sich schützend vor einen der ihren stellten.

Rhodan wartete auf eine Regung. Ein Angriff würde ihm zeigen, dass sein Verdacht falsch war.

Aber Lissos griff nicht an.

Er dachte an die Zeitmaschine auf Serkhen, die von den Gerechten nicht zerstört worden war ... Er dachte auch an die vielen Gerechten in den Bruttanks, die nicht wie er erwacht waren. Gab es einen monotonen Rhythmus von Werden und Vergehen, der so selbstverständlich erschien und dennoch eine unglaubliche Verachtung erkennen ließ? Lissos' Planhirn weigerte sich nicht mehr, das anzuerkennen. Er lebte nur, weil das Signal empfangen worden war, dass Lemurer aktiv waren. Das war unstrittig.

Aber niemand hatte den Grundstock zu seiner Entstehung gelegt. Für das Gros der Soldaten mochten das die Alten getan haben, nachdem sie aus ihrem Kälteschlaf erweckt worden waren. Doch für die Entwicklung der ersten Zeitgerechten, die wie er den Alten zur Seite standen, wäre diese kurze Zeitspanne niemals ausreichend gewesen.

Vorrat, bezeichnete sein Planhirn den Vorgang, der ihn von Anfang an beschäftigte. *Du bist auf Vorrat herangewachsen.*

Das bedeutete, dass ohne den Hyperfunkimpuls aus einem der Generationenschiffe sein Körper schon in nächsten Wochen zu amorphem Zellgewebe zerfallen wäre. Er hätte nie eine Möglichkeit erhalten, den Tank zu verlassen, aber der Tank wäre im Laufe der Zeit gereinigt worden und ein neuer, anderer Körper darin herangewachsen. Einzig und allein aus dem Grund, damit die Alten jederzeit eine ausreichende Zahl von Helfern zur Verfügung hatte.

Sie verachten uns, erkannte das Planhirn. *Sie benutzen uns für ihre Zwecke, so wie die Erste Schwingungsmacht unser Volk immer nur benutzt hat.*

Wortlos wandte Ion Lissos sich ab und verließ den Raum. Seine Welt war endgültig eine andere geworden.

In dem Moment wurde Alarm für das Paggosh-Arsenal ausgelöst.

22

Levian Paronn fragte sich, auf welcher Seite der Admiral stand. Mechtan von Taklir und die Hohe Frau – sie beide waren ihm wie ein Tribunal erschienen, das über einen Verbrecher zu Gericht saß. Sie mochten ihm vieles nachsagen – ob zu Recht oder zu Unrecht, war ihm dabei herzlich egal –, nur nicht, dass er ein Verbrecher war. Das bestimmt nicht.

Es sei denn, sie sahen Menschlichkeit als ein Verbrechen an.

Doch dafür hatte er die Sternenarchen nicht gebaut. Dafür hatte er auch nicht mehr als 50 000 Jahre überwunden. Zum Teil zwar im Dilatationsflug nahe an der Grenze zur Lichtgeschwindigkeit, wo hundert Jahre außerhalb der ACHATI UMA zu einem einzigen Jahr an Bord geschrumpft waren, zum anderen, wenn auch geringeren Teil, als einer der ihren.

Gerade diese letzte Zeit hatte sich für ihn zur Ewigkeit gedehnt, und mehr als einmal hatte er geglaubt, den Erfolgsdruck, unter den er sich gesetzt hatte, nicht mehr zu ertragen. Er hatte galaktische Geschichte erlebt und war oft genug versucht gewesen einzugreifen. Nur die Furcht davor, ein Paradoxon zu erzeugen, hatte ihn davon abgehalten. Und diese Furcht war mit jedem Jahr gewachsen, ein Dämon, der unmerklich, aber unaufhaltsam Gewalt über ihn erlangt hatte.

Nichts tun, was dem Großen Tamanium schaden könnte.

Warten.

Längst hätte er in der Zeit zurückgehen können – er hatte es nicht getan.

Es wäre ihm sogar möglich gewesen, sich die Pläne für einen Nullzeitdeformator anzueignen – auch das hatte er unterlassen.

Weil er fest daran geglaubt hatte, dass die Zukunft den einzigen und richtigen Weg für ihn bereithielt. Er war überzeugt davon gewesen, Icho Tolot folgen zu müssen ...

Musste ich das wirklich?, fragte er sich nun verbittert, und die Enttäuschung schmerzte. Vielleicht war es falsch gewesen, all diese Möglichkeiten verstreichen zu lassen. Ein Fehler, den er sich niemals verzeihen würde, falls sich herausstellte, dass er wirklich zu lange gezögert hatte.

Wenn sie mich für etwas verurteilen können, dachte Levian, *dann dafür, dass ich Lemur im Stich gelassen habe.*

Tatsächlich hatte die Nad'ehu ihn verurteilt, in Zukunft in einem niederen Rang in der Flotte zu dienen.

In Zukunft ... Welch grotesken Beigeschmack hatte doch diese Floskel. In Zukunft hatte er so vieles tun wollen, was ihm nun verwehrt blieb. Sogar seine letzte Hoffnung schrumpfte zum Nichts. Sie war bestenfalls noch ein fahles Glimmen in der ewigen Nacht, die ihn umfing.

Er hatte verloren. Seine hochfliegenden Träume und Hoffnungen, der Wunsch, milliardenfaches Leid zu verhindern und Lemuria eine Zukunft zu geben, waren gescheitert. *Warum?*, fragte er sich bitter. *Warum gab Vehraáto mir erst die Unsterblichkeit und schaut dann tatenlos zu, wie ich in den tiefsten Abgrund stürze? Was habe ich falsch gemacht?*

Sein Leben hätte er für sein Volk gegeben, jederzeit und ohne zu zögern. Aber niemand wollte dieses Opfer.

»Willst du einen väterlichen Rat hören, Levian?«

Der Admiral, der vor ihm im scharfen Schritt den Raum verlassen hatte, hielt abrupt inne und wandte sich zu ihm um. Mechtan von Taklirs Arme zuckten vor, und seine Hände schlossen sich um Levians Oberarme. Sein Griff war nicht nur kräftig, sondern sogar überaus schmerzhaft. Aber genau das wollte er, erkannte Levian, ihm Schmerzen zufügen, um ihn wachzurütteln.

»Entweder bist du wirklich verrückt, wie die Nad'ehu schon festgestellt hat ...«

Levian wollte widersprechen, suchte aber verzweifelt nach den passenden Worten, die der Takhan auch akzeptieren würde, doch schon redete Mechtan von Taklir weiter: »... dann frage ich mich, wie ich dich jemals so überschätzen konnte, wie ich es getan habe. Ich muss ein verrückter alter Mann gewesen sein ...«

»Das bestimmt nicht«, widersprach Levian heftig. »Ich kann versuchen, dir alles zu erklären, Takhan. Es ist ... nur eben nicht einfach.«

»... oder du bist dumm«, fuhr Mechtan von Taklir fort, als habe er überhaupt nicht zugehört, was er sagen wollte. »Dummheit kann ich nicht verzeihen. Und es ist dumm, die Nad'ehu und mich um den Strick zu bitten, mit der du uns alle aufhängen willst. Wir leben, Levian, hier und heute. Wir sind keine Avatare, die du nach Belieben projizieren oder auslöschen kannst. Aber deine Lemurer sind tot. Vergangenheit!«

Levian schwieg.

Sekundenlang hielt der Admiral seine Arme noch umklammert und wirkte plötzlich hilflos, hin- und hergerissen zwischen seiner Pflicht und persönlichen Gefühlen.

»Warum?«, sagte er. »Verrate mir, warum du fünfzigtausend Jahre Geschichte ungeschehen machen willst! Ich verstehe es nicht.«

»Wir hatten keine Chance.«

»Wir?«

»Das Große Tamanium der Lemurer. Wir lebten in Frieden.«

»Friede«, murmelte Mechtan von Taklir sinnend, als lausche er diesem einen Wort. »Du bist wirklich bereit, ihn mit dem Ende aller galaktischen Intelligenzen dieser Zeit zu erkaufen?«, fuhr er dann fort. »Damit stellst du dich auf eine Stufe mit ihnen.«

»Du sprichst von der Zukunft, von einer Epoche, die nur Ausdruck einer von vielen Wahrscheinlichkeiten ist.«

Der Admiral schüttelte den Kopf. »Diese Wahrscheinlichkeit ist Realität.«

»Eine Scheinrealität. Sie wird deshalb von meinem Handeln auch nicht beeinflusst.«

»Ich kann dir nicht helfen, Junge, wenn du nicht bereit bist, selbst einiges dafür zu tun.«

»Also stehst du noch auf meiner Seite?«, hörte Levian sich fragen. Sein ungläubiger Tonfall war deutlich, zumal ihm dieser Wechsel geradezu abrupt erschien.

Mechtan von Taklir stieß ein heiseres Lachen aus. »Was soll ich tun, Achab ... oder doch besser Levian?«

»Ich bin Levian Paronn, und der bleibe ich.«

»Und ich habe etwas gegen Bestien in unserer Galaxis. Das ist alles, nur deshalb rede ich noch mit dir.«

Levian wusste, dass dies nicht stimmte. Der Admiral war ein harter Mann, doch manchmal schimmerte sein weicher Kern durch. Zumindest Achab war für ihn stets wie ein Sohn gewesen.

»Wir werden nicht ins Gorbas-System fliegen«, sagte Mechtan von Taklir. »Die Siebente Flotte folgt den Terranern und bietet ihre Unterstützung an. Bedingungslos, Levian, und dass es so weit kommen musste, ist deine Schuld. Wie die Nad'ehu schon sagte: Die halbe Galaxis wird Akon verantwortlich machen, falls Perry Rhodan von den Bestien getötet wird.« Er drückte ihm einen Speicherkristall in die Hand. »Was darauf verzeichnet ist, solltest du dir sofort anschauen. Ich erwarte dich danach in der Zentrale meines Flaggschiffs. Wir fliegen in dreißig Minuten ab. Wenn du da bist, wirst du kämpfen müssen – wenn nicht, komme mir nie wieder unter die Augen!«

In dem Moment behandelte er den Lemurer tatsächlich wie einen unliebsamen Sohn und nicht wie einen Mann, der seit mehr als 50 000 Jahren lebte. *Akzeptiere meine Bedingungen,* hieß das, *oder wir werden Gegner sein.*

Und Levian Paronn, älter als der Admiral und wohl auch erfahrener, der Schöpfer der Sternenarchen, akzeptierte. Knapp 20 Minuten nach dem Gespräch traf er über den Transmitter im Flaggschiff ein. Er hatte die Daten gesehen, die von zwei Aufklärern der Siebenten Flotte stammten.

Gorbas-IV, der Stützpunkt der Bestien, brannte. Dass Drorah noch nicht gegen die Anwesenheit terranischer Schlachtschiffe protestiert hatte, war ein geradezu einmaliger Vorgang. Inzwischen hatten sich 18 LFT-Raumer zurückgezogen. Ebenso die PALENQUE und die LAS-TOÓR. Aufgefangene Funksprüche besagten, dass Perry Rhodan und seine Begleiter sich nicht mehr auf Gorbas-IV befanden.

Mit drei Metagravetappen hatten die Schiffe eine Dunkelwolke angeflogen. Es stand außer Zweifel, dass Perry Rhodan sich inzwischen dort befand. Sehr wahrscheinlich auch Icho Tolot.

Levian fragte sich, wie der Haluter auf eine erneute Begegnung reagieren würde. Er machte sich auf alles gefasst.

Die Siebente Flotte materialisierte einen Lichtmonat von der Dunkelwelt entfernt. Auf den Ortungsschirmen zeichnete sich eine erbitterte Raumschlacht ab.

»Die Bestien sind dir gefolgt, Levian«, sagte Takhan Mechtan von Taklir. »Dieser Kampf ist in Wahrheit dein Kampf. Die Terraner, die in dieser Schlacht sterben werden, sterben für dich. Und wenn wir eingreifen, werden auch Akonen zu den Toten gehören.«

»Keiner stirbt für mich«, widersprach Levian heftig.

»Wofür denn?«

»Sie kämpfen, weil sie wissen, was die Bestien aus Lemuria gemacht haben.«

»Also sterben sie für die Freiheit der Galaxis – und für den Frieden.«

Levian drückte die Lippen zusammen. Sein Blick schweifte ab zur Panoramagalerie. »Ich brauche keinen Galaktopsychologen, Takhan«, sagte er endlich. »Was willst du wirklich von mir?«

»Ich will, dass du Akon, Terra und alle anderen Sternenreiche verstehst. Du bist verblendet, Levian, und es muss die verdammte Zeit sein, die dir das angetan hat.«

»Die Zeit«, sagte Levian sinnend, »tut mir nichts mehr an. Sie hat mich akzeptiert, das war der erste Schritt auf meinem Weg.« Mit einer Hand öffnete er den Magnetverschluss seiner Bordkombination, und dann schlossen sich seine Finger um das metallene Ei des Zellaktivators. »Solange ich das hier trage, bin ich frei in meinen Entscheidungen. Es gibt keine Zwänge.«

Mit knappen Anweisungen veränderte er die Wiedergabe über seiner Konsole. Die Normaloptik zeigte ein scheinbar unberührtes Sternenmeer; das Licht brauchte noch gut einen Monat, bis es von explodierenden Raumschiffen kündete, die für kurze Zeit hell wie Sonnen erstrahlten. Erst die Überlagerung der Hyperortung zeigte das Ausmaß der rund um die Dunkelwelt tobenden Schlacht.

Die Bestien hatten es verstanden, mehrere Keile in den Pulk der terranischen Schiffe zu treiben und damit frühzeitig die Front der Angreifer aufzubrechen. Ihre Übermacht, die zudem steten Nachschub erhielt, versetzte sie in die Lage, selbst den Transformsalven zu widerstehen. Die Zahl der Wracks, die ausglühend und auseinander brechend schon wie ein Schwarm von Asteroiden durch das Schlachtfeld trieben, wuchs stetig an. Im planetaren Umfeld würden sie bald eine größere Bedrohung darstellen als die gegnerischen Geschütze.

Andererseits wimmelte der Raum ohnehin von Einheiten der unterschiedlichsten Größen. Die Terraner hatten eine Vielzahl von Beibooten ausgeschleust. 138 Einheiten unter LFT-Kennung zeigte der Syntron an.

Die großen Schlachtschiffe der Bestien, die Levian sah, weckten die schlimmsten Erinnerungen in ihm, die er am liebsten für immer verdrängt hätte. Raumer wie diese hatten lemurische Welten verwüstet und Flüchtlingskonvois angegriffen.

Letztlich waren sie schuld am Untergang des Großen Tamaniums. Und nun brachten sie sogar die terranischen Schlachtschiffe in Bedrängnis.

Die Siebente Flotte hätte nicht sehr viel später erscheinen dürfen. Levian registrierte, dass die Schiffe kurz vor dem Eintritt in die letzte Überlichtetappe standen.

Er hatte den Takhan ignoriert, der nach wie vor neben seinem Sessel stand. Mechtan von Taklir machte sich jedoch mit einem nachdrücklichen Räuspern bemerkbar.

»Es ist müßig, mit dir darüber zu reden, Levian. Du wirst

ohnehin keine Gelegenheit mehr erhalten, in die Vergangenheit zurückzukehren ...«

»Aus einer fiktiven Zukunft in meine reale Gegenwart«, berichtigte Levian. »Das ist der Unterschied, mit dem wir beide nicht klarkommen, Takhan.«

»Aus deiner fiktiven Zukunft ist deine reale Gegenwart geworden«, sagte Mechtan von Taklir.

»Ich glaube nicht, dass es sich so verhält.« Levian massierte sich den Nacken. »Mein Fehler war, dass ich mich auf diese Zeit eingelassen habe. Jetzt begehrt sie auf.«

»Du meinst, die Fiktion gibt sich den Anschein, mehr zu sein?« Die Stimme des Admirals klang plötzlich belegt.

»Genau so sieht es aus«, antwortete er. »Ich sage dir noch einmal, dass sich deine Epoche nicht verändern wird, wenn ich mit der Waffe gegen die Bestien in meine Zeit zurückkehre.«

Mechtan von Taklir schüttelte den Kopf. »Ich glaube nicht, dass ich zu alt bin, das zu verstehen. Aber eine Erklärung wäre angebracht.«

Der Lemurer nahm einige Schaltungen vor, in deren Folge ein holografisches Abbild entstand. Es war eine Art Tropfen, ein im ersten Moment kugelförmiges Etwas, das sich langsam in die Länge zog, wobei dieser Fortsatz sich in unregelmäßigen Abständen teilte und vielfach verzweigte.

»Was ist das?«

»Vergleiche es am besten mit einer Flüssigkeit zäher Konsistenz, die in Wasser gegossen wird«, sagte der Lemurer.

»Sie sinkt in Richtung der Schwerkraft ab und zieht bestenfalls Schlieren«, bemerkte der Admiral.

»Exakt das ist die Wiedergabe. Die Randbereiche gehören in eine Unschärferelation, die zu erklären bislang niemand in der Lage war.«

Eine Syntronstimme verkündete das nächste Metagravmanöver in 60 Sekunden. Volle Gefechtsbereitschaft für die Siebente Flotte. Gestaffelter Wiederaustritt aus dem Überlichtflug für Abfangmanöver.

Levian nickte knapp.

»Was bedeutet das Bild?«, drängte der Admiral.

»Die Flüssigkeit ist die Zeit. Sie fließt ausschließlich in eine Richtung, wobei sie an ihrem Beginn die geringste Ausdehnung hat und sich erst allmählich ausweitet.«

»Jeder Seitenarm entspricht einer fiktiven Zukunft?«

»Richtig.«

»Wenn du den Beginn des Tropfens veränderst, veränderst du zugleich die weitere Entwicklung.«

»Glaubst du das wirklich, Takhan? Dann pass auf. Der Syntron färbt die Veränderung ein. Im Originalversuch wäre das nichts anderes als eine Modifikation der Oberflächenspannung. Im Zeitlauf entspricht sie dem Wegfall der Bedrohung durch die Bestien. Lemuria kann sich nun anders und vor allem freier entwickeln.«

»Verrückt.« Der Admiral sog er hörbar die Luft ein und hielt den Atem an.

Wo der Farbstrom auf die ersten Verzweigungen traf, schnürten diese sich ein und trennten sich vom Rest des Tropfens ab. Ihre Richtung behielten sie bei, waren jedoch zu eigenständigen Tropfen geworden, die sich ungehindert weiterverzweigten, ebenso wie die ihnen folgende Farbe. Es entstand sogar der Eindruck, dass beide Flüssigkeiten einander zwar berühren, sich aber nicht vermischen konnten.

»Die Oberflächenspannung trennt sie«, erklärte Levian. »Der abgeschnürte Tropfen ist die Zeit, in der du lebst, Takhan. Sie läuft unbeeinflusst weiter. Sie hat nur einen neuen Ausgangspunkt erhalten, und der ist nicht mehr fiktiv, weil einer von möglicherweise unendlich vielen, sondern sehr real.«

Die Schiffe traten in den Hyperraum ein. Nur noch wenige Augenblicke bis zum Ziel.

Mechtan von Taklir hob seinen linken Arm mit dem Kombiarmband bis unmittelbar an die Lippen und gab eine geflüsterte Anweisung, die Levian nicht verstand. »Pass auf, mein Junge«, sagte er und fiel in den Tonfall zurück, in dem er hin und wieder mit Achab gesprochen hatte, als Aykalie ihr Gesprächsthema gewesen war. Es klang fast ein wenig verschwörerisch.

Der abgeschnürte Tropfen in der dreidimensionalen Darstellung zeigte plötzlich Unregelmäßigkeiten. Seine Oberfläche zitterte, Schlieren huschten über die dünne Membran, und dann, von einem Sekundenbruchteil zum anderen, zerstob er. Dasselbe geschah mit allen abgeschnürten Ausbuchtungen. Einzig der Farbtropfen blieb unbeeinträchtigt.

»Das Paradoxon hat überstanden, aber sonst nichts«, stellte Mechtan von Taklir fest. »Ein einziger Anstoß genügt dazu. Also werden wir kein Paradoxon zulassen. Es mag verrückt klingen, aber ich verstehe die Bestien.«

Das Abbild des Hyperraums auf der Panoramagalerie wich der Sternenfülle der galaktischen Zentrumsregion.

Schwarze Kugelraumer stürzten sich auf die akonischen Schiffe, und es waren beileibe nicht nur kleine Einheiten.

Terraner und Akonen kämpften Seite an Seite. Ansonsten hatten beide Völker nur wenige Berührungspunkte. Zu lange waren sie sich als Gegner gegenübergestanden, wie Geschwister, die sich abwechselnd stritten und auch wieder versöhnten. Von denen einer den anderen zugleich misstrauisch beäugte, weil er sich übervorteilt fühlte.

Die Basis der Bestien war eine kleine, zerklüftete Dunkelwelt. Immer noch stiegen von ihr schwarze Raumer auf.

»Es ist den Terranern nicht gelungen, überraschend anzugreifen.« In seine Betrachtungen versunken, hatte Levian nicht bemerkt, dass der Admiral wieder neben ihm stand. »Ihre Versuche, den Nachschub zu unterbinden, scheitern schon deshalb, weil sie zu vorsichtig vorgehen. Ich habe gerade mit ihrem Kommandanten gesprochen. Perry Rhodan befindet sich auf dieser Welt. Die Terraner können ihn einpeilen, weil er einen Sender bei sich trägt, der in regelmäßigen Abständen ultrakurze Impulse abgibt. Sie warten auf die nächste Gelegenheit.«

Takhan Mechtan von Taklir ließ seinen Blick durch die Zentrale schweifen. »Wir schleusen ebenfalls alle Beiboote und Jäger aus, um dem Spuk möglichst schnell ein Ende zu bereiten.« Er fasste Levian am Arm. »Du wolltest immer gegen die Bestien kämpfen. Ich gebe dir die Gelegenheit dazu. Deine Station übernimmt ein anderer.«

Levian sagte gar nichts. Sein Blick galt dem Panoramaschirm, der das Grauen dieser Schlacht auf eine entrückte Art wiedergab. Meterdicke Stahlwände und mehrfach gestaffelte Schutzschirme lagen zwischen dem Tod da draußen und der Besatzung des Flaggschiffs. Dennoch war er im Begriff, die vermeintliche Sicherheit aufzugeben, an die er sich so schnell gewöhnt hatte, und dem Tod die Stirn zu bieten.

Er löste die Magnetgurte und richtete sich auf. »Ich übernehme einen Jäger!«

Ein Lächeln huschte über Mechtan von Taklirs Gesicht. »Ich habe nichts anderes erwartet. Aber glaube nicht, dass es einfach sein wird.«

»Es war nie einfach, gegen Bestien zu bestehen.«

Einen flüchtigen Moment lang schien der Blick des Admirals in weite Ferne zu schweifen, dann schlug er dem Lemurer wohlwollend auf die Schulter. »Komm zurück!«, sagte er und fügte kaum hörbar hinzu: »Mein Junge.«

Levian verließ die Zentrale über den zentralen Antigravschacht. Im Laufschritt folgte er der Markierung auf dem Hangardeck, das ihn zu den Raumjägern führte. Später hätte er nicht zu sagen vermocht, welche Gedanken ihm dabei durch den Kopf gegangen waren. Es war für ihn, als wäre in dem Moment eine Tür hinter ihm zugeschlagen, als bliebe ihm nur noch der eine Weg vorwärts. Rings um ihn her war Finsternis – die Nacht, die ihn seit einer Ewigkeit verfolgte, die längste Nacht, die er kannte.

Er reagierte erst wieder bewusst auf seine Umgebung, als die holografischen Kontrollen vor ihm aufflammten und der Jäger im Katapultstart den Hangar verließ. Jetzt schützten ihn nur noch eine dünne Wand und ein vergleichsweise schwacher Energieschirm.

Seine Rechte umfasste den Zellaktivator. Er dachte an den Heroen. War Vehraáto doch mit der Superintelligenz ES identisch? Vielleicht würde er das eines Tages erfahren.

Vor ihm standen zwei Bestienraumer. Im gleichen Sekundenbruchteil, in dem er die Ortung sah, eröffneten sie das Feuer.

Mit Vollschub nahm Levian den Jäger aus dem Kurs. Obwohl ein Thermostrahl ihn nur streifte, schnellte die Belastungsanzeige des Schutzschirms abrupt in die Höhe.

Ohne darüber nachzudenken, zog er die Maschine abermals herum. Manöver wie diese waren ihm längst in Fleisch und Blut übergegangen. Noch lag die Geschwindigkeit in einem Bereich, den er selbst beherrschte. Sobald darüber hinaus Sekundenbruchteile über zehntausende von Kilometern entschieden, wurde es ein Krieg der Syntroniken, dann waren Menschen eigentlich überflüssig.

Rings um ihn erschienen weitere Jäger. Stimmen klangen im Funkempfang auf. »Wie sieht es aus, Leute? Kaufen wir uns die 800-Meter-Kugel?«

»Und ob.«

»Klar doch!«

»He, Vierzehn, bist du dabei? Vierzehn, pennst du?«

Das war seine Kennung. »Ich bin dabei!«, stieß Levian hervor. Seine Stimme war belegt, der Gaumen wie ausgedörrt. Aber er konnte nicht immer nur warten und sich treiben lassen – es war an der Zeit, mehr zu tun.

Jemand lachte hell. »Du musst bloß aufpassen, dass die Bestien dich nicht erwischen.«

»Mach ihm keine Angst, Helk. Vierzehn fliegt ein Neuer.«

»Ach so. Junge, sag mir noch deinen Namen, bevor es heiß wird.«

»Levian ...«

»Halt die Ohren steif, Levian! Wird schon schief gehen.«

Er hatte den Bestienraumer in der Ortung, gegen den ein lemurisches Schlachtschiff allein kaum eine Chance gehabt hätte. Nie wären Lemurer auf die wahnwitzige Idee gekommen, mit Jägern ein solches Schiff anzugreifen. Levian erkannte, dass die Zeit sich weit mehr verändert hatte, als er sich bislang eingestehen wollte.

»Punktfeuer auf den Schirm!«

»He, ich hab Terraner im Funk. Zwei Korvetten helfen uns.«

Störfeuer zuckte auf. Einen Jäger, knapp 100 Kilometer seitlich versetzt, erwischte es. Für Sekundenbruchteile sah Levian die Maschine zur Glutwolke werden ... vorbei.

Kurskorrektur.

Die Jäger tauchten unter dem Abwehrfeuer des 800-Meter-Raumers hinweg. Gedankenschnell wuchs das gegnerische Schiff an. Das Impulsgeschütz auslösen, nur eine, zwei Sekunden lang ... abdrehen ... das alles war für Levian eins.

Heisere Stimmen folgten ihm im Funk.

»Ausfall zweier Schirmfeldsektoren. Wir haben einen Angriffspunkt.«

»Die Korvetten sind da. Transformexplosion außenbords.«

»He, Terraner, habt ihr ihn? Putzt seine Paratronprojektoren weg, dann ist er so hilflos wie ein Neugeborenes.«

Levian klinkte sich aus dem Funkverkehr der Jäger aus. Augenblicke später – er hatte bereits die Dunkelwelt in der Ortung – erreichte er den Takhan auf dessen Frequenz. »Ich fliege die Basis der Bestien an«, sagte er in einem Tonfall, der nicht einmal den Widerspruch seines Vorgesetzten duldete.

»Kein Einwand«, erwiderte Mechtan von Taklir. »Ich überspiele dir die ungefähren Koordinaten von Rhodans Aufenthalt. Exaktere Daten haben die Terraner auch noch nicht.«

Levian nickte knapp. Erst Augenblicke später wurde ihm bewusst, dass der Admiral überhaupt nicht überrascht geklungen hatte. Vor allem war ihm sofort klar gewesen, was er beabsichtigte. Kannte Mechtan von Taklir ihn besser als er sich selbst?

23

In rascher Folge starteten die Raumschiffe aus den Werfthangars. Es war ein Anblick der Macht, der deutlich werden ließ, dass die Alten den richtigen Weg beschritten hatten. Obwohl erst die Zeitgerechten einer einzigen Halle ihre Tanks verließen, schien ihre Reihe bereits endlos zu sein.

Es bedurfte keiner Erläuterungen; sie wussten, was von ihnen erwartet wurde. Sobald sie ihre Kampfanzüge und Waffen an den Sammelpunkten erhalten hatten, gingen sie weiter zu den Hangars, ein schweigendes Heer, das nur eine einzige Aufgabe kannte: die Zeitverbrecher zu bestrafen.

Die anfliegenden Kugelraumer der Neuen Lemurer waren mehrere Lichtminuten vor dem Paggosh-Arsenal gestoppt worden.

»Sie greifen nur mit zwanzig Schiffen an«, stellte Ion Lissos fest.

»Weil sie uns unterschätzen.« Murrn Hoks schaute sein Gegenüber prüfend an. »Du hast uns sicher nicht gerufen, um mit uns über die Zeitverbrecher zu diskutieren?«

»Vielleicht doch«, sagte Lissos zögernd.

»Wir verfügen alle über ein identisches Wissen«, erwiderte Lev Utan. »Neue Erfahrungen wurden bislang nicht gesammelt. Nur Fancan Teik kann mehr über die Zeitverbrecher wissen.«

»Ihr seid nicht richtig informiert ...« Lissos legte eine bedeutungsvolle Pause ein. »Es gibt keinen Fancan Teik.«

»Du hast ihn selbst über den Transmitter nach Paggosh gebracht«, sagte Utan. »Was ist los mit dir?«

»Ich bin mir noch nicht sicher, ob ich euch wirklich vertrauen kann.«

»Wir sind Zeitgerechte wie du, Ion Lissos.«

»In jeder Hinsicht?«

»Ich verstehe die Frage nicht«, sagte Hoks.

»Dann formuliere ich sie anders: Ich frage mich, ob wir wirklich das Richtige tun. Oder ob wir nur benutzt werden.«

»Wir wurden dafür geschaffen, gegen die Zeitverbrecher zu kämpfen.«

»Das ist ein weiter Begriff«, sagte Lissos scharf. »Wer sind diese Zeitverbrecher wirklich?«

Schweigen schlug ihm entgegen, und sein Planhirn erkannte, dass eine verweigerte Antwort mehr aussagte als jede vorschnelle Erklärung.

»Ich glaube, dass Icho Tolot uns eine Antwort darauf geben könnte«, erklärte Lissos die eigene Frage.

»Der Verräter Tolot?« Aus weit ausgefahrenen Augen musterte Utan sein Gegenüber. »Er kann unmöglich hier auf Paggosh sein.«

»Vielleicht ging von ihm nie eine Bedrohung aus«, entgegnete Lissos. »Ganz im Gegensatz zu den Alten, die es offensichtlich nicht stört, wie viele von uns umkommen. Sie schicken uns in den Tod, wenn es ihnen zugute kommt. Es interessiert sie auch nicht, wer schon in den Tanks gestorben ist – erstickt oder verhungert, ich weiß es nicht. Millionen von uns müssen in der Vergangenheit herangewachsen sein, ohne dass sie ihre Brutstätte verlassen konnten.«

»Wer sagt das?«, polterte Hoks.

»Ich habe mich in den Hallen umgesehen. In vielen Tanks liegen tote Zeitgerechte. Ihre Körper befinden sich in unterschiedlichen Stadien der Zersetzung, was darauf schließen lässt, dass sie schon vor Jahren voll ausgebildet waren.«

»Aber ohne das Bewusstsein, das es ihnen ermöglicht, sich selbst zu erkennen.«

»Viele der Toten zeigen jetzt noch Spuren der Strukturverhärtung. Sie wussten, was geschieht, Murrn Hoks, und deshalb starben sie qualvoll. Wir wären die Nächsten gewesen, denen dieses Schicksal zugedacht war.«

Utan machte eine zustimmende Geste. »Ich habe mich ebenfalls in den Hallen umgesehen und kann jede Feststellung bestätigen.«

»Warum tut ihr das?«, fragte Hoks.

»Aus demselben Grund, aus dem du uns noch zuhörst«, erwiderte Lissos. »Wir sind anders, als es von uns erwartet wird. Irgendetwas hat uns verändert.«

»So wie diesen Verräter Tolot? Fancan Teik? Es kann kein anderer sein. Wo ist er jetzt?«

»Necc Magot hat ihn in einen Energiekäfig gesperrt. Wenn wir mehr erfahren wollen, müssen wir ihn daraus befreien.«

»Dann wird der Alte uns jagen lassen«, vermutete Hoks. Augenblicke später wurde er sich bewusst, was er gesagt hatte, und verkrampfte die Hände um seinen Schädel. »Warum starrt ihr mich so an? Ich werde jetzt Necc Magot informieren. Versucht besser nicht, mich aufzuhalten.«

Grollend stürzte Utan vor, doch Lissos hielt ihn zurück. »Du kannst tun, was du für richtig hältst«, sagte er zu Hoks. »Wenn Magot dich nicht tötet, weil er dich für einen Verräter hält, werden es die Lemurer tun, da sie in dir die Bestie sehen.«

Hoks starrte ihn zornig an.

»Wir müssen von Paggosh fliehen«, führte Lissos aus. »Dann werden wir Zeit finden, uns darüber klar zu werden, was mit uns geschehen ist. Wir werden sicher ein Raumschiff finden, mit dem wir das Arsenal verlassen können.«

Hoks ließ ein dumpfes Grollen hören. Er deutete auf den Ortungsschirm. Die Lemurer hatten Verstärkung von einem großen Kontingent von Raumschiffen erhalten. Schon in den ersten Minuten fielen Dutzende Schiffe der Zeitgerechten der unheimlichen Waffe zum Opfer, die sie von innen heraus aufglühen ließ.

»Paggosh ist ebenso wenig zu verteidigen, wie Serkhen zu halten war«, stellte Lissos fest. »Wir dürfen nicht mehr lange zögern, wenn wir dieser Schlacht entkommen wollen.« Er erschrak über die eigenen Worte. Ein Gerechter, der den Kampf gegen die Zeitverbrecher scheute, war nichts anderes als ein Verräter. Aber selbst in dem Moment fielen Lev Utan und Murrn Hoks nicht über ihn her. Das gab ihm die Gewissheit, dass er sich in den beiden nicht getäuscht hatte.

»Die eigenen Schiffe werden nicht auf uns schießen«, stellte Utan fest. »Aber den Lemurern können wir kaum entkommen.«

»Doch«, sagte Lissos im Brustton der Überzeugung. »Wir nehmen die Gefangenen an Bord. So zerbrechlich wie sie sind, haben sie sich dennoch vor ihren Anführer gestellt. Jeder von ihnen hätte sich töten lassen, nur um diesen Perry Rhodan zu schützen.« Dass gerade jenes Erlebnis ihn endgültig verwirrt hatte, behielt er für sich. »Wenn die Lemurer erfahren, wo sich Rhodan befindet, werden sie uns unbehelligt lassen«, behauptete er zuversichtlich.

Natürlich befanden sich schon die ersten terranischen Landungskommandos auf der Dunkelwelt, daran zweifelte Levian Paronn keinen Augenblick lang. Wäre es anders gewesen, hätten sie ihre eigene Kompetenz infrage gestellt.

Vorübergehend fragte er sich, was er wirklich auf dem Planeten wollte. Perry Rhodan retten, um von ihm Zugang zu einem Nullzeitdeformator zu erhalten? Mittlerweile erschien es ihm immer mehr, als hätte er sich in seiner Idee verrannt. Aber noch wollte er nicht wahrhaben, dass er einem Traum nachgejagt war, der sich niemals zu Ende träumen ließ. Alles um ihn her hatte sich in einem Ausmaß verändert, das er nie für möglich gehalten hätte. Und Rhodan würde bestimmt nicht anders reagieren als die Nad'ehu oder der Admiral. Die Furcht vor einem Zeitparadoxon bestimmte ihr Denken und Handeln. Weil sie in eingefahrenen Gleisen dachten und nicht bereit waren, über den eigenen Schatten zu springen.

Sie stehen sich selbst im Weg, dachte Levian.

Warum flog er immer noch die Dunkelwelt an? Weshalb zog er den Jäger nicht herum und suchte Zuflucht zwischen den Sternen, die so lange Zeit seine Begleiter gewesen waren?

Er wusste es nicht.

Nur irgendwo tief in seinen Gedanken glaubte er, Verantwortung zu spüren. Er hatte Rhodan und die anderen ins Gorbas-System gerufen, als er sich sicher gewesen war, wo der Zeittransmitter auf Icho Tolot und ihn wartete. Aus Enttäuschung und Wut über sein Scheitern hatte er sich dann zurückgezogen und sie ihrem Schicksal überlassen. Aber er erkannte sich in dieser Handlungsweise nicht wieder. Das war nicht der Levian Paronn aus früherer Zeit. So hätte er nie gehandelt.

Der Jäger hielt weiterhin Kurs.

Levian wartete auf das Abwehrfeuer des Planeten. Nein, er sehnte es nicht herbei, obwohl er sich genau bei diesem Gedanken ertappte.

Auch das war keine Lösung.

Leer und ausgebrannt fühlte er sich. Viel zu lange hatte er von seinen Kräften gezehrt und einen eigentlich aussichtslosen Kampf gekämpft. Wenn er ehrlich zu sich selbst sein sollte, musste er sich eingestehen, dass ausgerechnet Takhan Mechtan von Taklir ihm die Augen geöffnet hatte.

Immer noch starteten Bestienraumer von der Dunkelwelt. Sie wurden von den Transformsalven terranischer und akonischer Kreuzer in Empfang genommen.

Levian verspürte nicht einmal Genugtuung. Vielmehr erschrak er über die Gleichgültigkeit, mit der er die schwarzen Kugelraumer explodieren sah. Abstürzende Wracks rissen glutende Krater in die ohnehin längst zernarbte Oberfläche dieser Welt.

Inzwischen erschien der Planet schon in der Direktsicht riesig groß. Die Ortung erfasste mehrere gelandete Korvetten der Terraner. Sie schleusten Roboter aus. Shifts krochen durch die eisbedeckte Ödnis, in der die ersten Bodenkämpfe gegen die Bestien tobten.

Offenbar nahm niemand Notiz von dem Raumjäger, der, langsamer werdend, über eine flache Gebirgskette hinwegsprang. Levian entdeckte eine abgestürzte Space-Jet. Menschen in Raumanzügen flohen vor einem Heer von Bestien, doch ohne Flugaggregate hatten sie keine Chance.

Er biss die Zähne zusammen, bis seine Kiefergelenke knackten, zog den Jäger in einer engen Kurve herum und beanspruchte die Absorber dabei bis zum Äußersten. Dann feuerte er.

Nach seinem zweiten Angriff gab es im weiten Umkreis keine Bestien mehr, nur noch tiefe, nachglühende Schmelzspuren.

Levian überließ die Terraner sich selbst.

»Er ist schwerer verletzt, als es den Anschein hat«, sagte Janna Pagnell mit einem sorgenvollen Blick auf Delbert Brouk. Der Kapitän wurde von einem nicht enden wollenden Hustenanfall geschüttelt. »Wir müssen ihm irgendwie helfen. Wenn es nur die Rippen wären, die ihm die Bestie gebrochen hat ... Aber ich fürchte, seine Lunge hat einiges abbekommen.«

Isaias Shimon hatte dem Kapitän erst vor einigen Stunden ein Schmerzmittel injiziert. Ebenso dem Zweiten Piloten Reginald Lacross. Mehr konnten sie nicht tun. Sie waren sich einig gewesen, dass die letzte Ampulle für Boryk aufbewahrt wurde.

Der Zwerg schlief zwar, doch inzwischen überaus unruhig. Sein Körper hatte die noch auf Gorbas-IV erhaltenen Medikamente längst abgebaut. Perry Rhodan war sich sicher, dass nur noch der Zellaktivator dem Lemurerklon half.

Allerdings war das Metallei alles andere als fehlerfrei. Es mutete schon wie ein kleines Wunder an, dass Paronns Nachbauten überhaupt so lange durchgehalten hatten. Die Fehlfunktionen ließen die potenzielle Unsterblichkeit zur Qual werden. *Und dennoch,* dachte er, *haben sich die Kommandanten der Archen an dieses Stück Leben geklammert.* Das galt für die ersten entdeckten Generationsschiffe, aber zweifellos auch für alle anderen, die noch irgendwo in der Unendlichkeit ihre Bahn zogen.

Der Gedanke lag sehr nahe, dass wieder Mord und Totschlag herrschen würden, sobald eine galaxisweite Jagd auf die Leben spendenden Geräte begann. Gerüchte dieser Art verbreiteten sich wie ein Lauffeuer. Einer um sich greifenden Archen-Hysterie konnte man nur dann wirkungsvoll begegnen, wenn frühzeitig die Wahrheit bekannt wurde. *Finger weg von diesen defekten Geräten, die euch mehr schaden, als sie wirklich nützen!*

Mit beiden Händen fuhr Rhodan sich übers Gesicht. Er dachte an Sternenarchen und Zellaktivatoren; dabei wusste er noch nicht einmal, was die nächsten Stunden bringen würden. Von Icho Tolot gab es kein Lebenszeichen. Die Vorstellung, dass er sich noch frei zwischen den Bestien bewegen konnte, war wohl nichts anderes als Selbstbetrug. Und Funkkontakt ... Der Armbandorter zeigte eine starke Störfront. Genau das war der Grund, weshalb die Bestien ihnen ihre Ausrüstung weitgehend belassen hatten.

»Worüber denkst du nach, Perry?« Solina Tormas stand plötzlich neben ihm, ohne dass er sie bemerkt hatte. »Haben wir eine Chance?«

Er sah die nur mühsam verhaltene Furcht in ihren Augen, aber auch ihren Willen, nicht aufzugeben. »Ich weiß es nicht«, antwortete er ehrlich und ebenfalls so leise, dass niemand außer der Akonin es hören konnte.

Sie nickte stumm.

Im selben Moment erklang ein Aufschrei. Perry fuhr herum.

Zwei Bestien hatten den Raum betreten. Er kannte sie; es waren die beiden, die sie gemeinsam mit Ion Lissos durch den Transmitter gerettet hatten.

Gerettet ...? Das war zweifellos der falsche Begriff. Beiden trugen schwere Intervallstrahler in den Armbeugen, und es war unmissverständlich, was sie von ihren Gefangenen wollten. »Mitkommen!«

Perry musste die Aufforderung seinen Begleitern nicht übersetzen. Sie hatten auch so verstanden. Ein Wink mit der Waffe war unmissverständlich. »Wohin bringt ihr uns?«

Er erhielt keine Antwort. Allerdings packte einer der Riesen unvermittelt zu und zerrte ihn vorwärts. Janna Pagnell stürzte neben ihm zu Boden, raffte sich auf und taumelte wortlos weiter.

»Beeilt euch! Wir haben nicht ewig Zeit!«

Ein rascher Blick zurück zeigte Rhodan, dass sie wenigstens mit den Verwundeten vorsichtiger umgingen.

Andere Bestien hasteten wortlos vorbei. Rhodan glaubte, eine angespannte Hektik wahrnehmen zu können. Aus der Ferne rollte das dumpfe Dröhnen von Raumschiffstriebwerken heran.

Er zweifelte nicht mehr daran, dass einer der subplanetaren Hangars ihr Ziel war.

In die monotone Kulisse mischte sich zum ersten Mal der Donner einer Explosion.

Soeben setzten zwei terranische 200-Meter-Kreuzer zur Landung an. Sie hatten die oberirdischen Bauten unter Beschuss genommen und dabei einen deutlich erkennbaren Einflugschacht freigelegt. Levian Paronn brachte den Jäger in einem wahren Gewaltmanöver auf den Boden. Für den Einflug in den Schacht war der Jäger zu groß, bestenfalls kleinere Gleiter hätten hier in die subplanetaren Bereiche vorstoßen können.

Levian schnallte sich das Tornisteraggregat um, als er die Maschine verließ. Augenblicke später sank er im Schutz eines Individualschirms, vom Antigrav getragen, langsam in die Tiefe. Er verließ den Schacht auf einer der mittleren Etagen, jeden Augenblick gegenwärtig, angegriffen zu werden. Die Räumlichkeiten unterschieden sich kaum von jenen der Bestienstationen der Vergangenheit.

Beinahe wäre es ihm nicht aufgefallen. Er stieß eine Verwünschung aus. Nun dachte er auch schon von seiner Zeit als »Vergangenheit«, als hätte der Admiral es tatsächlich geschafft, ihn zu beeinflussen.

Weiter!, redete er sich ein. *Nicht darüber nachdenken.* Er kannte Takhan Mechtan von Taklir so gut wie kaum ein anderer, vor allem seine ausgeprägte Dominanz.

Levian hatte erwartet, sehr schnell von Bestien angegriffen zu werden, doch er schien der Einzige zu sein, der sich in diesem Bereich der Station aufhielt.

Minuten später stieß er auf die ersten Toten. Die Terraner lagen im Zugang zu einer Ortungsanlage und sahen aus, als wären sie von einem Shift niedergewalzt worden. Levian kannte solche Bilder, hatte aber gehofft, sie nie wieder sehen zu müssen. Wohin die Bestie, die das getan hatte, verschwunden war, ließ sich nicht feststellen. Selbst in der Infrarotoptik verwischten ihre Spuren.

Er hastete weiter, den Weg, den er einschlug, eher dem Zufall überlassend als sachlichem Kalkül. Dass er so nicht wirklich weiterkam, wurde ihm allerdings sehr schnell klar. Er zwang sich zur Ruhe, als er erkannte, dass sein Helmfunk nach wie vor auf der gebräuchlichen akonischen Frequenz arbeitete. Das war ein Fehler, der ihm früher nie unterlaufen wäre.

»Unentschuldbar«, glaubte er Mechtan von Taklirs Stimme zu hören. Aber nicht der General redete, sondern endlich konnte er die Terraner belauschen.

Mehrere Stoßtrupps durchkämmten die Anlage.

»Immer noch nichts. Die Bestien müssen ihnen die Raumanzüge und die Funkgeräte abgenommen haben.«

»Oder sie werden völlig abgeschirmt.«

»Hat jemand daran gedacht, dass sie ihre Gefangenen fortgeschafft haben könnten? Wenn sie den Transmitter benutzt haben ...«

»Wo steht das Ding?«

Levian hörte nicht mehr hin. Er stürmte weiter. Wenn er den Aufbau der Station wirklich richtig im Gedächtnis hatte, gab es nur zwei Orte, an denen ein Transmitter stehen konnte. Natürlich wäre Zufall es gewesen, ausgerechnet dort auf Perry Rhodan zu stoßen, aber vielleicht fand er wenigstens eine Spur. Die Terraner wussten ebenso wenig wie er, wo sie wirklich suchen sollten.

Er hastete zurück zu dem Treppenaufgang und wieder zwei Stockwerke nach oben. Terranische Raumsoldaten kamen ihm entgegen. Ihre Gesichter waren verschwitzt und von der Anstrengung gezeichnet. Wortlos liefen sie aneinander vorbei.

Zehn Minuten später erreichte Levian wieder die Ortungsanlage. Die Toten hatte noch niemand gefunden. Einen halben Kilometer weiter, auf derselben Etage, stieß er endlich auf die Wandlerbänke und nicht einmal hundert Meter weiter auf den Transmitter.

Es war ein uraltes lemurisches Modell. Levian kannte es in- und auswendig; Geräte wie diese waren lange in Gebrauch gewesen. Er selbst hatte sie wegen ihrer Zuverlässigkeit auch in schwierigem energetischen Umfeld geschätzt.

Der Transmitter war abgeschaltet, doch die Aufzeichnung würde ihm verraten, ob in den letzten Stunden Durchgänge erfolgt waren. Sogar die Gegenstation konnte er herausfinden.

»Immer noch keine Spur von Perry Rhodan?«, erklang es im Helmfunk. »Und was ist mit seinen Begleitern?«

»Kampfroboter sind unterwegs. Wenn es sein muss, werden sie jeden Stein auf dieser Welt umdrehen.«

»Dann sollen sie sich beeilen.«

Levian schaltete hastig. Die Bereitschaftskontrollen flammten auf, Augenblicke später hätte er schon das Abstrahlfeld aktivieren können. Er lachte, als die ersten lemurischen Schriftzüge erschienen. Die Bestien hatten es offenbar nicht für nötig erachtet, die Kontrollen auf ihre Bedürfnisse umzuschreiben.

Ein dumpfes Geräusch hinter ihm ließ ihn verstummen. Langsam wandte er sich um ...

... und erstarrte. Er war nicht einmal schnell genug, die Waffe zu heben. Ohnehin wusste er, dass ihm das nichts mehr geholfen hätte. Einer Bestie so nahe gegenüberzustehen, hatte selten jemand überlebt. Herausfordernd funkelten ihn die tellergroßen Augen aus der Höhe an.

»Warum machst du nicht weiter, Lemurer?« Der Koloss beugte sich leicht vor. »Ich wollte den Transmitter ohnehin aktivieren.«

»Dann fahr damit zur Hölle!«, stieß Levan hervor.

Gedankenschnell warf er sich zur Seite, als sein Gegner zupackte, und tauchte unter dem mannsdicken Arm hinweg. Der Koloss schien kurz verblüfft zu sein, dann stieß er dröhnende Laute aus.

»Du bist schnell, Lemurer. Wo hast du das gelernt?«

»Ich könnte dir viele Orte aufzählen«, keuchte Levian. »Tanta III oder Torbutan ...«

»Torbutan ist im Atombrand verglüht«, grollte die Bestie. »Woher kennst du den Namen?«

»Vielleicht war ich dort.« Er hätte selbst nicht zu sagen vermocht, weshalb er sich darauf einließ. Um Zeit zu gewinnen? Er würde nicht fliehen können, nicht einmal durch den Transmitter. Um die Sofortabschaltung nach seinem Durchgang zu programmieren, brauchte er mehr Bewegungsspielraum, als der Koloss ihm lassen würde.

»Ich erkenne dich«, grollte sein Gegenüber. Hinter ihm erschien jetzt eine zweite Bestie. »Dein Bild habe ich oft genug gesehen. Du stammst aus der Zeit des Großen Krieges – ein Wissenschaftler.« Er schien zu überlegen. »Levian Paronn«, sagte er gleich darauf. »Der Zeitverbrecher und Erbauer der Generationenschiffe. Die Aufzeichnungen der Starts haben uns damals sehr geholfen. Wir konnten die Flugvektoren einiger Schiffe errechnen. Eigentlich« – er schlug die Fäuste zusammen, dass es wie Donner durch die Korridore hallte – »sind wir dir zu Dank verpflichtet. Und die Neuen Lemurer werden dich dafür hassen, wenn wir sie vernichten.«

Sein eben noch rasender Herzschlag hatte sich wieder normalisiert. Levian spürte eine seltsame Ruhe von ihm Besitz ergreifen. Es war die Unausweichlichkeit seines Schicksals, die ihn so reagieren ließ.

»Ich weiß, dass du mich töten wirst«, sagte er. »Aber ich fürchte mich nicht davor. Heute nicht mehr. Weil du mir bald folgen wirst. Diese Dunkelwelt ist die dritte Bastion der Bestien, die von Menschenhand zerstört wird.«

Die Bestie beugte sich noch ein Stück weiter herab. »Deine Zeitverbrechen werden gesühnt, Levian Paronn. Und nach dir werden alle sterben, die glauben, uns aufhalten zu können.«

»Hat unser sinnloser Krieg nicht schon genug Tote gefordert?«, fragte die zweite Bestie. Paronn glaubte, seinen Ohren nicht mehr trauen zu dürfen. Ungläubig starrte er den schwarzhäutigen Koloss an. Wahrscheinlich wäre er in dem Moment nicht einmal mehr fähig gewesen, einem Angriff auszuweichen oder das auch nur ansatzweise zu versuchen. Eine Bestie, die von einem sinnlosen Krieg sprach?

Auch sein Gegenüber schien das nicht zu verstehen. »Sinnlos, sagst du, Ion Lissos?«, grollte er und rammte zwei Fäuste gegen die Brust des anderen. »Ein gerechter Krieg ist niemals sinnlos. Aber ich wusste von Anfang an, dass du krank bist. Und du bist nicht der einzige der Ersten, dem das Verständnis fehlt! Ich werde euch ersetzen lassen.«

»Du hast dich mit den anderen Alten selbst zu einem Zeitverbrecher gemacht, Necc Magot. Dagegen setzen wir uns zur Wehr.«

Aufbrüllend schlug Magot zu. Sein Gegner wurde weit zurückgeschleudert, raffte sich aber sofort wieder auf und ging seinerseits zum Angriff über. Es dröhnte dumpf, als beide Riesen zu Boden gingen. Die ersten Aggregate splitterten, eine Seitenwand riss mit grellem Kreischen auf.

Das war der Moment, in dem Levian endlich seine Starre überwand, nach seiner schweren Strahlwaffe griff und langsam zurückwich. Noch weigerte er sich zu erkennen, was wirklich vor sich ging. Die Bestien tobten wie urweltliche Giganten, die sich ineinander verbissen hatten. Mit einer Härte, die selbst er noch nicht erlebt hatte. Quadratmetergroße Wandsegmente wurden zu Wurfgeschossen, die mit unglaublicher Gewalt Schneisen in die Maschinenblöcke brachen.

Der Kampf verlagerte sich in den Transmitterbereich. Mit unglaublicher Kraftanstrengung riss Magot eine der Säulen aus dem Boden, schwang den tonnenschweren Block wie eine Keule und ließ ihn auf seinen Gegner herabsausen, der ihn jedoch unterlief und aushebelte.

Sekundenlang schien Magot waagerecht in der Luft zu hängen, dann schlug er rücklings auf. Gleichzeitig rammten Lissos' Fäuste auf ihn herab.

Levian glaubte, das Geräusch berstender Knochen zu hören. Ein Gurgeln drang aus der Kehle des Alten, dann spuckte er Blut. Dennoch schaffte er es, den Gegner zur Seite zu stoßen und wieder auf die Beine zu kommen. Taumelnd stand er da, riss eine der verbeulten Stahlplatten vom Boden hoch und schmetterte sie Lissos ins Gesicht. Sekundenbruchteile später entdeckte er Levian und stürmte los. Langsamer als zuvor, aber immer noch schnell genug, um den Lemurer nicht entkommen zu lassen.

Levian dachte in dem Moment nicht mehr an Flucht. Wie versteinert hielt er den Strahler im Anschlag und schoss.

Die gebündelte Glut umfloss Magots Schädel. Seine Schritte wurden langsamer, er riss die Handlungsarme hoch und versuchte, seine Augen zu schützen. Aber Levian nahm den Finger nicht vom Auslöser. Als der Alte brüllend innehielt, jagte er die nächsten Schüsse in den aufgerissenen Rachen.

Dann stürzte Magot, und Levian fühlte sich, als würde in dem Moment eine unglaubliche Last von seinen Schultern genommen.

Auf einmal waren Raumsoldaten da. Und zwischen ihnen Kampfroboter. Der Lärm schien sie angelockt zu haben. Ihre schweren Intervallstrahler zielten auf Ion Lissos, der sich eben schwankend aufrichtete und den Lemurer anstarrte.

»Nicht schießen!«, rief Levian. »Er ist ein Freund.«

Siedend heiß überlief es ihn, weil jedes Wort so unsagbar fremd klang, beinahe, als hätte das ein anderer ausgesprochen. Vor allem wusste er nicht, warum er das gesagt hatte. Vielleicht, weil er Ion Lissos sein Leben verdankte – ein Lemurer einer Bestie.

Das war ein unglaublicher Vorgang. Levian verstand keineswegs, was geschehen war und vor allem, warum. Nicht nur die Zeit hatte sich verändert, sondern ebenso alle Beteiligten.

»Du bist wie Tolot«, stellte er fest. In dem Moment fühlte er sich hochgewirbelt, von einem der mächtigen Arme an den tonnenschweren Leib gepresst, und dann begann die wildeste Jagd, die er jemals erlebt hatte.

Die Strahlschüsse der Kampfroboter verfehlten die Bestie, wenn auch nur um Haaresbreite. Wände wurden wie Papier aufgerissen, als der Koloss einfach durch sie hindurchstürmte.

Nur Minuten mochten vergangen sein, als die Jagd schon wieder endete. Levian spürte, dass sein Blut im Körper versackt war. Alles um ihn herum drehte sich, als die Bestie ihn auf die Füße stellte. Er taumelte bis an die nächste Wand und rutschte langsam daran entlang zu Boden.

Von unten herauf, aus dieser unglaublich verzerrten Perspektive, sah er den schwarzhäutigen Riesen an Kontaktplatten hantieren. Augenblicke später flimmerte fast in Reichweite vor ihm die Luft. Die Umrisse eines großen Quaders verdichteten sich scheinbar aus dem Nichts, und in diesem noch durchscheinenden Gebilde zeichneten sich Konturen ab.

»Tolotos!«, entfuhr es Levian ungewollt. Er war noch zu schwach, um aufzustehen und davonzulaufen. Nicht einmal weiter nach hinten schieben konnte er sich, weil ihn die Wand daran hinderte ...

»Levian Paronn«, antwortete eine dumpfe Stimme, die er unter hunderten von Halutern jederzeit erkannt hätte. Verzweifelt fragte er sich, wie ausgerechnet Icho Tolot in das Arsenal der Bestien kam.

Es hatte eine Zeit gegeben, da hätte er mit Stolz davon gesprochen, dass Icho Tolot sein Freund war. Tolot hatte ihm den Weg in die Frühzeit der lemurischen Raumfahrt geöffnet und ihm die Chance gegeben, die Sternenarchen zu bauen. Er hatte ebenso den Bestienkreuzer sabotiert, der zu jener Zeit im Sonnensystem erschienen war, als es keine Gegenwehr gegen dessen Waffen gegeben hätte. Dieses eine kleine Schiff allein wäre in der Lage gewesen, Lemur auszulöschen.

Wenn er es recht bedachte, hatte Tolot mit seinem entschlossenen Handeln den Lemurern erst den Schritt zu den Sternen ermöglicht.

Und dann, eines Tags, war Icho Tolot wieder da gewesen. Mit seinem kleinen schwarzen Bestienschiff hatte er die ACHATI UMA aufgespürt. Gemeinsam hatten sie in den folgenden Jahren etliche Archen aufgesucht, um sich vom Wohlergehen ihrer Besatzungen zu überzeugen.

Bis ... ja ... bis er den Haluter benutzt hatte, um die Waffe aus dem Ichest-System zu holen. Die Waffe gegen die Bestien, auf die er seine Hoffnungen gesetzt hatte. Dass Tolot dabei fast umgekommen wäre, war ihm gleichgültig gewesen. Weil er gewusst hatte, dass eben dieser Icho Tolot in ferner Zukunft mit der LEMCHA OVIR auf dem fünften Planeten des Systems abstürzen würde.

Inzwischen hatte Tolot zurückgeschlagen und den Zeittransmitter zerstört. Der Kreis war durchbrochen worden, und nichts von dem, was Levian all die Jahrtausende hindurch sicher zu wissen geglaubt hatte, war wirklich sicher.

»Necc Magot ist tot«, hörte er die Bestie sagen.

»Wer hat den Alten getötet?«

Ion Lissos' flüchtige Geste verriet alles.

»Levian Paronn?«, fragte der Haluter ungläubig.

»Deshalb konnte ich dich befreien«, fuhr Lissos fort. »Magot trug den Impulsschlüssel für das Energiegefängnis stets bei sich.« Er machte eine kurze Pause. »Wir brauchen dich, Tolot«, brachte er dann hervor, »weil du die Lemurer besser kennst als wir.«

»Was habt ihr vor?«

»Wir verlassen das Arsenal, solange wir die angreifenden Raumer noch passieren können.«

»Was ist mit Perry Rhodan und seinen Begleitern?«

»Sie werden wohl in diesem Moment an Bord gebracht.«

»Gut«, sagte Tolot. »Vorausgesetzt, wir nehmen ihn auch mit.« Er deutete auf Paronn.

Ein kleiner schwarzer Kugelraumer ... Ringsum wimmelte es von Bestien, die alle anderen für den Start bereitstehenden Schiffe besetzten. Nicht gerade wenige wütende Blicke trafen die vermeintlichen Lemurer. Jeder war deshalb froh, als sie endlich an Bord gebracht wurden.

Gleich darauf steckten die Bestien ihre Waffen weg.

»Das war zu eurer Sicherheit unumgänglich«, sagte Lev Utan. »Wir glauben, dass es nicht nötig ist, sich gegenseitig zu bedrohen.«

»Zumal wir ohnehin mit bloßen Fäusten stärker sind«, bemerkte Perry Rhodan. Beide Zeitgerechten waren jedoch nicht in der Lage, die feine Ironie zu erkennen. »Was wird hier gespielt?«, erkundigte er sich im selben Atemzug. »Hat Tolotos euch geschickt?«

»Wir konnten uns frei entscheiden«, erklärte Murrn Hoks. »Aber darüber reden wir später. Wir müssen die Startvorbereitungen treffen. Icho Tolot und Ion Lissos können jeden Augenblick hier eintreffen. Und noch etwas.« Er beugte sich halb über den Terraner. »Wir erwarten, dass du uns hilfst, das Arsenal unbeschadet zu verlassen. Wir wollen weder von unseresgleichen noch von Lemurern abgeschossen werden.«

»Ich soll eine terranische Kennung in den Sender eingeben?«

»Ja.«

»Wenn ich mich weigere?«

Lev Utan hob in einer beinahe menschlich wirkenden Geste seine beiden Brustarme an und ließ sie langsam wieder sinken. »Das tust du nicht«, sagte er dumpf. »Dir liegt mindestens ebenso viel daran, am Leben zu bleiben, wie uns.«

24

Zweieinhalb Lichtjahre vom Paggosh-Arsenal entfernt endete die Überlichtetappe des Bestienraumers. An Bord herrschte das Schweigen, das sich im Augenblick des Starts von der Dunkelwelt breit gemacht hatte.

Offensichtlich wurde erst jetzt allen Beteiligten wirklich bewusst, was geschehen war. Sie waren zum Spielball der Ereignisse geworden; jeder hatte geglaubt, seinem freien Willen zu folgen, aber letztlich hatte keiner anders handeln können, als er das getan hatte.

»Wir müssen die Verwundeten versorgen«, sagte Isaias Shimon. »Wo finden wir die Medostation?«

Das Schweigen hielt an.

Perry Rhodan sah, dass Janna Pagnell den Kopf zwischen die Schultern zog und sich vorsichtig umschaute. Sie fröstelte, hatte die Arme vor dem Leib überkreuzt und schlug sich immer wieder mit den Fingern auf die Oberarme. Wenn Perry es recht bedachte, stand der Funkerin das Unbehagen ins Gesicht geschrieben. Alles in dem schwarzen Kugelraumer wirkte groß und klobig, eben für Riesen gebaut. Selbst wenn Janna sich in einen der freien Sessel emporgezogen hätte, wäre das mit Schwierigkeiten verbunden gewesen.

»Ich fürchte, eine medizinische Versorgung ist an Bord dieses Schiffes so gut wie ausgeschlossen«, sagte Icho Tolot, bemüht, seiner Stimme einen leisen Klang zu geben. »Das ist ein Kampfraumer, er wurde für den schnellen Einsatz und mit möglichst wenig Materialaufwand gebaut. Mehr als drei Zeitgerechte werden sich nie an Bord aufhalten, und Krankheiten sind nicht vorgesehen – dieses Schiff besiegt entweder seine Gegner, oder es wird vernichtet. So einfach ist das.«

»Menschenverachtend«, sagte Isaias Shimon. »Ich meine ...«

»Wir wissen, wie du das meinst«, brummte Hayden Norwell.

Das Ortungsbild ließ erkennen, dass die Dunkelwelt zunehmend heftiger umkämpft wurde. Offensichtlich sprach sich die kurze Hyperkomnachricht an die PALENQUE so schnell herum, wie Perry Rhodan gehofft hatte. Alemaheyu Kossa sorgte schon dafür, dass alle davon erfuhren, dass die Vermissten an Bord eines Bestienraumers geflohen waren. Das Einzige, was Perry bewusst verschwiegen hatte, war die Anwesenheit der drei Zeitgerechten an Bord. Er hatte Kossa in der irrigen Annahme gelassen, Icho Tolot würde das Schiff fliegen.

Die terranische Einsatzflotte hatte inzwischen gemeinsam mit der akonischen Siebenten Flotte den Transformangriff auf die Hangars und Werftanlagen der Bestien eröffnet.

»Und jetzt?«, fragte Hartich van Küspert in die Stille hinein. »Wie geht es weiter? Ich habe nicht die Absicht, in diesem Schiff Wurzeln zu schlagen.«

Levian Paronn gab sich zwar den Anschein, unbeteiligt zu wirken, dennoch fiel auf, dass er die drei Zeitgerechten immer wieder mit forschenden Blicken bedacht. »Ich bin mir nicht schlüssig, ob sie perfekte Schauspieler sind oder wirklich so gar nicht in das Verhaltensmuster ihrer Spezies passen«, raunte er, als Rhodan nach einer Weile neben ihn trat.

»Der Lemurer redet über uns?«, rief Ion Lissos.

»Mir erscheint das alles seltsam genug«, sagte Levian. »Ich weiß nicht, ob ich euch vertrauen kann.«

»Warum versuchst du es nicht einfach?« Lissos hatte sich von den Kontrollen abgewandt und stampfte vom Platz des Piloten, den nun Murrn Hoks einnahm, bis in die Mitte der kleinen Zentrale. Sein Blick streifte jeden, dann zwängte er sich an den Besatzungsmitgliedern der PALENQUE vorbei.

»Wir glauben nicht daran, dass ein Krieg fortgesetzt werden muss, der seit langer Zeit beendet ist.«

»Diesen Krieg würden die Bestien zum zweiten Mal verlieren«, stellte Levian fest.

»Bist du dir dessen wirklich so sicher, Lemurer?«, grollte der Zeitgerechte.

»Ist das alles?«, rief Rhodan dazwischen. »Ein paar Minuten lang glaubte ich, so etwas wie eine unausgesprochene Hoffnung zu spüren. Nach allem, was geschehen ist, gab es sogar Grund dafür. Aber offensichtlich habe ich mich getäuscht.«

Levian wandte den Blick zur Seite, als Rhodan ihn auffordernd anschaute. »Du trauerst einer verpassten Gelegenheit nach, Levian. Womöglich hasst du Icho Tolot, weil er deine Rückkehr in die Vergangenheit unmöglich gemacht hat.«

»Ich weiß es nicht«, antwortete der Lemurer. »Im ersten Moment ... ja. Aber das ist vorbei. Vorübergehend dachte ich, ich müsste nach Wegen suchen, dennoch in meine Zeit zurückzugelangen, doch irgendwie ist sogar das nicht mehr interessant. Jetzt, nachdem vieles geschehen ist, was ich anders erwartet hatte, habe ich den Eindruck, dass es nicht mehr so wichtig ist.«

»Du hast lange in unserer Zeit gelebt«, stellte Rhodan fest. »Vielleicht wäre es anders, hättest du den Dilatationsflug der ACHATI UMA bis zum Ende mitgemacht.«

Levian nickte zögernd. »Was ist dagegen mein früheres Leben, das ich auf Lemur und im Großen Tamanium verbracht habe? Mir ist meine eigene Zeit wohl fremd geworden. Trotzdem fühle ich mich auch hier nicht heimisch.«

»Du hast die Jahre abgehakt, ohne sie wirklich zu leben«, wandte van Küspert ein. »Es würde mich wundern, wenn es anders wäre.«

Levian antwortete nicht sofort. Sein Blick verlor sich in der Sternenpracht auf den Schirmen. Langsam fuhr er sich mit beiden Händen über das kurz geschnittene graue Haar und massierte seinen Nacken. »Es ist, als hätte ich jeden Bezugspunkt verloren«, gestand er zögernd ein.

»Damit stehst du ganz sicher nicht allein«, stellte Icho Tolot fest. Als Levian ihn überrascht anblickte, deutete er auf die Zeitgerechten. »Sie wurden für den Krieg gezüchtet, dennoch haben sie uns geholfen. Ich frage mich warum.«

»Sind die Haluter nicht ebenfalls ein friedfertiges Volk geworden?«, wandte Lev Utan ein.

»Das war ein langer Entwicklungsprozess unter dem Einfluss des lemurischen Formungsstrahlers«, bestätigte Tolot. »Unsere Psyche wurde von außen verändert. Aber es gibt keine Psychogen-Regeneratoren mehr, die auf die neuen Zeitgerechten einwirken könnten.«

»Vielleicht sind wir dennoch davon betroffen«, vermutete Ion Lissos.

Tolot taxierte ihn abschätzend.

»Ich glaube sogar, dass ein Teil von uns denselben Veränderungen unterlag, die auf Halut einwirkten«, fuhr der Zeitgerechte fort.

»Die Formungsstrahler waren schon während der letzten Kriegsjahre im Einsatz«, bemerkte die akonische Historikerin. »Über den Umfang ist wenig bekannt, aber ich halte es für denkbar, dass sie an allen neuralgischen Positionen verbreitet waren.«

»Du übersiehst, dass sich die Zeitgerechten nicht über zehntausende von Jahren hinweg entwickelt haben können«, wandte Shimon ein. »Die Reifezeit einer neuen Bes...«, er warf einen forschenden Blick auf Ion Lissos, der jedoch in keiner Weise reagierte, »... eines neuen Wesens wird sechs oder sieben Wochen nicht übersteigen. Andernfalls gäbe es noch keine Besatzungen für ihre Raumschiffe.«

Allmählich brach der Bann. Rhodan registrierte deutlich, dass die Barriere zu bröckeln begann, die zwangsläufig zwischen den einzelnen Gruppen bestanden hatte.

»Ich halte es für angebracht«, wandte er sich an Ion Lissos, »dass wir uns vorerst in den Ortungsschutz einer nahen Sonne zurückziehen.«

»Einverstanden«, bestätigte der Zeitgerechte. »Das wäre auch mein Vorschlag gewesen. Jederzeit besteht die Möglichkeit, dass andere Kampfschiffe die Blockade des Arsenals durchbrechen und uns ein Gefecht aufzwingen. Wir stehen noch sehr nahe an Paggosh, und solange wir uns nicht völlig aus dem Ortungsbereich der Bodenstation zurückziehen, müssen wir auf Überraschungen gefasst sein.«

Vorübergehend glaubte Rhodan, einen Haluter reden zu hören. Tolot hätte es sicher nur wenig anders formuliert.

Sie einigten sich auf eine kleine gelbe Sonne ohne Begleiter in eineinhalb Lichtmonaten Entfernung. Noch bevor das schwarze Raumschiff in einen engen Orbit um den Stern ging, ließ Perry einen gerafften und verschlüsselten Funkspruch an die PALENQUE absetzen, in dem er um medizinische Unterstützung bat. Die Medostation des Prospektorenraumers war mit Sicherheit nicht schlechter ausgestattet als die eines Einsatzschiffs der Sonderflotte. Prospektoren, hatte Sharita Coho ihn gleich zu Anfang ihres Kontakts wissen lassen, zogen die unmöglichsten Blessuren und Vergiftungen an wie ein Magnet Eisenspäne.

Mehr als 30 Minuten vergingen, bis die PALENQUE endlich erschien. Der Bestienraumer löste sich aus dem Orbit und näherte sich ihr mit minimaler Drift bis auf wenige Dutzend Meter. Zwischen beiden Schiffen baute sich ein Energietunnel auf.

Die Space-Jet, mit der die Verletzten ohne weiteres hätten transportiert werden können, war schlicht zu groß für die Hangars des Bestienraumers. Und die engen und wenig komfortablen Kriecher wollte Perry niemandem zumuten.

Isaias Shimon verließ das Schiff mit Boryk im Arm. Der Zwerg hatte zuletzt stumm, aber mit weit aufgerissenen Augen um sich geschaut, und immer wieder hatte sich sein Blick an den Zeitgerechten festgefressen.

Für ihn waren sie Wächter. Und offensichtlich, dachte Perry, hatte er damit gar nicht Unrecht.

Delbert Brouk, Janna Pagnell und Reginald Lacross waren sichtlich erleichtert, die Nähe der Kolosse verlassen zu können. Als sie nun von Bord gingen, erkannte Perry, dass ihre zur Schau gestellte Gleichgültigkeit doch nur Fassade gewesen war. Sie fürchteten die Zeitgerechten nach wie vor, und dafür hatten sie seit der Vernichtung der GOLDEN GOOSE wahrlich Grund genug.

Der Letzte, der von Bord ging, als sich die Schleuse schon wieder schloss, war Hayden Norwell. »Es geht mir nur um die PALENQUE«, sagte er zu Rhodan. »Falls das Schiff Schäden erlitten hat, müssen die Eigner verständigt werden.«

Letztlich blieb die PALENQUE fast in Sichtweite des Bestienschiffs.

»Ich habe nachgedacht«, verkündete Icho Tolot wenig später. »Die Aufzuchtstanks mit dem zerfallenden Zellgewebe auf Gorbas-IV gehören in einen steten Kreislauf von Werden und Vergehen. Auf diese Weise sind immer einige Bestien fast ausgereift. Dieses Zellmaterial konnte von den Formungsstrahlern womöglich leichter beeinflusst werden als ein vollständig ausgebildetes Wesen.«

»Ich bin zu demselben Schluss gelangt«, bestätigte Ion Lissos. »Unsere Veränderung ist demnach unumkehrbar?«

»Davon gehe ich aus«, erwiderte Tolot. »Sie kam nach einer gewissen Anlaufzeit zum Durchbruch, möglicherweise durch äußere Reize angeregt. Für mich seid ihr vollwertige Haluter. Ich werde euch schon in den nächsten Tagen auf Halut einführen ...«

Die Zeitgerechten schwiegen.

Perry Rhodans Kombiarmband zeigte den 1. Mai 1327 NGZ.

Die Schlacht um das Paggosh-Arsenal war geschlagen. Auf der Dunkelwelt brodelten Magmaseen, wo sich noch am Vortag gewaltige Werftanlagen erstreckt hatten. Wie viele weitere Bestien-Stützpunkte noch existierten, wusste niemand. Die Dunkelwelt und Gorbas-IV waren zerstört, eine andere Welt hatte die Siebente akonische Flotte schon vor Tagen vernichtet. Auf zwei weiteren, nur wenige Dutzend Lichtjahre auseinander liegenden Planeten der Bestien tobten seit dem Angriff arkonidischer Schiffe unlöschbare Atombrände. Das Imperium hatte die Vernichtung eines arkonidischen Raumers zum Anlass genommen, sofort zurückzuschlagen.

»Sechs Stützpunkte bis jetzt«, stellte Perry Rhodan fest.

»Fünf«, berichtigte Icho Tolot.

Perry nickte lächelnd. »Es sind sechs, Tolotos. Es gibt noch eine Welt, von der außer arkonidischen Archäologen und zwei Geheimdiensten niemand weiß. Aber sie bedeutet keine Gefahr. Sechs Welten, das macht rund eineinhalb Milliarden Bestien und wohl sechshunderttausend Raumschiffe. Das wäre eine Streitmacht gewesen, die wir nicht unterschätzen dürfen.«

»Sie wäre dennoch gescheitert«, wandte Icho Tolot ein.

Nacheinander trafen mehrere Funksprüche ein. Der erste Anrufer war Kommandant Hork Simmons von der terranischen Sonderflotte, der sich besorgt und mit offenem Misstrauen den Bestien gegenüber nach Rhodans Befinden erkundigte. Minuten später meldete sich Jere von Baloy, dem jedoch weit mehr Solina Tormas' Wohlergehen am Herzen lag, und den Abschluss bildete Takhan Mechtan von Taklir, der auf polternde Art Levian Paronn zum Rapport auf sein Flaggschiff beorderte und im selben Atemzug den Residenten Perry Rhodan um ein Vieraugengespräch ersuchte.

Rhodan seinerseits bat kurzerhand alle an Bord des Bestienraumers.

»Ich denke nicht daran«, protestierte der Admiral, was Rhodan zu einem süffisanten »Auch gut!« veranlasste.

Mechtan von Taklir kam schließlich doch, als Erster sogar und demonstrativ mit zwei Robotern im Gefolge.

»Ich vertraue unseren neuen Freunden«, kommentierte Rhodan.

Der Admiral bedachte ihn mit einem durchdringenden Blick. Dann zog er den Terraner mit sich zur Seite. »Ich bin vom Regierenden Rat bevollmächtigt, dir eine Anhörung zu verschaffen. Allerdings irritiert die Tatsache, dass du dich wie ein Dieb in die Nähe von Drorah geschlichen hast. Eine Erklärung erscheint angebracht.«

Rhodan lächelte gewinnend. »Das sagt das Energiekommando.« Das war mehr Feststellung als Frage, und der Admiral fasste es auch so auf. Für wenige Augenblicke grub sich nur ein unwilliger Zug um seine Mundwinkel, als der

Terraner bemerkte: »Das Energiekommando ist also doch nicht so gut wie sein Ruf.«

»Mit Verlaub, Perry ...«

»Schon gut.« Besänftigend ergriff der Terraner Mechtan von Taklir am Arm. »Wenn das Energiekommando wirklich glaubt, dass ich gekommen bin, um unter der Hand diplomatische Kontakte zu Akon zu knüpfen, dann glauben das unsere arkonidischen Freunde allemal. Ich wäre offiziell gekommen, Takhan, wäre das der Anlass. Aber mittlerweile sind drei Monate vergangen, seit wir erste Gerüchte von arkonidischen Funden im Zentrumsbereich der Galaxis gehört haben. Es ging um Lemur und um Bestien, doch mehr war beim besten Willen nicht zu erfahren.«

»Was lag näher, als an Bord eines Prospektorenraumers in diesen Sektor zu kommen?«, führte Mechtan von Taklir den Gedanken fort. »Vor allem weil vermeintliche Kontakte mit Akon die arkonidischen Geheimdienste auf eine falsche Spur locken. Das hat funktioniert, aber nur bis zu einem gewissen Zeitpunkt. Mittlerweile sind die Sternenarchen Tagesgespräch, und der Regierende Rat wartet nur darauf, dass Imperator Bostich persönlich anklopft und seine Rechte anmeldet.«

»Das hat er noch nicht getan?«

Der Admiral schüttelte den Kopf. »Ich weiß inzwischen eins: Die archäologischen Funde, von denen der Terranische Liga-Dienst wusste, haben sich als Arsenal der Bestien entpuppt. Nein, keine Sorge, da ist nichts, was Bostich für sich ausschlachten könnte. Der Zahn der Zeit ist über dieses Arsenal hinweggegangen. Die Kälteschläfer sind tot, in den Bruttanks befindet sich nur verkrustetes Zellgewebe, und die Werften haben nicht sehr lange gearbeitet. Die drei Bestien in eurer Begleitung sind, soweit wir wissen, die einzigen Überlebenden.«

»Das heißt«, sagte Perry leise, »wir sind noch einmal davongekommen.«

»Es sieht danach aus.«

Mittlerweile hatten sich auch die anderen in einer leer

stehenden Halle unterhalb der Zentrale eingefunden. Die Besatzungen der LAS-TOÓR und der PALENQUE – bis auf die Dienst tuenden Offiziere – standen bunt gemischt durcheinander. Alemaheyu Kossa hatte seinen rechten Arm um Eniva ta Drorar gelegt und führte ihre Hand mit sanften Bewegungen durch die Luft. Der akonischen Netzwerkspezialistin schien seine intensive Nähe nicht einmal unangenehm zu sein. Oder sie interessierte sich wirklich für das Spiel mit der Luftgitarre. Jedenfalls zuckte Kossa heftig zusammen, als Perry Rhodan den Saal betrat.

Denetree hatte sich bereits angeregt mit den Zeitgerechten unterhalten. Sie wusste, dass sie die erbittertsten Feinde ihres Volkes vor sich hatte, doch für sie verband sich eher der Begriff des Hüters mit den vierarmigen Kolossen.

»Was geschieht nun mit den Archen und ihren Bewohnern?«, fragte sie.

»Wir stellen euch eine oder zwei Welten zur Verfügung, deren Koordinaten niemand erfahren wird«, schlug der Admiral vor. »Dort könnt ihr euch ungestört von allen äußeren Einflüssen entwickeln. Aber sobald Hilfe benötigt wird, stehen wir selbstverständlich zur Verfügung. Die Terraner natürlich auch«, ergänzte er mit einem Seitenblick auf Rhodan. »Allerdings wurden viele Archen noch nicht aufgespürt. Wir wissen nicht, in welchem Zustand sich die Schiffe befinden, geschweige denn die Besatzungen. Das herauszufinden, kann aber nicht Aufgabe unserer Flotte sein. Es gibt kompetentere Hände.«

»Ich verstehe«, sagte Levian Paronn. »Ich war für den Bau der Archen verantwortlich, für die Auswahl der Besatzungen ... Aber ich kann das nicht allein bewältigen.«

»Das heißt ja?«, fragte der Maphan nach.

»Ja. Weil ich Zeit brauche, um über alles nachzudenken. Ich gehöre nicht in diese Zeit, aber auch nicht mehr in die Vergangenheit. Ich hätte gerne Icho Tolot als Begleiter.«

»Warum?«, fragte der Haluter grollend. »Du kannst die alten Zeiten nicht zurückholen.«

»Ich habe Fehler gemacht, und heute gäbe ich viel darum, könnte ich sie ungeschehen machen«, erwiderte Levian. »Ich bitte dich nicht meinetwegen, Tolot, sondern wegen der Menschen auf den Archen. In der Situation, in der sie sich bald wiederfinden werden, brauchen sie ihren Hüter nötiger denn je.«

»Rhodanos?«, fragte der Haluter.

Perry Rhodan schüttelte den Kopf. »Seit wann triffst du deine Entscheidungen erst mit meiner Zustimmung?«

»Gut.« Um Aufmerksamkeit heischend, was er aber gewiss nicht nötig hatte, hob Icho Tolot beide Handlungsarme. »Ich werde dich nicht begleiten, Levian Paronn. Es tut mir Leid, aber mein Planhirn sagt mir, dass wir nicht auf Dauer miteinander auskommen werden. Ohnehin gibt es Geeignetere als mich. Ich spreche von Ion Lissos, Lev Utan und Murrn Hoks.«

Sie starrten ihn entgeistert an. Die Spannung war in dem Moment fast greifbar.

»Wenn Levian Paronn uns will«, sagte Ion Lissos endlich.

Auch Levian schwieg lange. »Sehr groß und weit ist Universum«, antwortete er dann, »es ist schrecklich, aber auch voller Wunder. Vielleicht ist es das, was Vehraáto wollte. Ich bin einverstanden.«

»Es gibt noch eine Frage!«, rief Hayden Norwell. »Perry ist dafür zuständig. Die PALENQUE hat auf Gorbas-IV Schäden davongetragen. Auf gewisse Weise waren wir im Einsatz für die Liga Freier Terraner. Wer bezahlt die Reparaturarbeiten?«

»Ich glaube nicht, dass das unsere Angelegenheit ist«, wandte Sharita Coho ein. »Vor allem gibt es hier und heute wichtigere Themen.«

»Ich sehe das anders«, beharrte Norwell. »Perry Rhodan, ich erwarte eine eindeutige Aussage.«

»Du gehst entschieden zu weit, Hayden«, protestierte die Kommandantin. »Das ist ganz allein die Angelegenheit der Eigentümergemeinschaft.«

»Richtig«, pflichtete Norwell bei. »Glaubst du wirklich, Sharita, dass die Eignergemeinschaft ihr Schiff einer Hand voll Prospektoren anvertraut, ohne sie überwachen zu können? Mir gehören nicht nur zehn Prozent der PALENQUE, ich bin auch der Vertrauensmann aller Eigner. Und jetzt mach den Mund wieder zu, Sharita.«

Jemand aus der Besatzung lachte gequält. Augenblicke später platzte Icho Tolot schallend heraus.

Zwei Tage später beschleunigte der kleine Bestienraumer und verschwand rasch zwischen den Sternen. Perry Rhodan verfolgte den Abflug von Bord des Flaggschiffs der Sonderflotte aus.

»Ich bin gespannt«, sagte er.

»Es ist das Beste, was geschehen konnte«, erwiderte Icho Tolot. »Jeder wird die Aufgabe finden, die er braucht und die ihm gut tut.«

»Damit ist die Bedrohung endgültig vorbei. Eines Tages werde ich mit ES darüber reden.«

»Glaubst du wirklich, Rhodanos, dass du eine Antwort erhältst? ES wollte uns auf die Arsenale der Bestien hinweisen – auf seine eigene Art. Nun existieren sie nicht mehr.«

Vieles ging Perry Rhodan durch den Sinn, während er den Blick nicht vom Panoramaschirm abwandte. Unglaublich friedvoll wirkte das Bild, und das war es momentan auch.

Irgendwo da draußen, weit verstreut, flogen noch mehr als 40 Generationenschiffe der Zukunft entgegen. Vielleicht brauchten ihre Besatzungen Beistand – und wer konnte diesen besser leisten als Levian Paronn?

Auch Boryk bekam Hilfe. Der Zwerg hatte sich als erstaunlich zäh erwiesen, und das nicht nur wegen seines Zellaktivators. Inzwischen hatten akonische Ärzte ihm Zellgewebe entnommen, um daraus einen neuen Arm und ein Bein wachsen zu lassen. Bald würde Boryk wieder der Alte sein.

Mit einem Lächeln auf den Lippen wandte Perry Rhodan sich um. Terra wartete. Die Erde, die einst den Lemurern gehört hatte, auf der aber längst die Terraner zu Hause waren.

Anhang

Willkommen in Lemuria!
Streifzüge durch einen utopischen Kontinent

von Hartmut Kasper

Die große Fracht des Sommers ist verladen,
das Sonnenschiff im Hafen liegt bereit,
wenn hinter dir die Möwe stürzt und schreit.
Die große Fracht des Sommers ist verladen.

Das Sonnenschiff im Hafen liegt bereit,
und auf die Lippen der Galionsfiguren
tritt unverhüllt das Lächeln der Lemuren ...

INGEBORG BACHMANN: *Die gestundete Zeit*

Der Wille, schnell die Sterne zu erreichen

Lemuria gehört zu den mobilsten Kontinenten der Menschheitsgeschichte. Anders als seine großen festländischen Kollegen Europa, Asien, Afrika, Amerika, Australien und Antarktika schwimmt er nicht nur einem riesigen Floß gleich über den Globus, sondern taucht wie ein Unterseeboot bei Bedarf auf und wieder unter.

Schon die üblichen Erdteile sind ja nicht ohne. Antarktika beispielsweise hätte einiges an wunderbaren Eigenheiten zu bieten – den White-out etwa, das »Ausweißen«, das entsteht, wenn Sonnenstrahlen die Stratuswolkendecke passieren, vom Schnee der Oberfläche zurückgeworfen und an der Unterseite der Wolken gestreut werden: Dann lösen sich alle Schatten auf, Entfernungen sind nicht mehr abzuschätzen, die Unebenheiten im Gelände werden unsichtbar, Erde und Himmel verschmelzen um den Beobachter zu einer weißen Kugel.

Lemuria leuchtet dagegen als farbenprächtige und abenteuerliche Welt mit dem Drang nach Höherem. Wie stellt sich PERRY RHODAN-Autor Hubert Haensel diesen Kontinent mit Wandertrieb vor?

»Es ist der Kontinent eines verletzten Volkes, das auf seiner Welt hart um das Überleben hatte kämpfen müssen. Gegen die Prä-Bios einerseits, gegen Konkurrenten also, und gegen die Eiszeit andererseits, die einem nicht viel Raum zum Leben lässt. Lemuria, das ist eine Art *Day After Tomorrow*-Welt – von daher der Wille der Lemurer, schnell die Sterne zu erreichen.«

Zeichnen wir also Lemurias Weg kurz in Grundzügen nach – von seiner Entstehung als abendländische Kopfgeburt bis zu seinem Einzug in die fantastische Geografie der Science Fiction.

Durch diese Bohnen kaufe ich mich los

Johann Wolfgang Goethe besaß die »Encyklopaedie der classischen Altertumswissenschaften« (Magdeburg 1806) von Johann Chr. Ludwig Schaaf, in der es heißt: »Außerdem hatten die Römer von den Etruskern den Glauben an die herum wandernden Seelen der Verstorbenen angenommen und verehrten diese unter dem Namen ›manes‹, gute Geister. Eine andere Abart derselben waren die ›lemures‹ oder ›larvae‹, d. i. die Seelen verstorbener Bösewichter, gegen deren furchtbare Erscheinung man sich durch ein besonderes Fest zu verwahren suchte.«

Das Schaden abwehrende Anti-Totenfest heißt bei den Römern »Lemuria« und wurde im Mai gefeiert: Drei Tage lang – nämlich am 9., 11. und 13. Mai – suchten die Geister der Toten, die »lemures«, ihre Nachkommen heim. Um sie an der Mitnahme noch lebender Verwandter ins Totenreich zu hindern, schlug das Familienoberhaupt auf einem Gegenstand aus Bronze, füllte sich um Mitternacht den Mund mit schwarzen Bohnen und spuckte sie aus unter neunmaligem Ausrufen der Formel »Durch diese Bohnen kaufe ich mich los, mich und die Meinen«. Während der Lemuria waren die Tempel geschlossen; Ehen durften nicht geschlossen werden.

Die Lemuren waren als Spuk- und Quälgeister demnach so etwas wie das finstere Gegenstück zu den segensreichen Penaten und Laren, den römischen Haus- und Schutzgöttern. Die Penaten kennt heute jedes Kind als wollfettreiche Wundcreme; und die in Rom bei Tageslicht verehrten Laren hatten in der PERRY RHODAN-Serie als militärischer Arm des Konzils der Sieben einen auf den ersten Blick minder heilsamen Auftritt.

Von allen guten Geistern verlassen – poströmische Laren als Konzilsvolk im Hetos der Sieben

Goethe lässt denn auch seine Lemuren zu einem eher düsteren Anlass auftreten, zum Tod und zur Grablegung Faustens nämlich; sie erscheinen auf Wunsch seines Privat-Teufels Mephistopheles:

»Herbei, herbei! Herein, herein!
Ihr schlotternden Lemuren,
Aus Bändern, Sehnen und Gebein
Geflickte Halbnaturen.« (Vers 11511 ff.)

Selbst zu Gesicht bekommen hat er die geflickten Halbnaturen wohl nie. Die französischen Forschungsreisenden aber, die auf der Insel Madagaskar nachtaktiven Halbaffen begegneten, fühlten sich von deren Augen, die in der Dämmerung rötlich schimmern, an Totengeister erinnert, und also nannten sie diese Geschöpfe »Lemuren«.

Madagaskar ist eine riesige Insel, die sich früh von der afrikanischen Landmasse getrennt hatte; die hier lebenden Halbaffen konnten sich deswegen ungestört von den weiter entwickelten Affen des gegenüberliegenden Festlandes artenreich entfalten und die verschiedensten Lebensräume besiedeln. Die madagassischen Lemuren wurden schon früh zu einem Faszinosum für Biologen. Der englische Zoologe Philip L. Sclater (1829–1913) beschäftigte sich in den 60er Jahren des 19. Jahrhunderts mit der Tierwelt Madagaskars. Ihm fiel auf, dass die Lemuren Madagaskars mit den Halbaffen Indiens verwandtschaftliche Ähnlichkeiten aufweisen. Aber wie sollten die Lemuren von der Insel nach Indien übergesetzt haben? Mit einem nachtaktiven Totenfloß wohl kaum ... Sclater vermutete, dass es zwischen Madagaskar und Indien einst eine Landverbindung gegeben haben musste. Im Jahr 1864 verlieh er dieser hypothetischen Landbrücke einen Namen: »I should propose the name Lemuria!«

In Deutschland unterstützte der Zoologe und Naturphilosoph Ernst Haeckel (1834–1919) die Evolutionstheorie Charles Darwins (1809–1882), der sein bahnbrechendes Werk »Über die Entstehung der Arten durch natürliche Zuchtwahl« im Jahr 1859 veröffentlicht hatte. Bereits einige Jahre bevor Darwin selbst diesen Schluss auf die Abstammung des Menschen zog, leitete Haeckel den Menschen aus tierischen, affenähnlichen Vorfahren ab. Doch noch lag kein fossiler Fund vor, der ein evolutionäres Glied zwischen Mensch und Affe dokumentierte. Wo blieb das Missing Link? Haeckel erweiterte daraufhin die Kompetenz Lemurias und postulierte in seinem Buch »Natürliche Schöpfungsgeschichte«, der einst im Indischen Ozean gelegene Urkontinent sei »zugleich von großer Bedeutung als die wahrscheinliche Wiege des Menschengeschlechts, das hier sich vermutlich zuerst aus antropoiden Affen herausbildete«. Die Geburt des Menschen habe vor etwa eineinhalb Millionen Jahren, »während der Diluvial-Zeit« auf diesem »jetzt unter den Spiegels des Indischen Oceans versunkenen ... Continente« stattgefunden. Mit dem Untergang der Landmasse sei auch das Missing Link verloren gegangen. Haeckel hat in späteren Jahren von dieser Hypothese Abstand genommen. Die Vorstellung einer versunkenen Urwelt aber blieb populär. Friedrich Engels, der Barmer Sozialtheoretiker und Finanzier von Karl Marx, schrieb beispielsweise 1876 in seiner Studie »Anteil der Arbeit an der Menschwerdung des Affen«: »Vor mehreren hunderttausend Jahren, während eines noch nicht fest bestimmbaren Abschnitts jener Erdperiode, die die Geologen die tertiäre nennen, lebte irgendwo in der heißen Erdzone – wahrscheinlich auf einem großen, jetzt auf dem Grund des Indischen Ozeans versunkenen Festlande – ein Geschlecht menschenähnlicher Affen von besonders hoher Entwicklung.« Ende des 19. Jahrhunderts hatte die lemurische Hypothese auch Eingang in Konversationslexika gefunden – wenn auch als Erinnerung an ein mittlerweile von neuen Funden und Erklärungen überholtes Modell.

Ins Wurzelrassengestrüpp – ein Kontinent auf Abwegen

Befreit von wissenschaftlichen Aufträgen zur Menschheitserzeugung war Lemuria bereits in den 1880er Jahren ins Burlesk-Obskure abgedriftet. (W)Ahnherrin dieser zweiten Karriere ist die russische Generalsgattin und Begründerin der Theosophischen Gesellschaft Helena Blavatsky (1831–1891), Zirkusreiterin, Süßwarenverkäuferin und spiritistisches Medium a. D. Im Jahr 1888 veröffentlichte die okkulte Madame ihr Buch »Die Geheimlehre«, in dem nach altem Geheimniskrämerbrauch sämtliche Geheimnisse der Weltgeschichte ausgeplaudert werden. Diese Geheimnisse habe sie einem – natürlich außerordentlich geheimnisvollem – Buch Dzyan entnommen beziehungsweise habe ihr ein ungenannter, geheimer Meister diktiert. Diesem meisterlichen Diktat zufolge habe sich die Menschheit aus verschiedenen »Wurzelrassen« herangebildet, deren dritte einst Lemurien bewohnt habe. Sclater und Haeckel waren ihr – pardon: ihrem geheimen Meister – ein Begriff. Allerdings hätten die beiden den wahren Gang der Menschheitsgeschichte verfälscht: denn nicht von tierischen

Vorfahren stamme der Homo sapiens ab, sondern von einem höheren Schöpfer.

Der seherisch begabte Österreicher Rudolf Steiner (1861–1925), in jungen Jahren Sekretär der gottweisen Gesellschaft, gründete später einen Konkurrenzbetrieb, die Anthroposophische Gesellschaft. Auch er hält die Theorie von der »Abkunft des Menschen von rein tierischen Vorfahren« für ein »neues Dogma«. Diesem »Blendwerke« gegenüber hielt er, Steiner, tapfer »an einem geistig-seelischen Ursprung unseres Geschlechtes« fest. In einem seiner Werke beansprucht Steiner in aller Bescheidenheit, nicht selbst am Werk gewesen zu sein, sondern nur mehrere Kapitel aus der so genannten »Akasha-Chronik« wiedergegeben zu haben – »über die Quellen der hier zu machenden Mitteilungen bin ich *heute* noch verpflichtet, Schweigen zu beobachten«.

In Sachen Lemuria teilt uns der Akasha-Chronist im Jahr 1904 mit: »Die Vorfahren der Atlanter wohnten auf einem verschwundenen Landesteil, dessen Hauptgebiet südlich vom heutigen Asien lag. Man nennt sie in theosophischen Schriften die Lemurier. Nachdem sie durch verschiedene Entwicklungsstadien durchgegangen waren, kam der größte Teil in Verfall. Er wurde zu verkümmerten Menschen, deren Nachkommen heute noch als so genannte wilde Völker gewisse Teile der Erde bewohnen. Nur ein kleiner Teil der lemurischen Menschheit war zur Fortentwicklung fähig. Aus diesen bildeten sich die Atlantier. – Auch später fand Ähnliches statt. Die größte Masse der altantischen Bevölkerung kam in Verfall, und von einem kleinen Teil stammen die so genannten Arier ab, zu denen unsere gegenwärtige Kulturmenschheit gehört. ... *Lemurier, Atlantier* und *Arier* sind ... *Wurzelrassen* der Menschheit.«

Im Klartext: Während im dunklen Afrika oder im noch finstereren Australien dumpfe Degenerationsformen der lemurischen Wurzelmenschheit brüten – Afrikaner und Aborigines also –, herrscht hierzulande herrlich die arisch-weiße Kulturmenschheit mit Kulturmenschen wie Rudolf Steiner als Speerspitze. Historisch betrachtet, zerfallen die Wurzelrassen auch noch in Unterrassen; die Atlantier lassen sich beispielsweise in Rmoahals, Tlavatli, Tolteken, U-Turanier, Ursemiten, Akkadier und Mongolen schubladisieren.

Werfen wir einen Blick auf den lemurischen Alltag: Der »Lemurier konnte seinen Nebenmenschen Mitteilungen machen, ohne dass er eine Sprache nötig gehabt hätte. Diese Mitteilung bestand in einer Art ›Gedankenlesen‹.« Der Lemurier errichtete kolossale Bauwerke mit reiner Muskelkraft, denn »er konnte seinen Arm stählen, wenn es nötig war, durch bloße Anstrengung des Willens. Ungeheure Lasten konnte er zum Beispiel heben durch bloße Willensentwicklung«. Er war mit einem Wort »der geborene Magier«.

Auch bei Blavatsky arbeitet der Lemurier wie ein Titan: »Die ältesten Überreste zyklopischer Bauten waren alle die Schöpfung der letzten Unterrassen der Lemurier; und ein Okkultist zeigt daher keine Überraschung, wenn er vernimmt, dass die Steinüberreste, die auf dem kleinen Stück Landes gefunden wurden, das von Kapitän Cook Osterinsel genannt wurde, sehr ähnlich den Mauern des Tempels von Pachacamac oder den Ruinen von Tia-Huanaco in Peru sind, und dass sie auch im zyklopischen Stile sind« – denn der Lemurier war »ein ungeheurer vortertiärer Riese«, praktischer Weise mit vier Armen und drei Augen ausgestattet.

Steiner zufolge war der Mensch an sich übrigens zunächst rein geistig und zweigeschlechtlich, später erst differenziert sich die Menschheit in Frau und Mann und richtet danach der bislang frei verkehrenden Seele ein Organ als Wohnsitz ein, das Gehirn; wir lernen: »Das Denken ist erkauft durch die Eingeschlechtlichkeit.« Darwins Theorie findet sich restlos auf den Kopf gestellt: Der Geist, die Seele, wird zum Primären; alles Leibhaftige gestaltet sich hernach, ja, wird erst vom Geist gestiftet.

Kurze Zeit nach Steiner geht auch der Rosenkeuzer Max Hendel auf Lemuria-Exkursion: In seinem Werk »Die Weltanschauung der Rosenkreuzer oder Mystisches Christentum. Eine grundlegende Abhandlung über die vergangene Entwicklung, die gegenwärtige Wesenheit und die künftige Entfaltung der Menschheit« weiß er 1909 zu berichten: »Lemuriens Atmosphäre war noch dichter als der Feuernebel der Mondenperiode. Die Erdkruste begann soeben an manchen Stellen ganz hart und fest zu werden. ... Umgeben von riesigen Farnkrautwäldern und außerordentlich großen Tieren lebte der Mensch an den härteren und verhältnismäßig kühleren Stellen. ... Alles, was in Verbindung mit der Fortpflanzung des Menschengeschlechts und dem Veranlassen der Geburt stand, erfolgte auf Geheiß der Engel unter der Anleitung Jahwes, des Mondenregenten. ... Der Lemurier war der geborene Magier. ... Die meisten Lemurier waren tierähnlich. Die von ihnen bewohnten Körper sind zu Naturmenschen und anthropoiden Affen unserer Tage entartet.« Vielleicht weil sie der Sexualität ein wenig zu sehr zugesprochen haben, denn »die esoterische Wissenschaft lehrt, dass die geschlechtliche Vereinigung niemals zur Befriedigung der Sinneslust, sondern nur zur Fortpflanzung dienen soll«. Unterdessen hatten Lemuria-Forscher wie der Rosenkreuzer Wishar S. Cerve und der schottische Mythologe Lewis Spence den verlorenen Kontinent aus dem Indischen Ozean in den Pazifik verschoben und – so zum Beispiel der Theosoph William Scott-Elliot – mit Dinosauriern bestückt.

Wer aber glaubt, mit Blavatsky, Steiner & Co. hätte Lemuria seinen tiefsten Absturz ins Wurzelgestrüpp der Wahnideen erlitten, irrt: Auftritt Adolf Lanz alias Jörg Lanz von Liebenfels, der Autor der »Theozoologie oder Die Kunde von den Sodoms-Äfflingen und dem Götter-Elektron« (1905). Der Österreicher Lanz war ein eifriger Leser der theosophischen Schriften, deren Theorien er immer weiter in Richtung Aberwitz trieb: Die in der Bibel und in der Sagenwelt des Altertums beschriebenen Riesen, Dämonen und Fabelwesen seien höchst reale Erzeugnisse menschlicher Sodomie gewesen, »Buhläfflinge«, gezüchtet allein zum ausschweifend erotischen Vergnügen. Lanz hegt keinen Zweifel, dass »auch in postdiluvialer Zeit in Europa Tiermenschen gelebt haben müssen«; »die Gottmenschen hatten die Affenmenschen, die Udumu-Menschen sodomisiert. Dadurch haben sie selbst von ihrer höheren Natur verloren, dagegen die udumi gottähnlicher gemacht und emporgezüchtet« (Theozoologie 2001, Seite 73). Das heißt: »Die Götter sind ältere Stammformen des Menschengeschlechts und der Menschenrassen«. Wer oder was aber sind diese Götter? »Die Götter waren ... nicht nur lebendige elektrische Empfangsstationen, sondern auch elektrische Kraft- und Sendestationen« (Seite 85). Diese elektrischen Götter nun sind ans Menschenmachen gegangen, denn Lanz hält es für »wahrscheinlich, dass Befruchtung des weiblichen Eis auch durch elektrische Strahlen, und zwar meiner Ansicht durch ultrarote und Wärmestrahlen möglich sei« (Seite 87). Es versteht sich, dass der weiße Mensch den elektrischen Humanproduzenten besonders gut gelungen ist, dieser »weiße, große Mensch« ist »von Europa (eigentlich von Atlantis) ausgegangen«, und »die Riesensteinbauten bezeichnen den Weg seiner Wanderung«, die Lanz auch zu seiner Zeit noch nicht am Ziel weiß: »Sehen wir ja mit eigenen Augen wie ganze Rassen mit dem Vordringen der Weißen ausgerottet werden!« Die »Verbesserung der Menschen« (wie er das Ausrottungsprogramm nennt) verlangt freilich auch: »Strengste Reinzucht ist notwendig. Wir dürfen die Perlen nicht vor die Säue werfen.« Will sagen: »Das Himmelreich wird erreicht offenbar durch Eingriffe in das Geschlechtleben. Die Minderwertigen müssen auf gelinde Weise ausgerottet werden und zwar durch Verschneidung und Entfruchtung« (Seite 147), »jugendliche Taugenichtse wären ohne Gnade zu kastrieren (durch Strahlung)« (Seite 148). Im so genannten Dritten Reich wurden derart bestialische Fantasien bekanntlich in völkermörderische Fakten übersetzt.

Lanz prahlte später damit, er sei der »Mann, der Hitler die Ideen gab«. Eine persönliche Begegnung der beiden ist nicht belegt, allerdings lebte Hitler bis 1913 in Wien und kannte die von Lanz nicht nur herausgegebene, sondern weitgehend im Alleingang verfasste Schriftenreihe *Ostara*. Die Zeitschrift diente der Verbreitung des Lanzschen mentalen Absurditäten-Kabinetts und bot Schwerpunkthefte an zu Themen wie »Die Gefahren des Frauenrechts und die Notwendigkeit der mannesrechtlichen Herrenmoral«, »Kallipädie oder die Kunst der bewussten Kinderzeugung«, »Moses als Darwinist«. (Brigitte Hamann ist in ihrer Studie »Hitlers Wien« der Frage nachgegangen, welche Wiener Wahnideen Einfluss auf das Weltbild Hitlers genommen haben. Ich kann hier auf dieses Buch nur nachdrücklich verweisen.)

Merkwürdigerweise hat übrigens der Lyriker und Essayist Emil Barth seine Aufzeichnungen aus dem Krieg, den der *Ostara*-Fan Hitler dann der Welt eintrug, »Lemuria« genannt; er erinnert sich: »In der Nacht zum 13. Juni 1938 erwachte ich von einem apokalyptischen Gesicht. Und siehe: ich sah einen riesigen Erdteil im Dämmer des Untergangs schwimmen, wie eine in Wasserwüsten treibende, an den Rändern schon absplitternde Eisscholle, – einen langsam versinkenden Kontinent, der den Umriss Europas erraten ließ und über den die dunkle Flut schon spülte, während sie unaufhaltsam stieg und stieg ... In unwiderstehlicher Diagonale aber marschierten auf diesem sinkenden Länderfloß endlose Truppenkolonnen durch das spritzende Wasser, bewegt und durchdrungen von einer fürchterlichen Disziplin ... das Chaos nicht achtend und von der wimmelnden Verzweiflung ringsum unberührt, stampft ihr Marsch durch die schwarze Flut. Da naht sich aus der grenzenlosen Raumes- und Wasserwüste ein schwimmender Schatten-Koloss ... – ein Rammstoß durchzittert die überflutete Länderscholle, quer durch zerbirst sie von einem Riss, bricht unter schwarzen Strudeln mitten auseinander. Und während der Schicksalschatten lautlos in die sich öffnende Rinne eindringt, richtet sich der geborstene Erdteil unter abtriefenden Wasserstürzen hoch auf und fährt wie ein Schiff über Heck in wenigen Augenblicken mit allem wimmelnden Leben, Getrümmer und Treibgut langsam hinab in den schwarzen schweigenden Schlund.« (1947) – Zur Erinnerung: Im März 1938 waren deutsche Truppen zum ersten Mal über die Grenze des Reiches und nach Österreich einmarschiert.

Lassen wir hier die weitere Lemurisierung, die Verwandlung Europas in ein unmenschliches Totenreich außer Acht und zeichnen stattdessen noch einmal die Grundzüge des okkulten Lemuria nach: Lemuria (bei Bedarf auch sein Kontinentalnachfolger Atlantis) wäre demnach die Heimat des Menschengeschlechts gewesen, das sich nicht, wie Darwin behauptete, aus niederen Tierarten hervorentwickelt hat, sondern im Gegenteil außerhalb der evolutionären Reihe er- oder gezeugt worden ist. Die Menschheit wird wahlweise als Erzeugnis eines höheren Geistes gesehen (Blavatsky, Steiner, Hendel) oder aber als Produktlinie eines technisch verfahrenden göttlichen Elektrikers. Wo, wie bei Lanz, die Rede technizistisch wird, werden die Gestalten der archaischen Mythologien wörtlich verstanden; demnach hätte es die alten Dämonen, Zyklopen, Tiermenschen und Menschentiere wirklich gegeben – Abfallprodukte des Züchtungsprogrammes einer höher entwickelten Technologie.

Man sieht, dass es nur noch eine leichte Wendung ins Raumfahrerisch-Außerirdische brauchte, um all diese Ideen auf den technischen Stand der 1960er Jahre zu heben und für all diejenigen aufzuwärmen, denen die nahe Verwandtschaft zu Halb- und Menschenaffen immer schon verdächtig war. Erich von Däniken & Co. ersetzen Lanzens elektrifizierte Götter durch interplanetarisch angereistes Personal; den Rest der Geschichte kann man in der Theozoologie abschreiben.

Kein Wunder auch, dass von Däniken das von Blavatsky offenbarte Büchlein Dzyan hingebungsvoll zitiert: »Und dann das Buch Dzyan mit seinen heiligen Symbolzeichen! Kein Mensch auf der Welt kennt sein wirkliches Alter! Es heißt, das Original sei älter als unsere Erde« (»Zurück zu den Sternen«, Seite 153). Das, lieber Herr von Däniken, sollten wir nun korrigieren auf: Mag sein, aber es ist offenbar immer noch ein ganzes Stück jünger als Madame Blavatsky. Und dass von Däniken die antiken Märchen ganz im Sinne von Lanz für wahr nimmt, versteht sich fast von selbst: »In grauer Vorzeit muss es Zwitterwesen gegeben haben. Darüber lassen Literatur und Kunst der Frühzeit keinen Zweifel« (Seite 158). Wollen wir lieber gar nicht nachdenken, worüber unsere Literatur und Kunst keinen Zweifel ließen, wenn man Donald Duck und Superman nicht für fiktionale Kunstfiguren, sondern ihre bunten Abenteuer für Dokumentarspiele ansähe ... So breitete sich jedenfalls der hypothetische Kontinent unter der Hand über die ganze Erde aus und verwandelt sich von der Wiege der Menschheit zu dem Ort, wo fremde Astronauten das kommende Menschengeschlecht schmiedeten – mit mal mehr, mal weniger ansehnlichen Ergebnissen.

»Guten Tag. Wir sind die Götter aus dem All und würden bitte gerne Darwin zum Spott ein paar Menschenweibchen befruchten!« – Menschheitsgeschichte alternativ

Zwischenspiel: Alfred Lothar Wegener

Als vertikal beweglicher Kontinent hatte Lemuria wie andere fahrstuhlartig auf- und abfahrende Landmassen dank Alfreds Lothar Wegener inzwischen ausgespielt. Der große deutsche Forscher Wegener wurde am 1. November 1880 in Berlin geboren. Der sportbegeisterte, hochintelligente junge Mann studierte Astronomie und Meteorologie; er promovierte mit einer Arbeit über Freiballone zum Doktor der Philosophie; im Jahr 1906 stellte er mit einem 52-Stunden-Flug den Weltrekord im Freiballonfliegen auf. Wegener ist bis heute der berühmteste deutsche Polarforscher – er kam 1930 auf seiner dritten Grönlandexpedition im ewigen Eis ums Leben.

Zwischen zwei Grönlandexpeditionen veröffentlichte er 1912 zum ersten Mal seine »Theorie der Kontinentalverschiebung«, nach der alle heutigen Kontinente aus einem einzigen Urkontinent, den er Gondwana nannte, entstanden seien. Wegener war aufgefallen, dass Südamerika und Afrika wie Puzzlestücke zueinander passten und außerdem große Ähnlichkeiten in ihrer Flora und Fauna aufwiesen. Die meisten Zeitgenossen blieben skeptisch, genauer: Sie lachten ihn aus; so geschehen am 6. Januar 1912 auf der Hauptversammlung der Geologischen Vereinigung in Frankfurt am Main, der er seine Theorie vortrug. Dabei war seine Idee so neu nicht: Die Passgenauigkeit verschiedener Kontinente war bereits Kartografen des 16. und 17. Jahrhunderts aufgefallen, und der deutsche Theologe Christoph Lilienthal hatte schon 1756 behauptet, die einst zusammengefügte Erdkruste sei vor Urzeiten auseinander gerissen worden – durch die Sintflut nämlich.

Erst in den 1960er Jahren wurde Wegeners Theorie – um das Modell der Plattentektonik bereichert – weltweit akzeptiert; seit den 1970ern lässt sich mittels Satelliten und dem Global Positioning System GPS die Bewegung der Platten messen. Demnach schwimmen die Kontinente und Ozeanböden auf sieben großen und etwa zwölf kleineren tektonischen Platten, die sich pro Jahr um etwa 15 Zentimeter verschieben. Was diese Platten vordringlich antreibt – Bewegungen im Erdmantel, ausquellende Gesteinsschmelzen oder die Schwerkraft, die größer werdende Platten nach unten zieht –, ist weitgehend, aber noch nicht vollständig geklärt. Für auf- und abtauchende Landmassen jedenfalls ließ Wegener keinen Raum.

Thongor of Lemuria, Zukunftsromane, ja! Und drei Romane aus dem Jahre 2200 – Wie ein Erdteil Zuflucht in der Science Fiction findet

Als Lemuria in den 1950er und 1960er Jahren wieder auftauchte, geschah dies denn auch nicht im Indischen Ozean, sondern in der Science Fiction. Erzählen wir die Geschichte ausnahmsweise rückwärts: 1966 erschien Lin Carters Roman »Thongor of Lemuria« mit folgendem Intro: »Wo heute die blauen Wellen des Pazifiks tausende Meilen rollen, ohne sich einmal zu brechen, da lag vor langer Zeit, in der Morgendämmerung unserer Welt, ein mächtiger Kontinent, voller glitzernder Städte aus Marmor und Gold. Es war ein Land der Zauber wie der Schrecken, ungezähmter Dschungel, in denen die Donnerdrachen aus den ersten Tagen der Erde jagten – ein Land, dessen Berge unter den eisernen Schritten eroberungshungriger Legionen bebten, ein Land der barbarischen Königreiche ..., deren ferne Echos in unseren uralten Mythen widerhallen. Nichts ist heute von Lemuria geblieben. Der große Kontinent versank allmählich, über tausende von Jahren, in die ewige See, aus der er in den Anfängen der Zeit aufgetaucht war. Die glitzernden Städte sind untergegangen und vergessen. Vergessen sind auch seine stolzen Helden, die Könige und Eroberer, die Zauberer und Priester« – Lemuria war zum Ort für Fantasy-Abenteuer geworden.

Allerdings lesen wir im angehängten Glossar lemurischer Wörter den Eintrag: »The Rmoahal« – lebt etwa Madame Blavatsky hier im Exil? Carter bezieht sich zwar auf deren »Geheimlehre«, erklärt darüber hinaus aber, Rmoahals seien »riesenwüchsige, Blaue Nomaden der Ebenen«. Sie sind muskelbepackt, großartige Kämpfer und verkehren in »gigantischen Metallwagen«. Kompliment, diese Wurzelrasse hat ja richtig was aus sich gemacht!

Aber Lemurias Zukunft sollte nicht mit Sword and Sorcery ausgefochten werden. Schon einige Jahre zuvor hatte Axel Jeffers einen anderen Weg gewiesen und die Lesewelt mit seinem Roman »Lemuria« beglückt, der 1958 in der Reihe »Luna-Weltall« erschienen war; der Verlag bewarb seine lunatischen Produkte mit dem Slogan: »Zukunftsromane – Ja! Aber welche Qualität?« Gute Frage! Denn die Geschichte geht ungefähr so:

Ein gewisser Prosper Mouette ist mit seinem Schifflein, der *Trojasonne*, aufs wilde Meer hinausgefahren, um dort nach Spuren von Lemuria zu graben, das heißt: zu tauchen. Plötzlich taucht aus den Wolken ein Himmelsschiff auf, lässt ein Dingi zu Wasser, vier »hoch gewachsene Männer«, allesamt »entschlossene Gesellen«, ru-

*Lemuria – ja!
Aber welche Qualität?*

dern auf die *Trojasonne* zu und legen schließlich »mit einem polternden Plumps gegen die Außenwand« an. Die Fremden kommen an Bord, weisen mit einem golden schimmernden Stab auf die Lemuriafahnder, und diese, »o Wunder«, verstehen plötzlich jedes Wort. Der gute Prosper wird eingepackt, aufs Raumschiff – eine »Schwingscheibe«, wir Heutigen würden sagen: eine fliegende Untertasse – verbracht und hastdunichtgesehen auf den fernen Planeten Prokyon geflogen. Auf Prokyon (im südlichen Sternbild Kleiner Hund) ist alles »unvorstellbar schön, reich und weise«, besonders hervorgehoben wird die Qualität der Frauen, in deren schönste, Donah, unser Mann von der Erde sich auf den ersten Blick verliebt; auch gibt es dort nicht, »was ihr Irdischen Lüge nennt«. Priester regieren die prokyonische Theokratie, im Übrigen ist alles irgendwie hellenisch: Das Volk ertüchtigt sich auf riesigen Sportfeldern, man wirft den Diskus, philosophiert und ist ein geradezu winnetouesk edler Planetarier.

Es erweist sich, dass das irdische Lemuria eine Kolonie dieser Planetarier vom Prokyos war und die Erde sich seit dem Untergang Lemurias in immer dubiosere Machenschaften verirrt hat. Nun spaltet man »seit mehr als einem Jahrtausend« auch noch Atome (wonach wir uns etwa im Jahr 3000 befinden dürfen!) und hat damit »die Ordnung im Kosmos gestört« – die Ordnung, zu der zu rufen die Prokyoser nun die Menschheit heimsuchen. Am Ende nimmt diese Menschheit tatsächlich Vernunft an, wird friedlich, steht das Raumschiff »blank geputzt im Hangar«, dann »spuckten die Treibsätze der Plasmamaschinen Rauch und Feuer«, alle heiraten, und die Welt ist wieder heil – ein Roman aus einer längst vergangenen Zukunft, als die Helden noch Rubi Tornado und Doris hießen, wohlerzogene Männer sich zudringlicher Frauen durch Backpfeifen erwehrten (oder umgekehrt) und gütige Planetarier anreisten, um den Atomkrieg zu verhindern ...

Ganz anders geht es in den Romanen von K. H. Scheer zu Sache, der im Jahr 1953 mit dem Roman »Der rätselhafte Planet« eine Lemuria-Trilogie gestartet hatte. Teil 1 und die Folgebände »Die Macht der Ahnen« und »Ruf der Erde« erschienen in der Reihe »Roman aus dem Jahr 2200« im Frankfurter Reihenbuch-Verlag. Zur Handlung dieses Scheerschen Frühwerks: Der deutsche Kernphysiker Dr. Günter Kersten, ein hoch gewachser Kerl von 35 Jahren, hat graublaue Augen und einen alten Studienfreund, den genialen Hirnchirurgen und Lobotomie-Spezialisten Dr. med. Berger. Ein weiterer Freund, Professor Daniel Maurell, ist nicht bloß Kern- und Astrophysiker, sondern alleiniger Eigentümer der Metal Corporation, das ist »die größte private Wirtschaftsmacht auf der Erde«. Maurell hat eine jüngst per Meeresbeben aus dem Meer emporgedrückte peruanische Insel mit Namen José Monares gekauft und das kreisrunde Eiland zu einem einzigen Forschungsgelände ausgebaut. Hier konnte Kersten zusammen mit dem Diplom-Ingenieur Kurt Lehr ein revolutionäres Raumtriebwerk entwickeln.

Zwar ist eine von Professor von Brauner geführte US-Expedition inzwischen auf dem Mond gelandet, was die Amerikaner aber nicht wissen, ist: Die deutschen Raumfahrer waren unter Kerstens Führung schon ein Jahr vorher dort! Nun plant man einen weitergehenden Raumflug zu einem just neu entdeckten Planeten, der zwischen Mars und Jupiter seine Bahn um die Sonne zieht. Längerer Aufenthalt in der Schwerelosigkeit stößt zwar dem menschlichen Gehirn übel auf, doch dagegen hilft nun Dr. med. Berger, der durch das Abtrennen eines unbedeutenden Nervenstranges vom Resthirn von jeder Allkrankheit kuriert. Start.

Dem rätselhaften Planeten schon ganz nah, wird das deutsche Raumschiff jedoch abgeschossen, havariert auf dem Himmelskörper und wird in eine Auseinandersetzung zwischen zwei Rassen gezogen: die monströsen Ur-Einwohner auf der einen Seite, menschengleiche Wesen auf der anderen – Lemurianer! Diese »waren sehr schöne, hoch gewachsene Erscheinungen, alle hatten sie tiefdunkles, eigenartig blauschwarz glänzendes Haar«. Ihr Retter Kersten »mit seinem hellblonden Haar erschien ihnen gottähnlich«. Der raumfahrende Jung-Siegfried verliebt sich auch sofort in die schönste aller Lemurianerinnen, in »diese wundervolle Frau mit

Lemuria-Außenstelle Rätselhafter Planet: Hightech aus der Vorgeschichte

dem langwallenden, blauschwarzen Haar, den dunklen, großen Augen und den ebenmäßigen, edlen Zügen. War sie eine Göttin, eine Fee?« Weder noch, sie, Tara-Teár, ist nur die Tochter des derzeitigen Königs von Rahera, wie die Zuwanderer von der vorsintflutlichen Erde ihre neue Welt genannt haben. Kersten erfährt nun die ganze Geschichte:

Die Lemurianer stammen von der Erde, »sie waren die Herrscher über das mächtige und große Reich Lemuria. Es lag inmitten eines großen Meeres und beherrschte die ganze Erde, kein Volk war so hochentwickelt«. Die Lemurianer bauten ein Raumschiff und kolonisierten Rahera. Als Lemuria infolge eines Experimentes mit der Nuklear-Technologie untergegangen war; gründeten die wenigen Überlebenden von Lemuria die »antiken Kulturen«: »das Pharaonenreich, das alte Griechenland, ... die Reiche der Inkas, Azteken und so weiter«.

Lemuria hatte, wie gesagt, einen erheblichen Entwicklungsvorsprung, war es doch »überhaupt das Gebiet gewesen, wo sich der Mensch langsam zu einem denkenden Wesen entwickelt« hatte: »Die Forscher von Lemuria, die mit ihren Flugzeugen über die unendlichen Wälder streiften und die Erde gründlichst erforschten, wären wie Götter behandelt und angesehen worden.« Lemurias Untergang ließ die Sintflut über die Erde schwappen. Die Exilanten auf Rahera lagerten daraufhin ihre Hightech ein und wandten sich dem einfachen Leben zu.

Im weiteren Verlauf der Trilogie retten die deutschen Astronauten die Raheraner vor den mittlerweile unangenehm rebellisch gewordenen raheranischen Ureinwohnern, bekämpfen ein raumfahrendes Insektenvolk vom Mars, befreien die Erde von einem asiatischen Diktator und bringen ihr den globalen Frieden. Dazu hat sie die wieder ausgemottete lemurische Technologie instand gesetzt, darunter ein prächtiges, kugelförmiges Raumschiff von satten vierhundert Metern Durchmesser und einer Antriebsringwulst in Äquatorhöhe. Das startklare Schiff wird auf den Namen *Lemuria* getauft. Um zu verhindern, dass das lemurianische Erbe engstirnigeren Erdenmenschen in die Hände fällt, gründet Kersten einen neuen Staat auf Rahera, den mitaufzubauen alle Menschen guten Willens berufen sind.

Man sieht, wie Scheer hier Motive grundlegt, die später in der PERRY RHODAN-Serie entfaltet werden: Auch dort spielt bekanntlich ein hoch gewachsener, 35-jähriger Kernphysiker mit graublauen Augen eine gewisse Rolle, der eine Frau namens Tara-Teár – pardon: Thora – vom anderen Stern kennenlernt, die ein kugelförmiges, mit einer Ringwulst versehenes Raumschiff in die Beziehung einbringt; der im weiteren Verlauf einen neuen Staat in der Wüste Gobi gründet, eine Insel des technischen Fortschritts von – dank Energiekuppel – zunächst kreisrundem Format, ausgestattet mit den notwendigen Finanzmitteln zwar nicht durch die Metal Corporation, doch auch die General Cosmic Company durften wir alsbald als »die größte private Wirtschaftsmacht auf der Erde«

ansehen. (Neben Atlantis und Lemuria spielt in der esoterischen Geografie übrigens Shangri-La oder Shambala eine Rolle, eine weitere Provinz im Interessenverband verschollener Länder. Während die meisten mythischen Kontinente im Meer versunken sind, wird Shambala auf dem Festland lokalisiert: in der Wüste Gobi nämlich – was den Landeanflug des Risikopiloten Perry Rhodan in Heftroman Nr. 1 »Unternehmen STARDUST« noch einmal in ein neues Licht taucht.)

Lemuria ist in der übrigen fantastischen Literatur seitdem nicht gerade untergegangen, aber es ist zu einem Randphänomen geworden. Der Science-Fiction-Spaßvogel Ron Goulart hat 1979 mit »Hallo, Lemuria, hallo!« einen Roman um die Weltverschwörung tintenfischiger Lemurianer vorgelegt, der, wenn man ihn gut gelaunt liest, hier und da schmunzeln macht.

Und der große Dan Shocker hat Lemuria in seinen Sagenkreis um Macabros integriert, und zwar als einen prähistorischen »Kontinent, der durch magische Manipulation in eine andere Dimension geschleudert worden war.« Tja, liebe Kontinente, so kann's gehen ...

Wirklich Karriere gemacht aber hat Lemuria in der PERRY RHODAN-Serie.

In bed with Mirona oder: Was ist so besonders an den Mädchen aus Lemuria?

In Heftroman Nr. 299 sind die Meister der Insel »Am Ende der Macht« – was bis heute selbst von den treuesten Parteigängern des Solaren Imperiums, der Liga Freier Terraner oder der PERRY RHODAN-Serie insgesamt leise bedauert wird. Denn auf dem grandiosen Höhepunkt des »Meister der Insel«-Zyklus kommt es auch zum Show-down, zur erbarmungslosen Auseinandersetzung zwischen Lordadmiral Atlan und dem Faktor 1 der diabolischen Meister, Mirona Thetin: »›Wir können sogar Musik machen‹, sagte sie erfreut und deutete auf zwei spulenförmige Behälter an den Wänden. ... Eine schwermütige Melodie, gespielt von unbekannten Instrumenten, klang durch den Raum. An der Decke begannen Farbkreise im Takt der Musik zu rotieren. ›Ich bin nicht wegen dieser Geheimpositronik gekommen‹, sagte sie plötzlich und kam auf Atlan zu. ›Ich auch nicht‹, sagte Atlan. Die Musik trat in den Hintergrund, der Raum versank im Nichts. Dann war nur noch sie da: Mirona Thetin« – die Lemurerin, die sich vor zwanzigtausend Jahren mit einigen Getreuen an die Spitze des andromedanischen

Macabros oder: Wie ein Kontinent unter die bösen Zauberer geriet

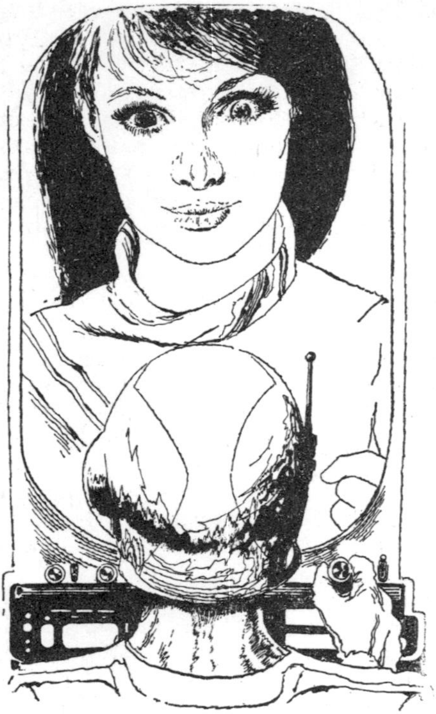

»Ich bin nicht wegen dieser Geheimpositronik gekommen«, spricht die schöne Lemurerin

Menschenreichs geputscht hatte. »Ihr schwarzes Haar schimmerte metallisch im Licht«, und dass sie als Lemurerin von geradezu blendender Schönheit ist, bedarf keiner Erwähnung.

Atlan übrigens, den wir leichtsinniger Weise mit Mirona allein im Bett gelassen haben, erwacht gerade, doch sein »Glücksgefühl ... wich der Bestürzung, als er feststellte, dass er sich nicht mehr bewegen konnte. Sein Körper war wie paralysiert« – Mirona hatte dem guten Admiral vorab etwas ins Glas getan, und das, wie sich nun zeigt, nicht zur Stärkung seiner Manneskraft. Äußerlich ähnelt Thetin Tara-Teár wie eine Schwester; ihr Charakter jedoch ist weniger eindeutig, eher farbenprächtig, abgründig, unfassbar. Die berückende Massenmörderin war eine der wenigen ernsthaften Gegenspieler Perry Rhodans und Atlans – um die Macht sowohl als auch um die Gunst der Leser.

Im »Meister der Insel«-Zyklus hatte Scheer Lemuria Asyl gegeben und die Hoffart der Arkoniden als leere Attitüde bloßgestellt: Arkoniden, Akonen, Aras und so weiter waren – wie Atlan im Zuge einer Zeitreise im Heftroman 264 »Die Invasion der Toten« erfährt – nichts als die Nachfahren vergessener Kolonien des prähistorischen Sternenreichs der Menschen, dessen Zentral- und Heimatwelt die Erde war, damals nach ihrem Hauptland Lemuria »Lemur« geheißen. Und die praktischen Kugelraumschiffe, die sich Rhodan im Laufe der Zeit von den Arkoniden angeeignet hatte, erweisen sich, so gesehen, als ganz legaler Erbteil aus dem irdisch-lemurischen Fuhrpark.

Lemuria muss auf Scheer eine lang anhaltende Faszination ausgeübt haben. Im »Cappin«-Zyklus lässt er Rhodan in die lemurische Frühgeschichte zeitreisen und entwirft in seinem Exposé zu Heftroman 425 ein Kontinentalportrait, reich an liebevollen Details. Scheers Lemuria braucht Platz, er füllt den Pazifik weitgehend aus und reicht »von der Osterinsel bis auf die Höhe von Vancouver«. Hier tummeln sich Mammuts und Mastodone, Riesenbären und Riesenwölfe, ja sogar einige »Nachkommen der vor fünfundsiebzig Millionen Jahren ausgestorbenen echsenhaften Saurier. Das tückischste, gefährlichste und machtvollste Raubtier auf dem Erdteil Lemuria ist ein Überbleibsel des Sauriers Tyrannosaurus rex!«

Die Lemurer befinden sich in einem verzweifelten Abwehrkampf – was bei Scheers Helden eigentlich ein Dauerzustand ist –, und zwar gegen die Nachkommen der Lebewesen, die die Cappins aus der Galaxis Gruelfin hundertfünfzigtausend Jahre zuvor im Rahmen ihrer biologisch-genetischen Experimente gezüchtet hatten: Zentauren, drei Meter großen Neandertalern und boshaften Amphibienmenschen, den Argazaten. Die Minentechnik dieser Argazaten macht die Lemurier zu Gefangenen ihres Erdteils: Lemurische Dampfschiffe, die Siedler auf den anderen Kontinenten in Sicherheit bringen sollen, werden zerstört.

Leicht erkennt man in den »monströsen« Gestalten Relikte alten Sagenguts. Die lemurische Zivilisation aber ist ein ganz eigener, Scheerscher Mikrokosmos: Die Zentauren und ihre Bundesgenossen hausen im Landesinneren in einer zyklopischen, ja »gigantischen Festung« aus »riesigen Steinblöcken«, die wie ihr »Nachbild der Inkas mörtellos zusammengefügt sind«. Die Lemurer wohnen in »gigantischen Stadtfestungen« an den Küsten. »Ungefähr vergleichbar mit dem historischen terranischen Venedig« besitzen diese Städte »sehr gute Häfen, sind umgeben von zahlreichen Festungswerken, sehr breiten und tiefen Wassergräben, vorgeschobenen Einsatzforts und was der Dinge mehr sind«. Dampfmaschinenbetriebene Panzer patrouillieren, vereinzelt gibt es bereits Ölfeuerung. Die Lemurer fertigen Raketenwaffen, sie »verarbeiten Eisen zu Stahl, sie schmelzen Buntmetalle zu Bronze, Messing usw. Ihre Technik ist hervorragend, man beobachtet sogar allererste Luftschiffe, die von Dampfmotoren mit Propellern vorangetrieben werden. Sie sind lenkbar.« Alle lemurischen Städte sind »Pionierstädte. Für Prunk und sonstigen Unsinn scheint das Leben keine Zeit und Gelegenheit zu bieten.« Als ein Dampfmaschinenpanzer-Treck ins Landesinnere von der Zentauren-Neandertaler-Allianz angegriffen wird, interveniert das terranische Zeitreisekommando zugunsten der Lemurer; Scheer mahnt: »Achtung! Strengstens darauf achten, dass ein schäbiger Wildwestcharakter auf alle Fälle vermieden wird! Hier handelt es sich nicht um Auswanderer nach dem Westen, heldenhafte Cowboys und Kundschafter, die für Geld leichtsinnige Menschen in das Gebiet der Indianer bringen, sondern um Lemurer, die nach der Art der Buren, die Südafrika einst besiedelten, vordringen. ... Es geht ... nicht um schäbige und lächerliche Rancherkriege, um Landeseroberung gegen den Nachbarn, sondern um einen regulären Krieg gegen das Grauenhafte.« Lemuria ist, wie Hubert Haensel eingangs sagte, eben »der Kontinent eines verletzten Volkes«.

Eines Volkes mit, wie wir noch einmal in Erinnerung rufen dürfen, außerordentlich schönen Töchtern. Bis jetzt hatte nur Atlan das Glück, gleich zweimal mit einer Lemurerin die ganz große Liebe zu erleben. In Heftroman Nr. 683 trifft er auf »Das Mädchen aus Lemuria«. Das Mädchen heißt Ermigoa; die dunkelhaarige Schönheit ist dank Zellaktivator ein paar Jahrzehntausende alt und hat sich in den vergangenen Äonen die Zeit mit Duplos verkürzen müssen – das sind nach einer Matrix künstlich hergestellte Männer. Nun aber tritt Atlan in ihr Leben und »zog sie sanft in seine Arme. Langsam, wie in Zeitlupe, näherten sich ihre Lippen, und als sie sich berührten, durchfuhr es beide wie ein starker Stromstoß. Als sich ihre Lippen nach langer Zeit wieder trennten, stöhnte Ermigoa unterdrückt auf. ... Es wurde Atlan nur halb bewusst, dass er Ermigoa nach unbestimmter Zeit aufhob und auf seinen Armen durch das Zimmer trug, bis er fand, was er suchte« – hernach und durch den Fall Mirona klug geworden, erhebt sich Atlan, »suchte und fand einige Zierbänder aus schier unzerreißbarem Plastikmaterial und fesselte Ermigoa, die vor Erschöpfung eingeschlafen war, ans Bett«.

Übrigens überlebt auch Ermigoa diese Liebschaft nicht. Irgendwie liegt kein rechter Segen auf den arkonidisch-lemurischen Beziehungen ...

Atlan und die Mädchen von Lemuria – oft eine Liebe mit Hindernissen

Aber wer weiß – bekanntlich ist die Zukunft offen, auch und gerade in der Science Fiction. Fragen wir also den Autor Hubert Haensel nach der Science Fiction, nach Lemuria und einigen damit zusammenhängenden Gegenständen.

Die Schnitzeljagd nach der Wahrheit, die Lösung des Rätsels, der Rahmen, in den sich alle Bruchstücke einfügen – Hubert Haensel im Gespräch

Wie kommt man zur Science Fiction?

»Ich habe als Kind schon sehr viel gelesen, das lag in der Familie. Mein Vater war Stammkunde einer privaten Leihbücherei im Waldershof, bevorzugt las er Science Fiction und Abenteuerromane. Schon mit acht Jahren durfte ich für meinen Vater die Bücher aussuchen. Mich hat diese Leihbücherei fasziniert: eine Wohnung voller Bücher – die große Essküche, der Flur, alles war voller Regale und Bücher! Sogar im Schlafzimmer, und im Schlafzimmerschrank standen die Neuerscheinungen. Ein Ehepaar führte die Bücherei. Ich las K. H. Scheer, Clark Darlton, J. E. Wells – den deutschen Wells, ein Pseudonym für Eberhard Seitz, der zusammen mit Scheer die Science Fiction der Leihbuchszene beherrschte. Als die Leihbücherei eines Tages aufgelöst wurde, habe ich etliche dieser Bücher gekauft, und das Sammeln von Science-Fiction-Leihbüchern ist mittlerweile mein neues Hobby geworden, eine nostalgische Reminiszenz an die Kindheit. Und ich brauche wieder ein Hobby – nachdem ich mein bisheriges, das Schreiben, zum Beruf gemacht habe ... Ein Onkel, der jüngste Bruder meines Vaters, las die großen Comic-Reihen von Hansrudi Wäscher: ›Akim‹, ›Sigurd‹, ›Tibor‹ und natürlich ›Nick, der Raumfahrer‹. Das war für mich als Grundschüler neben den Leihbüchern ebenfalls das richtige Lesefutter. Als Gymnasiast musste ich später mit dem Zug zur Schule nach Marktredwitz fahren. Dort gab und gibt es eine große Bahnhofsbuchhandlung, und dort kam ich erstmals mit den TERRA-Heften und anderen Science-Fiction-Reihen in Berührung, auch an die ersten PERRY RHODAN-Titel. Mit Nummer 209 ›Im Banne der Scheintöter‹ stieg ich in die Serie ein und war von dem Moment an fasziniert von PERRY RHODAN. Die kurz darauf startende Zweitauflage habe ich dann ab Heft 1 gesammelt. Nach der Schule habe ich eine Banklehre bei der Raiffeisenbank absolviert und danach mehr als dreißig Jahre als Bankkaufmann in allen Sparten des Betriebs gearbeitet, habe unter anderem die Kredit- und später die Immobilienabteilung geleitet.«

Was ist das Faszinierende an der Science Fiction – faszinierender als das Bankgewerbe?

»Der Flug zu den Sternen, die Begegnung mit fremden Völkern, ihre Kulturen und Lebensumstände, die Wunder des Universums, die Zeit und die Möglichkeit, in ihr zu reisen – das alles hat mich begeistert. Welten, wie sie Poul Anderson in seiner ›Wing-Dynastie‹ beschrieb, E. E. Smith in seinem Lensmen- und vor allem im Skylark-Zyklus. Besonders gerne habe ich James White und seine Geschichten über die Weltraummediziner gelesen, die es in ihrem ›Orbit Hospital‹ mit Aliens als Patienten zu tun haben.«

Das sind alles Klassiker – wie sieht es mit aktuellen Autoren aus?

»Ist Andreas Eschbach mit seinem ›Jesus-Video‹ oder mit ›Quest‹ nicht auch längst ein Klassiker? Was ich im Augenblick lese (wenn ich die Zeit dafür erübrigen kann), ist James Rollins ›Im Dreieck des Drachen‹, ein Roman über das östliche Gegenstück zu unserem Bermuda-Dreieck. Davor habe ich seinen Roman ›Sub Terra‹ gelesen, die Geschichte über eine Reise zum Mittelpunkt der Erde, eine faszinierende Höhlenwelt unter dem Eis der Antarktis – also auch etwas über einen versunkenen Kontinent, eine untergegangene Zivilisation. Außerdem will ich noch Dean Koontz nennen, einen sehr sympathischen Horror-Autor – alles Nachfahren der großen Abenteuer-Autoren wie Jack London oder Karl May. Von Karl May habe ich sämtliche Kara-ben-Nemsi- und Winnetou-Romane verschlungen, auch Titel wie ›Die Sklavenkarawane‹. Eines der wenigen May-Bücher, die ich noch nicht gelesen habe, ist ›Der Wurzelsepp‹ – aber auch der liegt schon auf Vorrat. Im Regal stehen alle Karl-May-Romane, auch die erst in den letzten Jahren herausgegebenen.«

Zum Autor Hubert Haensel: Mit welcher PERRY RHODAN-Figur sind Sie besonders verbündet?

»Naturgemäß mit Alaska Saedelaere und Reginald Bull, genannt Bully, den Hauptfiguren meiner Kosmos-Chroniken, in denen sozusagen große Zeitbereiche der PERRY RHODAN-Geschichte noch einmal in Kurzform, aber aus anderen Blickwinkeln und mit neuen Details erzählt werden. Saedelaere – das ist für mich der ›lonesome wolf‹, der Mann, der vom Schicksal gezeichnet ist, sich aber trotz allem durchkämpft. Und Bull darf einfach mal Dinge sagen oder tun, die sich ein Perry Rhodan nicht gestattet (oder wir ihm). Aber mir liegen auch die Namenlosen am Herzen, also die Figuren, die vom Schicksal in die große Handlung hineingeworfen werden, einmal in ihrem Leben über sich selbst hinauswachsen und dann wieder verschwinden.«

Bitte noch einige Auskünfte des Bankfachmannes: Wie sieht das Wirtschaftssystem der Zukunft aus, das Wirtschaftssystem bei PERRY RHODAN?

»Ich stelle mir vor, die Liga Freier Terraner lebt von einer freien Marktwirtschaft. Ich hatte auch schon mal einen PERRY RHODAN-Wirtschaftsband schreiben wollen, aber die Volkswirtschaft und die Ökonomie eines so gigantischen Staatengebildes zu schildern, hätte den Rahmen gesprengt – und wer will schon Zahlenkolonnen lesen, die sich über mehrere Spalten ziehen? Arbeitslosigkeit gibt es in diesem Sternenreich nicht: Energie steht – oder stand wenigstens bis zur Hyperimpedanz – überreichlich zur Verfügung. Das Wertschöpfen konnte man Maschinen und Robotern überlassen. Arbeit hilft gegen Langeweile, die Menschen beschäftigen sich mit sozialen Aufgaben, als Forscher, sie gehen zur Raumflotte und/oder fliegen mit der Explorerflotte zu den Sternen ... Nein, für den Lebensunterhalt muss wohl niemand arbeiten.«

Und in welche Werte sollte der Leser dieser Utopie heute investieren?

»In PERRY RHODAN-Hefte der Erstauflage und in die Romane des LEMURIA-Zyklus.«

Was ist das Besondere an diesem LEMURIA-Zyklus?

»Auch wenn der mächtige Mirona-Thetin-Fan-Club enttäuscht sein wird: Die Meister der Insel spielen diesmal keine Rolle. Im LEMURIA-Zyklus erzählen wir auch alles andere als eine Story mit Hau-drauf-Action. Es ist eine ruhigere Geschichte mit viel Charakter, viel Charakteren. Und es ist etwas wie eine Schnitzeljagd nach der Wahrheit, der Lösung des Rätsels – dem Rahmen, in den sich alle Bruchstücke einfügen.«

Perry Rhodan
DIE GRÖSSTE SCIENCE FICTION-SERIE DER WELT
JEDE WOCHE ERSCHEINT EIN NEUER SPANNENDER ROMAN. ERHÄLTLICH IM BAHNHOFSBUCHHANDEL UND AM KIOSK.
1. Auflage
3. Auflage
5. Auflage
Perry Rhodan
Der Sternenbastard
Perry Rhodan
3. Auflage
Flugziel Dorifer
Blick in die Zukunft
Perry Rhodan
5. Auflage
Solaner-Jagd
Wolke im All
INTERNET: WWW.PERRY-RHODAN.NET
KOSTENLOSES INFOMATERIAL:
PERRY RHODAN • POSTFACH 2352 • 76413 RASTATT